AF275338

KING

Título original: *Due cuori in affitto*

© 2019, Newton Compton editori s.r.l.
© 2023, de la traducción por Verónica Viñal Menéndez-Ponte
© 2025, de esta edición por Antonio Vallardi Editore S.u.r.l., Milán

Todos los derechos reservados

Primera edición en esta colección: enero de 2025

Newton Compton Editores es un sello de Antonio Vallardi Editore S.u.r.l.
Pl. Urquinaona, 11, 3.º 1.ª izq. Barcelona, 08010 (España)
www.newtoncomptoneditores.com

Gruppo editoriale Mauri Spagnol S.p.A.
www.maurispagnol.it

ISBN: 978-84-10359-25-3
Código IBIC: FA
DL: B 16.834-2024

Diseno de interiores:
David Pablo

Composición:
Grafime S. L.

Impreso en enero de 2025 en Puntoweb s.r.l., Ariccia (Roma), en Italia.

Queda rigurosamente prohibida, sin la autorización por escrito de los titulares del copyright, la reproducción total o parcial de esta obra por cualquier medio o procedimiento mecánico, telemático o electrónico –incluyendo las fotocopias y la difusión a través de internet– y la distribución de ejemplares de este libro mediante alquiler o préstamos públicos.

Felicia Kingsley

Un amor
casi de repente

Traducción de Verónica Viñal

Newton Compton Editores

Barcelona, 2025

—Y cómo va la novela que estás escribiendo, ¿eh? Ya debes tener una pila… una buena pila de folios… Estás… estás trabajando en una bonita historia, ¿no? Una gran novela en la que ya llevas tres años, ¿eh? Con un protagonista fascinante, ¿verdad?, con algún obstáculo que superar… Una bonita historia en el tintero. ¿Estás trabajando? Llevas bastante tiempo trabajando, ¿no? Empezaste a hablar de ello hace tres años. ¿Estás trabajando sin parar? ¿Una buena estructura: principio, desarrollo y final? Amigos que se vuelven enemigos, enemigos que se vuelven amigos, ¿no? ¿Y tu protagonista sale enriquecido de esta experiencia? ¿Sí? ¿Sí? ¿Sí? Tiene un… ¡No, no, no, te mereces tiempo libre!

[…] ¿Tienes material nuevo para esa novela que estás escribiendo? Lo recuerdas, ¿verdad?, esa novela que estás escribiendo. Ya sabes, esa en la que has estado trabajando tres años… ¿Te acuerdas? La novela. ¿Tienes algo nuevo que contar? ¿Lo captas? ¿Quizás el personaje principal se involucra en una relación? ¿Y sufre de pena de amor? ¿Algo como lo que… como lo que tú mismo has sufrido? ¿Te inspiras en la vida real, en las penas de amor? ¿Lo pillas? ¿Lo insertas en la trama? ¿Haces que esos personajes sean un poco más tridimensionales? ¿Alguna experiencia que resulte provechosa para el lector? ¿Quieres mantener al lector alerta con otras doscientas páginas, incitándolo a descubrir el final? ¿Alguna conclusión emocionante? ¿Un pequeño epílogo? ¿Se dan cuenta todos de que el camino del héroe no siempre es tan apacible? ¡Vamos, no veo la hora de leerla!

Stewie Griffin, *Padre de familia*, serie de televisión.

Capítulo 1

Blake

Dicen que el camino al infierno está empedrado con buenas intenciones. Yo, en cambio, siempre he estado convencido de lo contrario: el camino al cielo está empedrado con malas intenciones.

Quiero ir al cielo. Hoy hace dos días que he dejado de fumar, por ejemplo.

–Tesoro, ¿me enciendes un Marlboro? –digo gritando por encima del volumen de la radio.

Cheyenne se pone a hurgar en la guantera, en el salpicadero y en el recoveco de la puerta.

–Creo que has terminado el paquete poco después de Nassau.

–Mierda –mascullo. Hemos dejado atrás Shinnecock Bay y no hay nada a lo largo de la Sunrise Highway, solo árboles. Ninguna estación de servicio a la vista. Nada excepto ese espanto de Prius que va a cincuenta kilómetros por hora. Nervioso, piso el acelerador y lo adelanto a toda pastilla. No aguantaré hasta Sag Harbor–. Mira bajo la alfombrilla.

–Un chicle, un recibo del 7-Eleven, un cigarrillo doblado…

–¡Bingo! –digo mientras le arrebato el cigarrillo y lo pongo entre mis labios. Me parece la mejor calada de la historia.

Sostengo el volante con las rodillas mientras con una mano enciendo el mechero y con la otra protejo la llama del viento. Los descapotables son maravillosos, pero encender un cigarrillo en ellos es un infierno.

–¿Y esto? –Cheyenne agita la goma rota de un condón.

Tengo que limpiar el coche más a menudo.

–No es mío –respondo con los mejores ojitos de perro labrador que soy capaz de poner.

–Ah, ¿no? ¿Y de quién es?

–Ah… Eh… –balbuceo como un idiota sin apartar los ojos de la carretera–. No lo sé.

Y es verdad, no lo sé. No recuerdo haber mantenido relaciones sexuales en un coche, al menos sobrio, y de todos modos en este tendría que ser un maldito faquir para hacerlo.

Cheyenne no cede.

—Ah… Umm… ¿Qué?

—Oye, le presté el coche a Dwight el sábado, tal vez sea suyo.

—¿Dwight? —repite ella poco convencida y con los brazos cruzados—. No sé por qué, pero cuando hay lío, Dwight siempre está de por medio.

Dwight es mi contable, y si yo fuera una persona cuerda, nunca le confiaría mi declaración de la renta, pero se trata mi mejor amigo y es toda una calculadora andante.

No sé si la explicación ha sido suficiente para Cheyenne, que amenaza con montar una escena. Es actriz y sabría hacerlo si quiere.

El tono de mi móvil interrumpe la música.

—Sasha —murmuro entre dientes—. Joder.

La muy perra de Cheyenne, por despecho, presiona la pantalla del salpicadero activando el manos libres. «¡Nooo!»

—Blake —saluda mi agente, seca.

—¡Sasha, tesoro! —le respondo con mi tono más amable.

—¡Ni lo intentes! No te hagas el simpático conmigo. Hace tres días que te estoy llamando y no respondes. ¿Qué ha pasado?

—Eh… Bueno… Yo… Eh…

—¡Ni menciones a Dwight! No me creo que tú y él os durmierais borrachos en un *jet* y os despertarais en Atlantic City una vez más.

Al oír el nombre de Dwight, Cheyenne me lanza una mirada como diciendo «siempre utilizas a Dwight como excusa».

—Mira, lo del *jet* sucedió realmente, y el hecho de que no me creas me duele en lo más profundo de mi corazón.

—Tú no tienes corazón, Blake Avery —me interrumpe Sasha—. Te llamo por el libro.

«Lo sé, garrapata asquerosa, y por eso no te respondo.»

—¿Qué quieres saber?

—¿Cuándo piensas acabarlo?

–La pregunta justa, Sasha, sería cuándo piensas empezarlo.

–Eres un irresponsable, un inmaduro, un narcisista, un ególatra –grita ella–. ¡Te dejo!

–No me dejarás. Ni todos tus autores juntos te hacen ganar tanto como yo.

–¡No puedo trabajar así! Cada año es la misma historia. Te quedas mirando al techo durante meses, ignorando los plazos y dejándome a mí para que ponga excusas con el editor.

–¿Y por qué respondes a las llamadas del editor?

–Porque quiere saber cuándo podrá publicar tu nuevo *bestseller*, pedazo de cretino –grita ella–. Y yo también quiero saberlo. ¡Ponte las pilas! Precisamente hoy Sullivan ha lanzado otro de sus dardos venenosos contra la muerte de la literatura comprometida. ¿Cómo te ha llamado? Ah, sí, el anticristo de la página impresa. ¡Demuéstrale quién eres!

–¿Sullivan, el crítico acabado del *USA Today*?

–¿Y quién si no? Cada vez que sale uno de tus libros le provoca una úlcera.

–A mí Sullivan me da igual. Y si el editor quiere su *bestseller*, tendrá que esperar.

–Este año la historia es diferente. Se te acabó el chollo: si no te mueves, la editorial publicará a Eames en otoño.

–¿Cómo? Eames sale siempre en primavera.

–Pues este año, no: he visto a Baxter, su agente, y me ha dicho que la editorial ya tiene los primeros capítulos de *Acción con clase*.

–¿*Acción con clase*?

–Su nueva novela –le aclara ella.

Mierda, el bastardo tiene incluso el título. Y es bueno.

–El otoño es mío. Es mi lanzamiento –protesto.

–Si Eames está listo, lo sacarán a él y cubrirán todas las ventas navideñas. ¡Mueve el culo, Blake!

–Escucha, tengo la historia, he hecho ya el trabajo de investigación, me falta arrancar. Me conoces, no soy una persona metódica que escribe cinco mil palabras al día.

–¿Y no crees que ya es hora de empezar? –me regaña–. Por

qué no actúas a la altura de tu carrera: seis novelas, ochenta millones de ejemplares vendidos; traducido a cuarenta y cuatro idiomas; cuatro películas basadas en tus libros; además de un niño prodigio con dos licenciaturas en Arqueología y Cultura del Mundo Antiguo y en Historia del Arte...

No le respondo. Cabreado, cuelgo. Joder. A la mierda Eames. A la mierda Sasha. A la mierda todo. Vale, ahora no quiero darle vueltas. Ya lo pensaré mañana. Si me apetece.

—¡Sag Harbor, Noyack Bay Avenue! —exclama Cheyenne señalando un cartel—. Ya estamos.

Tuerzo en el camino de grava blanca, deslumbrado por el sol de mediados de junio y detengo el coche.

—Una chabola —observo contemplando la imponente villa moderna firmada por algún arquitecto estrella.

—Te has acordado de las llaves, ¿verdad?

Palpo el bolsillo de mi camisa vaquera.

—No las he sacado de aquí desde que me las dio Marina. Y desde entonces, para estar seguro, ni siquiera me he cambiado la camisa.

—No te la has cambiado porque eres un vago, no por las llaves —observa ella cogiendo su maleta de ruedas y el neceser.

Como estaremos aquí todo el verano, Cheyenne ha hecho que le envíen toda su ropa de verano por mensajero.

Cojo mi bolsa de viaje, sigo a Cheyenne hasta el porche de entrada y abro la puerta desactivando la alarma con el código que me ha dado Marina esta mañana y que tengo escrito en la mano.

Pero... ¿Es un tres o un ocho? ¿Qué coño he escrito?

—¡Menudo nivel el de los Bronstein! —dice Cheyenne atravesando el salón blanco desde el parqué hasta el techo para abrir la ventana panorámica que da a la piscina con vistas al océano.

Nueve millones de asquerosos dólares. Bien podría permitírmela si no fuera tan bueno derrochando las ganancias de mis novelas y totalmente alérgico a los compromisos a largo plazo.

—*Vivían* muy bien. Pero ahora que se están divorciando, está en venta.

—Si yo viviese en una casa así, tendría muy pocos motivos para divorciarme –suspira ella dejando que su vestido caiga al suelo.

—¿Me estás sugiriendo que haga una oferta? –pregunto sin apartar los ojos de su cuerpo.

Información extra para el público masculino: *GQ* situó a Cheyenne Evans entre las mujeres más sexis de América, todo hay que decirlo. Aunque su carrera de actriz todavía no ha despegado; hasta ahora solo ha conseguido pequeños papeles. Y sus siete segundos y diez milésimas de toples en hora punta son el plato fuerte de su currículo.

—Te estoy sugiriendo inaugurar la casa, Blake Avery.

Para ser incluso más explícita, Cheyenne se desabrocha el sujetador dejándolo colgar con el brazo extendido hacia mí antes de dejarlo caer al suelo.

Cuando hace eso, puede pedirme lo que quiera; en serio, su delantera alta y redondeada resulta hipnótica. Sí, el cirujano plástico le ha puesto unos buenos balones, pero nosotros, los hombres, hacemos la vista gorda.

No necesita repetir la invitación dos veces; me lanzo sobre ella levantándola con las manos entrelazadas bajo su redondo trasero. La subo a la mesa de comedor, empujándola hacia atrás, y me sumerjo en sus pechos.

—Tienes que hacer que me corra al menos dos veces, Avery, si no, no vale la pena.

Y mientras desciendo acariciando con la boca su vientre terso, dispuesto a arrancarle el tanga con los dientes y regalarle así el primer orgasmo, oigo pasos en el porche de entrada y el clic de la cerradura.

—Y ustedes dos, ¿quiénes son? –me sorprende una voz a mi espalda.

Y antes de que pueda darme cuenta, Cheyenne cierra sus piernas con un chasquido, dándome un rodillazo en la sien.

—¡Qué cojo…!

Capítulo 2

Summer

—Atiende —exclama George con la voz plena de satisfacción—. ¡De Newark a Sag Harbor con solo una cuarta parte del tanque y sin siquiera usar el control de crucero!

—Teniendo en cuenta que te has mantenido muy por debajo del límite de velocidad, no me sorpren...

Mi voz es ahogada por el rugido de un Ferrari que nos adelanta tan rápido que nos raspa la pintura del costado.

—¡Ahí va un idiota que piensa que para él no valen los límites! —protesta George—. Con solo ese acelerón ha calentado el planeta tres grados.

—¡A propósito de calentamiento! —Cojo de la bolsa la lata de leche de coco que compramos en el aeropuerto.

—Ah, ah, ah —me detiene desviando su mano del volante para retener la mía con la lata suspendida en el aire—. ¡Resiste, Summer!

—Hace casi dos horas que no bebo, prácticamente hemos llegado —protesto con la boca seca.

—El coche es de alquiler, no querrás arriesgarte a mancharlo.

—No tengo tres años, George. Puedo perfectamente beber en un coche en movimiento sin mancharme.

—Vale. Pero, si ensucias los asientos, pagas tú la fianza.

Por un momento me habría gustado darme la satisfacción de abrir la lata con un gesto teatral y vaciarla de un tirón, pero me contengo y la vuelvo a meter en la bolsa. Si todo va bien, dentro de poco llegaremos a nuestro destino.

—¿Has cogido las llaves? —me pregunta George—. ¿El código de la alarma? ¿Mi aparato de ruido blanco para dormir?

—Sí, sí y sí, con la batería de bajo consumo.

—¿Y el deshumidificador?

Mierda.

–Eh… no.

–¡Summer! –protesta George–. Sabes que la Costa Este da asco de húmeda.

–Pedimos uno por Amazon –digo yo metiéndome en la aplicación–. Entrega en veinticuatro horas.

–Mmmm. Entretanto corremos el riesgo de despertar mañana con las cervicales y el cuello rígido.

–No sucederá, tesoro –le aseguro–. Si hemos sobrevivido al vuelo de los Ángeles en clase turista, podremos resistir una noche sin deshumidificador.

–Eh –me interrumpe él–. ¿Has leído mi último artículo?

–Aún no, perdóname –me excuso–. Lo leo más tarde.

–¡¿Cómo que no?! –gruñe decepcionado–. No puedo creer que en cinco horas de vuelo precisamente *tú* no hayas encontrado dos minutos para leer mi artículo.

–He aprovechado el viaje para revisar los guiones de la serie. Quiero asegurarme de que todo esté listo antes del inicio del rodaje. Es mi primer viaje con el equipo, es mi oportunidad de…

–De llamar la atención del *showrunner* –me interrumpe él–. Lo sé, me lo habrás dicho veinte veces.

Hace solo un año que soy guionista de *La élite* –o mejor dicho, la asistente de Chase, el jefe de producción–, y si no convenzo a Preston Howard, el *showrunner*, de que soy una pieza importante, habré fracasado. Los últimos en llegar son los primeros en irse y yo intento posicionarme bien ante esta oportunidad.

–¿Acaso tú te has leído mi guion?

George evita mirarme.

–He estado muy ocupado.

Jaque.

–Pues yo no puedo creer que en cinco *meses* no hayas encontrado dos horas para leer mi borrador –lo pico.

En realidad, sé muy bien que nunca ha abierto mi guion, pero de vez en cuando es justo que se lo recuerde.

–Lo leeré –me asegura en tono amable–. Este verano tendré mucho tiempo.

–En doscientos metros, girar a la izquierda –anuncia la voz robótica del navegador.

–Hemos llegado, la casa de Fox está a la vuelta de la esquina –dice George mientras sigue las indicaciones–. Una auténtica obra maestra de diseño y eficiencia energética. Es un proyecto de Hutchinson.

Asiento con la cabeza, ignorando quién es Hutchinson, mientras George enfila el camino de entrada a la villa.

–¿Cómo es que Fox no pasa aquí las vacaciones con esta joya de casa?

–Él y su mujer se están divorciando y el inmueble está en litigio, de modo que el abogado les ha sugerido a ambos que no la utilicen a la espera de venderla. Cuando le he dicho que me había tomado el verano para trabajar en el libro y que tú tenías que venir a los Hamptons para el rodaje de *La élite*, me la ha ofrecido.

Examino la imponente villa, que guarda muchas similitudes con la de las superestrellas de Bel Air y de Beverly Hills y que, por lo general, solo puedo contemplar desde fuera.

–Bueno, sin duda le debemos a Fox al menos una cena.

–No aceptará nunca, le parecerá un insulto.

–Bueno, quizá le mandemos una tarjeta de Navidad. Pero ¿estás seguro de que no está aquí él también? –le pregunto mientras vacío el maletero.

–Sí, claro, ¿por qué?

–Entonces, ¿de quién es ese Ferrari? –señalo el descapotable rosa aparcado delante del porche de la casa, muy parecido al que nos adelantó en la estatal poco antes.

«Aparcado» es una palabra que le viene grande, digamos que está desguazado, podría ser un coche robado. Está lleno de polvo y al parachoques le faltan algunas piezas. Una de dos: o le han golpeado por detrás o su propietario es pésimo dando marcha atrás.

–No tengo ni idea. A lo mejor Fox deja uno aquí.

Me encojo de hombros, cojo mi maleta y la arrastro hasta la puerta. Meto la llave en la cerradura, que hace clic de inmediato.

–Pero… está abierta –le hago notar a George.

–¿Ah, sí?

–Sí –digo empujando la puerta. Con un vistazo al panel de alarma, veo que el dispositivo antirrobo está apagado; en el suelo hay un bolso, una maleta y un neceser abandonados, y un poco más adelante, un vestido rojo arrugado y sobre la mesa... Oh, puta mierda...

–¿Y vosotros quiénes sois? –pregunta George tan asombrado como yo por la escena frente a nuestros ojos: un tipo está encorvado entre las piernas de una rubia desnuda recostada sobre la mesa de comedor.

Y a juzgar por los brazos tatuados, la camisa vaquera arrugada, el pelo largo y desgreñado, aquel tío no es Fox Bronstein.

La rubia se incorpora cubriéndose un pecho que no se ve desde la época de Pamela Anderson en *Los vigilantes de la playa* y cierra las piernas con un chasquido y un rodillazo en la frente del tipo, que cae hacia atrás con un ruido sordo.

–¡Qué cojo... Cheyenne!

Cojo el *spray* de pimienta del bolso y lo extiendo en la cara del tipo, ahora en el suelo, rociándolo sin miedo.

–¡George! Llama a la policía, di que hay intrusos y que envíen de inmediato una brigada. No sabemos si están armados...

–¡Puta asquerosa! –se queja el tipo con las manos en la cara. Se levanta y sale corriendo a ciegas por el ventanal zambulléndose en la piscina completamente vestido.

George tiene ya el teléfono en la mano, cuando me doy cuenta de que a la rubia la he visto en alguna parte. ¡Un momento! ¡En un episodio de *Colegas*, en tres episodios de *Amigos con derecho a roce* y... *La élite*!

–¡Por Dios! ¡Pero si es Cheyenne Evans! No puedo permitir que arresten a una miembro del *casting* de la serie, aunque sea un papel menor. ¡Preston me colgaría! Desde luego que sería un buen modo de hacerme notar, pero no el mejor.

–¡George, cuelga el teléfono! –le advierto–. Es Che-yenne E-vans –le susurro exagerando el gesto con los labios.

–¿Quién?

15

Él no la conoce, así que cojo el móvil y cuelgo la llamada.

Durante ese tiempo, Cheyenne se ha vestido y su novio, o lo que queda de él, ha salido de la piscina y ahora camina amenazadoramente hacia nosotros empapando todo el parqué. Su pelo está pegado a la cabeza y a la frente, igual que su ropa, y su mirada furibunda está enmarcada por la piel irritada por el *spray*.

–¿Quién cojones sois vosotros? ¿Los guardas? –gruñe señalándonos con el dedo–. A Marina no le gustará escuchar cómo nos habéis tratado.

–¿Guardas? –replico perpleja–. Nosotros no somos guardas.

–Somos huéspedes de Fox Bronstein, para tu información –aclara rápidamente mi prometido–. Mi nombre es George Sullivan.

En cuanto escucha el apellido Sullivan, la expresión de su cara cambia de golpe. En su boca se dibuja una media sonrisa descarada y le tiende su mano derecha.

–Blake Avery, el anticristo de la página impresa.

Estoy tan desconcertada que el móvil de George, que tengo aún en la mano, se me cae al suelo. Oh, oh.

No me hace falta haber leído el último artículo de George en *USA Today* para saber que mi pareja odia a Blake Avery y su trabajo de principio a fin, y que el autor aquí presente ha coleccionado unas cuantas reseñas negativas de su parte.

George mantiene su aplomo estrechándole la mano.

–Finalmente nos conocemos.

–No veía la hora –replica Blake en tono cortante–. Volviendo a nuestro asunto, ¿habéis dicho que sois huéspedes de Fox Bronstein? ¿El casi exmarido de Marina Bronstein?

–Sí, somos muy buenos amigos; Fox me ha dado la llave en persona con la invitación de quedarme aquí todo el verano.

–Debe de haber sido un error, porque Marina me ha dado la llave a *mí* para pasar aquí el verano.

–Perdonad –intervengo yo en el duelo–, ¿cabe la posibilidad de que Marina y Fox no tengan conocimiento de sus respectivas ofertas?

Avery me lanza una mirada de soslayo.

–Perdona, ¿tú eres...?

–Summer Hale, la prometida de George –respondo tendiéndole la mano.

Él la mira desconfiado.

–¿Tienes un *taser*, además del *spray* de pimienta?

–Tendrás que arriesgarte, me temo –insisto con desafío.

Su mano se acerca cautelosa a la mía y, después de rozarla con la punta de los dedos, la cierra en torno a mi palma con un apretón firme y decidido. Está tan caliente como el infierno. ¿Quién es? ¿Satanás?

Retiro la mía y la meto en el bolsillo, molesta.

–Y yo soy Cheyenne Evans –se presenta su novia con aires de diva, echando su abundante melena sobre la espalda. Después pega su boca a la de Blake como una ventosa, hasta el punto de que me siento obligada a mirar al suelo mientras acaba la gastroscopia–. Voy arriba a darme una ducha. –Y sube las escaleras con un exagerado contoneo de caderas.

Mientras tanto George ha recuperado el teléfono y ya está hablando a través del manos libres con Fox, a la vez que Avery coge el suyo de la mesa y hace lo mismo con Marina.

Fox es el primero en gritar por el altavoz.

–Me siento en el más completo y absoluto derecho de disponer de mi casa como a mí me parezca y me plazca.

–Y también es mi casa –replica Marina–. No te debo ninguna explicación.

–Desaloja a tus huéspedes –insiste él.

La mujer no cede.

–No, desaloja *tú* a *tus* huéspedes.

–No pienso hacerlo, de ninguna manera.

–¿Sabes, Fox? El director de la cadena me encargará que dirija las noticias de la noche, viejo trombón desafinado.

–No me creo de ninguna manera que el noticiario de la noche se lo dejen dirigir a una gallina marchita como tú.

–¿Y a quién deberían encargárselo? ¿A ti? –le suelta ella.

—¡Exacto! ¡El presentador de la ABS seré yo y a ti te echarán de una patada en el culo!

—¡Deja en paz a mi culo! —chilla Marina mientras nosotros tres asistimos atónitos a la pelea.

—¡Cómo que *mi* culo! ¡He pagado *yo* la restauración de tus nalgas fofas! —se mofa Fox.

—¿Mis nalgas fofas? ¿Quieres hablar de cosas fofas, Fox? ¿Por qué no hablamos de tu pe…?

Avery pulsa el botón de finalizar llamada y se mete el móvil en el bolsillo de los vaqueros.

—Ese trasero rehecho podría ser una primicia de miles de dólares.

—Que no saldrá de estas cuatro paredes —le advierto.

—Te vuelvo a llamar, Fox, quiero aclarar este asunto —dice George alejándose del teléfono después de quitarse los zapatos dejándolos cerca del felpudo—. Cariño, ¿las zapatillas están en la maleta?

—Todavía están en el equipaje.

—Me las arreglaré sin ellas.

Blake lo mira riéndose.

—¿Zapatillas? ¿En serio?

—Según un estudio de la Universidad de Arizona, bajo la suela de los zapatos utilizados fuera de casa anidan cuatrocientas veintiuna mil formas diferentes de bacterias peligrosas para el hombre, incluyendo la de la *escherichia coli*, la de la *klebsiella pneumoniae* y la de la *salmonella* —cito—. De modo que sí, George habla en serio.

—Me niego a tomar en serio a un tipo que usa mocasines con borlas y calcetines blancos.

Le hago una radiografía al vuelo: vaqueros ajustados rotos, camisa *demasiado* desabrochada, tatuajes a la vista, barba de tres días, collares de cuero, pulseras, anillos.

—Mírate un poco al espejo, Pirata del Caribe. ¿Crees que tú eres precisamente el más indicado para hablar?

—Sí, precisamente yo —le replica cruzando los brazos sobre el pecho con aire complacido.

—Anticristo y vanidoso.

—Anticristo *de la página impresa*. Sé específica, que le tengo cariño a mis títulos.

—Tienes razón, cuando uno se los gana, es preciso ser específico —respondo colocando las manos en jarras. Posición de poder, no te dejes intimidar, chica.

—¡Oh, no sabía que tenía delante otra crítica literaria de la cruzada contra las terribles novelas comerciales!

—No soy una crítica literaria.

—¿Y qué eres entonces? ¿Profesora de literatura? ¿Comentarista en un programa de entrevistas cualquiera que se emite a las tres de la mañana?

—No, soy guionista —respondo orgullosa—. Escribo series de televisión.

Y su reacción no podría dejarme más impactada. Avery se echa a reír doblado en dos, pero a carcajadas, casi hasta las lágrimas.

—Perdona, ¿he dicho algo divertido?

—Todo —se endereza llorando—. Creo que eres la única persona sobre la faz de la Tierra que no sabe que los guionistas son escritores fallidos.

—¿Escritores fa… ¡escritores fallidos!?

Y sin pensármelo dos veces, meto la mano en el bolso, recupero el *spray* irritante y le disparo de nuevo a los ojos una rociada de pimienta.

—¡Ah, pero entonces tienes un tic! —exclama restregándose primero la cara antes de lanzarse de nuevo a la piscina.

Ese imbécil no se ha dado cuenta de que se ha tirado con el móvil.

Mientras contemplo a Blake mojado, esperando verlo ponerse histérico por su último modelo de iPhone que cuesta un riñón y medio, George me alcanza.

—Esos dos tienen que irse.

—No podría estar más de acuerdo.

Capítulo 3

Blake

Solo me faltaba esto: estar bajo el mismo techo que ese esparcidor de mierda de Sullivan.

Desde que salí con mi primera novela hace seis años no ha hecho más que abonar con sus aguas residuales intelectuales cada página de crítica literaria que ha escrito, prendiendo fuego sobre todo mi trabajo. Y esa putita petulante de su novia es tan molesta como una avispa que se te mete en los calzoncillos. Les doy veinticuatro horas para largarse, no los quiero en mi villa.

—Espero que esos dos tocapelotas se quiten de en medio mañana. Apenas he compartido mi aire con Sullivan una hora y ya me siento intoxicado —farfullo al volante, con las gafas de sol caladas sobre la nariz, conduciendo por la Ferry Road, una lengua de asfalto que se extiende sobre el agua, en dirección al restaurante.

—¿Dónde quieres cenar, Cheyenne?

—Sobre el mar, quiero ver el atardecer.

—¡El Beacon! —exclamo señalando un cartel—. Ahora que lo pienso, Marina me lo ha aconsejado.

Doy vueltas en el *parking*: todo lleno. Qué coñazo. Me acerco al último coche aparcado, aunque estoy fuera de la línea, y salgo.

—¿Y el Yacht Club? Me parece perfecto —observa Cheyenne señalando el cartel del club náutico—. Aunque no hemos reservado.

—Yo nunca reservo. Si hay sitio, bien, y si no, tomamos una copa.

Entramos en el restaurante, donde la recepcionista, una bella pelirroja, nos recibe.

—¿Los señores tienen una reserva?

—No, hemos llegado hace apenas dos horas y lo hemos decidido sobre la marcha —le explico en mi tono más amable.

–Lamentablemente estamos llenos y no sé a qué hora quedará libre la primera mesa.

–¡Qué pena! Marina nos aconsejó que viniéramos a cenar aquí –suelto despreocupadamente.

La recepcionista se pone firme, como si hubiese sonado un gong.

–¿Marina? ¿Marina Bronstein?

–La misma, somos sus huéspedes.

–Claro, Marina es clienta nuestra habitual –responde ella, mucho más amable–. ¿Vendrá este año?

–No, me temo que no. Nos ha dejado la casa para pasar la temporada. Mi chica tiene que rodar una serie aquí cerca y yo me he comprometido a escribir mi nueva novela. –En ese momento me quito las Ray-Ban y le dedico la sonrisa Avery.

–¡Blake Avery! –exclama la recepcionista, extasiada–. ¡He leído todos sus libros!

Me apoyo con los codos en su atril, inclinándome hacia ella.

–¿Y cuál es tu favorito?

–*El Enigma de Shakespeare* –responde ella rápidamente–. Aunque el último me ha encantado.

–Entonces espero que te guste el próximo.

–¿El próximo? ¿Y se puede saber de qué va? –suspira poniendo ojitos.

–No creo que pueda decírtelo… ¿Cómo te llamas?

–Jane.

Me echo hacia atrás con aire contrito.

–Lo siento, Jane.

–¿Nada en absoluto, nada?

–Puede que una cosa, sí, pero debes prometerme que no se lo dirás a nadie.

Le hago un gesto para que se acerque y aproximo mi boca a su oreja.

–Estará ambientada en Egipto y tendrá que ver con Cleopatra –le susurro con voz ronca, como si estuviese invitándola a pasar la noche conmigo.

–¡Oooh! –suspira Jane llena de gratitud.

–Ahora, sin embargo –cambio el tono mirando el reloj–, creo que deberíamos encontrar otro restaurante.

Mesa en tres... dos...

–¿Otro restaurante? Ni hablar. Enseguida os atiendo, seguidme –anuncia Jane, alegre, haciéndonos una señal para que la sigamos dentro–. La terraza del primer piso con vistas a la bahía les gustará.

Ha sido más fácil de lo previsto. Vale, quizá la he manipulado un poco, pero ella ha obtenido lo que quería y yo he obtenido lo que quería, así que mi conciencia está tranquila.

–Hay una mesa reservada, pero la pareja que ha hecho la reserva aún no ha llegado –dice Jane invitándonos a sentarnos, mientras ella quita el cartel de la reserva y lo rompe–. Si la mesa no ha sido ocupada dentro de los quince minutos del horario fijado, tengo la facultad de reasignarla.

–Eres un encanto –le digo guiñándole un ojo.

Mientras me siento, miro alrededor y mi atención recae sobre la mesa a mi izquierda: hay una chica sola, con la cabeza inclinada sobre el menú, y cuando la levanta, me viene una sacudida...

¡NO PUEDO CREERLO! ¡LA CHIFLADA DEL *SPRAY*!

Tres segundos después llega el esparcemierda Sullivan y se sienta enfrente de ella.

Ella se topa con mi mirada y se asombra.

–¿Otra vez tú? –exclama Summer, atrayendo la atención del esparcemierda, que se vuelve para mirarme, siempre con sus aires de suficiencia.

–¿Otra vez *vosotros*? –se la devuelvo.

–No te preocupes, Avery, el restaurante es lo bastante grande para ambos.

Lo miro con insolencia.

–No veo la hora de cenar cerca del hombre que me ha definido como la «lápida de la Literatura».

–Mientras estos dos representan a Sergio Leone, presentémonos –interviene Summer, vuelta hacia Cheyenne–. Soy Summer

Hale, no nos hemos conocido todavía, pero trabajo en el equipo de *La élite*. He entrado este año en el grupo de guionistas. Y seguiré el rodaje en el plató.

—Oh, espero que mi parte del guion sea buena, esta vez. El año pasado tuve que cambiar la mitad de la primera página y darle un giro a algún episodio. ¿Por qué vosotros, los guionistas, dais los mejores diálogos a los hombres?

—Ah, bueno, quizá porque hasta el año pasado en el equipo solo había hombres —le responde ella con una sonrisa complacida.

¿Tan orgullosa está de ser una escritorzuela de serie B? Antes de ser un simple guionista, preferiría colgarme con la manguera de la ducha.

Una camarera se desliza por el pasillo entre nuestras dos mesas interrumpiendo la charla y toma el pedido de Sullivan y Summer.

—¿Están listos para pedir?

—Yo tomaré la ensalada de trigo con brotes, garbanzos, bulgur y aguacate —pide Summer.

—¿Estás enferma? —me entrometo, extrañado de su pedido.

—Vegetariana.

—Casi acierto —me digo para mí.

—Quizá tú vivas aún en la Edad Media, pero nadie en Los Ángeles le hace ascos a un plato vegetariano. Cuanto más sano, mejor.

—A mí me gustaría el atún con costra de sésamo —pide Sullivan reclamando la atención de la camarera—. Y un vaso de sauvignon blanco del Loira. Del 2014 sería perfecto, si no del 2015 está bien, pero que esté por debajo de los diez grados.

«¿¡Qué pedante es este hombre!?»

Antes de que la chica se vaya, la agarro.

—Estamos listos también nosotros. ¿Cheyenne?

—Sí, yo tomaré los *rigatoni* con bogavante y un vaso de champán.

—¿Para usted, señor? —me pregunta la camarera.

—Filete de buey. Poco hecho —especifico lanzando una mirada

de soslayo a Summer, que pone los ojos en blanco. *Muy poco hecho.*

La camarera señala mi plato.

–Si desea algo de acompañamiento… ¡Blake Avery! Oh, Dios mío, justo he acabado de leer su última novela.

Una sonrisa triunfante se extiende por mi rostro. ¡Chúpamela, Sullivan!

–¿Te ha gustado?

–Incluso se la he regalado a todas mis amigas. ¿Podría pedirle un autógrafo? –Y diciendo eso, me alarga la comanda bajo la mirada atónita de Sullivan y Summer.

–Por supuesto. ¿Cómo te llamas?

–Erin –responde ella con voz temblorosa.

Garabateo la dedicatoria en el papel arrugado y se lo entrego con un guiño.

–A Erin, de ojos profundos como el océano… oh –lee en voz baja, luego con un suspiro se apoya en el respaldo de su silla para abanicarse–. Me voy a desmayar.

Le pongo una mano sobre el brazo para invitarla a que siga tomando nuestro pedido.

–Con el filete tomaré las patatas fritas. A la salud de los fanáticos de la Costa Oeste. Y un vaso de Chianti. Si tienes una botella del 2014, será perfecto, si no una del 2015 está bien, pero que esté por debajo de los diez grados.

–El Chianti se bebe a dieciséis grados –farfulla Sullivan entre dientes.

–Sé que un Chianti se bebe a dieciséis jodidos grados, pero lo he dicho a posta para ver hasta qué punto llegaba tu arrogancia –lo examino con aire de desafío–. Has caído en la trampa, Sullivan.

Apenas se va la camarera, me observa con arrogancia académica, ajustándose las gafas en la nariz.

–¿Acaso estás obsesionado conmigo, Avery?

–No lo sé, Sullivan. Entre tú y yo, no soy yo el que desde hace seis años ha estado insultando el trabajo del otro en las páginas de *USA Today*. Perdóname si me siento ligeramente ofendido.

—O quizás lo que pasa es que estás tan acostumbrado a que te llenen de elogios que te molesta que alguien te diga la verdad a la cara: que eres un escritor mediocre, con imaginación limitada, que se dedica a especular con títulos comerciales.

—Yo he sido elegida octava en la clasificación de las mujeres más *sexys* del año de *GQ* –interviene Cheyenne, sin venir al caso. ¿Por qué siempre abre la boca cuando no le preguntan?

—¡Se necesitan metas en la vida! –comenta Summer con sarcasmo.

—¿Sientes envidia? –susurra Cheyenne picada.

—Figúrate, no tengo afán de ser MdM para ochenta y cuatro millones de hombres.

—¿MdM? –pregunta Chey.

Summer, con una sonrisa arrogante, cierra el puño de la mano derecha, agitándolo hacia abajo en un gesto obsceno.

MdM. Material de masturbación. ¿Cómo no me he dado cuenta antes?

—Tranquila –respondo mirándola fijamente–. No es peligroso.

Ella se queda estupefacta, con la boca abierta. Lo siento, querida, esta vez he ganado.

—De todos modos, Avery, avísame cuando salga tu nueva obra maestra, no me la quiero perder –vuelve a intervenir Sullivan.

—¿Y para qué diablos? ¿Para rociarla con tu pútrida materia fecal?

—Ahora sí que se me ha abierto el apetito –se burla Summer disgustada, mientras el merluzo al que ella llama su prometido está aún desbarrando.

Menos mal que llegan los platos y podemos fingir que estamos demasiado ocupados comiendo para discutir, cada pareja por su cuenta.

De repente suena el móvil de Sullivan, él contesta y, ofreciendo un gesto de disculpa a Summer, se aleja. Estoy doscientos por cien seguro de que es para hablar libremente de mí con su interlocutor.

–Después de *La élite* no he tenido otras ofertas de trabajo –comienza a decir Cheyenne entre un bocado y otro–. Le he dicho a mi agente que contactara con las productoras cinematográficas. Estoy harta de papeles secundarios en la pequeña pantalla. Si quiero dar el salto, tengo que entrar en el cine. Tal vez debería mudarme a Los Ángeles.

–Espléndida idea –comento distraído. En realidad, me pregunto en qué piensa Summer, ahí sola, mientras come su tristísima ensalada. Trabajo triste, novio triste, comida triste… ¡Qué vida más infernal!

–¿Tú vendrías, Blake?

–¿Dónde? –pregunto yo.

–A Los Ángeles.

–Ni muerto. Nueva York y yo somos una sola cosa. No quiero saber nada de un lugar donde la gente sale en chanclas, conducen a dos por hora, no hay estaciones y los *bagels* apestan. Yo vivo de noche, escribo de noche, y si a las tres de la mañana me apetece una *pizza*, quiero un Domino's abierto que me la traiga a casa. Bebo litros de café negro, no agua de coco, y quiero fumar sin ser visto como un terrorista ambiental. Y cuando esté muerto, pretendo que mis cenizas sean lanzadas desde el Empire.

–¡Oh, Dios mío! –exclama Cheyenne dejando caer el tenedor en el plato–. ¡El hombre que está en esa mesa de allí es Roger Greenlan!

–¿Debería conocerlo?

–Es el rey de los productores de Hollywood. ¡En su debut ha recibido al menos diez premios Óscar! –responde ella poniéndose de pie–. Si participase en uno de sus proyectos, se me abrirían todas las puertas. ¡Él sí que sabe valorar el talento! –Cheyenne coge el bolso con afán aguerrido–. Ahora voy junto a él, me presento, hablamos e intento ponerlo en contacto con mi agente.

Y en menos de treinta segundos, la veo dirigirse a la mesa de Greenlan contoneándose. Con talento o no, cualquier hombre en posesión de sus facultades físicas y mentales la invitaría a sentarse con él.

—Blake Avery, tu novia te ha dejado en lo que tarda en comerse un plato de *rigatoni* con bogavante —insinúa Summer pinchando su ensalada.

—No es mi novia —preciso—. Y tampoco Sullivan te está prestando mucha atención, me parece.

—Llamada de trabajo.

Me traslado a su mesa y me sitúo frente a ella, en el asiento de Sullivan.

Ella parece aterrada.

—¿En qué estás pensando?

—No puedo hablar a distancia —digo.

—Tú y yo no estábamos hablando.

—Tú has dicho una cosa y yo te he respondido. Hasta que se demuestre lo contrario, lo llamaré hablar. —Y para demostrarle mi firme intención, cojo mi vaso de la otra mesa y bebo un sorbo de vino—. Mientras el saprofito Sullivan está al teléfono, puedo quedarme aquí. Ah, y que conste que nunca habría respondido a una llamada de trabajo mientras estoy cenando con mi chica. Es una grosería.

—¡Quién fue a hablar!

—Yo no seré el candidato número uno para un té con la reina, pero tengo principios, y uno de ellos es la caballerosidad.

—¿Blake Avery es un hombre de otro tiempo que abre la puerta a las señoras?

—Y les ofrezco el asiento —añado.

—¿Y por qué vienes a decírmelo a mí?

—Porque… Ya, ¿por qué? Porque ese fósil antediluviano de Sullivan parece no tener ni idea de cómo comportarse. ¿Cuántos años tiene? ¿Cincuenta?

—¡Cómo no, ochenta! —estalla ella—. George cumplirá cuarenta y tres años.

–¿Y tú cuántos tienes?

–Veintisiete.

–Comprendo. Le haces de enfermera –la pico.

¿Cuarenta y tres y veintisiete? ¿Qué tiene en la cabeza?

–George es inteligente, y culto. Con él aprendo siempre cosas nuevas.

–Ya hay Wikipedia para eso.

–Con él puedo tener conversaciones estimulantes, de alto nivel intelectual.

–Leo sus artículos y el único estímulo que me da es sentarme en el váter.

–Oh, perdona, no me había dado cuenta de que estaba ante el mismísimo Sartre.

–Sullivan puede insultarme, no me importa. Si hiciera caso a todos los que hablan mal de mí, a estas horas ya me habrían internado, pero se atreve a llamar iliteratos sin gusto y analfabetos funcionales a mis lectores. *Nadie* insulta a mis lectores. No lo hago jamás, pero si tengo que hacerlo, te daré algunas cifras. Hasta la fecha he vendido ochenta millones de ejemplares; ochenta millones son un montón de gente y los defenderé uno por uno, aunque me cueste el último aliento que tengo en mis pulmones.

–¿Quieres hablar de cifras? Te doy yo también algunas. Seiscientas: la media de páginas de tus novelas; uno: el año que separa la publicación de una novela de la otra, y perdóname si esto me provoca una mínima perplejidad sobre la calidad de tu trabajo; seis: los pleitos que te han puesto; y cinco…

–¿Cinco qué?

–Los dedos de los pies que has estado pisando durante un cuarto de hora y te agradecería que dejaras de hacerlo.

Sin palabras, retiro rápidamente los pies. ¿Por qué me siento como un estúpido? ¿Y por qué no puedo responder que, cuando escribo, lo hago noche y día sin escatimar esfuerzos, sin siquiera levantarme a mear y que los pleitos los he ganado todos?

Qué bonitas son sus cejas castañas arqueadas, tan espesas, perfiladas, como si fuesen un dibujo... Le dan un aire firme y seguro a lo que de otro modo sería un rostro de muñeca, enmarcado por las ondas castaño oscuro de su larga melena, y con la mirada perspicaz de esos ojos color chocolate. Sí, si tuviera que decir cuál es su seña particular, diría las cejas, sin duda.

¡Frena Avery!

¿Realmente he perdido la cabeza por un par de cejas? No, no es posible. Debo empezar a drogarme...

—Creo que esta es mi silla —me reclama Sullivan tosiendo, así que me levanto y me voy a mi sitio—. En cualquier caso, es imposible continuar de este modo. He hablado con Fox y también él está de acuerdo con que tú y Cheyenne debéis buscaros otro sitio donde alojaros.

—¿Y por qué nosotros? Si no recuerdo mal, hemos sido los primeros en llegar. Cheyenne y yo estábamos ya en la casa cuando vosotros entrasteis.

—Sí, pero nosotros habíamos tomado un vuelo de cinco horas desde Los Ángeles, por lo tanto, según esas cuentas, hemos salido antes que vosotros. Si no hubiera sido por la distancia, habríamos llegado *nosotros* primero.

—¿Primero a dónde? —pregunta Cheyenne, volviendo a su asiento.

—A casa —la corto en seco—. Alguien tiene que irse.

—¡Desde luego que nosotros no! —estalla ella—. Yo debo rodar una serie. No se hable más.

—Entonces hagamos una cosa —digo extendiendo la tarjeta de crédito a la camarera para pagar la cuenta—. Quien llegue primero a casa, se queda. Y quien llegue el último, se larga.

—No me entusiasma esta idea infantil —accede Sullivan—, pero al menos hemos establecido un criterio. ¿Nos vamos?

Antes de salir, él y Summer se disponen a pagar y casi no puedo creer lo que ven mis ojos cuando lo hacen a medias. Sí, han dividido la cuenta. Sullivan eres un puto maleducado. Ni siquiera has cenado con ella...

En el *parking* se dirigen hacia un espantoso Prius estacionado entre un Range Rover y un Jaguar. Sullivan le entrega las llaves a Summer.

—Conduce tú, tesoro, yo he bebido vino, no me gustaría haber superado el límite. —Ella asiente sentándose en el asiento del conductor.

¿Superar el límite? ¿Con medio vaso? Paranoico de mierda…

—Considerando vuestra desventaja, podría ser tan generoso como para daros algunos metros —le tomo el pelo.

—¿Estás seguro de que somos nosotros los que estamos en desventaja, Avery? —pregunta Summer encendiendo el motor.

—¿Por qué?

Ella no contesta; se limita a extender el dedo en dirección a una grúa que dobla la esquina remolcando un Fe… ¡*Mi* Ferrari! ¡Puta mierda!

—Buen regreso, Avery.

Y la perra acelera guiñándome un ojo.

Capítulo 4

Summer

En persona, Avery es más arrogante y engreído de lo que imaginaba. Mucho ruido y pocas nueces –dice George acomodándose en su mitad de la cama mientras hojea un ensayo de antropología.

–Y con un ego desmesurado –añado yo–. Pero no podías esperar que, después de seis años dejando su obra por los suelos, no tuviese nada que reprocharte.

–Los autores que no saben aceptar las críticas no son verdaderos artistas, sino impostores a la caza de halagos. Él no es el último chacal de esta sociedad culturalmente empobrecida que adora a falsos ídolos. Con sus noveluchas repletas de personajes históricos, espolvoreadas con fechas y referencias artísticas, hace creer a cualquiera que puede convertirse en un experto en pintura prerrafaelita o en *art nouveau* en dos horas. Una buena masa para papel reciclado –refunfuña moviendo la cabeza–. Estas almohadas son demasiado blandas.

–Pon una funda –le sugiero mientras cojo el Kindle de la mesilla.

–¡Oh, Dios mío! –exclama George levantando los ojos al cielo.

–¡Qué pasa ahora!

George no soporta a los lectores digitales, es un talibán del libro, y cuando me lo vio en la mano por primera vez, casi le da un infarto.

A mí, en cambio, el Kindle me ha salvado la vida. Vivo en un apartamento alquilado en Pacific Palisades, y desde que George ha venido a vivir conmigo, he tenido que hacer sitio para sus libros. Así que tener casi trescientos títulos en el espacio de uno ha sido un punto de inflexión. Por no hablar del peso: puedo guardar miles de páginas en mi bolso sin que me supongan una carga. Además, mi cartera me lo agradece: el coste reducido respecto a los libros en papel y las ofertas me ayudan bastante a ahorrar. California es cara y cada dólar cuenta. Al menos hasta que logre ganar un poco más con mis guiones.

—Antes era escéptica acerca de los libros electrónicos, pero Emma Rae me ha prestado el suyo, y les he dado una oportunidad. El encanto del aroma de la tinta sobre el papel no está en cuestión, pero los libros electrónicos tienen otras ventajas prácticas innegables. ¿Por qué no lo intentas? —le pregunto tendiéndoselo.

—¡*Vade retro*! —Como era previsible, se echa a un lado como si le estuviese apuntando con un cuchillo—. ¡Los *e-books* son el mal del siglo! ¡Libros sin alma!

—El alma del libro es el contenido, no el continente —le rebato dándole golpecitos en el brazo con el Kindle—. Además, recuerda: quien desprecia, compra.

—¡Herejía! —Y para demostrarme lo contrario, hojea su ensayo con gesto teatral, ni que fuese la Biblia.

Yo abro mi libro electrónico y, riéndome para mis adentros, retomo mi lectura pendiente, mientras me hundo en la almohada, que para mi gusto es perfecta.

Del piso de abajo escucho el rumor de la puerta de entrada que se cierra, pasos en la escalera, voces confusas y otra puerta que se cierra.

Esos dos han vuelto.

Admito que, por un momento, mientras la grúa se llevaba el Ferrari de Avery, sentí un poco de lástima por él, pero solo un poco.

Es irritante, insolente, invasivo, presuntuoso, siempre con ese aire burlón estampado en la cara como si te estuviera provocando.

Ni siquiera se ha vestido de manera decente para ir al restaurante: vaqueros deshilachados y una camiseta arrugada, como si su nombre fuese una tarjeta de visita suficiente.

Y esos pelos castaños despeinados, largos y finos por la espalda, que no se sabe si son lisos o rizados, seguro que no han visto un cepillo en toda la semana.

Que sus ojos fueran de ese verde intenso no me lo esperaba. Estaba convencida de que, detrás de eso, había Photoshop.

También es mucho más alto de lo que parece en televisión. Delgado, pero no flaco, musculoso, pero no de gimnasio.

¡Qué rabia! ¡He leído una página y no recuerdo ni una palabra!

¡Maldito Blake Avery! ¡Por su culpa ni siquiera puedo seguir el hilo de una frase!

¡Nada! Me toca volver a empezar.

¡Mmmm, sííí!

¿Qué?

¡Ahoraaa, Blakeeee!

Amortiguada por la pared que divide nuestro cuarto, se oye la voz de Cheyenne, que gime presa del éxtasis.

¡Sííí, sííí, así es fantástico!

Un ruido rítmico parecido al de un cabecero que se bate contra la pared confirma mis sospechas.

—¡Exhibicionistas! —farfulla George sin levantar los ojos del libro.

¡Oh, Dios, sí! ¡Sigue!

Y yo por segunda vez vuelvo a leer la página inicial. Solo que mi cabeza, en lugar de procesar las palabras y transformarlas en imágenes, está centrada en lo que está sucediendo en la otra habitación: Cheyenne Evans retorcida en quién sabe qué posición del *Kamasutra*, con Avery que le hace ver el Nirvana, el Shangri-La, o cualquier otra experiencia mística más allá de los confines de la realidad.

No es que tenga envidia de Cheyenne Evans, que quede claro. Es un modelo estético inalcanzable para cualquier mujer; es tan exagerado que dudas de que sea real. Por supuesto que no, no envidio sus pechos grandes, sus rizos rubios y su trasero respingón. Y seguro que no le envidio a Avery.

¡Me voy a correr, Blake! ¡Por favor, haz que me corra!

—Te ruego que hagas que se corra —susurro entre dientes, concentrándome por tercera vez en mi Kindle, a punto de darme por vencida ante mi única distracción y de entrar en *stand-by*.

¡Sííí, sííí, sííí! ¡Ahhh!

¡Oh, genial! Al menos la representación ha tenido su final feliz.

Feliz para ellos. Feliz para mí. Feliz para todos. Y el silencio vuelve a reinar soberano en todo Sag Harbor.

Por fin consigo leer tres páginas del tirón.

¡Mmmm!

¡Eh!

¡Mmmm, justo ahí!

¡No, no es posible!

¡Dios mío, qué maravilla!

¡No me lo creo, han vuelto a empezar! ¡¿Pero cuánto ha pasado?! ¡¿Cinco minutos?!

El ruido rítmico vuelve a golpear contra la pared. *¡Más! ¡Más!*

¡¿Qué demonios?! ¿Qué eres, Blake Avery? ¿Una perforadora? ¿Tú no tienes tiempo de recuperación?

¡Me vuelves loca! ¡Oh, sí!

Dejo caer el Kindle sobre el regazo, bufando. Después tengo una idea. Deslizo el tirante de la camisola de raso, lo suficiente para dejar asomar el pecho derecho por el encaje del escote y a cuatro patas alcanzo a George tentándolo con besos en el cuello.

–¡George…!

–Tesoro, ¿no ves que estoy leyendo?

–También yo estaba leyendo, pero he parado.

Para hacerle entender mis intenciones, que no es que no sean obvias, le levanto el borde de la camiseta.

–Tesoro… –Pero él la agarra y tira de ella hacia abajo.

Yo no me doy por vencida, mientras al otro lado de la pared se consuma el segundo acto de la obra.

–George, ¿qué me dices si también nosotros bautizamos el lecho? Después de todo, Blake y Cheyenne no son la única pareja aquí.

–Summer, te lo ruego, no intentes hacer una competición de a ver quién grita más fuerte. No somos simios chillones. Además, mañana tienes que revisar los guiones, yo tengo que trabajar en mi proyecto, me gustaría terminar este ensayo…

–Una cosa rápida, no hace falta que dure toda la noche –intento persuadirlo, quitándole las gafas.

Pero él se resiste.

–Estoy cansado, hemos hecho cinco horas y media de vuelo, dos de coche y tenemos todavía que adaptarnos al horario de la Costa Este.

Me subo a horcajadas sobre él, frotándome contra su cuerpo con picardía.

–¿Y si lo hago todo yo?

–También me duele el cuello, como era de esperar sin deshumidificador. –George me aparta a un lado, invitándome a volver a mi sitio.

–No me apetece, gracias.

–¡¿No me apetece, gracias!? ¡Ni que te hubiera ofrecido una taza de té!

¡Oh, oh, oh, síí!

–Buenas noches –digo enfadada, apagando la lamparilla de la mesita de noche y volviéndome de lado, de espaldas a George.

–Buenas noches.

–No veo la hora de que sea mañana y esos dos se larguen. Quiero un poco de privacidad para nosotros dos, para los próximos dos meses y medio –comento.

–Ah, sí. Respecto a eso, hay una cosita que debes saber.

–¿Qué?

–Antes, en el restaurante, me ha llamado el exsenador Cartwrigt. Sabes que lo había entrevistado hace algunos meses, ¿no? ¿Sobre el éxito de las elecciones de medio mandato?

–Sí, me acuerdo. Imposible olvidarlo. No has hablado de otra cosa en semanas.

–Bueno, ahora que su experiencia en Washington ha terminado y, como sabes, ha pasado a ser un exmiembro del Congreso, me ha propuesto una colaboración.

–¿De qué tipo?

–Le gustaría escribir un libro en el que recogería todas las vivencias de sus veinticinco años en política y de los entresijos de Washington. Y me querría a mí como coautor.

–¡Caramba! –exclamo impresionada–. ¡Es estupendo!

—En efecto, yo también creo que es una ocasión que no se debe desaprovechar.

—¿Te encargarás de eso después de que hayas terminado de trabajar en tu libro?

—Esto… —El tono de George se vuelve más cauto—. En realidad, he pensado en dejar a un lado mi libro y dedicarme a Cartwright. Al fin y al cabo, estamos hablando de una cosa grande…

—Perdona, ¿y las expectativas que tenías para este verano?

—A propósito de esto te quería hablar. Las usaré para Cartwright. Iré a Nueva York y trabajaré codo con codo con el senador.

Ante la noticia, vuelvo a encender la luz y me siento en la cama.

—¿Qué? ¿Me estás diciendo que vuelves a Nueva York?

—Eeeh… ya sabes…

—¿Y me dejas aquí?

—Bueno, son solo dos horas de distancia. Vendré para el fin de semana.

—¿Me dejas sola? ¿Me dejas plantada?

—¡Summer, es un proyecto ambiciosísimo, una gran oportunidad! ¡Hasta tú lo has dicho!

—Sí, pero no pensaba que te pondrías con ello ahora —le recrimino—. Y que te largarías.

—Es una oferta que he recibido de improviso: o la tomaba o lo dejaba.

Me he quedado impactada, y lo que más me aterra es la ligereza con que lo ha decidido, la velocidad, como si yo no contase para nada.

—Entonces, las cosas son así: ¿me dejas aquí, te vas a Nueva York, vuelves cuando te apetece y yo mientras me quedo en esta casa esperándote?

—Después de todo, tienes tu trabajo.

—¡No trates de dorarme la píldora, George! —estallo con enojo y apago la luz. Me ha puesto negra. Estoy muy cabreada.

¡Mmm, oh, Blake, cuánto me haces disfrutar!

¡Síí! ¡Te lo ruego, no pares!

Capítulo 5

Blake

Los nutricionistas afirman que el desayuno es la comida más importante del día. Y yo estoy de acuerdo con ellos.

Aparte de eso, nadie ha dicho a qué hora debe hacerse, así que me tomo la libertad de hacerlo a las dos de la tarde.

–¡Buen domingo! –saludo estirándome mientras entro en la cocina. ¿Habéis dormido bien?

Summer está sentada al mostrador de mármol, intentando arreglar su portátil.

–¿Qué haces? ¿Te burlas? –pregunta sin dejar de mirar la pantalla.

–Era pura cortesía, dadas las circunstancias.

–Excelente, porque la respuesta educada sería «sí», pero la realidad es que «en absoluto». ¿No te interesa saber por qué?

Odio las adivinanzas recién levantado.

–¿Hay una respuesta correcta?

–«Perdona por el follón que montamos Cheyenne y yo», por ejemplo, podría ser un buen comienzo.

–¡Ah, te refieres a eso! –respondo distraído, mientras cojo una botella de zumo de tomate de la nevera.

–Me refiero *precisamente* a eso. Los gritos de Cheyenne me han tenido despierta toda la noche y, gracias a vosotros dos, hoy tengo una migraña de primera.

–Cheyenne es muy… vocal.

–¿Cuatro veces? ¿Cuántos años tenéis, dieciséis?

–Si queremos ser precisos, serían tres –matizo–. El sexo oral no cuenta.

–No me interesan los detalles concretos. Y tampoco los detalles en general.

–¿Tú no gritas un poco mientras practicas sexo? –Cojo un vaso del aparador y vierto el zumo, mojando un tallo de apio–. ¿Sabes dónde puede estar el vodka?

–¿Vodka para desayunar? ¡¿Qué eres, un espía de la KGB?! –me reprocha horrorizada–. ¡Además, si grito más o menos mientras practico sexo no es asunto tuyo!

Hurgo en los cajones del congelador, donde encuentro una media botella de Gray Goose, que vierto sin miedo en el zumo de tomate.

–¡Bloody Mary, el desayuno de los campeones! ¿No quieres un poco para darle algo de carácter a eso…? ¿Qué diablos estás bebiendo?

–Un batido de pepino, manzana verde y jengibre –dice ella colocando una mano sobre el vaso para taparlo–. Y no… no quiero vodka.

Muevo la cabeza riéndome para mí.

–Costa Oeste –susurro tomando un sorbo de mi bebida.

–¿Qué le pasa a la Costa Oeste?

–Un poco de todo. –Saco del bolsillo de los vaqueros el paquete de Marlboro y me enciendo un pitillo echando el humo hacia el techo. Ella me lanza una mirada irritada, cierra el portátil, se lo pone bajo el brazo y se dirige a la terraza, hacia una de las tumbonas al borde de la piscina, ella sola.

Todavía no he visto al genio de Sullivan por aquí.

–¿Qué le ha pasado a tu «Ciorch»? –pregunto siguiéndola.

–George –responde ella fastidiada– se ha ido a Nueva York.

Veamos cuál ha sido el detonante que le ha hecho salir por patas.

–¿He sido yo quien lo ha hecho huir?

–Te das demasiada importancia.

–¿Entonces has sido tú? –le suelto.

Me echo en la tumbona al lado de la suya provocándole un resoplido de fastidio.

–Nadie ha hecho huir a nadie, ¿queda claro? Ha tenido un encargo de trabajo en la ciudad.

–Entonces, te ha dejado aquí.

–No me ha dejado aquí. Yo tengo que trabajar en la serie de televisión. Volverá este fin de semana –especifica ella, picada–.

Por cierto, ¿cuándo vais Cheyenne y tú a levantar el campamento? No he visto vuestro equipaje esta mañana.

Termino el último sorbo de Bloody Mary y aplasto la colilla en el vaso antes de encenderme otro pitillo.

—No has visto el equipaje porque no nos marchamos. Así de simple.

—Según el resultado del desafío que has propuesto *tú*, entiendo que sois los perdedores, así que aire.

—Siento contradecirte, pero, debido a un problema técnico, el desafío de ayer no se ha llevado a cabo, por lo que el resultado debe considerarse nulo.

—¡Esa es una buena gilipollez!

Yo, en el apogeo de mi serenidad, recostado en la hamaca con los brazos cruzados detrás de la nuca, me limito a lanzarle una mirada complacida por encima de las gafas de sol.

—Ve tú a la ciudad con «Ciorch».

—No voy a la ciudad con George. Tengo que estar en el plató mañana, y lo mismo pasado mañana, y al otro también, y durante los próximos dos meses y medio. ¿Tú no vives mayormente en Manhattan? ¿Por qué no vuelves a tu casa?

—Porque la nueva casa que he alquilado, y no es que sea asunto tuyo, se está remodelando y en este preciso momento no hay ni siquiera un baño donde mear; está llena de obreros mexicanos que beben cerveza mientras derriban las paredes. Además, también Cheyenne tiene que estar en el rodaje.

—¿Y si Míster ochenta millones de ejemplares vendidos alquilara *otra* casa?

¡Bingo!

—Sabía que había conseguido impresionarte.

Ella me lanza una mirada de reojo.

—¿Querías impresionarme, Avery?

—Quizás un poco —replico con una sonrisa de granuja.

Sí, quería impresionarla. Ella levanta los ojos al cielo y se pone a teclear como una loca en su portátil.

—¿Qué buscas? ¿Miras en Google si mis datos de ventas son reales?

–No, busco un alojamiento en *Booking.com*.

–¡Ah! ¿Entonces te he convencido para que te marches?

–El alojamiento es para ti.

–No me muevo por menos de una *suite* con todo incluido, con cama gigante, rincón de bar y mayordomo personal. ¿Has tomado nota de todo?

–¡Mierda! –murmura mirando fijamente la pantalla con la boca abierta.

–De acuerdo, puedo prescindir del mayordomo.

–No hay nada. Todo reservado para toda la temporada, en todas partes –jadea tecleando con nerviosismo. Ni siquiera en Expedia, Alquiler en Hamptons, AirBnB. Es…

–Previsible. Y si supieras cómo funciona aquí, sabrías que los Hamptons son el principal destino de vacaciones de Nueva York y alrededores. Se reserva incluso con dos años de antelación. Las casas se van como el pan caliente, los hoteles ya están llenos desde enero y las inmobiliarias se hacen de oro con los subarrendamientos –le explico.

Summer se vuelve para mirarme con cara de cordero degollado y sus cejas disparatadamente arqueadas mostrando sorpresa.

–¿Me estás diciendo que tú ya lo sabías?

–Cualquiera que viva en Nueva York sabe que de junio a septiembre no se encuentra un hueco libre en los Hamptons. Pero he preferido que lo descubrieras tú sola.

–Por tanto, esto quiere decir que…

Ella está tan sorprendida que, en lugar de terminar la frase, traga saliva.

–Esto quiere decir que, a menos que uno de nosotros se decida a plantar una tienda en la playa, y no seré yo, por cierto, tendremos que compartir la villa durante toda la estancia.

Hasta hace diez minutos no me entusiasmaba demasiado la idea de compartir mi espacio vital con ese esparcidor de mierda de Sullivan, pero ahora que se ha ido a Nueva York, nuestra convivencia forzada no me parece tan horrorosa.

Summer es petulante, altanera, quisquillosa, vegetariana y

abstemia –sí, para mí son defectos–, pero, como dice ella, no hay quien me quite mi sitio en el infierno, casi me seduce la idea de tener un blanco móvil al que apuntar como me plazca.

–¡No, no puede ser! –se lamenta ella aterrorizada.

Y como confirmación de los peores temores de Summer, aparece Cheyenne en la piscina con un microscópico tanga-bikini, se sumerge en el agua enseñando todo lo enseñable y, después del baño, sale chorreando. Se acuesta sobre mí y me coge el cigarrillo de los labios para echarle una profunda calada.

Todo bajo la mirada incrédula de Summer, que nos contempla atónita.

Me giro hacia ella para devolverle una mirada mordaz mientras Cheyenne me besa en el cuello.

–Bienvenida al infierno, Costa Oeste –le susurro con una sonrisa malévola.

Capítulo 6

Summer

Desearía no estar enojada con George, pero a veces me siento tan abajo en la escala de sus prioridades que la rabia se apodera del resto de mis sentimientos.

Número uno: sabe cuánto me gustaría que leyese mis guiones. Es el hombre al que amo, es normal que me interese más su opinión que la de los demás, pero siempre tiene mejores cosas que hacer.

Número dos: debería ser *nuestro verano* y nuestros dos meses y medio juntos. Sí, es verdad, yo estoy ocupada con el rodaje, pero habríamos encontrado la manera de vernos cada día. Y en lugar de eso, no ha dudado siquiera un segundo en subirse al carro de Cartwright y marcharse a Nueva York. Así que debo contentarme con el fin de semana, cosa que hago ya por norma en California; por lo tanto, ya no será *nuestro verano*. Esto también me hace preguntarme cuánto le importa a George pasar tiempo conmigo.

Número tres: el asunto de la guerra entre Avery y él. Yo he tomado partido por George, como habría hecho cualquier buena novia... y ahora me encuentro aquí, sola, en una situación embarazosa que no he creado yo.

Número cuatro: George no ha tenido la menor duda de que yo no me sentiría cómoda siendo la tercera en discordia en compañía de un escritor egocéntrico y su novia ninfómana.

Vale, ahora estate tranquila, respira, deja que se calme la rabia y concéntrate en *La élite*.

Hoy es el primer día de rodaje, estoy en pie desde las cuatro, todavía no he comido y desde esta mañana solo se ha hecho una toma.

Ya estuve en un plató, hace un año y medio, pero era una producción tan pequeña que mi trabajo, además del guion, abarcaba todas las tareas posibles e imaginables, incluida la de sujetar el pie del micrófono.

La élite contrata a un gran equipo, y siendo la serie insignia de la ABS, la cadena invierte millones de dólares en ella, así que yo soy únicamente la asistente de Chase Turner, el jefe de producción, que solo tiene por encima a Preston Howard, el jefe supremo.

Me gusta Chase, es amable, cosa poco común en Hollywood, donde la práctica habitual es humillar a los últimos en llegar en lugar de darles consejos.

–Summer, rodamos la escena en la escalinata de la casa Slater, aquella en la que Ana descubre que están en deuda con los Raynor y la quiebra de su marido –me dice Chase haciéndome una señal para que lo siga.

La élite es un drama que narra las vicisitudes de dos familias pudientes que son rivales en los negocios, los Slater y los Raynor, cuyas historias se entrelazan con secretos, escándalos, chantajes y venganzas privadas. En cada episodio sale a la luz alguna cosa desestabilizadora para la vida de los protagonistas, que se ve así trastocada por los acontecimientos. Me ha encantado trabajar en el guion y me duele el corazón pensar que es la última temporada.

–He releído el guion del episodio, pero algo no me encaja –le digo a Chase mientras nos encaminamos hacia el tráiler y la caravana para llegar a la gran villa en la que está alojado el set.

–¿Qué?

–Anna Slater es fría y calculadora, una maestra titiritera, no la veo echándose a llorar ante la noticia de la quiebra –digo.

¡Caray, esta es la famosa «Casa Slater»! Miro a mi alrededor atónita. No me creo que de verdad me encuentre dentro de la villa que he visto tantas veces en la tele.

Summer no pierdas el hilo del discurso.

–En mi opinión el llanto no funciona.

–¿Tú crees?

–No encaja con el personaje. Miranda Raynor, que es más

emocional, lloraría. Anna, no. No ha llorado en cuatro temporadas, ¿por qué ahora?

—En la tercera temporada ha llorado —observa Chase apoyándose en el pasamanos de la escalinata con los brazos cruzados.

—Pero eran lágrimas fingidas —le corrijo—. Lo hizo solo para manipular a Jason, y que así dejase a Victoria.

Confieso que al principio me enamoré un poco de Chase: alto y atlético, todavía tiene el pelo muy oscuro y tupido a pesar de sus cuarenta y seis años y unos ojos azul hielo brillantes.

Después comprendí que lo mío era solo una desmesurada estima profesional, por lo que la sensación de alarma desapareció, aunque todavía sigue siendo un espectáculo contemplarlo.

Se rasca la barbilla mirando hacia arriba.

—Bien, voy a discutirlo con Carter y Lau.

Carter es nada menos que Carter Cooper, ganador de un Oscar, y Lau es Lauren Lee, la famosa actriz que interpreta a Anna. Pero para Chase solo son Carter y Lau.

—Si les parece bien, cambiamos también la siguiente escena, esa en la que Damon consuela a Anna.

Chase me mira impresionado.

—¿Tienes todo el guion en la cabeza?

—Claro, ¿no debería?

—Sí, pero sobre todo debería saberlo yo. Me haces sentir culpable.

¿Lo ves? Chase es ese tipo de persona rara que sabe reconocer el valor de quienes le rodean y no tiene miedo de decir un cumplido cuando se lo merecen. Me veo trabajando con él y con Preston en un futuro y ruego con toda mi alma tener al menos una ocasión de presentarles mi guion para un nuevo *show*. Si les gustase a ellos y la ABS lo produjese, mi carrera de *showrunner* despegaría y podría hacer callar a mi padre para siempre.

Poco después Chase vuelve a mí con aire satisfecho.

—¡Venga! Modificamos la escena. Lau no estaba muy convencida porque se muere de ganas de dar un giro dramático a su papel, pero se ha dado cuenta de que el llanto no estaba en consonancia con el personaje, no en esta fase al menos.

–Bien.

–Una única cosa –me dice en voz baja–. He tenido que decir que era idea mía. No sé si conoces a Lo, pero en careos con guionistas jóvenes no es demasiado generosa. Considera incompetente a cualquiera excepto… Bueno, excepto a ella misma.

–No hay ningún problema, lo importante es el resultado.

Chase me pone una mano en la espalda, acompañándome a una gran mesa atestada de material.

–Vamos a trabajar en la siguiente escena.

También esto me gusta de Chase: no da órdenes que los demás debamos cumplir mientras él mira, sino que se ensucia las manos.

–Démosle un enfoque un poco más incisivo –sugiero mientras hojeamos el guion.

–¿De qué tipo?

–Cuando Damon consuela a Anna diciéndole «el dinero va y viene», me la imagino diciendo algo así como «el dinero va y viene *cuando lo digo yo*». ¿Qué me dices?

Chase asiente pensativo.

–Uhmmm… El dinero va y viene *cuando lo digo yo*. Sí, es una frase de Anna Slater.

–Como espectadora me imagino que Anna tiene un plan para recuperar su dinero, y su salida de tono me lo confirma.

–Es buena, la metemos.

Mientras actualizo el guion, Preston irrumpe en la sala y discute con Cooper en voz alta.

–¿Cómo es que la Evans ya no rueda más? –grita el director–. Ha venido a verme hará una media hora diciendo que se iba del rodaje.

Al oír las palabras de Preston, Chase se pone en pie de un salto.

–¿Cómo? ¿La Evans se va del rodaje?

Preston sacude la cabeza, furibundo.

–La ha llamado su agente con una oferta de Almodóvar.

45

–Y ella ha aceptado –trata de adivinar Chase.

–Dice que quiere dedicarse al cine y convertirse en la musa de un gran director europeo. Conclusión: se ha ido directa al JFK para volar a España.

–¿Y el contrato? ¿Cheyenne sabe que habrá consecuencias penales?

–Ha dicho que es un mal necesario –explica Preston–. No ha habido manera de convencerla.

–¡Ahora dime: ¿qué cojones hacemos?! –grita Cooper–. ¡Tengo un equipo listo para rodar aquí!

–Tenemos que parar –dice Preston mirando a Chase, que asiente con una inclinación de cabeza–. Hay que cambiar demasiadas cosas.

–¿Sabes qué? –empieza Cooper, resoplando por la nariz como un dragón–. Que no hay nada peor en una producción que tener que revolucionar todo por culpa de un personaje secundario.

–Tendríamos que rescribir la escena de la temporada. Cheyenne tenía un papel pequeño pero determinante y, llegados a este punto, tendríamos que revisar la línea argumental de todos los personajes.

–¿Cuánto tiempo llevará? –pregunta Cooper.

–Pues, entre la escena y todos los guiones, al menos un par de semanas –dice Chase.

–¿Cuánto?

–¡Estamos hablando de una temporada entera, Coop! Normalmente tenemos un equipo de doce personas para escribir los episodios.

Aquí solo estamos Chase, yo y nuestros asistentes.

–Utilizaremos también a Craig y a James –interviene Chase–. Sé que aún no han empezado a trabajar en el nuevo *reality* de la cadena.

Cooper parece rendirse ante la evidencia.

–Va a costar una pasta.

–Es la última temporada. Tiene que ser espectacular –declara Preston–. Los patrocinadores ya han comprado todos los espacios publicitarios con cheques que no se ven ni para la Super Bowl–. Chase, ¿tú qué dices?

Chase se vuelve hacia mí, que, sentada entre los tres hombres, ha seguido toda la escena.

–Tenemos una serie que salvar.

–Llamo a Craig y a James –digo sin que él me lo pida.

Cooper tiene razón, no hay nada más fastidioso que tener que cambiar un guion completo porque se ha descolgado un personaje secundario. Los secundarios parecen poco, pero dan soporte a la historia, por lo que nos vemos obligados a cortar y coser para hacer que todo sea coherente y creíble, en particular la repentina desaparición del personaje.

Malditos sean Cheyenne y su agente, que obviamente no ha sabido lidiar como es debido con la oferta y los contratos vigentes de su protegida. El rol de Kelly Raynor, la hija de los Raynor, es su primer papel un poco relevante, y en el comportamiento de Cheyenne Evans no hay ni un mínimo de reconocimiento hacia la productora que ha depositado en ella su confianza incluyéndola en el casting de *La élite*.

Por otra parte, si te llama Pedro Almodóvar, te vas de cabeza, aunque solo sea para servirle un café.

Servir café a alguien en Hollywood hace currículo. O hacerle la rosca, o llevarle el coche a lavar. Una vez yo le pasé un bolígrafo a Aaron Sorkin –sí, el *showrunner* ganador de múltiples premios Emy, Golden Globe, Bafta y Óscar– y desde entonces mi amiga Emma Rae ha estado diciendo que yo era la asistente de Aaron Sorkin.

Emma Rae trabaja para la agencia conocida en el sector como «Los chacales», donde se vende la realidad mucho más bonita de lo que es.

Ella, con toda probabilidad, le habría dicho a Cheyenne que lo dejase todo y se fuera a España.

Hum, ahora que lo pienso podría no ser un desastre al cien por cien: tal vez Avery se vaya detrás de Cheyenne y me dejen la casa libre.

Después de dos horas de caos en el set, el equipo cierra el chiringuito y a las siete de la tarde entro en la villa Bronstein.

¡Atención! Ni rastro del Ferrari en el sendero del jardín, una excelente primera señal.

Meto la llave en la cerradura y entro: orden, limpieza y silencio. Estoy casi poniéndome nerviosa.

Ni siquiera del piso de arriba llega el mínimo rumor.

Tiro el bolso al suelo, dejo los zapatos en el rincón de la puerta y me tiendo sobre el gigantesco sofá del salón hundiéndome en los cojines.

¡Qué gozada!

Los nervios distendidos, los músculos relajados y yo disfrutando de mi privacidad. Con el iPhone selecciono en Spotify la lista de reproducción con música relajante y me dispongo a disfrutar del momento. Perfecto, tenemos el sonido adecuado para festejar mi reencuentro con la alegría de vivir.

Programa de la tarde: yogur helado de coco, yoga y ducha con aromaterapia.

Podría también darme un baño en la piscina después de un día duro y estresante, ¿por qué no?

Me saco la camiseta, los vaqueros. Me quito el sostén, también las bragas. No tengo el bañador a mano, pero total, ¿quién me ve?

Con el control remoto levanto las cortinas y abro el ventanal que da a la piscina infinita con impresionantes vistas al mar. ¡Perfecto!

Estoy a punto de sumergirme cuando noto que la superficie del agua está ligeramente ondulada.

Veo una figura en apnea alejarse a brazadas hacia el lado opuesto de la piscina.

Dos manos se agarran al borde, después emerge una cabeza que de una sacudida hace gotear una melena salvaje de pelo oscuro mojado. Luego un par de brazos torneados y tatuados se apalancan con fuerza hasta que, de un salto, la figura se recorta en la ardiente luz de la tarde.

El físico esbelto y esculpido delata horas de entrenamiento y las gotas que se deslizan desde los hombros hasta la espalda hacen que la piel brille como un bronce reluciente. El choque de luces y sombras del atardecer también resalta la curva definida y firme de las nalgas... ¡Un momento! ¿Nalgas? ¡Santo cielo! Avery está... ¡está desnudo!

Permanezco petrificada en el umbral de la terraza, tratando de hacerme a la idea de que él está todavía aquí y, sobre todo, de que está... ¡desnudo!

Se acerca a una tumbona para coger una toalla, se la envuelve alrededor de la cadera y se vuelve hacia mi lado.

—Normalmente, antes de desnudarse, las mujeres toman por lo menos un trago, pero si has decidido saltarte toda formalidad, *por mí,* está bien —me dice con su habitual arrogancia, mirándome de arriba abajo.

¡Mierda! ¡También yo estoy desnuda! ¡¿Cómo diablos he podido olvidarme?! ¡¿Qué problema mental tengo?!

Busco algo para taparme y lo único que encuentro es un jarrón con un ficus enano.

—¡Vete al infierno, Avery! —grito abrazada a la planta, mientras retrocedo hasta refugiarme en la penumbra del salón, donde recupero mi ropa abandonada en el sofá.

Lo más fastidioso es oír su carcajada divertida desde fuera.

—Y, por cierto, para tu información, no tienes nada que no haya visto antes, Summer.

Capítulo 7

Blake

Media hora después de nuestro encuentro en la piscina, Summer baja al salón vestida con unos *shorts* vaqueros y una camiseta blanca sinuosa, sus ojos están fijos en el suelo y el rostro contraído en una mueca rígida que se intensifica al verme tirado en el sofá.

—Algo me dice que estás enfadada conmigo —aventuro.

—¿Y qué es lo te lo hace suponer? —pregunta ella con los brazos cruzados, plantada al pie de la escalera, guardando la debida distancia.

—¿No sigues enfadada por lo de antes?

Ella se aclara la garganta, paseando de un lado a otro del salón.

—Ese «antes» nunca debió de haber sucedido. Estaba convencida de que estaba sola. Para tu información, no tengo costumbre de pasearme desnuda en público.

—¡No me digas! Y yo que creía que sí. ¡Qué pena!

Ella me fulmina con su mirada, frunciendo el ceño en una expresión severa.

¡Deja de mirarle las cejas! ¡Te estás volviendo loco, Avery!

—Cuando he vuelto, he encontrado la casa cerrada, vacía, silenciosa y limpia. He pensado que os habríais marchado.

—¿Irnos? ¿Dónde íbamos a ir? ¿Me lo dices, por favor?

—Bueno… Cheyenne se ha ido a España, ¿no? He imaginado que te habrías ido con ella.

—No me habría importado, pero mi agente me ha secuestrado el pasaporte.

—¿Qué?

—Es la única manera de asegurarse de que no abandone el país. Fue a raíz de cuando Dwight y yo fuimos arrestados en Caracas una semana antes de que se publicara mi tercera novela.

—¿Y por qué…? ¡Oh, maldita sea, me estás haciendo perder el hilo!

Ella niega con la cabeza retomando la conversación anterior.

–Por el estado de la casa pensé que te habías marchado, así que me puse cómoda.

–El orden y la limpieza son mérito de Guadalupe, la asistenta de Bronstein, que ha venido hoy para traer provisiones para la cocina y adecentar la casa. En cuanto a mi coche, no lo has visto porque lo tengo en el garaje.

–¿Y se puede saber por qué estabas *tú* desnudo?

–Tenía calor y decidí darme un baño –respondo alzando los hombros–. Y para tu información, no me importa que me hayas visto desnudo.

–No me cabe duda, considerando que eres un exhibicionista egocéntrico.

–¿Te ha gustado lo que has visto? –le pregunto a bocajarro.

Summer entrecierra los ojos como si algo le hubiera sentado mal.

–¿Perdona?

–Lo has entendido muy bien –insisto con arrogancia.

–¿Cómo puedes preguntarme una cosa de ese tipo? No sé qué clase de relación tienes con Cheyenne, pero *yo* estoy comprometida.

–Con Sullivan. ¿Has olvidado cómo es un treintañero en la flor de la vida?

Me mira desconcertada.

–Verdaderamente eres un caradura, Avery.

–¡¿Yo?! ¡¿Soy yo el caradura?! –replico, poniéndome en pie y cubriendo la distancia que me separa de Summer, que está apoyada en la repisa de la chimenea–. ¿Estás realmente segura? Porque desde el momento en que te vi en la piscina, hasta que te metiste corriendo detrás de ese ficus, habrán pasado quizás dos coma cinco segundos. En cambio, ¿cuánto tiempo has estado mirándome tú fijamente antes de que me diera cuenta de tu presencia?

–¿Qué estás insinuando?

Me encojo de hombros y cruzo los brazos sobre el pecho.

—Que, de los dos, el que ha estado disfrutando de un estriptis gratis y tan tranquila eres tú, y si no te hubiera cazado en el acto, todavía estarías ahí mirando.

Ella se hace la ofendida frunciendo esa boquita en forma de corazón en una «o» perfecta. ¡Y plaaas! Su mano derecha me golpea con una bofetada de dama de honor de antaño, de esas que hacen más ruido que daño.

—¡Descarado! —exclama yéndose a la cocina.

—Y todavía no has visto nada, tesoro.

Me quedo allí, aturdido por la sorpresa, frotándome la mejilla. Todavía me parece sentir la palma de su mano en la cara, la presión de sus dedos sobre la piel, y esos ojos encendidos por una mirada enojada y apasionada.

¿Por qué, cuanto más pienso en ello, más erótico me parece? ¿Y por qué esa bofetada sugiere en mi cabeza la imagen de que la cojo por las muñecas, la levanto contra la pared y la tomo hasta que me suplique que la haga correrse?

Para evitarme, Summer se ha hecho una tostada con aguacate y se ha refugiado en su cuarto.

Creo que se ha enfadado por nada. Quiero decir, entre los ojos húmedos y el resplandor de la luz del atardecer, ni siquiera podía enfocarla bien. Me bastaron dos segundos para comprender que estaba desnuda, pero ciertamente no fueron suficientes para completar el escáner Avery.

Si me preguntasen cómo es Summer Hale desnuda, respondería que no lo sé, y sería la verdad.

Pasé toda la noche intentando reconstruir el recuerdo de la situación de la que he sido acusado, pero no fui capaz.

¿Tetas? Dos. Lo demás no lo sé.

¿Culo? No ha expuesto su cara B.

Doy vueltas en la cama, pero no consigo dormir. Debo dejar de pensar en esto.

Debo pensar en otra cosa, tipo… qué sé yo, en mi novela…

Nada que hacer, renuncio. Me levanto.

Estoy por salir al pasillo, pero vuelvo dentro y me enfundo la camiseta y los vaqueros. No querría que la princesita le cogiese gusto.

Abajo, en el salón, todo está patas arriba: los sofás han sido divididos, la mesa del comedor movida, y Summer está pegando una cinta adhesiva en el suelo a lo largo de la sala, desde la escalera hasta la terraza.

—A Marina no le va a gustar lo que estás haciendo —le digo.

—Marina no tiene que compartir la casa contigo —replica sin siquiera mirarme, continuando impertérrita con su tarea.

—Perfecto —observa satisfecha, retirándose un mechón de pelo de la frente.

—¿Perfecto para qué? —pregunto bastante desconcertado.

—Yo tengo que estar aquí, y si no he entendido mal, tú no tienes intención de largarte, así que tendremos que dividir la casa, y lo haremos con estas reglas: las mías.

—¿Las *tuyas*?

—Es evidente que tú no tienes reglas, de modo que tendremos que utilizar las de la única persona con buen sentido en esta casa: la menda. Esta —dice mientras da un paso más allá de la cinta adhesiva— es tu mitad de la casa: con tu sofá, mesita, mesa de comedor, sillas, tu parte de terraza, la tumbona y tu parte de piscina. Y esta —mientras da un paso al otro lado de la cinta adhesiva— es la mía.

—Me parece muy simétrico, igual, democrático… excepto que la cocina queda en tu mitad —le hago notar.

—En vista de que no comes nunca, no te hace falta.

—La cocina será considerada zona extraterritorial.

—De acuerdo —asiente ella, sorprendiéndome por la facilidad con la que la he convencido. Pero es evidente que he cantado victoria antes de tiempo. En la cocina, en efecto, me muestra un folio pegado en la nevera.

—¡¿Normas de convivencia?! —leo anonadado. Recorro la lista, cada vez más atónito, línea por línea.

1-En los espacios comunes está totalmente prohibido el desnudo integral.

2-No se fuma en los espacios comunes cerrados.
3-Nada de sexo o actividad afín en los espacios comunes.
4-Prohibidos los ruidos molestos desde las 22:00 hasta las 8:00.
5-Quien ensucia, limpia.
6-Prohibición absoluta de traspasar la línea divisoria que separa los espacios comunes.
7-Uso obligado del bañador en la piscina.
8-No se come fuera de la cocina y de la mesa del comedor.
9-No está permitido el uso de los zapatos en la casa.
10-Respeto por el espacio vital de los demás.

–¿Qué quiere decir «respeto por el espacio vital de los demás»? –pregunto apuntando con el dedo a la última línea.

–Quiere decir que rige la regla del respeto recíproco y, por tanto, no está permitido entrometerse en los asuntos del otro.

–Espera un segundo, tesoro, ¿no crees que estas reglas las deberíamos haber escrito juntos? Porque me parece que están hechas un poco a tu medida.

Ella me mira fijamente a su vez con aire resuelto.

–No.

–¡¿No se fuma en los espacios cerrados comunes?! ¡Vamos, si esto no está hecho a tu medida!

–No quiero morir como fumadora pasiva.

–¿Sabes lo que eres tú? –le respondo apuntándola con el dedo–. La perfecta media naranja de Sullivan: quisquillosa y pedante.

–Viniendo de ti, lo tomo como un cumplido. Y ahora –dice tendiendo el brazo izquierdo con el índice tieso de forma amenazante– vete a tu mitad.

Va a ser un verano agotador.

Capítulo 8

Summer

Casi parece que Avery esté hecho para fastidiarme.

A grandes males, grandes remedios, ahora la casa está dividida en dos como Berlín Este y Berlín Oeste.

No quiero jugar a los compañeros de piso felices. Quizás eso funcione en *Friends*, pero seguro que no en la vida real. Desde luego no en la mía y sobre todo no con Avery.

No sé a qué está acostumbrado él –se despierta a las dos, las Ray-Ban caladas sobre los ojos, desayuno a base de Marlboro y Bloody Mary–, pero yo estoy aquí para trabajar.

Y ahora tengo la tranquilidad de hacerlo gracias a mis reglas. La mañana es mía, también porque él no sale de su guarida hasta bien entrada la tarde.

A las ocho y media, portátil en mano, desciendo al piso de abajo regodeándome ya en la macedonia tras las estupendas cinco horas de trabajo tranquilo. Mañana llegarán Craig y James de los Ángeles y por la tarde nos reuniremos con Preston y Chase para la revisión de los episodios. Yo ya tengo en mente un montón de ideas para ajustar las escenas y mañana quiero ponerlas sobre la mesa.

Ahora que lo pienso, el abandono de Cheyenne me da la oportunidad de lucirme con el director, por lo que incluso debería agradecérselo.

Entro en la cocina, pero me quedo congelada en la puerta.

La asistenta se afana en la cocina, un huevo y dos tiras de beicon se fríen en la sartén llenando el aire de un denso olor a grasa, la licuadora licúa, la batidora bate, y sentado al mostrador está Avery, el cabello despeinado recogido en una graciosa coleta, un Marlboro colgando entre los labios, sus habituales gafas de sol y un ejemplar del *Publishers Weekly* abierto frente a él.

—¡Buenos días, Costa Oeste! —me saluda con un tono lleno de sarcasmo—. ¿Me haces compañía?

—No puedo creer que estés ya despierto —digo boquiabierta.

—¡Sorpresa!

—*Pésima* —murmuro, sentándome enfrente de él, usando mi portátil como escudo. Tal vez, si lo ignoro, él hará lo mismo.

—Buenos días, Guadalupe, ¿qué tal? —saludo a la asistenta.

—Hum —es su lacónica respuesta.

Guadalupe rondará los cincuenta años, tiene una trenza muy negra que le baja por la espalda maciza, dos brazos de cavador y un aire nada amistoso. Quizás Avery ya la haya cabreado.

—¿Beicon? —me pregunta Blake, tendiéndome su plato.

—Vegetariana, ¿recuerdas?

—Ese es el tipo de detalle que mi selectivo oído no registra.

—A ver si registra esto: esa loncha de beicon pasará directamente de tu boca a las coronarias. Según mi *app*, que calcula la salud física, ese plato reduce la esperanza de vida al menos tres meses y se necesitan dos semanas de cardio para quemarlo.

—Contando con que este es el segundo plato, entonces según tu *app* debería estar ya muerto —replica él masticando con aire satisfecho—. Y, sin embargo, todavía estoy aquí.

Ya, por desgracia.

—Guadalupe, ¿podría hacerme un zumo de pomelo, una macedonia de mango y kiwi y pan integral tostado, por favor?

—Hum —masculla de nuevo Guadalupe.

—¿Guadalupe? —interviene Avery—. Ponga también jarabe de arce *en mis panqueques.*

—*Sí, señor Avery.*

Para mi gran sorpresa, al responder a Blake, Guadalupe se transforma en un dócil corderito que bala en adoración y lo contempla con ojos alucinados.

—*¿Quiere también virutas de avellana?*

—*Sí, querida.*

A lo cual, olvidándose por completo de mi macedonia, Guadalupe apila en un plato una torre de tortitas doradas, guarnecidas con nata, sirope de arce y avellanas picadas con un cuidado que no se ve ni en la final de *MasterChef* y lo coloca frente a él.

Dios mío, ¿he visto una reverencia?

De acuerdo, probemos en su idioma. Quizás el truco sea ese.

–*¿Podría también poner hielo en mi zumo, por favor?*

Empatados. No solo tú sabes español. Yo vengo de California.

Guadalupe me mira y vuelve a poner la expresión gélida del principio, con la mandíbula bien apretada.

–Hum.

Avery se ríe para sí mientras corta la pila de tortitas.

–No entiendo, tú eres el señor Avery y yo soy ¡¿hum?! –murmuro en voz baja para que no me oiga Guadalupe.

Él se cala las gafas sobre la nariz mirándome con una expresión de fingida culpabilidad que me dan ganas de coger uno de esos cuchillos y filetearlo como una lubina.

–Ups.

–¡No me lo puedo creer! ¿Has hechizado hasta a la asistenta? ¡La otra noche a la camarera del restaurante, hoy a la asistenta!

–¿Quieres que te enseñe cómo se hace?

–¡No! –exclamo encorvándome sobre el teclado del ordenador en un intento de no dejarle ganar terreno–. Quiero que me dejes trabajar en paz, tengo que escribir.

A mi salida, Blake estalla en una carcajada.

–¿Escribir?

–Sí, escribir, es mi trabajo.

–Mi *escritura* es un trabajo, el tuyo es una mala copia de lo que hago yo. –Me deja de una pieza–. No hay prosa, no hay poesía, no hay tensión en lo que haces. No construyes nada, no hay un proyecto de conjunto, sabes de donde partes, pero no sabes adónde vas, y lo peor es que la producción va donde la lleve la audiencia: no importa si una trama es buena o mala, das al público lo que quiere. ¿Un personaje no le gusta? Lo matas. ¿La audiencia *quiere* una pareja? Tienes que juntar a dos personajes. ¿El patrocinador paga una millonada? Metes todos sus productos en los escenarios. Estás a merced de la audiencia, de la compraventa de espacios publicitarios y de los tuits de Kylie Jenner.

—No acepto sermones de alguien cuyos libros se venden entre los champús anticaída y la pomada de hemorroides.

—A diferencia de lo que tú haces, mis novelas, una vez publicadas, no se pueden modificar. ¿Un piloto no alcanza la audiencia esperada? Se cancela la serie. Yo, si naufraga una novela, no puedo borrar nada, solo puedo asumir la responsabilidad del fracaso y esperar que los lectores me den otra oportunidad. Soy el único responsable de mis éxitos y de mis fracasos, nadie me coarta, yo tengo esta puta libertad porque me la he ganado. Reconozco que el mundo puede prescindir de Blake Avery, pero no permito que ningún escritorzuelo de Hollywood se arrogue el título de escritor sin ningún mérito.

—Sabes, Avery —le replico con la máxima tranquilidad—. Tu parloteo confirma lo que yo ya sabía: que eres un inseguro. Apuesto a que no pasa una mañana sin que te busques en Google, sin que revises las clasificaciones de ventas en Amazon dos veces al día, sin que invoques rayos y truenos sobre tus rivales y reces para que su ordenador se queme destruyendo su trabajo, y sin que vayas a releer tu página de la Wikipedia para asegurarte de que la sección de «Premios» ha sido actualizada —lo pico.

—Sabes, Summer, tus palabras no me afectan. Yo tengo certezas, tú solo suposiciones. Ahora escribirás cosas que verás dadas la vuelta como un calcetín y tendrás suerte si logras salvar una línea. En cuanto a mí, me reservo mi opinión.

—¿Quieres decir que los guionistas son escritores fracasados?

—Exacto —declara con un amplio gesto de cabeza.

Mientras medito si tirarle el zumo o la macedonia —ni en sueños, con lo que me costó que Guadalupe me los preparase, no voy a desperdiciarlos así— me viene una idea a la cabeza.

—Sabes, Avery, todos somos buenos a la hora de hablar sin saber, pero seré lo suficientemente generosa como para darte el privilegio de descubrir cómo es escribir para televisión y créeme será un baño de humildad con muchas disculpas para esta menda.

–Lo estoy deseando.

Para demostrarle que voy en serio, cojo el móvil y llamo a Chase, que, como siempre, responde casi de inmediato.

–Hola, Chase, soy Summer. Mañana llegarán James y Craig, confirmado. Escucha, tengo una propuesta que hacerte a ti y al equipo. ¿Qué tal si en vez de ir a vuestro hotel nos reunimos en mi casa?

Al escuchar mi invitación, Blake se queda estupefacto, hasta el punto de que se le cae el bocado de tortitas en el plato. ¡Bingo!

–¿En tu casa? –me pregunta Chase.

–Sí, estoy alojada en la casa de Fox y Marina Bronstein. Tendremos toda la calma que necesitamos, espacio, vistas al mar y, en caso de que hubiera alguna pausa, podríamos darnos un baño en la piscina. Mucho mejor que la sala de conferencias del hotel, ¿no?

–¡Perfecto! Eres la mejor. Hasta mañana –responde Chase antes de colgar.

Con aire triunfante cierro mi portátil.

–Mañana, Avery, verás quién trabaja en serio.

Los del equipo nos hemos reunido en la mesa de comedor mientras Avery está en la cocina, desde donde puede escuchar con claridad, como si estuviera con nosotros. Desde hoy por la tarde tendrá una imagen muy precisa de lo que significa trabajar para la televisión y se dará cuenta de que es tan laborioso como escribir una de sus novelas.

Preston está en la cabecera de la mesa y nosotros en los laterales, entre blocs de notas, lápices, escenas y guiones para revisar.

Ahora estamos en la fase de la tormenta de ideas: cada uno sugiere algún elemento para reestructurar la trama. De momento solo estamos de acuerdo en un punto: Cheyenne/Kelly muere.

Pero ¿cómo? ¿Cuándo? ¿Por qué?

–Accidente de carretera –suelta Craig.

—Hum —medita Preston agarrándose el mentón—. ¿Conduce en estado de embriaguez?

—O bien sobredosis —propone James.

—O atropello con fuga —añade Chase tomando su té verde.

—¿Por qué no un sabotaje en los frenos? —suelto yo mientras miro el mapa conceptual que me he diseñado—. No hagamos demasiado evidente que hemos matado al personaje solo porque la actriz se ha largado.

—No sé —vacila Preston—. La idea de la conducción en estado de ebriedad me funciona más.

Luke se levanta y pega en la pizarra magnética un *post-it* que dice «Accidente automovilístico – Kelly borracha».

—¿O bien…? —pregunta Preston de nuevo.

—Robo —sugiere James—. Kelly se involucra en un robo que salió mal.

—O suicidio —dice Chase.

—¡Lo tengo! —exclamo levantando la mano. Siento que esta es la idea fetén—. Kelly desaparece, se sospecha de una fuga o secuestro, y esto nos permite estirar el tiempo hasta los dos o tres últimos episodios manteniendo en alto el nivel de suspense.

—¿Y por qué? —pregunta Craig escéptico.

—Escuchad el golpe de efecto: a Kelly, después de la fiesta de cumpleaños de su padre, Christopher Raynor, que es la última escena que pudimos rodar con Cheyenne, se la da por desaparecida. La policía, digamos en el penúltimo episodio, descubre su cadáver en un cobertizo de herramientas, todavía vestida como la noche de la fiesta. Se barajará la hipótesis de un suicidio causado por un cóctel de fármacos, pero durante los análisis, en la prueba del ADN, se verá que Kelly no es hija de Christopher Raynor, por tanto, Miranda, su mujer, lo ha traicionado.

James y Craig se miran con aire dudoso, pero yo trato de ignorarlos.

—Escuchad esto: la autopsia revela que Kelly estaba embarazada, pero ella y su novio se habían dejado en la tercera temporada, por tanto, el padre es un misterio. En ese punto la policía establece la hipótesis del homicidio y recoge el ADN de todos los presentes en la fiesta de los Raynor. Incluidos sus rivales Anna y Jasper Slater. En ese momento los exámenes revelan que Jasper no solo es el padre del bebé, ¿os acordáis?, Jasper Slater y Kelly habían tenido relaciones sexuales en la cuarta temporada, sino que ¡él también es el verdadero padre de Kelly!

–¿Estás sugiriendo que Miranda Raynor traicionó a su marido con su eterno rival, Jasper, se quedó embarazada y dio a luz a Kelly?

–¿Por qué no? –pregunto para infundir entusiasmo–. Concluimos con Jasper, que acaba con cadena perpetua, la inestable Miranda se suicida y Anna Slater se casa con Christopher Raynor, poniendo fin a la eterna rivalidad entre las dos familias.

Todos garabatean en sus blocs y ninguno parece darme el aplauso que esperaba.

–Gracias, Summer –dice Chase en un tono neutro–. Lo pensaremos.

–Yo apuesto por el accidente –reflexiona Preston.

–Menos cosas que cambiar, y podríamos tener el final ya escrito –lo apoya Craig.

–Pero el final ya escrito es predecible –estallo sin ni siquiera darme cuenta. Una de las cosas que nos pide siempre Preston mientras recomponemos los episodios es que saquemos nuestras ideas más malévolas. Si no es malvado el incesto con homicidio no sé qué cosa lo será–. ¡Este final es a prueba de *spoiler*!

Pero Preston me ignora.

–El accidente lo hacemos después de la fiesta, al final del episodio, mientras que al inicio de la nueva le sumamos un poco del dramatismo hospitalario que tanto gusta al público.

–Estupendo –responde Craig–. Por cierto, Summer, ¿queda un poco de té frío en la nevera?

–Voy a ver –respondo servicial, esbozando una sonrisa.

–Otra vez será –me lo repito como un mantra en el intento de no hundirme en la desilusión.

En la cocina Avery me recibe con una expresión de satisfacción, como si me estuviese esperando.

—¿Se trata de una reunión del partido conservador lo que está teniendo lugar en el salón? —pregunta.

—¿Perdona?

—Es que hay tanta testosterona en esa habitación que cuando hayáis terminado te habrá crecido la barba.

—Es el equipo de producción, Avery. Es Preston, el director; Luke, su asistente; Chase, el supervisor, y los guionistas Craig y James —le aclaro.

—No me parece que te hayan estado escuchando, ¿me equivoco?

—Cada uno propone sus propias ideas. Preston es el jefe y Preston decide.

—A Preston no le gustas y nunca le gustarás —corta en seco, girando en el taburete con su habitual indolencia.

Yo lanzo una palada de hielo en la jarra del té, molesta.

—¿Y a ti qué te importa?

—A mí nada —respondo encogiéndome de hombros—. Te lo digo para ahorrarte tiempo y aliento. Ninguno de esos de ahí te escuchará.

—Considerando que cada vez que abres la boca es para menospreciar mi trabajo, creo que no me dejaré influenciar por tus palabras.

Sí, no quiero dejarme influenciar, pero una infinitésima parte de mí está aterrada de que tenga razón. ¿Y si nunca me hicieran caso?

—¿Sabes quién está en mis reuniones editoriales? Nadine, mi editora; Susan, de diseño gráfico; Lucy, del departamento de *marketing*; Paula, la editora y Sasha, mi agente. Ningún hombre excepto yo.

—Eso es porque eres un mujeriego y las mujeres pierden la cabeza por ti.

Blake cruza los brazos y se acerca hacia mí.

—¿Tú también?

—No, yo estoy vacunada contra los tipos como tú.

—¿Y qué tipo soy?

—El hombre que susurra a los estrógenos —replico sosteniendo su mirada retadora.

Ante mi salida, sin embargo, Blake parece complacido.

—¿Susurro a los estrógenos? ¿En serio?

—Que no se te suba a la cabeza.

—De todos modos, te equivocas respecto a mis reuniones. Es un equipo femenino porque puedo trabajar con ellas y nadie compite a ver quién mea más lejos.

—Yo no hago gala de mear más lejos —objeto.

—Tú no, ellos sí —dice señalando la estancia con un ceño en la frente—. ¿Qué has venido a hacer aquí?

—A por bebida —respondo exasperada. Avery es así, trata de agotarte—. ¿No lo ves?

—¿Para ti?

—Para todos. —No comprende que estoy molesta por su insistencia.

Avery sonríe burlón ante la evidencia.

—¿Lo ves? Eres su criada. Déjame decirte un par de cosas sobre los chicos de la Costa Oeste: los hombres se identifican con su pene. Si le haces daño a un hombre, se lo haces a su pene. Y ningún hombre quiere dañar a su pene —explica con aires de catedrático—. Nadie hará caso a tus ideas, porque tus ideas tienen vagina.

—Pero qué co… ¿Tu diploma en pseudopsicología te lo han dado antes o después de la lobotomía?

—Dado que no me crees —anuncia saltando del taburete—, te demostraré que tengo razón.

Y se dirige con paso seguro hacia el salón.

—Para, para, para —le digo sujetándolo por el borde de la camiseta—. ¿Qué intentas hacer?

—Abrirte los ojos. Mira al maestro y no me interrumpas.

—Harás que me echen —susurro entre dientes, entrando en pánico.

—*Au contraire.* —Se libera de mi sujeción y retoma la marcha—. Preséntame, Costa Oeste.

Alzo los ojos al cielo y, con escalofríos, lo conduzco hasta la mesa de comedor.

—Perdonad la interrupción, pero hay una persona que os quiere conocer —digo afable y sonriente.

—¿Están aquí reunidas las mejores mentes de Hollywood? —empieza Avery haciéndose el guay.

Cinco pares de ojos se vuelven a mirarlo.

—Blake Avery, un placer conoceros —se presenta—. Comparto la casa con vuestra Summer.

Al escuchar el nombre de Avery, Preston se pone en pie como si hubiese crecido un cactus en su asiento.

—¡Blake Avery, claro! —exclama tendiéndole la mano—. *París: el imperio de los muertos, La catedral infinita, La cámara acorazada, El enigma de Shakespeare*, pero mi favorito sigue siendo *La conjura de Rafael*.

—Veo que eres un buen lector —se regodea Blake, estrechando ahora la mano de Chase, que se ha levantado con el mismo entusiasmo que Preston—. ¡Hola!

—Yo soy Chase Turner. Permítame decirle que, si ya ha cedido los derechos cinematográficos de *La catedral infinita*, Pres y yo nos postulamos para el guion. Gaudí, Barcelona, el espiritismo, la masonería… Tenemos ya un montón de ideas.

Y por primera vez en toda la tarde Chase y Preston me dedican la primera mirada de verdadero interés.

—¿Estáis trabajando en los guiones? —pregunta Avery señalando la desordenada mesa. Pregunta inútil, ya que lo sabe de sobra.

—Sí —suspira Chase—. Cheyenne Evans se ha ido y nos ha dejado en un mar de problemas. Gracias a su despedida, tenemos que rescribir la mayor parte de la temporada. Retomar lo ya decidido, dinero tirado… Un follón.

—Sí, Summer me lo ha contado.

¡Avery, eres un rufián!

—Hey, Blake —salta a su vez James, como si lo hubiesen electrocutado—. ¡Toma asiento!

–Sí –se une a la invitación Craig–. ¿Por qué no? ¿Conoces *La élite*?

Avery me lanza una mirada triunfal de reojo, que solo noto yo.

–¿Quién no conoce *La élite*?

Y Chase le cede el asiento a su lado. ¡*Mi* asiento!

Yo pongo la jarra de té en el centro y me siento al otro lado de la mesa, consciente de que, mientras todos se giran hacia Preston, me dan la espalda. Qué buenos momentos.

Chase hace un breve resumen de nuestra tormenta de ideas y de aquello que era el plan originario del primer guion en el que Cheyenne nos dice *adiós* a todos.

—Kelly Raynor morirá en un accidente de carretera –dice Preston.

–¿Accidente? –pregunta Avery fingiendo que toma notas en lo que era *mi* bloc.

–Sí, el personaje de Kelly siempre ha sido muy rebelde, conducir borracha le pegaría.

–¿Tipo destrozada en un acantilado? –suelta Avery con aire concentrado.

–Sí, ¿qué te parece? –lo apremia Chase.

–Uhm… Podría ser –medita Avery sin mirarlo.

–Es previsible, pero podría funcionar.

A la palabra *previsible* todos se tensan.

–¿Previsible? –pregunta Craig, vacilante.

–Como espectador enseguida olería que esa muerte por accidente automovilístico está puesta justo ahí para encubrir los caprichos de una actriz que ha abandonado el rodaje. Igualmente, la serie se tiene en pie, eh, no me malinterpretéis, pero si fuese mi novela, lo resolvería de otro modo.

Preston apoya los codos con actitud interesada.

–¿Y cómo lo resolverías tú?

–Yo aprovecharía para meter un par de giros dramáticos. Quiero que mi lector se siente en el borde de la silla, no quiero decirle lo que ya sabe, ¿verdad?

–No, no queremos –asiente Chase.

–No sé. –Avery alza los ojos al techo agitando el lápiz como si estuviera dándole vueltas–. Hago desaparecer al personaje de Kelly por un tiempo para crear suspense.

–¿Tipo una desaparición o un rapto? –le pregunta James.

–Exactamente. Y luego, hacia el final, resulta que está muerta. ¡*Bum*! ¡Giro argumental!

–¡Y yo, espectador, quiero saber cómo ha muerto! –exclama exaltado Preston.

¡Un momento! ¡Hacer desaparecer a Kelly y luego encontrarla muerta era mi idea! ¡Avery está relanzando *mi* idea!

Se vuelve apenas lo suficiente para percibir mi expresión atónita y me guiña un ojo.

–Tirar de la muerte es siempre una buena estrategia, al menos en los libros, jugar un poco a tensar la cuerda. Por ejemplo, un suicidio que resulta ser un asesinato. –Craig golpea la mesa con el puño, convencido.

–Provocamos la caza al asesino.

–Kelly tenía una relación clandestina, ¿no? –pregunta Avery para tantear el terreno.

–En la anterior temporada se acostaba con el marido de la vecina, Jasper Slater.

–¿Y si se hubiera quedado embarazada? –sugiere Avery–. La relación con un hombre casado y un embarazo no deseado son un buen motivo para un homicidio.

La atmósfera en la mesa se caldea. James y Craig toman apuntes como posesos, Luke ha llenado el tablón de *post-it*, a Chase le brillan los ojos y Preston está en éxtasis. Todo lo contrario de la expresión aburrida y el ambiente desinteresado que reinaba mientras yo exponía lo mismo.

–Estoy siendo impreciso, coged con pinzas lo que digo, ya que parto de mi experiencia como escritor de *thrillers* de base histórico-artística –finge con modestia–, yo metería un escándalo en medio como que Kelly no es la hija de Raynor.

Mis colegas asienten como cachorros, con la baba colgando.

–¿Y si fuese el propio Jasper Slater su padre? –interviene Craig.

Quién sabe cómo te ha venido esta idea, ¿eh, Craig?

—¿Incesto y homicidio? ¡Una bomba! —comenta Avery volviéndose de nuevo hacia mí, con aire triunfal.

James cierra su bloc con un chasquido que hace eco en toda la habitación.

—Tengo clara la idea. Escribo el próximo episodio esta noche y te lo hago llegar mañana —le dice dirigiéndose a Preston.

El jefe asiente, luego, mirando a Avery, sonríe afablemente.

—Parece que hemos cuadrado la situación. Blake, ¿has pensado escribir para la televisión?

—¡Sus novelas lo tienen muy ocupado! —intervengo yo, alarmada. Solo faltaba que también me robe el trabajo justo ahora para fastidiarme.

—Por caridad —exclama Preston dando una palmada en la espalda a Avery—. Necesito tus novelas como el aire.

Todos están de pie ahora, Preston con Luke a sus talones, Chase, James y Craig ya en la puerta.

—Mil gracias por la hospitalidad, Summer —me agradece Chase—. Hemos trabajado bien.

—Y el té era estupendo —añade Luke.

Que te den por culo, Luke. De corazón.

—Ha sido un placer —respondo con una sonrisa tirante.

—Ah, Summer —Preston se detiene en el umbral de la puerta mientras los otros ya han salido a la calle—, mañana, en el Bridgehamptons Tenis & Surf Club, doy una fiesta para festejar mis veinticinco años de carrera, deberías venir.

Debo sujetarme la mandíbula para que no se me caiga al suelo.

El traidor de Luke está tan sorprendido como yo.

—La lista de los invitados está cerrada desde hace una semana —dice.

Preston levanta los ojos al cielo.

—La puedes volver a abrir, ¿no? Summer Hale y, por supuesto, Blake Avery. El cóctel es a las siete.

Y sin más preámbulos, Preston se va, mientras yo continúo plantada en la puerta.

–¿Sigues aquí? –oigo la voz de Blake a mi espalda.

–Preston me acaba de invitar a la celebración de sus veinticinco años de carrera –murmuro.

–¿Eso es algo bueno? Por tu tono pareces consternada.

–Es fabuloso –digo volviéndome hacia él–. Solo va Chase, ni Craig ni James han sido invitados. Es una cosa de los peces gordos. Nunca me habían tomado en consideración antes de...

–¿De hoy? –aventura él apoyándose en los codos con los brazos cruzados.

–Antes de hoy –le confirmo.

–Entonces, veamos: presentas tu solución a la trama de la serie que es rechazada sin apelación. Diez minutos después presento yo la misma solución calcada, que levanta aplausos, fabulosos premios y festejos. Y ahora Preston te quiere en su fiesta de peces gordos. ¿Qué te había dicho?

–Que mis ideas tienen vagina –farfullo con los dientes apretados.

Él me lanza una de sus arrogantes miradas, llena de satisfacción.

–Siéntete libre de darme la razón.

Antes muerta.

Cuanto más lo pienso, menos salgo de mi asombro.

Blake Avery sería capaz de convencer a Vladimir Putin de que bailara la macarena, en calzoncillos.

Lo envidio. En verdad, lo odio, pero lo envidio un poco. A Avery, no a Putin.

Sin embargo, esto de la fiesta de Preston es una locura: no soy nadie, pero tengo la oportunidad de convertirme en alguien.

Me encierro en mi cuarto y llamo a George para darle la noticia.

–¡George! –grito apenas responde.

–Tesoro –me interrumpe hablando en voz baja–. Estoy con unas personas, ¿te puedo llamar más tarde?

–Pero es importante.

Lo oigo resoplar por la nariz, como si estuviese enfadado.

–Un momento.

Me quedo mirando el teléfono, aturdida.

Siempre he tenido la sensación de tener que caminar por la vida de George de puntillas, a pesar de que hace ya dos años que estamos juntos, como si tuviese que pedirle permiso.

–¿Estás ahí? –insisto después de varios segundos de silencio.

–Dime.

–Perdona, George, si no fuese importante, no te molestaría.

–Es que, ya sabes, con estos políticos nunca se sabe cuál es el momento adecuado. Si te equivocas con la pregunta, se acabó. Estamos tratando las intrigas y los platos sucios de la antigua administración y hay un nuevo Watergate a la vista. No puedo perder el hilo.

–No lo sabía –me excuso ahora, sintiéndome culpable.

–No te preocupes, dime el motivo de la llamada.

–De acuerdo. –Me siento al borde de la cama para no desmayarme de la emoción–. Preston, el director, dará una fiesta privada este domingo para festejar sus veinticinco años de carrera y me ha invitado.

–¿Qué? –pregunta George sin pizca de curiosidad.

–¡A mí! –exclamo–. ¡Me ha invitado a mí!

–Bien, es una buena noticia, ¿no?

–¡Es una noticia increíble! –Estoy poniendo todo de mi parte para infundirle mi entusiasmo–. Estarán los ejecutivos de la emisora, productores, directores, tendré la oportunidad de hacer amistades profesionales, y si me va bien con Preston, quizá pueda conseguir que lea mi guion.

–Magnífico.

–Tú… ¿tú lo has leído? –pregunto con una pizca de esperanza–. Antes de que te fueses a Nueva York, te metí la separata en la maleta.

–Ah, eeeh, no, tesoro –responde él impaciente.

–¿Cómo que no?

–Estoy ocupadísimo aquí, estoy sacando a la luz los entresijos de toda la vida política de Cartwright. No tengo tiempo de dedicarme a otra cosa.

Suspiro en un intento de ocultar mi decepción.

–No quiero ser insistente, George. Es que me importa mucho.

–Lo sé, soy yo, que soy terrible. Haré que me perdones.

–Hey –digo cambiando de tema–. A propósito del domingo por la noche. ¿Qué tal si vamos juntos el sábado a comprar un bonito vestido para mí y un traje para ti? Tenemos que quedar bien en la fiesta y, mientras intento impresionar a Preston, tú puedes fascinar a todo el mundo con la exclusiva de tu proyecto con Cartwright.

–¿Cómo? –me pregunta como si no hubiese escuchado nada.

–Yo, tú, el domingo, la fiesta de Preston…

–¿El domingo?

–Sí –repito paciente–. El domingo. Pero si llegas el sábado, tendremos todo el tiempo para prepararlo con comodidad.

–Aaah –vacila él–. A decir verdad, no estoy seguro de que pueda regresar este fin de semana.

Al oír esta noticia me viene un mareo.

–¿Cómo que no vas a regresar?

–Cartwright me ha invitado a su cabaña en Vermont, donde conserva el archivo de su carrera. Será un auténtico viaje en el tiempo. No puedo decirle que no.

Esto no me lo esperaba.

–¿Y yo con quién voy a la fiesta?

–¡Ánimo, Summer, eres una chica fuerte y emancipada, independiente y feminista, seguro que no necesitas un acompañante!

–Me habría gustado ir contigo, eres mi chico. –Dios no quiera que nadie piense que Avery es mi chico.

–Hagamos una cosa: mientras estés en la fiesta, yo te mandaré todo mi apoyo moral. Ahora tengo que irme. Hablamos mañana. Te llamo yo.

–Te quie… –Antes de que pudiera terminar la frase, él ya ha colgado.

Capítulo 9

Blake

El despertar es un momento delicado, pudiendo llegar a determinar el humor que me acompañará el resto del día y, a juzgar por el de hoy, será pésimo.

Un cubo de agua fría mezclado con cubitos de hielo me da de pleno en la cara.

–¡Puta mierda! –grito dando un salto hasta sentarme en la tumbona al borde de la piscina, donde me quedé dormido ayer noche. Delante de mí se alza una figura muy delgada y angulosa, el cabello recogido en una cola de caballo apretada y una sonrisa maléfica: es Sasha, mi agente, con una cubeta de champán en la mano.

–Hace días que te busco y no contestas –me agrede de repente–. ¿Me has bloqueado?

–¿Eh? –pregunto yo ahora aturdido por el sueño.

–No trates de hacerte el tonto conmigo –gruñe Sasha tirando la cubeta al suelo–. Te conozco demasiado bien. ¡Te he llamado al menos cincuenta veces y tu teléfono está desconectado!

–Oye, oye, un momento. Yo no he bloqueado a nadie. No te he contestado porque se me ha roto el móvil.

Ella me mira escéptica, los brazos cruzados sobre el pecho, en una postura rígida como su traje a medida.

–Te lo juro. Me he caído a la piscina vestido, tenía el móvil en el bolsillo y se ha empapado –digo con la máxima sinceridad.

–¿Y no has comprado otro?

–No lo he pensado. No puedo pensar en todo.

Ella no me da tregua.

–¡¿Sabes por qué estoy aquí, animal, pedazo de cretino, que no eres otra cosa?!

–Yo también te quiero, Sasha –replico sarcástico–. ¡¿Por qué todos los autores del mundo son mimados como polluelos por sus agentes y a mí me maltratas?!

–Por tu editor. Quiere tu manuscrito lo antes posible y yo le prometí que se lo daría. Luego vengo aquí y, en lugar de dejarte los dedos en el teclado, te encuentro haciendo el vago. ¡Te has metido en un buen lío!

–Yo no te he dicho que tuviera el manuscrito listo. Eres tú quien ha prometido las páginas a la editorial, no yo. Desde mi perspectiva, eres *tú* quien está en problemas –le hago notar.

–Pero ya has cobrado el anticipo –dice con los brazos en jarra–. ¡Dame algunas páginas! ¡Dame un capítulo! ¡Dame la lista de la compra! ¡Pero dame algo! Para tenerlos tranquilos.

–Sasha, sabes que cuando empiezo a escribir lo hago de una tirada y te presento la novela terminada y rematada.

–Sí, siempre en el último segundo del último minuto del último día. Yo no puedo continuar así. Debo de ser masoquista para trabajar contigo.

–Vive la vida al máximo, Sasha.

–No, yo vivo al borde del agotamiento nervioso.

Antes de que pueda rebatirle, Summer sale al patio en mallas y top y, después de colocar una colchoneta en mitad del solario, comienza su rutina de yoga.

–Yo estoy ya en pleno agotamiento nervioso y hace apenas una semana que comparto casa con él.

Sasha mira a Summer, después me mira a mí.

–¿Quién es ella?

–Summer Hale, convivencia forzosa –resumo telegráficamente.

Sasha me mira incrédula, como pensando: «solo tú puedes meterte en esta situación», y no puedo culparla.

–Summer, ella es Sasha Stone, mi agente. Sasha, ella es Summer Hale, escritorzuela –digo en voz alta.

–Guionista –subraya ella levantándose de la colchoneta para estrechar la mano a Sasha–. Trabajo para la serie *La élite*.

Los ojos de Sasha se iluminan.

–¡¿De verdad?! Estoy enganchadísima a *La élite*.

–Estoy aquí porque estamos rodando la última temporada.

–Por una parte, no veo la hora de descubrir cómo acaba, pero por otra pienso que después mi vida no tendrá sentido.

–Venga, Sasha, no seas modesta –comento yo–. Tu vida tampoco tiene sentido ahora.

–Entonces no hace eso solo conmigo –observa Summer dirigiéndose a Sasha–, en clara alusión a mi persona.

–Es un caso incurable –subraya mi agente.

–Haced como si yo no estuviera aquí –digo, quitándome las gafas de sol para limpiarlas.

–Summer –prosigue Sasha ignorándome–, sé que esto que te voy a pedir es una cosa absurda, pero no lo haría si no estuviese desesperada. Debo volver a Nueva York, tengo reuniones, gente con la que debo hablar, otros autores a los que hacer el seguimiento, no puedo quedarme aquí para hacer de asistente social de este indigente. Debo estar en contacto con él y ahora que está sin teléfono no sé cómo hacerlo. ¿Puedo pedirte que me des tu número para que pueda contactarlo en caso de emergencia?

A Summer la petición de Sasha le ha pillado desprevenida.

–¿Mi número? No sé…

–Me pareces el único adulto responsable en esta casa. Por favor, solo hasta que Blake tenga un nuevo teléfono y regrese de la era terciaria. Te pagaré la molestia.

–Que traducido significa que *yo* lo pagaré –preciso.

Sasha saca el tarjetero de su bolso de piel italiana –que solo gracias a lo vendido con mis novelas puede permitirse–, y le tiende a Summer una tarjeta de visita.

–Aquí están mis datos de contacto, puedes llamarme por cualquier cosa: si Blake prende fuego a la casa, si te acosa, lo que sea. Pero no puedo perder el contacto con él.

Summer pone los ojos en blanco, suspira y, cogiendo el bolígrafo de Sasha, escribe su número en otra tarjeta.

–Comprendo la emergencia, pero úsalo con moderación.

–Por supuesto, tienes mi palabra. Te lo agradezco de corazón. Y ándate con ojo con este sujeto de aquí. Tiene tendencia a tratar de cautivar a las chicas guapas.

—Estaré en guardia –le asegura Summer.

Sasha parece aliviada al saber que tengo puesta la correa.

—Tengo que irme ya, y tú –dice volviéndose a mí, de nuevo con el tono ácido del principio– levanta el culo y ponte a escribir. Solo te digo dos palabras.

—Uy, el suspense me está matando –le tomo el pelo. No se ha dado cuenta de que soy impermeable a sus amenazas.

—Simon Eames, otoño –argumenta ella mientras se va con un estrepitoso taconeo.

—Son *tres* palabras –le replico yo elevando aún más el tono.

—¡Púdrete! Ahí lo tienes, ahora son cuatro –la oigo decir antes de que la puerta se cierre tras ella.

Summer está delante de mí contemplando la escena con desconcierto.

—La vuestra no es una relación sana.

—En efecto. Si la suya no fuera la mejor agencia de la Costa Este, no trabajaría más con ella.

—Sed felices. –Summer se encoge de hombros y vuelve a su colchoneta para doblarse como una contorsionista.

—¿Por qué has aceptado hacerme de telefonista? ¿Tan poco te pagan los de la cadena de televisión? –La miro con desprecio.

—No. Me gustaba la idea de tener control sobre ti –dice mientras se recuesta sobre la espalda estirando las piernas detrás de los hombros con el culo en el aire, haciéndome perder cualquier capacidad de réplica.

No le diré que tener el número de Sasha no le servirá para tenerme controlado.

Dios. Bendiga. El. Yoga.

—¿Estás listo? –me pregunta Summer la tarde de la fiesta, bajando al salón donde yo estoy recostado en mi sofá, esperando el telediario de las seis.

—Listo –anuncio poniéndome de pie.

—¡No, no, no! –exclama observándome horrorizada–. En absoluto estás listo.

—Por supuesto que lo estoy.

—Eso son vaqueros —recalca con una mueca señalando mis Levis—. Y esa es una camiseta.

Yo asiento, poniéndome una chaqueta de cuero.

—¡Pero vamos! ¡No me había dado cuenta!

—¿Nunca te han dicho que a una gala hay que ir con traje oscuro? ¡¿No tienes un esmoquin?!

—¿Y tú no tienes tetas? —le respondo, colocándome frente a ella con los brazos cruzados.

—¿Qué? —Summer se queda atónita ante mi salida.

—¿No te ha dicho nadie que para ponerse un vestido escotado hay que tener tetas?

—Hijoputa —farfulla ella dándose la vuelta con una pirueta, tan enfadada como coqueta, que hace oscilar los rizos que se le han escapado del peinado—. En cualquier caso, no puedes venir así.

—Te aseguro que puedo —replica él en tono desafiante—. Además, por si lo has olvidado, el invitado soy *yo*.

—Entonces, si el invitado se decide a cerrar la boca, nos vamos, que ya llegamos tarde.

Sigo a Summer fuera de la casa y observo con horror que se dirige con paso seguro hacia el Prius.

—¿Vamos con *eso*? —pregunto horrorizado.

—Naturalmente. No pondría mi vida en tus manos. Sé que esta noche beberás y tal vez llevarás a algunos fans incautos que te adoran, pero yo no tengo intención de tener un accidente estampándonos contra una valla ni de tener que pedir a extraños que me lleven porque me hayas dejado tirada, por tanto, el Prius gana a tu Ferrari.

No puedo creer que me esté subiendo a un Prius. ¡Maldita sea!

—Ponte el cinturón —me ordena.

—¿Estás bromeando?

—Ponte el cinturón o llamo a Sasha.

—Vale, vale, me lo pongo —respondo.

Mientras ella maniobra, enciendo la radio y apago su iPod.

—¡Hey! —protesta cuando se da cuenta—. ¡Vuelve a ponerlo!

–Si tengo que viajar en este trasto, lo haré escuchando auténtica música, no tu tostón sensiblero para mujeres.

–¿Tantos prejuicios tenemos? En lugar de hablar por hablar, ¿por qué no escuchas mi lista de reproducción?

Vuelvo a enchufar el cable en la toma USB.

–De acuerdo. Pero si la primera canción no me gusta, lo desconecto todo y elijo yo.

–No sé si es un desafío, pero estoy bastante segura de que lo acepto.

Yo estoy ya listo para lanzar el iPod por la ventana, pero a la primera nota me quedo atónito.

–¡¿The Verve?!

–Tu tono de sorpresa es casi un insulto.

Cojo el reproductor y me pongo a recorrer la lista de canciones para asegurarme de que no se trata solo de un caso fortuito.

–Nirvana, Eagle Eye, Cherry, Red Hot Chilly Peppers, Blink 182… ¡Increíble!

No debo decirle que yo tengo exactamente los mismos grupos en mi lista de favoritos. No debo.

–Y Lenny Kravitz, y Blur y Oasis. A finales de los noventa descubrí la MTV.

–Te confieso que estoy sorprendido. Tenía miedo de encontrarme a Taylor Swift o Ed Sheeran aquí dentro.

Ella se echa a reír a carcajadas; parece que se divierte de verdad.

–¿Y qué te ha hecho de malo Ed Sheeran?

–Nada, aparte de que, por ese maldito pelirrojo, todas las mujeres esperan declaraciones de amor almibaradas como «Eres perfecta tal como eres…», «Te amaré hasta los setenta años…», ¡y basura como esa! A las mujeres les encanta engañarse y él, consciente de semejante hipocresía, se aprovecha de ello halagándolas con su fácil retórica de sentimientos baratos. La suya no es música, es pura evasión y autoengaño.

–¿Y cuál sería la verdad? ¡Veamos!

–Que ningún hombre sueña con una septuagenaria y en la tercera edad no es verdadero amor.

–Por tanto, ¿para ti se reduce todo a una cuestión de tetas?

Qué pena, al menos con los gustos musicales estaba dispuesta a concederte el beneficio de la duda, ¡pero no tienes arreglo! –sentencia sin apartar los ojos de la carretera.

–Oh, en cambio tu «Ciorch» está enamorado como un tonto.

–¡Deja en paz a George!

–A propósito, ¿no ha venido para acompañarte a tu mágica velada?

–Está ocupado.

Un momento. ¿Es fastidio eso que aprecio en su voz?

–Te ha dejado plantada, ¿eh?

–No me ha dejado plantada. Tenía que ocuparse de un asunto.

–Primero te deja aquí plantada, después no vuelve para el fin de semana… Sullivan es un poco escurridizo, ¿no te parece?

–Tenemos nuestro espacio, cosa que una persona invasiva como tú no puede comprender. Él me quiere, me considera una persona fuerte e independiente, una mujer con valores feministas que no necesita que la acompañen a una fiesta.

–¿De verdad te ha dicho eso? ¡¿Que eres demasiado independiente para llevar acompañante?! –No la dejo responder–. Mira, la noche que estuvimos los cuatro en el restaurante vi cómo pagabais la cuenta a medias y me mordí la lengua, pero esta gilipollez del feminismo no me la trago. Es la típica coartada hipócrita que tanto gusta a la panda de intelectualoides como él, una hábil escapatoria filosófica para dar un barniz idealista a su mediocridad. Me gustan las mujeres guapas con un físico digno de ver, eso es cierto, pero ¿estás segura de que eso me convierte en un maleducado? Porque entre él y yo, creo que el maleducado es él.

Summer pega tal frenazo que se me suben los riñones a la garganta y me observa con una mirada cortante.

–¿Qué pasa, Avery? ¿Estás compitiendo con George?

–¡¿Quééé?! ¡¿Bromeas?! Hay una galaxia entre nosotros, en absoluto estoy compitiendo con él.

–Ah, bueno, sonaba así por tu tono.

–Pues te equivocas.

Ella continúa mirándome fijamente con esos ojazos.

–¿Entonces?

–¿Entonces qué? –repito sin apartar la mirada de sus cejas hipnóticas.

–¿Vas a bajar o no? Hemos llegado.

Mierda. No me había dado cuenta. Abro la puerta y en dos zancadas alcanzo la suya para abrirla con un teatral gesto caballeresco. Ella, sin decir nada, me mira y baja sujetando el bajo de su vestido de sirena. Debo reconocer que el verde no le sienta mal.

–Admítelo –digo cerrando el coche–, Sullivan no te abre jamás la puerta.

–Es verdad, lo admito. Pero, si no recuerdo mal, ¿no has dicho hace dos segundos que no estabas compitiendo con él?

Tocado.

–Ahora, Avery, mantente a un metro de distancia de mí, no quiero que nadie pueda pensar que eres mi acompañante.

Nada más entrar, entre todos los honores, apenas con el tiempo de llegar hasta la piscina donde tiene lugar el cóctel, Preston se nos acerca agitando las manos.

–¡Blake, Summer, estáis aquí! Justo a punto para el bufet. Allí está el marisco y, al otro lado, la barra libre.

¡Barra libre! Mi palabra favorita.

–Una magnífica velada, Preston –lo felicito buscando a su espalda algún camarero con una copa de *gin-tonic*.

–Ya sabes, ¡veinticinco años de carrera no suceden todos los días! Ahora, excusadme, tengo que saludar a otros invitados. Nos vemos luego.

–Entonces, ¿esto es el Olimpo? –le pregunto a Summer en cuanto Preston se ha ido.

–Aquel de allí es Darren Star –me ilustra señalando con discreción a un tipo muy sonriente a poca distancia de nosotros–, productor de *Sexo en Nueva York*; el que está a su derecha es Josh Schwartz, el creador de *O.C.*, por nombrarte a otro. Ah, y el tipo alto y canoso apoyado en la balaustrada que está hablando con la mujer de Preston es el jefazo de la ABS: Brian Larson, propietario y director.

–¿Esa es la mujer de Preston? –pregunto desconcertado. De lejos se parece a Cheyenne, pero pelirroja.

–Debería haber previsto que no prestarías tanta atención a mis palabras como al primer ejemplar femenino que entrara en tu campo de visión.

–Es tan… joven. ¿Cuántos años tendrá? ¿Veinticinco?

–Veintitrés.

–No llevo un registro civil, pero si esta es la fiesta de los veinticinco años de carrera de Preston…

–Se llevan treinta y dos años de diferencia, es su tercera mujer –dice ella confirmando mis sospechas–. En todo caso, la señora Howard está hablando con Brian Larson, y yo voy a intentar ir ahí y colarme en su conversación, cualquiera que sea.

–Perdona la curiosidad, pero ¿cómo?

–Bueno, hace un mes llevé a su perro al veterinario por una fuerte disentería y se lo devolví mientras estaba en la peluquería. Pensaba engancharla preguntándole cómo está Balthus y luego atacar a Larson.

–Si yo fuese el propietario de un canal de televisión y alguien fuese tan bueno como para involucrarme en una conversación sobre la mierda de un perro que ni siquiera es mío, rápidamente le ofrecería un contrato de seis ceros.

–¡Ese es el plan! –responde combativa apuntando a su presa.

Estoy a punto de ofrecerle mis mejores y sarcásticos deseos, cuando mis ojos se posan en una persona en el lado opuesto de la piscina.

–¡Puta mierda!

–¿Qué pasa? –pregunta ella.

Envuelto en un traje totalmente negro y un mechón rubio al viento, veo a Simon Eames levantando su copa de vino hacia mí. La última persona a la que quería encontrarme aquí.

–¿Qué pasa? –repite Summer.

–Ese escarabajo pelotero de Simon Eames –murmuro entre dientes–. Está viniendo hacia aquí.

–¿Por qué escarabajo pelotero? ¿Es un amuleto de la suerte? –me pregunta ella observándolo.

–No –respondo con sequedad–. Porque amasa pelotas de estiércol y se las come.

Si lo hubiera visto antes, podría haberme escabullido, pero ahora que me ha localizado, tengo que hacerle frente.

Cuando me lo encuentro cara a cara, pongo mi mejor pose de estatua.

–Eames.

–¡Oh, Dios mío! ¡Avery! –exclama él mientras se sitúa a mi derecha, mirándome de arriba abajo–. ¿No sabías que era una fiesta de traje oscuro? La invitación decía claramente «No se admite ropa informal».

–También dice «No se admiten animales» y has entrado tú.

¡Bingo! Eames esboza una sonrisa y bebe un sorbo de champán para ganar tiempo.

–No es que te considere una persona muy educada, pero ¿no me presentas a tu acompañante?

–Summer Hale –dice ella anticipándose–. Y no soy su acompañante.

–Perdón. Lo he malinterpretado –responde Eames, adulador, con un amago de reverencia tan servil como falsa.

–Simon Eames, colega escritor de Avery. ¿Estás también en la editorial? Si puedo tratarte de tú…

–Ni siquiera tengo treinta años, me puedes tutear. Y, de todos modos, no, trabajo en la televisión, soy guionista.

–Fascinante –responde él untuoso.

Me dan ganas de vomitar.

Después, una voz femenina a nuestra derecha nos sorprende.

–¡Summer!

Una tía rubísima y altísima arrolla a la menuda Summer, con el ímpetu del huracán Katrina, agarrándola por los hombros.

–¡No pensé que te encontraría aquí!

–¡Emma Rae! –Summer la agarra a su vez echándole los brazos al cuello y con una mirada conmovida, como si hubiese recuperado a una hermana perdida.

Luego los ojos de Emma Rae van de ella a mí, de mí a ella, hasta que ella la arrastra en su torbellino gritando:

—«¡Tenemos que hablar!»

Y me quedo solo con Eames regodeándose.

—Bien, bien, bien… —comienza él con su aire satisfecho.

—Di lo que tengas que decir y acaba de una vez lo corto yo rápidamente.

—Ah, nada, quería saludarte antes de que la editorial te eche.

—Ya te gustaría.

—Vamos, ¿has visto la clasificación hoy? Mi última novela está todavía en el top diez después de tres meses.

—En el puesto diez —especifico.

—Tú no estabas.

—Estaba el undécimo. Y solo porque te han hecho promoción. Estás en liquidación, Eames.

—¡Oh! ¿De veras? ¿Estoy en liquidación y salgo en noviembre? —replica poniendo el acento en la palabra «noviembre».

—*Yo* salgo en noviembre —lo corrijo—. Todo el mundo lo sabe: no hay otoño hasta que no sale un nuevo libro de Blake Avery.

—No esta vez. Mi agente ha hablado con la editorial: no hay ninguna nueva novela. En cambio, la mía está sobre la mesa del editor.

—Oh, no pongo en duda que tú la hayas escrito en una noche. Después de todo, solo tienes que copiar a Collery y Patterson y unir las piezas para dar vida a un truculento Frankenstein literario diluido en tu prosa pomposa y autocomplaciente. Y por lo que respecta a mi novela, no te preocupes, la editorial la tendrá. Es verdad que no he escrito una línea, pero me conozco, y, cuando empiezo, termino antes de poder decir «*bestseller*».

—Estoy seguro de que ya tienes en cartera un nuevo *El enigma de Shakespeare* u otro de tus títulos virales.

—Al menos *mis* títulos son recordados. Lo único viral que tú tienes, Eames, es el herpes. Cuando haya acabado de escribir, podrás coger tu *Acción con clase* y metértela por el cu…

81

–La editorial siempre es más veloz –me interrumpe él complacido–. Si no sigues el ritmo, te eclipsan, eso es precisamente lo que te está sucediendo a ti. Y ahora no te quedará otra que sentarte en el sofá para pulir tu Premio Edgar autoconvenciéndote de que todavía estás en la cresta de la ola.

Y otra vez con lo de los Edgar. Los Edgar son premios literarios que se otorgan a escritores de novela negra, de terror, suspense y misterio. En el pasado nombres como Stephen King y Ellery King han sido galardonados con un Edgar. Hace tres años Eames y yo fuimos candidatos en esta categoría. Yo con *El enigma de Shakespeare* y él con *La guardia jurada*. ¿Adivinas quién ganó? Y de ahí viene su obsesión.

–Sabes, Eames, el poder desgasta a los que no lo tienen, las clasificaciones desgastan a los que no están ahí, y los premios desgastan a los que no los ganan. Pero si quieres pulir algo que no sea tu pene, te puedo prestar mi Edgar.

–Generoso de tu parte –se ríe jugueteando con el vaso vacío–. Y esa Summer…

–¿Qué le pasa a Summer?

–Una chica encantadora, aparte de su lamentable trabajo.

–¿Lamentable? Pero si hace dos minutos lo calificaste de fascinante.

–Era por decir. Todos sabemos que los guionistas son escritores fallidos.

Hacer cumplidos en público y dar puñaladas por la espalda… Típico de su estilo.

Eames me rescata de mis pensamientos con su risotada pomposa.

–Y fuera de tu alcance.

–¿Perdona?

–Has entendido perfectamente. Summer está fuera de tu alcance.

–¿Y tú qué sabes?

–Bien, para empezar, es elegante, refinada, se ha puesto un vestido con más de un metro cuadrado de tela, no hay rastro de silicona y sobre todo no te tiene vigilado –resume él–. No como ella –dice señalando a la pelirroja que nos guiña un ojo desde el bufet. La mujer de Preston.

–No sé qué idea te has hecho, pero entre Summer y yo no hay nada.

Pero Eames no renuncia.

–Habéis venido juntos, ¿no?

–Solo compartimos casa.

Eames me lanza una mirada de extrañeza.

–¿En qué sentido compartís casa?

–Marina Bronstein me ha dejado su villa en Sag Harbor para el verano, y eso mismo ha hecho su marido con Summer. Aquí todo está lleno y ninguno quiere dejar la casa. ¿Has acabado con las preguntas, Eames?

–¡Vaya, vaya! ¡Blake Avery comparte techo con una mujer y no la toca ni con un dedo! ¡Entonces debe de ser cierto, además de la inspiración has perdido también tu toque mágico!

–No he perdido nada, Eames.

–Eso dices tú –insinúa él encogiéndose de hombros.

–Es así. Y además está con George Sullivan, lo que dice mucho sobre sus gustos.

–¿George Sullivan? –pregunta Eames asombrado–. ¿*Ese* George Sullivan? ¿El crítico que te odia?

–El mismo.

Eames se queda ahí a mi lado, aun cuando no tenemos nada que decirnos, con la mirada fija en Summer y un gesto meditabundo estampado en su cara.

No lo soporto.

–Avery –reclama mi atención con ese tono suyo falso–. Tengo una propuesta de negocios que hacerte.

–Tú y yo no hacemos negocios –corto de raíz.

–Voy a ir en contra de mis propios intereses, así que te conviene escucharme.

–¿No te he escuchado bastante, Eames?

–Tu tiempo no es tan valioso. Escucha, evalúa y solo después, si piensas que no te conviene, rechaza.

Capítulo 10

Summer

–Tienes diez segundos para decirme qué haces aquí con Blake Avery –exclama Emma Rae en cuanto llegamos al mostrador de la barra libre; sentada en uno de los taburetes, me mira a los ojos esperando mi respuesta.

Nos encontramos exactamente en esta posición, ella sentada y yo de pie, porque mi amiga, hija de un excampeón olímpico noruego, es veinticinco centímetros más alta que yo. Su altura siempre me ha hecho sentirme protegida.

–¿Y bien? –me apremia.

–Hola a ti también –le digo en un tono cargado de sarcasmo. Nada de «¿Cómo estás, Summer? ¿Qué estás haciendo aquí? Qué gusto verte» o las típicas formalidades. Emma Rae es alérgica a los formulismos innecesarios. Siempre ha sido una persona muy directa, a veces incluso brusca, pero de buen corazón–. ¿Qué versión quieres? ¿La larga o la corta? –digo cogiendo un canapé de una bandeja.

–¿Cuál me gustará más?

–Tenemos una turbia relación sexual clandestina –respondo con mi máxima seriedad.

–¿En serio? –Emma Rae aplaude entusiasmada, batiendo palmas.

–¡NO! –exclamo–. Tú y yo nos conocemos desde cuando todavía estaban de moda los vaqueros de cintura baja, ¡¿y todavía no captas cuando estoy siendo sarcástica?!

–Tú no has llevado pantalones de cintura baja en la vida –me corrige–. Cuando te conocí, eras una diecisieteañera insegura que llevaba jerséis larguísimos porque estaba obsesionada con su trasero.

–Y tú una diecisieteañera que parecía salida de un rodeo, con tus botas de *cowboy* y cinturones de cuero. No sé cuál de las dos estaba peor.

–No puedo vivir tres años en Texas y salir ilesa.

Emma Rae y yo habíamos hecho amistad durante el último año de instituto. Yo era principalmente una marginada y ella la última en llegar. Era «la tipa extraña» que ninguno sabía encuadrar. Nacida en Denver, donde su padre entrenaba al equipo olímpico de esquí, después se mudó a Salt Lake City, Cincinnati, Tampa, Dallas y finalmente a mi ciudad, donde su madre –cronista deportiva– dirigía un programa de televisión. Nos conocimos firmando la petición para tener distribuidor de tampones gratuito en el baño de las chicas.

O más bien, yo escribí la petición mientras ella perseguía a las chicas, con su metro ochenta, obligándolas a firmar. Del mismo que ahora se ha apoderado de mí para someterme a un tercer grado. Emma Rae es así: exagerada, bulliciosa, entusiasta con todo.

A excepción de George. Generalmente nuestras conversaciones empiezan con «¿Entonces has dejado a George?». Lo digo en serio.

–¿Has dejado a George? –me pregunta bebiendo un Martini sin que su impactante barra de labios roja se corra un ápice.

Como no podía ser de otro modo.

–No, no he dejado a George. Está en Nueva York por un proyecto relacionado con política.

Lamentablemente, entre ella, que es mi mejor amiga, y mi prometido, nunca ha habido conexión. Cuando él y yo empezamos a salir, hicimos una cena con los respectivos amigos para presentarlos y no salió nada bien. Ella y George no estaban de acuerdo en nada. Él es un idealista, ella una materialista mercenaria.

–¿Y tú continúas viviendo sin afecto? –replico yo según nuestro consolidado guion.

–Gracias a Dios, sí. –Levanta el vaso de Martini al cielo–. Abajo el amor, arriba la diversión sin compromiso. Y a propósito de diversión… ¿vas a contarme lo de Blake Avery o tengo que torturarte con cosquillas?

—A causa de un malentendido entre los Bronstein, Avery y yo compartimos la misma casa, la de los Hamptons —le informo.

Emma Rae abre los ojos como platos, azulísimos, conmocionada.

—¿Quieres decir que tú y él vivís juntos?

—Digamos que compartimos los espacios comunes cuando es estrictamente necesario —resoplo.

—Toda una maldición, sin duda… —comenta ella mirando fijamente a Blake, a diez metros de nosotros, enfrascado en la conversación con Eames—. ¡Cielo santo! En persona está aún más bueno que en la televisión. Te entiendo, debe de ser un sacrificio.

—¿También tú estás en plan sarcástico? —le echo en cara.

Emma Rae se encoge de hombros.

—Podría haber sido peor. Si yo comenzara a gritar «¿Quién quiere compartir una casa durante dos meses con Blake Avery?», todas las mujeres presentes harían cola.

—Muy bien, se lo dejo a las que hacen cola. —Me molesta un poco que Emma Rae esté con el #EquipoAvery. ¿Es posible que nadie esté de mi lado?—. Hablemos de otra cosa, por favor: ¿qué haces aquí? Pensé que estabas en Los Ángeles.

—Estaba, hasta ayer. Después Patrick tuvo que venir a Nueva York por un contrato y ha querido que viaje con él…

Al pronunciar las tres últimas palabras, en su cara se dibuja una sonrisa maliciosa. Demasiado maliciosa.

—¡Oh, no! —exclamo—. ¡No me digas que te acuestas con él!

Ella pone cara de inocente.

—Si lo hago, no te lo digo.

—Es tu jefe —le reprocho—. Y está casado.

La agencia de Patrick Sonesta lleva estrellas de cine internacional, y Emma trabaja ahí desde hace un año y medio.

Lo tenía en el foco desde el principio, y yo siempre supe que mi bellísima y astuta amiga tarde o temprano conseguiría su objetivo. Cosas que envidio de Emma Rae Nystrom, página uno: la capacidad de conseguir todo lo que quiere.

Ella no parece en absoluto preocupada.

–¿Y entonces?

–Entonces pensaba que ya habíamos discutido la cuestión de los hombres casados, ¿te acuerdas?

Patrick no es el primer hombre casado con el que sale Emma. De hecho, es el último de una larga serie de buenos partidos, ya casados. Tiene una teoría muy personal sobre los maridos de las demás: si ya se los han llevado, quiere decir que han pasado el periodo de prueba. En la práctica, son artículos probados y garantizados.

–¿Que los hombres casados son mejores que los solteros porque a las esposas les toca aguantar el aburrimiento y las discusiones, mientras yo disfruto de cenas y regalos?

–¡Emma Rae! –la reprendo con mirada severa.

Resopla poniendo los ojos en blanco.

–¡Ya me ha caído el rapapolvo!

–Desde que Ian te dejó te has convertido en un bloque de hielo.

Ian fue el amor de su vida desde la secundaria hasta la universidad y le rompió el corazón. Ni siquiera el equipo de CSI lograría encontrar todas las piezas.

Ella se encoge de hombros.

–Todavía no he pasado página.

–Han pasado tres años.

–Considerando que le he dedicado siete, y mis mejores años, la flor de la vida, para luego ser tirada como una zapatilla vieja, tres años de puro egoísmo todavía no son suficientes. En todo caso, si alguna vez tuviera una historia, me aseguraría que esta vez solo me beneficie a mí. He dado demasiado.

Le pincho en el brazo con el palillo de un canapé.

–¡Menos estrategia y más sentimientos, Emma! ¡O nunca más te enamorarás!

–¡Pero estoy enamorada! ¡De mí misma! –luego me lanza un beso–. Y de ti. ¡Huy! ¡Dulces! –exclama cogiendo un puñado de un bol y metiéndoselos en el bolso.

–¿Cuándo vas a dejar de asaltar bufés?

–Sabes que sufro de bajadas de azúcar.

–Y no cambies de argumento. No me lo trago –insisto–. Tu

elocuencia y tu talento natural para engañar a los demás funcionarán con las agencias de cine, pero no conmigo.

—Vamos, ¿me estás sermoneando cuando vives en concubinato con ese atentado a la salud mental llamado Blake Avery?

—Sobre el hecho de que sea un atentado a la salud mental, estoy de acuerdo, pero no por los motivos que tú crees. Además, yo no vivo en concubinato.

—¿Ah, no? —Esta vez es ella quien me clava el palillo de la brocheta de gambas picantes—. Entonces, si es como dices, es decir, que solo compartís los espacios comunes de la casa cuando es necesario, ¿me puedes explicar por qué has venido a la fiesta con él?

—Si te lo digo, no te lo vas a creer.

—Prueba a contármelo.

—Organicé en la villa una reunión con el equipo de producción: estaban Craig, James, Luke, Chase y Preston. Propuse una idea para resolver la temporada, y todos torcieron el hocico. Luego llegó Avery y todos se pusieron a mover la cola detrás de él.

—¿Incluso Preston?

—¡Sobre todo él! Hasta le invitó a participar en la reunión, ¿y sabes qué sucedió? Que Avery sugirió exactamente la misma solución que yo, y todos lo aclamaron como un héroe.

Esta vez sí que Emma muestra sorpresa.

—¿Quieres decir que se las arregló para promover tu idea?

—Exactamente. Y para colmo, Preston estaba tan emocionado que nos invitó a él y a mí a la fiesta de esta noche. Yo, asistente de producción, en una gala con la élite televisiva internacional.

—¿Has presentado ya tu guion? —Al contrario que George, Emma Rae lee todo lo que escribo, recetas de cocina incluidas, y, desde lo alto de su despiadado cinismo, corrige y anota todo lo que no le gusta.

—No, la idea era utilizar esta velada como un trampolín.

—¡Ven conmigo! —exclama ella. Deja su vaso vacío y me agarra por los hombros con aire conspirador para dar un paseo por el borde de la piscina—. Tengo un plan.

¿Por qué estas palabras no me tranquilizan en absoluto?

Ella baja la voz para no ser escuchada por oídos indiscretos.

—Escúchame: Avery tiene influencia sobre tus jefes, ¿no? Pues yo diría que hay que explotarlo.

—¿Y cómo?

—Si Chase y Preston pensasen que vosotros dos estáis juntos, todos aceptarían tu propuesta.

Alerta roja.

—Emma Rae… ¿qué quieres decir?

—Que deberías seducir a Avery para impresionar a Preston. Simple.

Me bloqueo, rascando los tacones contra el pavimento.

—¡¿Se te ha volado el cerebro?! No pretendo utilizar este tipo de medios para… para…

—Para dar impulso a tu carrera —concluye ella de manera práctica.

—No se trata solo de dar impulso a mi carrera. Quiero llegar a la meta por mis propios méritos, no por acostarme con la persona adecuada.

—En este caso, es solo cuestión de hacer notar tus méritos. Has trabajado con Aaron Sorkin, puedes ser mucho más que una asistente de producción.

—Primero: si soy tan buena, no debería necesitar que me empujaran. Segundo: deja de decir que he trabajado con Aaron Sorkin. Le *pasé un bolígrafo* a Aaron Sorkin.

—¿Ves? Ese es tu problema —dice bruscamente lanzando su larga melena rubia sobre la espalda—. Tú, Summer, eres demasiado ingenua para tener en cuenta todas las posibilidades que tienes. Hollywood te atropellará si no empiezas a ser un poco astuta. Mira allá —dice señalando a Avery con un movimiento de cabeza—. Será tan fácil como beber un vaso de agua. Y yo sería tu mecenas.

—¿Cuántos Martinis has bebido? —protesto—. Te recuerdo que estoy con George.

Ella levanta los ojos al cielo.

—¡Cómo olvidarlo!

—Y aunque no estuviese con George, no sería un plan viable. Avery se acuesta con Cheyenne Evans. —Y para enfatizar el concepto, abro los labios más allá de lo creíble e imito con las manos un seno de tamaño descomunal—. ¿Entiendes?

—Sea como sea, es un plan que no se debe descartar, sabes que no tienes mucho margen de maniobra —responde con seriedad. Terriblemente seria—. Ni siquiera quiero pensar cómo sería vivir en Los Ángeles sin ti.

Odio admitirlo, pero en eso tiene razón. Mi estancia en Los Ángeles tiene los minutos contados y, aunque es una cuestión que a menudo tiendo a ignorar —incluso arreglándomelas muy bien—, tendré que enfrentarme a ello. Si no me arriesgo a entrar en una producción con un papel relevante, como el de Chase, tendré que guardar mis sueños en el cajón.

Y la idea de decir adiós a lo que más amo me aterra.

He deambulado por la fiesta repartiendo sonrisas y tarjetas de visita; luego, cuando he visto que la joven mujer de Preston estaba demasiado interesada en Avery, lo alejé de la fiesta a rastras. Hasta el punto de que ha subido al coche todavía con el vaso en la mano. Solo me falta que seduzca a la mujer de mi jefe.

—¿Tanta expectativa con esta fiesta y, luego, después de dos horas, te vas? —me pregunta sorprendido, sujetando el cigarrillo apagado entre los labios, listo para encenderlo en el instante en que baje del coche.

—Mañana tengo que trabajar. No soy como tú, que te cruzas de brazos esperando a que tu nueva novela llegue de la nada y se estrelle contra la página en blanco.

—¡Ya está Sasha para sermonearme, no te metas también tú!

Tan pronto como llegamos a la villa, me precipito dentro de casa y luego en el dormitorio, sin aliento por haber subido los escalones de tres en tres. Antes de acostarme, me gustaría trabajar un poco en mi guion. Pero un ruido en el baño me llama la atención, el agua de la ducha. ¡George ha vuelto!

Entro sin llamar, abriendo de golpe la puerta.

–¡George!

Me llevo una sorpresa…

Un momento, ese no es George.

Un tío alto y delgado, de pelo rubio, mojado y pegado a la frente, bigote y un par de gafas graduadas empañadas, está saliendo de la ducha envuelto con mi toalla rosa mientras escurre una camisa hawaiana. Parece sacado de una serie de televisión de los años ochenta.

–¡Al ladrón! –chillo.

Mi grito lo asusta, porque también él empieza a gritar.

Miro alrededor buscando cualquier cosa con la que defenderme, pero en el baño no hay ninguna… o casi.

En un movimiento rápido como un rayo, me inclino para coger la escobilla del váter y la blando contra él como una espada, agitándola a un palmo de su cara.

–¡Mantente alejado de mí! Tal vez no sea un arma mortal –lo amenazo con ferocidad–, pero que sepas que es muy, muy ¡antihigiénica!

–¿Qué son estos gritos? –pregunta Avery acudiendo a mi cuarto con un extintor de la cocina en la mano.

–Hay un ladrón, aquí mismo en mi baño, lo estoy manteniendo a raya –le explico señalando mi poderosa arma.

–¿Con una escobilla de baño? ¿Qué quieres hacerle, Summer? ¡¿Desatascarlo hasta la muerte?!

–¡No! Espero a que tú lo neutralices. Puedes intervenir cuando quieras –le insto a entrar haciéndole señas con la cabeza.

Avery me alcanza apuntando el extintor de incendios hacia el intruso como si fuera un cazafantasmas con la mochila de protones, pero me sorprende cuando lo baja y los dos se echan en los brazos del otro.

–¡Blake! –lo saluda el tipo de los años ochenta.

–¡Dwight! ¡Viejo animal!

Al contemplar la escena, enfundo la escobilla atónita.

–¿Tú y *Magnum P.I.* os conocéis?

Capítulo 11

Blake

Un cuarto de hora más tarde, Summer, Dwight y yo estamos sentados al mostrador de la cocina, mientras mi amigo se está untando una tostada de queso y mantequilla de cacahuete.

–¿Por qué has venido aquí? –le pregunto.

–¿Quién eres y cómo has entrado, sobre todo? –pregunta Summer.

–¿Puedo dar primero la respuesta corta y después la larga, aunque no en el orden en que me lo has pedido?

Dwight es un tipo muy particular. Digamos que tal vez yo sea la única persona sobre la faz de la tierra que pueda entenderlo. Y él puede entenderme a mí, así que hacemos una buena pareja.

–Me llamo Dwight Keller, soy el contable y mejor amigo de Blake, y he entrado por el porche –explica con la boca llena.

–Se llama allanamiento de morada –observa Summer, tan quisquillosa como siempre.

–No si el ventanal está abierto –puntualiza él.

Summer se vuelve hacia mí con su habitual expresión acusatoria.

–¿No la cerraste?

–¿Y dónde está escrito que debo cerrarla yo? –argumento en mi defensa.

–¡Fuiste el último en salir! –me espeta–. El último en salir comprueba que todo está cerrado.

Le sonrío para nada de acuerdo con su reprimenda.

–Quizás deberías apuntarlo en la lista –sugiero señalando la hoja de reglas de convivencia que cuelga de la nevera.

–¡Vete al diablo! Me morí de miedo cuando me encontré a tu amigo en la ducha.

–Por lo que he visto era él quien estaba en peligro. –Luego me dirijo a Dwight–: ¿Qué has venido a hacer aquí? ¿No estabas en Miami?

–Florida no es para mí. Calor, tormentas, mosquitos... A los dos días hice las maletas y pensé en pasar a saludarte. Te echaba de menos.

–¿Y cuánto va a durar este saludo? –se entromete Summer, cruzando los brazos en un gesto despótico.

–No lo sé, dos o tres... –responde Dwight vagamente.

–¿Dos o tres horas? –aventura Summer con voz preocupada.

–¿Días? –trato de adivinar yo.

–Dos o tres meses –suelta Dwight metiéndose en la boca el último trozo de tostada.

Esta vez Summer y yo saltamos a la vez.

–¡¿Meses?!

Pero él no recula.

–Sí, más o menos... Depende.

–¿De qué? –pregunto. Conozco a Dwight, y sus «depende» están sujetos a una serie de variables impredecibles y casi siempre bastante preocupantes.

–Tengo que desaparecer del mundillo por un tiempo. –Mi amigo no parece querer darme mejor explicación.

No suelo hacer preguntas, pero en este caso me parece que debo hacerlas.

–Dwight, ¿cómo es que tienes que desaparecer del mundillo? ¿De qué mundillo?

Él se rasca la cabeza, tratando de ganar tiempo.

–Digamos que he ayudado a unos tipos a esconder algún dinero que debían a otros tipos, solo que ahora estos tipos lo quieren de vuelta, y como han descubierto que lo he escondido yo, me quieren a mí.

Summer levanta la mano para llamar nuestra atención.

–¿Y quiénes son estos tipos?

–Aguilera. –Dwight nos mira como si el apellido lo explicara todo.

–¿Cristina Aguilera? –pregunta Summer.

–No. Los hermanos Aguilera. Narcos.

Summer y yo explotamos de nuevo en un único grito.

—¡¿*Narcos*?!

—Sshhh —nos silencia él–. No gritéis.

—¿Me estás diciendo que tienes narcos pisándote los talones y yo no debo gritar? —gimotea Summer presa del pánico.

—No tengo narcos pisándome los talones, debería haberlos dejado plantados en Tallahassee. ¡¿Tienes idea de cuántos aviones he tomado para llegar hasta aquí y borrar el rastro?! Dieciocho —dice Dwight.

—Amigo —digo intentando mantener la calma–, normalmente no estoy de acuerdo con Summer, pero… ¡¿te has vuelto loco, traer narcos hasta la puerta de mi casa?!

—No están a la puerta de la casa de nadie —trata de tranquilizarnos él–. Por ahora al menos.

Tentativa fallida.

Summer, de hecho, se apresura a volver las acusaciones en mi contra.

—¡Sasha tenía razón! Eres un auténtico portador de problemas. Comparto la casa contigo y me encuentro a tu contable en el baño, con una camisa hawaiana y huyendo de los narcos.

—¡Oye! —protesta ofendido–. ¿Qué le pasa a mi camisa hawaiana?

—¿Quieres dejar de culparme a mí? ¿Te parece que estoy dando saltos de alegría? —le respondo.

—Amigo, sé que te he metido en una situación comprometida —empieza él.

—Digamos, mejor, jodida —lo corrijo.

—Situación jodida, tienes razón. Pero no puedes dejarme a merced de los hermanos Aguilera.

—¿Son los hermanos Aguilera los que te buscan?

—Sí, los hijos de Marcelo «El Gordo» Aguilera. El capo de la coca en Honduras. Viven en Miami y reciben a correos de la droga. Dinero-drogas. Drogas-dinero. Escondí en un paraíso fiscal los millones de Cristóbal Canales y luego descubrí que trabajaba para los Aguilera y el dinero no es suyo en realidad, sino de ellos. ¿Está todo claro ahora?

Estamos conmocionados. Summer y yo estamos sentados a la mesa con la boca abierta. Yo un poco menos porque conozco a Dwight, pero también la mía está abierta.

–¡Voy a llamar a la policía! –anuncia ella cogiendo el móvil.

–¡No! –grita Dwight mientras se abalanza sobre ella.

–Eres un delincuente, cómplice de unos narcotraficantes de Honduras, y tú –dice señalándome con el dedo– eres su cómplice. No os quiero aquí.

–Summer, reflexiona. Si me denuncias a mí, denuncias también a los Aguilera y, créeme, la policía está esperando para incriminarlos. El Gordo tardará cinco segundos en darse cuenta de que has sido tú quien has hecho arrestar a sus hijos y e irá a por ti, toda tu familia y conocidos.

–¡Quiero mantenerme al margen! –protesta desplomándose en el taburete.

Dwight le coge el teléfono con dulzura y lo apoya a cierta distancia de seguridad de ella.

–Así que lo mejor es ignorarme. Haces como si no hubiera pasado nada, como si no hubieses oído nada.

–Yo ahora me voy a dormir –anuncia desconsolada– y espero de todo corazón que esto sea solo una pesadilla y, mañana por la mañana, no quiero encontraros aquí a ninguno de los dos.

Dwight ni siquiera espera a que Summer haya desaparecido por las escaleras para someterme de inmediato a un interrogatorio.

–Blake, ¿no estabas con Cheyenne? ¿Qué hace ella aquí?

–Un centavo por cada vez que me han hecho esta pregunta. También es invitada de los Bronstein. Trabaja para *La élite*. Y Cheyenne se ha ido a España para rodar con Almodóvar. Y para no dar lugar a equívocos, Summer y yo no podemos quedarnos en la misma habitación más de un minuto sin insultarnos.

–Summer, ¿eh? –repite rascándose el mentón.

–Sí –respondo en tono seco, para nada interesado en la conversación. Primero con Eames, ahora con Dwight, estoy cansado de hablar de Summer.

–Mona, mona, muy mona… –comenta mordiendo una manzana–. ¿Está soltera?

–No. Y aunque lo estuviera, no se la desearía ni a mi peor enemigo.

Una vez terminada la manzana, Dwight se planta delante de la nevera y coge nata en espray y sirope de chocolate que derrama en el plato de las tostadas.

–¡Quítate las gafas! –le ordeno.

Él lo hace y yo lo observo de cerca. Lo acabo de comprender todo.

–¿Dónde está?

–¿Dónde está el qué? –me mira con la expresión inocente de un ternero. Pero no me la pega.

–Lo que te has fumado.

–Yo no…

–Dwight –lo corto enseguida–. Tienes los ojos inyectados en sangre y estás comiendo como un búfalo. ¿Dónde está la hierba? –vuelvo a preguntar sin ceder un centímetro.

Dwight se rinde a mi cuarto grado y hurga en su bolsa tirada en la butaca, luego me pasa una bolsa con una docena de lo que sé que no son cigarrillos.

–Esto me lo quedo yo –digo confiscándoselos de un tirón– y me deshago de ellos.

–¡No! –protesta Dwight.

–Claro que sí. ¿Ves esto? –pregunto abriendo los brazos–. No es mi casa, es la casa de personas que no tienen nada que ver con tu mercancía y con tus trapicheos, que no comulgan con ella, no debe entrar.

–Me la dio Cristóbal. Es la mejor marihuana que hay en circulación.

–Me da igual quién te la haya dado. Mi nombre y mi cara están en juego, así que la hago desaparecer. Y por mucho que no te guste admitirlo, Summer tiene razón, tienes que irte. Me cuesta mucho pronunciar estas palabras, pero, con los narcos, Dwight ha ido demasiado lejos, ni siquiera yo puedo manejar una cosa de ese calibre.

—Hermano, ¡¿estás loco?! Si vuelvo a Nueva York ahora, estoy acabado. Los Aguilera saben dónde vivo, dónde trabajo, y me encontrarán. Esos dos no juntan dos neuronas, son tontos, pero hacen lo que les dice papi, y papi les ha dicho que utilicen mi cráneo de frutero.

—Mierda —murmuro desconcertado—. ¿Por qué no vas a la policía?

—¿Para decirles qué? Hola, soy el contable de unos de los tres mayores cárteles sudamericanos de la droga que exportan cocaína a Estados Unidos. Les ayudo a esconder el dinero en Suiza y ahora quieren matarme.

Doy un puñetazo en la mesa rabioso. No tengo una solución. No la tengo.

—Solo un poco de tiempo, no te pido otra cosa. Me quedaré aquí sin molestar a nadie, lo juro. ¡Seré transparente! —me ruega.

—Está bien, pero no salgas de casa, no te dejes ver ni oír. Y con no salir de casa me refiero también a la piscina. Y ahora voy a hacer desaparecer esta mercancía.

Cojo las llaves de mi coche y salgo, lo abro y meto la bolsa con los porros en la guantera. Mañana lo tiraré en alguna parte.

Maldito Dwight. Si no lo quisiera más que a mi familia, no lo haría. Mi mirada recae en el cuarto de Summer, iluminado y velado por la cortina. Me encuentro contemplándola apoyado en el costado del coche. Mis manos enfundadas en los bolsillos de los vaqueros, esperando. Esperando no sé qué, pero esperando. Luego la veo pasar. Es un instante, pero la sombra de su figura se desliza frente a la ventana y después vuelve a desaparecer.

«Está fuera de tu alcance», las palabras de Eames resuenan en mi cabeza.

¿Quién es él para decidir si Summer está o no a mi alcance? Además, ella no tiene nada de especial para ponerla fuera de mi alcance o del de cualquier otra persona.

¡Otra vez!

Todos los pensamientos sobre Eames se ponen otra vez en pausa cuando la veo de nuevo frente a la ventana, pero esta vez se queda allí, no desaparece. Se lleva una mano a la cabeza, y segundos después su melena cae suavemente hasta tocar los hombros. Luego dobla el brazo tras la espalda para desabrochar la cremallera del vestido. ¿Es mi impresión o está tardando la vida?

La tela se desliza de su cuerpo, dibujando su diminuta silueta a contraluz, dejándome entrever, con toda la fantasía de la que estoy dotado, la suave línea del pecho y la del trasero. No es voluptuosa. No tiene las curvas de infarto a las que me ha acostumbrado Cheyenne: es delgada y flexible –la he visto hacer yoga, sé que es ágil–, menuda, y recuerda un poco a las bailarinas de las cajas de música.

Sin embargo, esa sutil cortina que la oculta de mi vista, ahora más que nunca, me parece un instrumento del demonio que tortura mi imaginación. Tal vez esté fuera de mi alcance, pero una cosa es segura: Sullivan no se la merece.

Saco mi móvil del bolsillo –no soy tan tonto como para estar sin él, pero me hace feliz que Sasha piense que estoy incomunicado–, lo enciendo y recorro los contactos hasta encontrar el número de Eames y le escribo un mensaje.

«Propuesta aceptada. Estoy dentro.»

A mediodía entro en la cocina, donde Summer, Guadalupe y Dwight, los dos últimos con delantales azul y rosa respectivamente, están reunidos en conciliábulo en torno al mostrador, armados con cuchillos y cucharas de madera.

Tan pronto como me ven, regresan a sus puestos: Summer a cortar verduras, Guadalupe y Dwight a amasar y cocinar extraños bollos. Y a hablar sin parar de unos tal Miguel y Dolores. Por lo que he entendido, esa Dolores está enamorada de Miguel, pero la han obligado a casarse con Diego, su hermano, para pagar una deuda de su padre. Demasiadas palabras antes de un café. O de un Bloody Mary.

–*Y Diego casi los descubre* –exclama consternada Guadalupe en su lengua materna.

–*Dolores y Miguel estaban en el establo, iban a hacer el amor, pero ella logró escapar a tiempo* –añade Dwight.

–Buenos días también a vosotros –los saludo interrumpiéndolos–. ¿Quiénes son esos Miguel y Dolores? ¿Narcos?

–*Esclava de la pasión* –responde Summer–. La telenovela más vista de América Latina. Está en la vigésimo cuarta temporada.

–Convincente –comento sarcásticamente, sirviéndome una taza de café de la jarra que está en la mesa.

–Estamos preparando *arepas* –anuncia Dwight–. ¿No quieres una?

–Si están fritas, sí.

–Tú siempre desayunos ligeros –observa Summer, mordiendo una rodaja de pepino.

–Tengo que crecer. –Alargo la mano hacia el *Times* que está sobre la mesa y, en el momento en el que Dwight y Guadalupe me ven, se lanzan hacia mí para detenerme.

–¡No! –gritan al unísono.

–¿Por qué? –pregunto incrédulo.

–No lo leas esta mañana… –me sugiere Dwight–. Ya sabes, siempre las mismas cosas, la misma polémica. Nada interesante, créeme.

Para disuadirme, Guadalupe me planta delante una pila de arepas humeantes.

–Entendido –digo mirándolos–. Eames está en el primer puesto de la clasificación de *bestseller* y no queréis que lo vea. –Recorro las páginas del delgado *Book Review*, donde puesto a puesto busco a Eames. No lo veo–. ¿Cuál es el problema? –pregunto con curiosidad.

–Venga, dejad que lo lea –exclama Summer–. Es justo que lo sepa.

–¿Saber qué?

–Ve a la sección de espectáculos –me sugiere sibilina.

Hago lo que dice, pero ninguno de los titulares atrae mi atención.

–¿Me explicáis qué debo saber? ¿Quizá que Beyoncé está de nuevo embarazada?

–No, el artículo de fondo.

—Allen Warren tiene un nuevo amor —leo—. Oh, cielos una noticia para no dormir por la noche.

Summer se estira sobre el mostrador apuntando con el dedo sobre una línea en concreto.

—Aquí.

La estrella de Hollywood Alan Warren, que está rodando en España la nueva película de Almodóvar, de la que es protagonista, ha sido sorprendido en actitudes íntimas con Cheyenne Evans, su pareja en el plató, y, al parecer, también fuera.

Ah. Esto debía leer.

—Lo siento, amigo —murmura Dwight.

—No estabais destinados a durar. Lo comprendí desde el primer momento que os vi juntos —observa Summer complacida, mientras intenta echar sus verduras en la ensaladera.

Esto no me afecta. He estado pensando algún tiempo en romper con Cheyenne. Entre nosotros las cosas nunca han sido serias, y menos aún sentimentales, nada más que dos personas que tienen en común solo el interés por un orgasmo saludable y satisfactorio. Y si no hay nada más, hasta el sexo se convierte en rutina. No hubo cortejo entre Cheyenne y yo. Nos conocimos en un local del Village, nos vimos, nos gustamos, y dos copas de vino después estábamos en mi casa, en mi cama. Para ser precisos, ascensor, sofá, cama, en esta secuencia. No me siento afectado, pero Summer, que se hace la listilla, merece que le responda en el mismo tono.

—Ah, enseguida te diste cuenta de que no estábamos destinados a durar, ¿eh? Después de todo, tú eres la gurú de las relaciones.

—Era evidente —replica—. Toda aquella escena…

—Si estás dotada de esta extraordinaria visión de futuro, explícame: ¿por qué tu «Ciorch», que no te invita a la cena, no te abre la puerta, no te acompaña a las fiestas, se ha ido a Nueva York y desde entonces no se ha dejado ver?

—No juegues a la psicología inversa conmigo. Yo siempre he estado correcta en tus confrontaciones, has sido tú el que te has divertido jugando con George y conmigo de principio a fin. Ahora, si me permites, el karma se ha vengado a mi favor.

La atmósfera se vuelve de nuevo tensa, como siempre que Summer y yo intercambiamos más de dos frases, y Guadalupe y Dwight, en vista del mal rollo, desaparecen hacia el salón.

Summer me sostiene la mirada con el aire satisfecho de quien ha vencido. O, al menos, de quien cree que ha ganado.

—Tal vez sea así —le concedo—, pero no te envidio.

—Solo faltaba que tú lo admitieras.

Pincho dos arepas juntas y las muerdo.

—Después de todo, tú te contentas con estar con alguien que hace el amor con los calcetines puestos.

—Eso no es cierto en absoluto —protesta.

—¿Qué? ¡Que no hace el amor con los calcetines!

—No —replica con las mejillas rojas. Después baja la mirada hacia la ensalada, dándole vueltas con el tenedor.

—Como mentirosa eres realmente pésima —comento decidido a provocarla hasta el agotamiento.

—Bueno, no siempre al menos.

—¡Lo sabía! —me regocijo golpeando la mesa con la palma de la mano—. ¡Lo tiene escrito en la cara, que hace el amor con los calcetines!

—En cambio, tú no, supongo —murmura, incómoda.

—Digamos que, si espero que mi chica esté depilada, perfumada y maquillada, ¡hasta puedo hacer el esfuerzo de quitarme los calcetines! Después de todo, es una cuestión de ética. Puede parecer absurdo, pero incluso yo tengo una.

—En cualquier caso, no estoy de acuerdo, Avery —dice levantándose—. Ahora si me disculpas, ¡tengo un guion que escribir y una sorpresa de cumpleaños que preparar!

—No es mi cumpleaños —le tomo el pelo.

—El veintisiete es el cumpleaños de George. Y para tu información, es el tipo de sorpresa que se hace sin ropa. Calcetines incluidos.

Y a sus palabras, me vuelve a la mente el *flash* de ayer noche desnudándose detrás de la cortina. Sullivan, bastardo con suerte.

Capítulo 12

Summer

Hacer listas y planificar son cosas que me hacen sentir bien. Me gusta ser una persona operativa y eficaz.

Leer los guiones de los tres primeros episodios: hecho.

Redactar el borrador de los guiones de los episodios cuarto y quinto: hecho.

Enviar a Chase los borradores en tiempo récord: hecho.

Editar mi guion: hecho.

Llamar a George para saber cuándo regresa de Vermont: hecho.

Verificar en qué hotel se aloja en Nueva York: hecho.

Depilación de ingles: hecha.

George y yo no nos hemos visto en casi dos semanas, y como hoy es su cumpleaños, le voy a dar una sorpresa. Una sorpresa muy *sexy*.

Además, estoy tranquila y relajada, algo impensable si tenemos en cuenta que comparto techo con un escritor narcisista y con un tipo con camisa hawaiana, amante de las telenovelas y perseguido por los narcos. Al menos la compañía de Dwight parece haber templado el carácter de Avery. Ahora que tiene a su compañero de juegos, me deja mucho más en paz que antes –también porque he pasado los últimos cinco días atrincherada en mi cuarto, saliendo de madrugada a hacer yoga y nadar.

En todo caso, la misión de hoy es dejar sin aliento a George. Después de quince días de separación, estoy segura de que me echa de menos. Al fin y al cabo, es un hombre, ¿no?

Un vestido de escándalo: un traje de segunda piel regalo de Emma Rae.

Ropa interior: la más *sexy* que tengo en el cajón.

Zapatos: de charol y tacones de aguja.

Cojo mi mochila con la muda –mi plan es alargar la «celebración» todo el fin de semana–, el bolso, las llaves, y salgo directa para Nueva York.

Tengo suerte, Dwight está absorto en *Esclava de la pasión* y Avery no está, así que no corro el riesgo de tener que esquivar sus salidas de tono.

Llego al hotel, un cuatro estrellas anexo al edificio Chrysler –joder, el senador Cartwright debe de ser muy generoso con el rembolso de los gastos–, y me dirijo segura al mostrador de recepción, tratando de no resbalar con los tacones sobre el mármol pulido de la entrada.

–Buenos días –saludo rezumando cortesía.

–Buenos días para usted, señorita –responde el conserje uniformado con un movimiento de cabeza.

–Soy Summer Hale, la prometida de George Rupert Sullivan, que es su huésped.

–George Sullivan –repite revisando el ordenador–. Sí, es nuestro huésped.

–Hoy es su cumpleaños y estoy aquí para darle una sorpresa. Sé que lo que voy a pedirle va en contra de muchas reglas, pero necesito que me deje subir a su habitación.

–En efecto, es imposible, señorita Hale, violaría las leyes de privacidad y, como hotel, la privacidad de nuestros huéspedes es lo primero.

–Lo sé, pero…

–Podría solo en el caso de que el señor Sullivan me autorizase.

–Entonces no sería una sorpresa –le explico.

–Lo siento.

¿Qué haría Emma Rae? ¿Sabría qué hacer ella? Ah, sí. Cojo la cartera del bolso y le deslizo un billete de cien.

Sería generosa con su negativa.

El conserje empuja con una mano los cien de vuelta a mi billetera.

–Esto violaría todavía más la normativa, señorita Hale.

No me queda otra que tratar de que se apiade de mí.

–George y yo no nos hemos visto en dos semanas, nuestros trabajos nos separan, he conducido hasta aquí desde los Hamptons con este vestido ajustado, muy bonito, y muy, muy incómodo, todo esto para su cumpleaños.

—De todos modos, veo en el ordenador que la habitación del señor Sullivan está en rojo, lo que significa que el señor no está en el hotel.

—¿Todavía no ha vuelto de Vermont? —resoplo desconsolada—. Supuse que regresaría por la mañana.

—¿Vermont? —pregunta el conserje con aire de extrañeza.

—Sí, ya se lo he dicho, nuestros trabajos nos mantienen separados.

Él sacude la cabeza, luego me indica una butaca en una esquina del *hall*.

—Si viene, puede sentarse y esperarlo, el bar está a su disposición.

Me doy por vencida y hago lo que me dice, sentándome en la butaca más escondida. El vestido es muy ajustado y muy corto, no querría que alguien me confundiera con una *escort* en busca de clientes. ¡Maldita sea! Así no era como se suponía que tenía que ser.

Para darme un aire desenvuelto, cojo una revista y comienzo a hojearla.

Después de leer un artículo sobre los próximos proyectos de Shonda Rhimes, paso la página y encuentro una entrevista con Avery sobre su última novela. Si no lo conociese, leyendo estas líneas, diría que es una persona seria, competente y brillante; sin embargo, no es nada de eso. También hay una foto de él: vaqueros, camiseta celeste y cazadora vaquera. Su brazo derecho está levantado en un gesto de ponerse las gafas de sol sobre la cabeza para evitar que sus largos rizos castaños caigan sobre sus ojos. Esos ojos verdes que ahora tengo la certeza de que no son Photoshop.

Los labios plegados en esa media sonrisa que es la marca certificada Avery y que me dedica cada vez que quiere provocarme. Parece estar haciéndolo ahora ahí, desde la página impresa.

«Hola, Summer, ¿de qué color son tus bragas?»

Molesta, cierro la revista y la vuelvo a poner sobre la mesa justo en el preciso momento en que veo a George atravesar las puertas giratorias de la entrada.

Estoy a punto de levantarme cuando me detengo: otra persona, una mujer, traspasa la entrada y le engancha el brazo con la mano.

Sí, es George. Es realmente él, no me he equivocado. Pero ¿quién diablos es ella?

Cojo de nuevo la revista y la abro hundiéndome en la butaca para espiarlos por el rabillo del ojo.

En el mostrador ya no está el conserje que me recibió, hay otro tipo que, como no sabe que estoy aquí, simplemente le da a George la llave de la habitación sin informarle de que lo estoy esperando.

George y la mujer se dirigen a los ascensores, presionan el botón de llamada y esperan a que llegue a la planta baja.

Dan la impresión de sentirse en confianza, a gusto, se sonríen, se tocan con desenvoltura y se susurran frases al oído, como si se estuvieran diciendo cosas que los demás no deberían escuchar.

Él le susurra algo al oído y ella se ríe, casi avergonzada.

Tiene una melena negra, espesa, con rizos anillados que le caen por la espalda. Lleva un vestido tubo rojo brillante, a juego con su barra de labios. Solo puedo ver su perfil, pero vislumbro unos rasgos fuertes, con pómulos, nariz y mandíbula muy marcados.

Las puertas se abren, entra ella primero y... ¡UN MOMEN-TO! ¡¿Era eso una mano en el culo?!

¡George no pone la mano en el culo! Al menos, no en público. O no a mí.

Nada más irse el ascensor, me planto delante para ver en qué piso se detiene.

Tres... Cinco... Ocho... Doce. ¡Duodécimo piso!

Miro por encima del hombro para asegurarme de que el conserje no me está mirando, me cuelo en el otro ascensor y pulso el botón de la planta duodécima.

Me da la impresión de que el ascenso dura la vida. Tengo las vísceras encogidas, el estómago en la garganta y el corazón desbocado.

¿Por qué estaba George con esa mujer? ¿Por qué han subido juntos? ¿Por qué le tocaba el culo?

Mantén la calma, Summer. Estas cosas suceden en las series de televisión y, esta, gracias a Dios, no es una serie de televisión, sino que es la vida real. Tiene que haber una explicación a lo que he visto. No debo montarme películas… ¡Joder!

Apenas el ascensor hace «ding», las puertas se abren y salgo corriendo al pasillo en busca de lo que sé que tengo que buscar: sus zapatos. En el hotel George los deja siempre fuera de la habitación y usa solo las zapatillas de cortesía.

Cuando los veo, enfilo hacia la puerta a paso ligero, intentando no darme cuenta de que junto a los Clarks de George hay un par de zapatos de salón con tacón de cono. Iguales que los de la mujer de rojo.

Respiro hondo, exhalo y llamo con mano temblorosa, interrumpiendo la risa que viene de dentro.

–Será el servicio de habitaciones –dice una voz femenina–. Voy yo.

¡Mierda! Abre ella.

La manilla gira y la puerta se abre para descubrir a la mujer de rojo, que ahora ya no está vestida de rojo, sino envuelta en el albornoz del hotel. Me mira extrañada, está claro que esperaba a un camarero con el carrito.

–¿Sí? –me pregunta sin inmutarse.

¿Y ahora? ¿Qué digo?

–¿Qué quiere? –me pregunta para animarme a hablar. Es evidente que no tiene ni idea de quién soy o habría llamado a George.

–Yo… ejem. Disculpe. ¿Es esta la habitación de George Sullivan? –pregunto como si todavía hubiese una sola neurona mía convencida de lo contrario.

Ella me mira de arriba abajo, deteniéndose en mis zapatos *sexy* y mi diminuto vestido.

–No creo que trabajes en el hotel, ¿para qué quieres saberlo?

–Porque…

Estoy a punto de responder que soy su novia, pero no me da tiempo a terminar la frase cuando lo veo a él detrás de la misteriosa dama también en albornoz.

–Tesoro… –dice él vuelto hacia ella–. ¿Ha llegado el champ…? ¿Summer?

George me mira desconcertado, los ojos muy abiertos y la boca desencajada.

Bien, resumen de los capítulos anteriores: George me dijo que iba a estar en Vermont con Cartwright, respondiendo evasivamente a todas mis preguntas sobre cuándo volvería a Sag Harbor. Me deja plantada en la fiesta de Preston –sí, para ser justa, tenía razón Avery, me dejó plantada–, ahora lo encuentro en una habitación de hotel en albornoz con otra mujer a la que ha llamado «tesoro» y a la que ha dado una palmada en el culo. Y esperan el champán.

–Feliz cumpleaños, George –lo saludo con una calma que no creía tener–. Quería darte una sorpresa de cumpleaños, pero, por lo que parece, me la has dado tú a mí.

La mujer de rojo lo mira a él, luego a mí, luego a él otra vez.

–¿Así que ella es Summer?

El tono altivo con que pronuncia ese «ella» me provoca un trasvase de bilis.

–Sí, yo soy Summer, la novia de George. El mismo George que le ha acariciado el culo en el *hall*. El mismo George que está aquí en albornoz con usted. Por cierto, ¿quién es usted? –pregunto con su mismo tono.

–Yo soy Gale West –responde levantando la barbilla.

–Nunca he oído ese nombre –la liquido. Después le clavo a George una mirada cortante–. ¿Tú no tienes nada que decir?

–Gale es jurista y ha sido la asistente de Cartwright durante diez años. Habíamos trabajado mucho juntos…

Lo freno levantando la palma de mi mano.

–Con «Nada que decir» pretendía cualquier cosa tipo «Perdona, lo siento, soy un idiota, te quiero, ha sido un error». No quería que me enumeraras su maldito currículo. Has perdido una excelente oportunidad para callarte.

—Summer, por favor, no me montes una escena —me advierte con los dientes apretados, como si pudiese permitírselo.

—No quiero montar una escena. Sería una pérdida de tiempo y de aliento. Lo que tengo que saber, ya lo sé: follas con otra con la excusa de trabajar en tu fantasmal libro, mientras yo me parto el culo en los Hamptons. —Entonces, acercándose por el pasillo, veo un camarero con el cubo de hielo y una bandeja con picoteo—. No te molesto más y te dejo celebrar: vuestro champán está llegando. ¡Espero que se os atragante!

Me voy caminando sobre la moqueta y pulso el botón del ascensor, rogando para que llegue lo antes posible.

Cuando se abren las puertas, me meto dentro y me miro en el espejo, con mi vestidito *sexy*, mis pendientes de aro que me cuelgan hasta las mejillas, el pelo recogido y el maquillaje, lista para regalar a mi hombre una noche de absoluto placer, solo veo a una pardilla.

Suena el teléfono. Es Emma Rae. La persona adecuada en el momento preciso. Si mi amiga tiene un don, ese es el de la oportunidad.

—¿Hola? —respondo con voz ahogada.

—Hey, Summer. Quería hablar contigo. ¿Cómo estás?

Y en ese punto ya no puedo contener las lágrimas, que se deslizan por mi cara corriéndome la máscara de pestañas.

Capítulo 13

Blake

Entro en casa por el porche, después de fumarme un cigarrillo paseando por la playa, y encuentro a Dwight en el sofá con un *e-book* en la mano.

–¿Estás leyendo?

–Sí. Tu última novela, si quieres saberlo –responde sin apartar la vista del dispositivo.

–Te la he regalado en papel impreso, no sabía que prefirieras el *e-book*.

Dwight se encoge de hombros.

–No es mío este chisme.

–¿Y de quién es?

–No sé, estaba aquí metido entre los cojines del sofá.

Su respuesta me provoca tal alarma que ni un puñetazo en la cara podría igualar.

–Ese es el sofá de Summer.

Sí, está en su mitad de la casa, al otro lado de la cinta adhesiva.

–Bueno, se ve mejor la tele desde *su* sofá. Estaba viendo *Esclava de la pasión*, y cuando terminó, me tumbé para echarme una siesta, pero aplasté este chisme. Lo encendí y, como vi que estaba tu última novela, me puse a leerla.

–¡Ese es el Kindle de Summer! –exclamo–. ¡Mi novela está en el Kindle de Summer!

–Sí, pero, como ella no está, no me delates, no creo que necesite saber que lo he utilizado.

Cruzo la línea entre mi zona y la de Summer y me uno a mi amigo en el sofá.

–Perdona, ¿puedo? –le pregunto haciéndole el gesto de que me pase el lector.

–Ten.

¡¿Summer ha leído mi novela?! Pero ¿cuándo? Nunca me lo ha dicho.

Voy al menú principal y no solo veo mi última novela, sino *todos* mis títulos. *Todos.*

Y están reseñados. ¡Cinco estrellas!

Clico sobre el primero, *París, el imperio de la muerte*, y abro la reseña.

«El autor capta la atención del lector desde la primera frase, y cada capítulo te mantiene enganchado con la necesidad de pasar inmediatamente al siguiente. Apasionante y original. Seguro que leeré más de este autor.»

La fecha de la reseña es de hace más de cinco años.

En medio de un inexplicable frenesí, paso a la reseña del segundo, *El enigma de Shakespeare.*

«Se nota una sensible madurez del autor, sobre todo a la hora de manejar los tiempos y lugares y de encadenar los giros. Estaría bien una película. Convincente y divertido. Espero el próximo.»

¿Estamos seguros de que Summer está hablando de mí?

Vuelvo a comprobar el título, incrédulo. Para mi tercer libro, *La catedral infinita*, el entusiasmo es el mismo.

«Una pena que no se pueda dar más de cinco estrellas. Esta es sin duda mi favorita de todas las novelas de Blake Avery. Los protagonistas son tan tridimensionales que me los imagino a mi lado.»

Ahora soy oficialmente adicto a sus reseñas. Voy con el cuarto.

«La definiría como su obra más psicológica, con el protagonista que se hace muchas preguntas sobre sí mismo, y sobre su pasado, abriendo al lector a una dimensión íntima y reservada, y cuestionando todo lo que había creído cierto a lo largo de sus tres anteriores novelas. El acento gótico dominante en toda la segunda parte es muy agradable.»

–Oye, ¿por qué pones esa cara? –me pregunta Dwight.

–Porque… –me vuelvo hacia él, desconcertado– porque a Summer le gustan mis novelas.

–¿Y no deberían?

–Bueno, ella me odia, y luego está con Sullivan, ese vendedor de periódicos que me llamó «material de desecho».

Continúo, regocijándome al leer la reseña del quinto. Siempre con cinco estrellas.

«Leída en un día y medio. Imposible cerrar la novela sin haber llegado al final.»

La ducha fría viene con la última. ¿Tres estrellas? ¿¡¿¡Qué!?!? ¿Por qué?

Abro la reseña con un punto de ansiedad. ¿Qué he hecho para caer tan bajo?

«Falta algo. Al leer tuve la desagradable sensación de que estaba inacabado, como si hubiesen publicado el segundo o tercer borrador. Deja demasiadas preguntas sin respuesta, demasiadas zonas grises, y el final tiene una solución demasiado simplista para el ingenio al que Avery me tiene acostumbrada. Esto no quita que la trama es siempre original, llena de giros, los diálogos mantienen al lector atento y el argumento en torno al cual gira la búsqueda despierta la curiosidad del lector. Opinión no del todo negativa. Buena, pero no buenísima. Espero que sea un revés momentáneo, quizá dictado por una exigencia de los plazos editoriales. Sé que Avery puede y sabe hacerlo mejor, tal vez debería tomarse más tiempo entre una novela y la siguiente.»

Normalmente las críticas negativas me importan un carajo, y lo achaco a la incompetencia o frustración del lector, pero en este caso no puedo ignorar esas tres estrellas. Summer ha sido sincera y, sobre todo, la he decepcionado.

Odio haberla decepcionado.

Y odio aún más odiar haberla decepcionado, como si su opinión realmente me importara.

¿Me importa realmente?

Me importa.

Fingir que no me importa sería hipócrita.

Pero le gustan mis novelas. Le gusto como autor. Quizá

no como persona —es más, seguro que no como persona—, pero como autor le gusto.

Oímos el clic de la cerradura de la puerta principal y me apresuro a esconder el Kindle en medio de los cojines del sofá, fingiendo que no ha ocurrido nada.

—¿Qué ha pasado hoy en *Esclava de la pasión*? —le pregunto a Dwight fingiendo indiferencia.

Él me da cuerda.

—Resulta que Dolores tiene una hermana gemela separada al nacer.

—¡Estúpido gilipollas! —grita Summer.

Summer, furiosa, arroja su bolso al otro lado de la sala.

Dwight y yo, alarmados, nos ponemos en pie de un salto sin comprender a cuál de los dos se está dirigiendo.

—Fue él quien lo encontró, yo estaba en la playa —me defiendo levantando las manos, dispuesto a rechazar sus acusaciones.

—¿Qué? —pregunta ella.

—¿Qué? —repito yo. Tal vez no se refiera al Kindle.

—Nada.

Entonces mis ojos —los dos incluso— se fijan en su vestimenta. Lleva un vestido azul eléctrico, ceñido al cuerpo como una segunda piel, corto, apenas tres dedos por debajo de su trasero, tan traslúcido que puedo entrever la ropa interior que lleva puesta, y sus piernas se elevan sobre un par de zapatos de tacón.

Parecería encaje negro.

Aprobado.

—¿Estás llorando? —le pregunta Dwight.

Cambio mi mirada a su rostro manchado de rímel, la nariz congestionada y los ojos hinchados.

En efecto, este es un detalle que se me había escapado.

—Sí, estoy llorando —confirma mientras lanza los zapatos de una patada que los envía directamente bajo la mesa del comedor—. Y para ser precisos, he estado llorando durante una hora y cincuenta y seis minutos.

—¿No se suponía que ibas a ir a Nueva York con «Ciorch»?

–pregunto recuperando mi concentración ahora que el escote ha desaparecido.

–Sí, he ido allí. ¿Y sabes lo que he aprendido? Nunca, *nunca*, des sorpresas.

–¿Qué ha ocurrido, si puedo preguntar? –me aventuro. Hasta que se demuestre lo contrario, podría ser la última persona con la que ella quisiera hablar.

–¡George me está engañando! Llegué al hotel y me lo encontré en la habitación con otra –explica volviendo a prorrumpir en sollozos.

¡¿Qué?! ¿Me dejan por un actor de Hollywood y, en cambio, George Sullivan no tiene una, sino *dos* mujeres? ¿Qué coño le está sucediendo al mundo?

–Como le pasó a doña Consuelo en *Esclava de la pasión* –exclama Dwight–, cuando descubrió a Miguel con la gemela de Dolores. ¡Solo que no estaban en un hotel, sino en el almacén de café de la hacienda!

–Perdona, Dwight –le interrumpo–, ¿podríamos dejar *Esclava de la pasión* durante diez minutos?

–¡Tengo una idea! Voy a preparar un fabuloso Banana Split para todos –anuncia yendo a la cocina.

–Eso es justo lo que necesita.

Summer no protesta, mala señal. La Summer que yo conozco diría no al helado, la nata, el chocolate y las avellanas picadas, y pediría una macedonia de mango y papaya especificando que no quiere azúcar blanco, sino sirope de agave.

Se desploma en el suelo, sobre la alfombra, con las rodillas pegadas al pecho –Blake no mires debajo del vestido, no es el momento– y la espalda apoyada en el sofá.

La imito sentándome a su lado.

–Normalmente no me interesan los detalles morbosos, pero ¿estás segura de que te ha engañado? Quiero decir, hablamos de George Sullivan, un tío como él se reproduce solo por partenogénesis, como las amebas.

Ella me lanza una mirada fulminante.

–Así que me ofendes.

Ups. Metedura de pata.

–Lo siento. Suprime la última frase.

–Conduje hasta el hotel para esperar a que regresara de Vermont y lo vi llegar con esa mujer, comenzaron a flirtear, luego subieron juntos a la habitación. Los seguí sin ser vista y, cuando llamé, ella acudió a abrir en albornoz. Él también estaba en albornoz, la llamó «tesoro» y estaban esperando al servicio de habitaciones con champán y catering. Te ahorro mi patética estampa en el umbral, contemplándolos desconcertada, sentí pena de mí misma.

–Idiota –murmuro.

–¿Cómo dices? –me pregunta contrariada.

–No lo decía por ti. Él, Sullivan, es un idiota.

–¡Ni siquiera trató de disculparse! Lo cogí con las manos en la masa y no se le movió ni un pelo, como si la culpa fuese mía por haberlos interrumpido –gruñe furiosa–, como si no fuese digna de una explicación. ¡*Yo*! ¡Su prometida!

Al escuchar esa frase, mi mirada recae sobre su mano izquierda.

–¿Prometida? No hay ningún anillo en tu dedo.

–No, efectivamente no hay anillo, era nuestra elección.

–¿De qué elección hablas?

–No necesitábamos un anillo para que el mundo nos reconociese como pareja. Lo sabíamos nosotros y eso nos bastaba.

–Ok –pretendo entender el razonamiento–. ¿Cuándo deberíais haberos casado?

–No íbamos a casarnos –responde ella sin pestañear.

–Has hablado de compromiso. Normalmente los que se comprometen, se casan.

Ella se encoge de hombros, resoplando.

–Lo hablamos varias veces, pero George está en contra. Dice que el matrimonio es una institución obsoleta e hipócrita.

¡¿Hipócrita?! Predica desde el púlpito. Me echo a reír.

–¿No me digas? Nuestro intelectual progresista está en contra de las tradiciones del partido conservador, ¿eh? ¡Cuánta originalidad en un solo hombre!

Ella se vuelve a mirarme, con el rostro fruncido.

–Pero ¡¿tú qué sabes de matrimonios?!

–Sé incluso más que tú –objeto–, puesto que me he casado dos veces.

La revelación la trastorna hasta el punto de dejarla con la boca abierta.

–¡Un momento! ¿*Tú* estás casado?

–Lo he estado. Me he divorciado.

Dwight llega para aligerar el clima y coloca un plato frente a nosotros con dos plátanos cubiertos con medio kilo de helado de vainilla y chocolate, nata montada, sirope y Oreos a voluntad, antes de desaparecer de nuevo en la cocina para comer el helado directamente de la tarrina. Cojo una cucharilla y Summer la otra atacando el plátano con violencia.

–Casado dos veces, ¿eh? –pregunta con la boca llena–. ¿Y quiénes son esas dos locas?

–La primera fue Carolina –digo sumergiéndome en las volutas de nata.

–¿Carolina del Norte o del Sur?

–Ninguna de las dos. Carolina y ya está. Fuimos juntos a la universidad cuando teníamos veintidós años. Éramos dos estudiantes sin blanca en Nueva York y vivíamos al día. Luego vino mi primera novela, el contrato, el dinero, la fama y el éxito. Demasiado para ella, no aguantó. Se volvió a casar con un agricultor y se mudó a Kentucky para plantar cereales orgánicos.

–¿Y la otra?

Sé que esto la trastornará aún más.

–Es Sasha.

Summer se queda bloqueada con la cuchara llena de helado en el aire.

–¿Sasha? ¿Tu agente?

–La misma.

–¿Estuvisteis casados? –exclama abriendo mucho los ojos, que ahora ya no están brillantes y rojos.

–Fue breve pero intenso. Seis meses, cinco de los cuales los pasó queriéndome matar. Creo que la causa de todo es que trabajamos mucho juntos. Hicimos una locura, cosa de la que ahora somos más conscientes y estamos más arrepentidos que nunca, y queríamos mantenerlo lo más en secreto posible. Divorciarnos fue una liberación para los dos. Pero su trabajo lo sabe hacer bien, por eso continúa siendo mi agente.

–Nunca lo habría dicho. ¿Y ahora con qué me vas a sorprender? ¿Diciéndome que estás en contra del sexo antes del matrimonio?

–Muy en contra –confirmo–. Principalmente porque hace que llegues tarde a la ceremonia.

Ella niega con la cabeza y lame la cuchara. Por favor, vuelve a hacerlo.

–No puedes hablar en serio más de dos minutos seguidos, ¿verdad?

–Nunca he hablado más en serio, lo juro. En la boda de mi hermano yo era el padrino, e hice un aparte para darme un revolcón con Beverly, la segunda dama de honor, en la limusina. Debimos de perder el sentido del tiempo, puesto que vinieron a buscarnos, *me* vinieron a buscar porque yo tenía los anillos. Los novios, el cura, todos me esperaban. Entré en la iglesia con el cinturón del pantalón aún desabrochado.

–¡Qué embarazoso!

–¿Embarazoso? No has oído la peor parte. ¿Sabes quién nos encontró a Beverly y a mí mientras follábamos? –Hago una pausa para darle un instante de suspense y para ver si chupa de nuevo la cuchara–. ¡El padre de Beverly!

–¡Dios mío! –exclama poniendo los ojos en blanco–. ¡Qué vergüenza ajena!

–Claro, tú eres la clásica «damisela no» –la pincho.

–¿Qué diablos es una «damisela no»?

–Verás, en las bodas hay tres tipos de damas de honor –le explico entre bocado y bocado–, la que lo entrega como si no fuese suyo, la que lo da borracha y la «damisela no». Es la que:

¿quieres una copa? No. ¿Quieres bailar? No. ¿Quieres dar un paseo? No. Eres una «damisela no» certificada.

—Yo no soy para nada una «damisela no» —protesta robándome mi cucharada de helado de chocolate.

—¿Cuántas veces has sido dama de honor?

—Tres: en la boda de mi hermana Karen, en la de mi excompañera de habitación en la universidad y en la renovación de votos de mi tía.

—¿Y? —la invito a demostrar lo contrario.

—En la boda de mi hermana me metí con Robert Klein en el guardarropa. Pero él había bebido demasiado y mientras estábamos teniendo sexo... ¡vomitó!

¡No doy crédito a lo que oigo! Malditos novatos que ni siquiera saben beber.

—¿Qué quieres decir con que vomitó?

—Me vomitó encima. ¡Soy emetofóbica y tuve una crisis! —responde asqueada, como si hubiera vuelto a revivir la escena.

—¿Emetofóbica? ¿Quieres decir que tienes miedo del vómito?

—La vista, el olor, incluso el ruido me aterroriza.

—¿Entonces qué paso?

—Pasó que me arranqué el vestido, me escapé medio desnuda del ropero y me quedé toda la noche encerrada en el baño lavándome y relavándome. Desde entonces, si voy a tener sexo, debo asegurarme de que mi pareja y yo estamos sobrios y con el estómago vacío.

En el fondo la entiendo. Debe de haber sido un trauma.

—Sexo lejos de las comidas. Bueno, se necesitan principios en la vida.

Summer me mira y se ríe. Sí, sus labios se ensanchan en una sonrisa espontánea que hace que dos hoyuelos aparezcan en sus mejillas ahora tersas y rosadas, y de su garganta sale un cálido y sentido «JA, JA, JA» que le corta la respiración.

—¿Ves? —le digo—. En medio del drama he logrado hacerte reír. Estás en el buen camino para recuperarte.

Ella coge una Oreo, la divide por la mitad y se la come, sin la nata, dejando el otro disco en el plato.

–¿Cómo lo has hecho con Cheyenne? Siempre te he visto sereno, distanciado.

Cojo la otra mitad de la galleta y la muerdo.

–Cheyenne y yo no éramos pareja. Solo sexo sin implicación sentimental. No fue una pérdida, fue el fin natural de nuestra relación. Si no hubiese sido ella, habría sido yo.

–Bueno, yo, en cambio, creía en mi relación con George, y mucho, además. Pero aparentemente era la única. ¡Dios! Esperé hasta el final que nuestra historia evolucionara, subiera de nivel, sin embargo, él siempre me ha hecho sentir como si fuera «de alquiler».

–¿Cómo que «de alquiler»? ¿Qué quieres decir? –pregunto sin entender.

–Sí, si mi vida amorosa fuese comparable al mercado inmobiliario, puedo decir con seguridad que mi corazón está en alquiler: sin estabilidad, sin certeza, sin planes a largo plazo, sin un lugar al que llamar *hogar*. Quería tanto que George fuese mi hogar y, en lugar de eso, me dio un desalojo. Un corazón en alquiler.

–Déjate dar un consejo por uno que ha tenido el corazón en alquiler toda la vida: ¡el alquiler es lo mejor! Igual que con las casas: ¿una tubería tiene una fuga? Que se joda el propietario. ¿Te has hartado del barrio? Te mudas al día siguiente. ¿Por qué asumir más problemas de los que ya tenemos? Tener el corazón en alquiler es la mejor solución.

–Tal vez, pero yo no estoy hecha para la precariedad, ya sea inmobiliaria o emocional.

Summer coge otra Oreo, y se come solo el disco sin la crema.

–¿Por qué solo te comes la mitad? –pregunto observándola con curiosidad.

–Me gusta la galleta, pero no el relleno.

Como lo que ha dejado en el plato.

–A mí me gusta solo por el relleno.

Ella coge una tercera, la divide y me pasa la mitad con la crema. Y en ese instante, con una sacudida de dos mil voltios, la palabra *complementaria* me atraviesa el cerebro como un electroshock.

No, Blake, es solo una Oreo.

–¿Por qué lo haces? –me pregunta de repente.

–¿Hacer qué?

–Esto: ser amable conmigo. No estabas obligado a consolarme. Yo fui horrible contigo el otro día confrontándote cuando salió la noticia de Cheyenne. Hoy podrías haberte vengado, burlarte de mí, te lo serví en bandeja.

¿Por dónde empezar? Mmm. ¿Por el hecho de que he descubierto que ha leído todos mis libros, por ejemplo? ¿Por sus reseñas que me he aprendido de memoria? ¿Por la ropa interior que se esconde bajo su vestidito? ¿Por sus cejas largas y oscuras que le enmarcan el rostro?

–Te lo he dicho, creo en la caballerosidad. Tengo debilidad por las damiselas en apuros.

Se vuelve hacia mí, su cara a un palmo de la mía.

–¿Te parezco una damisela en apuros? –Le devuelvo la mirada, acercándome.

–Me pareces demasiado para Sullivan. No te merece.

Se pasa la punta de la lengua por el labio inferior y sigo el gesto con la mirada, demorándome en cada milímetro de su boca, preguntándome si sabe a helado de vainilla o de chocolate. Hay que probarla.

–¿Blake? –susurra tan cerca de mi cara que puedo sentir su aliento.

–Dime.

–Estás en mi mitad. –Y su mirada se traslada a la tira de cinta adhesiva que divide el salón.

Sí, estoy en su mitad. Y por extraño que parezca, estoy bien ahí.

Capítulo 14

Summer

El que dijo «No todo el mal viene para hacer daño», quizás no estaba del todo equivocado.

En aquel momento, cazar a George con otra persona hizo que el mundo se derrumbara sobre mí (de hecho, todavía se está derrumbando), pero, después de un par de días en *shock*, estoy canalizando mi ira en energía creativa.

Sí, me he puesto a trabajar en mi guion.

La urgencia me ha despertado en mitad de la noche y he comenzado a releer, borrar, reescribir como una loca.

La base era buena, pero se me han ocurrido nuevas ideas, nuevas salidas, y lo estoy reestructurando. Sobre todo el protagonista, que es el personaje que más tengo que modificar.

No puede ser investigador privado. Necesito algo más creativo, algo más ecléctico.

Al principio había pensado en galerista, pero no funcionaba.

Después compositor, pero tampoco funcionaba.

Por ahora es escritor. Un escritor neoyorkino alérgico a la Costa Oeste, pero trasplantado a Los Ángeles, en una crisis creativa, un don Juan poco fiable, sin remordimientos, desordenado, con una vida disoluta y amistades dudosas.

Antes era rubio y de ojos azules, pero tanta perfección no encajaba del todo con el personaje. Ahora tiene el pelo castaño desgreñado hasta los hombros, ojos verdes penetrantes y tatuajes dispersos exhibidos con malicia debajo de la ropa rasgada.

Toda referencia a personas o cosas existentes es pura casualidad.

Sí, lo sé, lo sé, recuerda a Avery por momentos, pero muuuuy de lejos.

Dicho de otro modo, necesito un punto de partida para perfilar el personaje, lo normal es sacarlo de la realidad, lo hace cualquier autor.

Que el protagonista, en mi imaginación, tiene el rostro de Avery es algo que solo sé yo. No estoy obsesionada, es el poder de la sugestión.

Sí, debe de ser esos. Después de todo, compartimos casa durante casi tres semanas.

Dejo mis dedos suspendidos sobre el teclado, mi mirada perdida entre las letras negras de la pantalla, mientras mi película mental retrocede hasta el día de la traición.

En el punto en el que Avery y yo estábamos sentados en la alfombra uno al lado del otro, comiendo un Banana Split de infarto.

Él y yo nunca habíamos estado tan cerca, un centímetro más y habríamos podido tocarnos.

Podía sentir incluso el calor de su cuerpo y el olor de su piel.

Confesión: en cierto momento comencé a hipar, no tanto por la congestión del llanto, sino para aspirar el aire. Pero solo para saber si era él o la habitación, y en el caso de que fuese la habitación, llamar a Guadalupe para preguntarle qué limpiasuelos usa para el piso. Pero era él: bálsamo –coco, una extraña elección para un hombre– mezclado con sal. Tal vez había ido a la playa, pero era bueno.

Siempre he pensado que olía como un cenicero ambulante; sin embargo, no tenía un olor invasivo a nicotina. Solo olor a limpio y a mar.

Avery me dejó atónita. Ya estaba dispuesta a que me lanzase sus pullas sobre George y mis múltiples cuernos y, sin embargo, me consoló. También trató de hacerme reír e incluso lo logró.

Demasiado poco para mejorar su reputación, pero al menos se me han ido las ganas de matarlo. O, mejor dicho, ahora quiero matarlo, pero sin hacerlo sufrir.

Retomo la corrección de una escena cuando Avery entra en la cocina, como siempre al mediodía, y como siempre con gafas de sol.

–Buenas –murmura arrastrando los pies hasta sentarse en el taburete enfrente de mí–. ¿Guadalupe?

–Día libre –le informo–. Nada de tortitas.

—¿Qué estás bebiendo? —pregunta con interés, señalando mi vaso—. ¿Mojito?

—Té matcha —lo corrijo con tono de reprimenda—, con menta y lima. ¿Quieres un poco?

—¿Por qué no? Si lo estás bebiendo tú, supongo que es algo con lo que se puede desarmar a Corea del Norte. Nunca es demasiado tarde para los antioxidantes.

Lleno un vaso de la jarra y se lo tiendo.

Él toma un sorbo generoso, pero luego lo veo ponerse de pie de un salto, ir corriendo al fregadero y escupirlo sin discreción.

—¿Hay algún informe documentado de gente que haya sobrevivido a esta cosa?

—El matcha es una de las variedades de té más preciadas...

Me interrumpe el timbre de mi móvil: mi padre.

—¡Hola, papá! ¿Cómo estás? —le pregunto.

—De maravilla. Oye, Summer, ¿me darías la dirección exacta de la casa donde te hospedas en los Hamptons?

—¿Por qué?

—Porque acabamos de desembarcar del *ferry* en... ¿dónde estamos? —pregunta apartando el teléfono.

—Shelter Island —responde una voz femenina—. El navegador me dice que falta media hora para Sag Harbor.

—Shelter Island —repite mi padre—. A media hora de Sag Harbor.

—Espera un segundo. *¿Estamos?* —pregunto con un ápice de pánico—. ¿Estamos quiénes?

—Tu hermana Karen y yo. Ella es la que conduce.

La imagen aterradora de mi padre y mi hermana, en el coche, a media hora de Sag Harbor me pone la piel de gallina.

—¿Qué...? ¿Por qué estáis viniendo a Sag Harbor?

—Queríamos pasar a saludar, darte una sorpresa, pero luego nos dimos cuenta de que no sabíamos la dirección.

¡No! ¡Basta ya de sorpresas! ¡Estoy harta de sorpresas!

—¿Desde Boston? Pero eso son casi cuatro horas. No deberíais —digo tratando de ser convincente. De verdad: no deberían.

–Estábamos en Westerly con un cliente para un acuerdo extrajudicial. Karen se las ha hecho pasar canutas. –Ante el comentario de papá, oigo a lo lejos la risa complacida de mi hermana–. Desde ahí a los Hamptons es un momento –responde mi padre–. Entonces, ¿cuál es la dirección?

–Noyak Bay Avenue –recito con la espontaneidad de un autómata–. La villa blanca y moderna.

–¡Perfecto! ¡Nos vemos ahí y almorzamos juntos!

En el instante en que mi padre cuelga, siento que mi corazón se acelera.

–¡Mierda!

–¿Qué pasa? –Blake se quita las gafas mirándome inquisitivamente ya con su Bloody Mary de buenos días.

–Mi padre y mi hermana están de camino hacia aquí –anuncio con voz temblorosa.

–¡Ah, vale! Tenías cara de desastre nuclear cuando estabas al teléfono.

–No, Avery, no lo entiendes. Esto *es* un desastre nuclear. Mi padre, el abogado Harrison Hale y mi hermana mayor, la perfecta Karen, están de camino hacia aquí. Para almorzar.

–¿Y bien?

–¿Y bien? Pues que ellos no se andan con chiquitas.

Me levanto del taburete y corro a abrir la nevera.

–¡No tenemos agua de mandarina! –exclamo desesperada.

–¿Quién tiene que beber agua de mandarina?

–¡Ella! –respondo al borde de la histeria–. Mi hermana *solo* bebe agua de mandarina.

Avery me mira asombrado, sacudiendo la cabeza.

–¡Sí, pero mantén la calma! ¡Tanto te importa ser una mujer con agallas y luego te entra la paranoia por un almuerzo!

–Oye, *soy* una mujer con agallas, ¿vale? –digo cortando el aire con un cucharón–. Solo que ahora no recuerdo dónde las he puesto.

–No cuentes conmigo para ayudarte a encontrarlas.

–¡Justo hoy que Guadalupe tiene el día libre! No hay nada en la nevera y... ¡Oh Dios mío! ¿Eso que está sobre el respaldo de esa silla son los calzoncillos de Dwight?

¿Por qué sospecho que son de Dwight? Bueno, son de diseño hawaiano.

—Probablemente —responde Avery—. No uso ropa interior, así que...

Pretendo ignorar su respuesta.

—¿Y dónde está Dwight ahora?

—No sé, creo que está arriba aprendiendo portugués en Babbel.

—Asegúrate de que se quede allí.

Me desvivo para ordenar la cocina y eliminar cualquier cosa que pueda generar incidentes diplomáticos.

—Y tú —digo señalando a Avery—, desaparece. Ve a dar una vuelta en coche, un paseo por la playa, enciérrate en tu habitación con el aire acondicionado a menos quince... Sí, en fin, que no te vean, por favor.

—Estos no es lo que acordamos sobre el uso compartido de la casa, ¿recuerdas? Los espacios comunes son de uso común, sin limitación —me replica.

—Nuestras normas ni siquiera contemplaban alojar a un fugitivo perseguido por los narcos, pero como ves, he hecho la vista gorda —le recrimino mientras recojo los calzoncillos de Dwight con las pinzas para ensalada (tendré que lavarlas con lejía) y los tiro—. Ya empezó bastante mal el día, ¿no podrías poner de tu parte, por favor?

Levanta las manos en un gesto de rendición.

—Como quieras, pero relájate.

—¿Relajarme? Tú no conoces a mi padre, y sobre todo a mi hermana. Ella, a mi edad, tenía ya dos másteres, era socia del bufete, había llevado treinta casos, estaba casada con el mejor partido de Boston y esperaba gemelas. Y yo tengo veintisiete años y todavía empujo en las puertas donde dice «tirar».

—No entiendo. Si no querías verlos, ¿no podías haber inventado una mentira?

—Me han pillado desprevenida —me justifico, poniendo en la encimera toda la comida que se puede cocinar.

–¡Ah, menos mal que eres guionista! ¡Felicidades! –se burla de mí robándome un cubo de queso feta que he cortado.

–¡Quita! –le golpeo en la mano con la cuchara de madera.

–Y tú, ya que estamos, siendo la punta de lanza de las publicaciones americanas, ¿qué mentira habrías dicho?

–¡¿Yo?! No es mi familia.

–Esa no es la cuestión. Si hubiese sido tu familia, ¿qué habrías dicho?

–Buah, no sé, tengo una resaca muy fuerte… no sé ni dónde me encuentro… si estoy en una orgía.

–Claro, ¿qué esperaba? Olvídalo. Ni siquiera sé por qué te lo he preguntado.

–Porque estás nerviosa y en este momento necesitas hablar, aunque sea con tu peor enemigo.

–¡No te atrevas a psicoanalizarme!

Él se regodea, tan complacido como siempre.

–Pero tengo razón.

–Y yo, un cuchillo –digo clavando la hoja en la tabla donde estoy cortando los pepinos–. Tardo treinta segundos en hacerte tartar como si fueras un filete de ternera Angus.

–¿No eres vegetariana?

–En tu caso, haría una excepción.

Echo un vistazo al reloj. Queda un cuarto de hora. Y conociendo a Karen, hará todo lo posible por llegar antes y pillarme desprevenida.

–Además, ¡ya basta, Avery! ¡Quítate de en medio y déjame regodearme sola en mi crisis de pánico!

–Voy arriba. –Coge su Bloody Mary, un paquete de patatas sabor queso, y sale de la cocina.

–En caso de que me necesites, no me llames.

«Ding-Dong.»

Me sobresalto al oír el sonido del timbre.

–¡Ya están aquí!

Con cinco minutos de antelación, como esperaba.

Me miro por última vez al espejo: vestido planchado, maquillaje ligero, pelo peinado. Sí, todo en orden.

Cojo aire y abro la puerta, en un intento por resultar natural.

–¡Papá! ¡Karen! ¡Qué sorpresa!

Me habría gustado añadir «tan buena», pero no me sale.

–¡Hola, Summer! –me saluda él entrando–. ¿Así que esta es la villa? Por cómo nos las describiste, pensé que era más grande.

Karen, con un vestido de lino sin mangas de Chanel color melocotón, entra detrás de papá.

–Sag Harbor, ¿eh? Pero ¿la zona más chic de Long Island no es Bridgehamptons?

–No creo que ninguna zona de Long Island se pueda definir como no chic –murmuro.

¡Aquí están! Llevan treinta segundos y ya se han burlado del tamaño de la casa y del vecindario. Promete ser un almuerzo agotador. Intentaré poner en juego mi táctica de respuesta a prueba de fuego: centrar la atención en ellos. Y a Karen le encanta ser el centro.

–¿Habéis tenido un buen viaje?

–Sí, hemos venido en mi coche nuevo –responde mi hermana–. ¡Un viaje estupendo!

–Ah, ¿has cambiado el coche? ¿Cuál has cogido?

–Un Cadillac Escalade. Por supuesto, hemos tenido que agrandar la puerta del garaje, pero, ya sabes, con las gemelas necesitamos un coche espacioso.

¡Paf! Tercera bofetada en la cara: «soy tan asquerosamente rica que puedo permitirme comprar un coche que no cabe en el garaje y luego rehacerlo a la medida».

–Claro –acepto, como si encontrase la solución totalmente razonable.

Les hago señas para que tomen asiento a la mesa del comedor, que he preparado sobre la marcha.

–¿Y mis sobrinas están bien?

–Erin empezó su primera clase de balé esta semana.

–Pero ¿no es aún pequeña? –le pregunto–. A ver, tiene tres años.

–Si quieres ser bailarina profesional, tienes que empezar

pronto –responde ella–. De lo contrario sería como contigo, que empezaste a los siete y lo dejaste tras dos años y medio.

–Tal vez Erin no quiera ser bailarina profesional. Es una niña, a lo mejor en dos meses quiere ser cantante –replico, desviando su cuarta estocada al tercero en discordia–: ¿No crees, papá?

–Erin tiene un carácter muy fuerte, lo ha sacado de su madre –responde con una sonrisa dirigida a mi hermana.

–¿Y Eva? –pregunto enderezando la conversación con la segunda gemela, ya que con Erin no funciona.

–Eva está muy dotada para el dibujo. Mitch y yo hemos contratado a un profesor particular que viene a casa tres tardes a la semana. Ayer fue el día de las acuarelas y dijo que tiene un talento natural –comenta encantada–. ¿Y tú, Summer? ¿A qué esperas para ser madre?

Cinco dianas para Karen. Hoy está realmente en forma, de eso no hay duda.

–No es el tipo de cosas que me gusta planificar sobre el papel. ¿Tenéis hambre? He preparado una buena ensalada fresca.

Papá se frota las manos.

–Estoy hambriento.

–¿Ensalada? –pregunta Karen arrugando la nariz–. Sabes que me hincha.

Sí, sé que se hincha, pero no había nada más en casa.

–Desgraciadamente con tan poca antelación no me ha dado tiempo a hacer la compra. Pero, tranquila, no dejaré que te vayas con hambre.

–Estoy seguro de que has hecho lo mejor que has podido –me asegura papá.

–Perdona, Summer, ¿solo tienes agua corriente?

–Desafortunadamente sí –respondo con voz afable.

–Sabes que bebo agua de mandarina, deberías beberla tú también, combate la retención de líquidos –me explica dirigiendo su mirada sobre mis piernas–. Es verdad que eres delgada, pero tu cuerpo se acuerda todavía de cuando eras una niña rolliza y, con el tiempo, rebotará todo fuera.

Summer, no reacciones. Sonríe.

–Tendré en cuenta tu valioso consejo.

Voy a la cocina y cojo la ensaladera con unas ganas enfermizas de tirarla a la basura.

Sí, a los catorce años era redonda, no tenía sobrepeso, pero, de las dos, yo era «la gorda», mientras que Karen era «la flaca». Luego, gracias a Dios, llegó la universidad, salí de casa y dejé de darme atracones. La verdad es que no tuve que ponerme a dieta, solo tuve que alejarme de mi familia.

–Ensalada griega, con lechuga, tomate, aceitunas, cebolla roja, queso feta, pimientos verdes y orégano –anuncio colocando la ensaladera en el centro de la mesa.

Papá está en la cabecera, Karen a su derecha y yo a su izquierda, como en casa.

–¿Las aceitunas son Kalamata? –pregunta papá sirviéndose su ración.

Bah, ¿qué más da?

–No, a decir verdad, no lo creo, pero son buenísimas.

–En la ensalada griega *siempre* hay aceitunas Kalamata –subraya Karen, tendiéndome el plato para que la sirva yo–. Para mí nada de cebolla cruda, gracias.

–El año pasado tuvimos unas vacaciones increíbles en Grecia –recuerda papá–. Mamá, Karen, Mitch, las niñas y yo cogimos un velero y recorrimos todas las islas del Egeo. Mitch hizo de patrón. ¿Sabías que tiene licencia náutica?

–Por supuesto –respondo con una sonrisa tirante–. Me lo recuerdas cada vez que me cuentas lo de Grecia.

–¿Y dónde está George? –pregunta papá–. ¿No debería estar también aquí?

Ay, tecla dolorosa.

–Sí, pero le ofrecieron un proyecto muy interesante en Nueva York, así que ahora está en la ciudad.

Mejor pasar por alto nuestra ruptura.

–¡Qué pena! –exclama él decepcionado–. Teníamos muchas ganas de verlo. Salimos para Boston inmediatamente después del almuerzo, pero, si vuelve en los próximos días, trataremos de organizarnos.

—Sí, podríamos venir un fin de semana todos juntos, también con mamá y las niñas —añade Karen.

No veo la hora. Este sería el momento adecuado para decirles que George y yo hemos terminado, pero solo hay un pequeño problema: no puedo. Mi familia adora a George, besa el suelo que pisa. La pasada Navidad lo llamaron «mi Pigmalión». Así que, según sus cálculos, sin George, soy un despojo mediocre. Aguanta, Summer.

—Hablando de proyectos —empieza papá, dándole los últimos bocados a su ensalada—. ¿Y tú qué? ¿Alguna novedad de Hollywood?

—Todo bien —respondo vagamente, llenándome la boca de queso feta.

—¿Has firmado ya un episodio? —pregunta Karen.

—No, pero participo en la redacción y revisión de los guiones.

Aquí llega su momento favorito: cuestionar a Summer.

—Entonces, todavía nada estable en el horizonte... —El tono de papá es insinuante y me incomoda, porque sé que está preparando el terreno para uno de sus discursitos.

—Es un mundo difícil el de los guionistas. Se navega a ciegas.

—Si no me equivoco *La élite* está en su última temporada, ¿no? —pregunta Karen. Sabe muy bien la respuesta, pero quiere escucharla de mi boca.

—Sí, esta es la temporada final —le confirmo.

Me levanto para recoger los platos y la ensaladera.

—¿Melocotones y helado de nata os van bien de postre?

—Sí, gracias. ¿El helado es sin lactosa? —pregunta papá.

—Por supuesto, está hecho de soja.

—Yo no tomo postre. Dieta posparto —dice Karen. Ha dado a luz hace tres años y la muy perra, si se pone de perfil, es invisible.

Llevo a la mesa dos copas de helado, una para papá y otra para mí. Decidida a no entrar al trapo.

–Este helado lo hacen aquí en una tienda artesanal. Tienen diez sabores en total, pero excepcionales.

–Escucha, Summer, tienes casi veintiocho años, ¿no sería hora de dejar de jugar a ser guionista y convertirte en una persona adulta? –me pregunta papá a bocajarro.

–Yo no juego a ser guionista. Trabajo en un equipo profesional, tengo un salario.

Al oír la palabra «salario», Karen pone los ojos en blanco.

–¡Por favor, hermanita, todos sabemos que mamá y papá te echan una mano cuando no llegas a fin de mes!

A ella no le echan una mano solo porque Mitch es asquerosamente rico.

–No siempre –rebato.

–Y cuando *La élite* termine, ¿qué harás?

–Todavía no ha terminado, y luego la ABS tendrá nuevas series que producir, Chase me aprecia mucho, estoy segura de que no tendrá dificultad para meterme en el próximo proyecto –explico tratando de infundir entusiasmo y positividad a mi discurso.

En verdad, no tengo ninguna certeza, pero si se lo digo, les estoy dando aquello que quieren.

–Vamos, Summer, enfréntate a la realidad: te has aventurado, has querido probar este camino y te hemos dejado, pero se acabó. No lo has conseguido, todavía estás en la casilla de salida. Quizás no tengas la formación adecuada, o quizás no tengas el talento que creías, pero no puedes continuar contándote historias.

Aquí está el rapapolvo de papá. Me jugaría un riñón que su «pasar a decir hola» era para llegar a esto.

–No me estoy contando historias, estoy trabajando duro para alcanzar mi meta como cualquiera que parte de cero –me defiendo.

Para enfrentarme a las alegaciones de mi padre y de mi hermana ni he mirado el helado y ahora el melocotón se hunde en un mar de nata derretida. Nudo en el estómago: presente; hiperventilación: también; vista empañada, también; nariz que pica: tercer grado. Genial. Estoy a punto de llorar.

Justo en ese instante oigo pasos detrás de mí, después una mano me aparta el pelo, una boca ardiente se posa en mi cuello y un sensual escalofrío me recorre todo el bajo vientre.

Aroma de crema de coco y sal. Es Blake.

–¡Hola, cielo! –me saluda tomando asiento a mi lado–. No me habías dicho que vendrían tus padres a almorzar.

Papá y Karen lo miran interrogantes y él les da la mano.

–Hola, soy el novio de Summer. Debes de ser el padre, ¿verdad? Mismos ojos.

–Harrison Hale –lo saluda papá perplejo.

–¿Y tú? –dice dirigiéndose a Karen–. Debes de ser la mamá, ¿no?

Karen lo congela con la mirada.

–Soy la hermana mayor, Karen Barker-Hale.

Blake se vuelve hacia mí con una mueca de sorpresa.

–¿Tu hermana? –susurra. Pero es el tipo de susurro hecho a posta para que se escuche–. Lo lleva muy mal.

Blake sabe perfectamente que es mi hermana, se lo había dicho, y su discreto guiño me da a entender que ha venido a salvarme. Se ha puesto una camisa arrugada con las mangas arremangadas hasta los antebrazos y los tatuajes a la vista. Después de sentarse, enciende un Marlboro aspirando una larga bocanada.

–¿Cuánto tiempo os vais a quedar aquí? ¿Para el fin de semana? ¿Una semana? –Y mientras pregunta lanza una bocanada de humo directa a la cara de Karen. En condiciones normales, le diría que lo apagara, pero lo dejo hacer. Y me demoro unos segundos de más con la mirada en sus labios carnosos y tensos mientras exhalan.

–Nos vamos esta tarde –responde papá tosiendo–. Summer, ¿he entendido bien? ¿Ha dicho que era tu novio? ¿Qué ha pasado con George?

Ha oído bien y yo no he dicho una sola palabra para desmentirlo. Estaba disfrutando demasiado con sus caras de asombro.

–Se acabó entre nosotros –respondo con brevedad.

—George era un perdedor –replica Blake meciéndose en su silla.

—¿Y en cambio él es? –pregunta mi padre con los dientes apretados.

—Blake Avery.

La respuesta que suele despertar admiración en otras personas, con mi padre y con mi hermana no tiene reacción alguna. Esto se debe a que en mi casa siempre se han preferido a autores europeos, y mejor aún si son clásicos.

En cualquier caso, nada comercial. De hecho, Karen y papá lo escrutan con indiferencia, dejando vagar la mirada por los tatuajes de sus brazos y por su pelo castaño largo y despeinado.

El clic de la puerta nos interrumpe y llama la atención de todos.

—Joder, había un tráfico en la estatal que nunca se terminaba. Creo que llego tarde a *Esclava de la pasión*. ¡Pero mirad esto! –anuncia Dwight, levantando en el aire una tela pintada de colores al azar.

—Blake –le susurro, dándole un codazo en el costado, aprovechando que Karen y papá se han vuelto hacia el recién llegado–. ¿Pero Dwight no estaba arriba aprendiendo portugués con Babbel?

—Obviamente no.

—Estaba en un club de artistas, donde había un tipo que hacía dibujos con el pene. He hecho una inversión –informa satisfecho de su compra–. ¡Hey! No sabía que hubiese una fiesta.

—Mi padre y mi hermana han venido a almorzar –respondo.

—¡Ah, hola! Yo soy Dwight, ¡choca esas cinco, campeón! –exclama tendiéndole la mano a mi padre, que rehúsa responderle. Después Dwight hace una profunda reverencia frente a mi hermana–. ¡Madame!

—Buenos días –responde ella disgustada.

—No os interrumpo más. Veré *Esclava de la pasión* arriba en mi cuarto, aunque no sea lo mismo sin *dolby*.

Dwight alarga la mano hacia mi copa de helado derretido y melocotones calientes.

–Si no lo quieres, me lo como yo.

En silencio lo vemos desaparecer en el piso de arriba, luego papá golpea la mesa con el puño, furioso.

–Llegamos aquí, y no solo no encontramos a George, sino que descubro que compartes la casa con un tipo que parece presidiario y otro que *seguramente* lo es.

–Blake no es un presidiario –subrayo.

–¿Ah, no? ¿Y qué es entonces? –pregunta Karen desafiante.

–Es un escritor. Además, de talento –le suelto.

Ella, sin embargo, parece incluso satisfecha con mi respuesta.

–¡Estupendo! Un pobretón. Ya sois dos.

Blake no está afectado por la frase de mi hermana.

–Exactamente sin dinero no diría –comenta encogiéndose de hombros.

–Mira, conozco bien a gente como tú –comienza mi padre con lo que parece uno de sus alegatos judiciales–. ¿Sabes cuántos he visto? Sí, como tú, gente ociosa que se hace pasar por cantante, actor o escritor, como dices ser. La mía es una familia como Dios manda, que se gana la vida trabajando.

–Yo no finjo ser escritor. He escrito seis novelas.

–¿Y dónde tienes esas novelas? ¿En tu cajón? ¿Y Summer tiene que mantener a estos dos con su trabajillo como asistenta de producción? Porque, si es así, te daré un buen baño de realidad, muchacho: pronto ya no tendrá ese trabajo, y cuando ella venga a mi bufete, en Boston, puedo asegurarte de que no quiero ver tipos como tú a su alrededor.

–Entonces es una suerte que este no sea el caso. Si el problema es ser un mantenido, lo tranquilizaré de inmediato, porque tengo un editor.

–¿Quién? –resopla Karen con sarcasmo–. ¿Quién? ¿El tipo de antes? ¿El de las pinturas con el pene?

–¡Oh! ¿Y crees que mantendrás a mi hija con tus libros? A ver, para que me haga una idea de cuánto pesarás en mi presupuesto familiar, ¿cuántos ejemplares ha vendido tu última novela?

–No es que sea de su incumbencia… –Blake se toma su tiempo para responder, cruza la pierna derecha sobre su rodilla izquierda, se enciende otro Marlboro, da una calada y lanza el humo al aire–, pero hemos vendido en torno a veinte millones de ejemplares, libro arriba libro abajo.

Papá y Karen se quedan sin palabras.

–Y no creo que Summer quiera ser mantenida por las ganancias de mis libros o de ningún otro modo –añade Blake en tono serio–. Será guionista porque eso es lo sabe hacer y para lo que tiene talento y pasión.

–¡Una pena que ese talento y esa pasión no me parezca que estén dando quién sabe qué frutos! –responde Karen, que se vuelve de nuevo hacia mí con aires de maestrilla–. A tu edad yo ya era abogada, socia de la firma, con dos másteres y un currículo de diez casos ganados. Por no mencionar a un esposo, una casa y dos niñas pequeñas, soy una madre que trabaja.

A su enésima bofetada contra mí, estallo.

–Debe de haber sido muy difícil para ti convertirte en socia del bufete de papá, ¿eh? ¿Qué te apuestas a que, si nuestros padres hubiesen sido camareros, con todo el respeto para esa profesión, quizás te hubiera sido más difícil convertirte en socia de un bufete? Tu casa de campo chic no es *tuya*, es de tus suegros, tienes una señora de la limpieza, trabajas media jornada y nuestra madre se desvive por tener a las niñas mientras tú cotilleas con tus amigas en el club de tenis –la acuso. No sé qué me ha pasado. Nunca le he dicho nada a Karen. En mi familia todos han estado siempre tan de su lado que nunca me he atrevido a ponerme en su contra, pero aquí, hoy, no me siento sola. Es como si Avery me hubiera transmitido su seguridad por ósmosis–. Y Mitch, tu querido marido Mitch, ¿sabe que le has puesto los cuernos con Allen, el asistente de papá, antes de casarte?

–¡¿Cómo te atreves!? –Ella abre mucho los ojos y la boca–. Solo tienes celos.

–No, querida, solo tengo una gran agudeza visual. Te vi la noche de Acción de Gracias pasada, en el asiento trasero de su coche.

Papá levanta la mano en un gesto para que me calle.

—Estás yendo demasiado lejos, Summer.

—No, no soy yo quien ha ido demasiado lejos, sois vosotros los que os habéis pasado de la raya desde el mismo momento en que habéis cruzado el umbral de la puerta. Habéis venido aquí con la intención expresa de menospreciarme y exijo una disculpa.

—Creo que este almuerzo se ha terminado. —Papá se levanta dejando su servilleta a la izquierda—. Conoces los términos y el plazo casi ha expirado.

Karen nos mira con los ojos entrecerrados, furiosa.

—¡No le debo una disculpa a nadie! ¡Papá! ¡Vámonos de esta cueva de patanes!

Mi hermana se agacha para coger el bolso y, cuando se inclina, se escucha un sonoro y nítido «Prrrrr».

Mis ojos y los de Blake están directamente enfocados hacia ella, y en el salón se impone un silencio embarazoso.

Sí, la perfecta madre trabajadora, vestida de Chanel, mi hermana mayor, se ha tirado un pedo. Claro y sin equívocos.

—Te juro que no he sido yo —declara Blake con las manos en alto.

—Ha sido Karen —confirmo—. La ensalada la hincha.

Ella nos mira petrificada, sin decir nada, se da la vuelta de golpe y se va.

Capítulo 15

Blake

Lloramos de risa. De pie, allí, en medio del salón, con Summer sosteniendo el ambientador entre las manos.

Solo cuando logra recuperar el aliento, se recompone y despeja la mesa; yo, en un arranque del todo inesperado, la sigo y le echo una mano como si fuese lo más normal del mundo. Si no tuviera una asistenta, en mi casa tendría todavía amontonados durante años los cilindros de cartón del papel higiénico. En cambio, ahora, estoy apilando los platos sucios.

—Después de haber conocido a tu familia he entendido muchas cosas —le digo.

—¿Muchas cosas? ¿Como cuál?

—Por ejemplo, por qué entraste en pánico antes, o por qué sientes la irreprimible necesidad de objetar cuando alguien no piensa como tú. Y por qué te has liado con George.

Summer planta sus manos en las caderas, linchándome con su mirada severa y sus cejas fruncidas.

—¿De verdad quiero saberlo?

—Te lo digo de inmediato: entras en pánico porque no tienes con ellos una relación de igualdad, sino de subordinación. Te someten a examen como un comité universitario y tú pareces la alumna que no ha estudiado la única página que te han preguntado. Te opones a todos sobre todo porque con tu padre y Karen no te lo puedes permitir y, en cuanto tienes la oportunidad, te desquitas sin freno.

—Y dime, Doctor Strangelove, ¿por qué diablos saldría con George?

—Estás desesperada por obtener la aprobación de tu padre y has salido con un tío que es su fotocopia exacta: pedante, presuntuoso, crítico y que no es capaz ni está dispuesto a valorarte.

—Hey, ¿por casualidad te llamas «Google» de segundo nombre? —me pregunta.

–No.

–Pues entonces deja de hablar como si siempre lo supieras todo –me espeta, poniéndome el cestillo del pan en la mano–. Tú no conoces mi vida familiar, y si la conocieras, no estarías emitiendo sentencias por doquier.

–Así es, pero, por lo que escuché en las escaleras, no se necesita ser una lumbrera para darse cuenta de que te estaban pisoteando.

–Por cierto –me interrumpe, abrazando el mantel–, ¿qué estabas haciendo en las escaleras? ¿Escuchar a escondidas?

–Bueno, después de que me enviaras arriba castigado, me acordé de que había dejado mi iPod abajo en el salón, así que me aposté en la escalera para esperar a recuperarlo como un marine, en silencio y sin hacerme notar. Esperando el momento perfecto, escuché tu conversación, te juro que no fue intencionado, y me sonaste extraña.

–¿Extraña?

–No reaccionaste. Y la Summer con la que comparto casa desde hace tres semanas es una que no cede terreno ni siquiera bajo tortura. –La acompaño a la cocina para meter los platos en el fregadero–. ¿Te tratan así a menudo?

–¿Así cómo?

¿Es posible que ella no se haya dado cuenta?

–Como el último eslabón de la cadena alimentaria.

–Bueno, nunca he sido la favorita de la casa, pero en los últimos años las cosas han empeorado.

–Me apuesto un riñón a que la favorita es Karen –aventuro, mientras ayudo a Summer a doblar el mantel. Lo doblamos por la mitad, después otra vez por la otra mitad, en perfecta sincronía, hasta que nos encontramos para juntar los bordes. Estamos muy cerca, cara a cara, con solo el mantel entre nosotros, y me encuentro escrutando una vez más su rostro y sus grandes ojos, de un castaño aterciopelado como el chocolate amargo derretido–. Y realmente no entiendo por qué.

Sus dedos rozan los míos, tendidos hacia delante para coger mi mitad del mantel doblado, y tengo la sensación de que el contacto entre nosotros se prolonga un segundo más de lo debido. No sé si soy yo o es ella, pero algo está pasando. Se produce un calambre que viaja de mi índice al suyo o del suyo al mío, de un millón de voltios, y ella también debe de haberlo sentido, porque de repente se para de golpe, dando un paso hacia atrás, los ojos clavados en el suelo, hasta apoyar el mantel sobre la mesa.

–Efectivamente Karen es la favorita.

Summer suspira y se deja caer sobre el taburete de la cocina. Yo abro la nevera, saco lo que queda de la macedonia de melocotón y me siento frente a ella.

–Hay una cosa que no he entendido: tu padre estaba hablando de Boston antes de…

–Porque mi familia es de Boston. Yo me mudé a Los Ángeles hace solo dos años.

Sorprendido por la revelación, apunto la cuchara hacia ella con gesto acusatorio.

–¡Tú! ¡Y yo que creía que eras una tipeja de la Costa Oeste hecha y derecha! Y resulta que California es una maldita bostoniana.

Ella asiente con aire culpable y lanza un puño al aire.

–¡Vamos, Red Sox!

–Piensa, piensa. Me la has metido doblada con tu yoga y tu tostada de aguacate, señorita Hale.

–Me adapté bastante rápido a Los Ángeles, incluso perdí mi acento por completo.

–Aquí es donde tu historia se vuelve interesante. ¡Ahora quiero saber cómo te has pasado al enemigo, bruta traidora de la patria!

Ella alza los ojos al cielo.

–Créeme, no quieres escuchar mi historia.

–¡Venga! Yo escribo novelas para vivir, todas las historias me interesan.

–De acuerdo –cede encogiéndose de hombros–. Pero prométeme que no te burlarás de mí.

—Lo juro por la novela que aún tengo que escribir.

—Oh, eso seguro que me tranquiliza.

—Vamos, no te hagas de rogar —le insto—. Comienza desde el principio.

—Muy bien. Pero recuerda: me lo has pedido tú. Todo comenzó una lluviosa noche de finales de abril. Mi madre estaba embarazada de ocho meses, y mi nacimiento no estaba previsto con tanta antelación.

La detengo con un gesto de la mano.

—No desde *ese* principio.

Ella sonríe de ese modo que le hace arrugar la nariz y le acentúa los hoyuelos de las mejillas.

—Creía que habías captado la ironía, Avery.

—Tocado.

—Karen siempre ha sido la estrella. La jefa de las animadoras, la mejor de su clase, presidenta del consejo estudiantil, campeona del club de tenis, primera soprano del coro de la iglesia, en una palabra: insuperable. Yo siempre he sido la otra Hale. No pasaba un día sin que mamá y papá comenzaran un discurso con «¿Por qué no haces como Karen?». Sin dar demasiados rodeos, te basta con saber que he estado toda la vida intentándolo sin conseguirlo nunca.

—Entonces, ¡tenía razón! Buscabas reconocimiento.

—Pero no quería ser la copia de Karen, quería ser yo.

La historia que me está contando me suena. Por Dios si la conozco, la conozco demasiado bien.

—El bufete de abogados que dirige mi padre fue fundado por su abuelo, por lo que nunca se cuestionó que Karen y yo tendríamos un futuro como abogadas. Era así y punto. Karen se matriculó en la Facultad de Derecho de Harvard y, dos años después, me tocó a mí. Al menos, el último año de secundaria llegó Emma Rae a mi vida y me sacó un poco de mi caparazón.

—¿Querías estudiar Derecho? —le pregunto a bocajarro. No veo a Summer como abogada. No es que no sea muy buena peleando, pero... no me parece que sea para ella.

–No lo sé –responde mientras tamborilea las uñas sobre el mostrador fingiendo que comprueba la manicura–. Hoy te diría que no, pero entonces no pensaba siquiera que hubiera otras alternativas. Nunca lo había considerado porque de todos modos me habían criado como…

–¿Una elegida?

–Exacto. Y los elegidos no escogen su propio camino. De todos modos, sin decírselo a nadie, y con el apoyo y protección de Emma Rae, solicité la admisión en Brown en lugar de Harvard, y cuando dije que me habían aceptado, en casa hubo la primera pelea real: fui la primera en no seguir la tradición familiar. Pero a pesar de las peloteras y las broncas, hice las maletas y me fui a la universidad, y lejos de los míos y de Karen comprendí lo que significaba respirar. Pero mi vida cambió cuando un día tomé el rumbo equivocado.

–¿*Tú* perdiste el rumbo? –pregunto sorprendido–. ¿Tú que planificas todo, anotas todo y te acuerdas de todo?

–La noche anterior Emma y yo habíamos ido a una *pong party* de cerveza, me desperté tarde y entre las prisas y la resaca me colé en el aula equivocada. Se suponía que debía de ir al seminario de recursos de apelación, y en su lugar entré en la clase de escritura de guiones. Brent Woods, guionista de dramas legales, como la serie *Ally McBeal, Ley & Orden, J.A.G.: Alerta roja*, impartió ese curso sobre cómo las producciones de televisión y cine utilizan los consejos de abogados y juristas para escribir guiones. Y también cómo, a partir de casos reales, se construyen guiones para televisión.

–¡Espera un momento! –exclamo–. ¿Pong de cerveza? ¿Pero no eras abstemia?

–Nunca dije que fuera abstemia, solo que no bebo Bloody Mary al mediodía.

–¡Increíble! –exclamo de pie en el fregadero para enjuagar los platos sucios, desconcertado–. No eres californiana y no eres abstemia. Uno cree tener certezas en la vida…

–No me hagas perder el hilo.

—Perdona. Íbamos por el seminario de Woods sobre guiones de dramas legales.

—Aquel seminario despertó algo en mí, seguirlo me hizo sentir viva, así que dejé el de apelación de recursos y asistí al resto de las clases de Woods, siempre en primera fila, bombardeándolo con preguntas. Creo que me convertí en su pesadilla.

—¿Y qué pasó cuando terminó el curso?

Summer se levanta de su taburete y se pone a mi lado, cogiendo los platos enjuagados y metiéndolos en el lavavajillas. Yo enjuago, ella lo mete en la cesta, yo enjuago, ella lo mete en la cesta.

—Hubo un examen final. Cada uno de nosotros debía escribir un guion y un episodio piloto. Fui la mejor del curso. Se me abrió un mundo. A partir de entonces, pasaba las tardes escribiendo relatos y guiones como si fuese mi único objetivo en la vida. Trabé amistad con un grupo de chicos que hacían vídeos en YouTube: escenas de la vida cotidiana de seis compañeros de piso, políticamente incorrectas y cargadas de cínica ironía. Yo escribía los textos y ellos actuaban, recitaban, editaban y los subían a su canal de *Roommies*.

—Saliendo de la historia: ¿cómo llegaste a Hollywood? —le pregunto pasándole la ensaladera que gotea.

—En avión.

—¡Summer Hale, solo fingí ser tu prometida con tu padre, no me tomes por tonto! —la regaño.

—Si no quieres respuestas sarcásticas, no hagas preguntas estúpidas. Pregunta aquello que quieras saber, y punto.

—Demasiado tarde, cariño.

Ella pone los ojos en blanco y resopla.

—Poco después de la graduación, Woods se puso en contacto conmigo. Me dijo que tenía un puesto de coguionista en una serie de televisión, y que, si yo quería, el puesto era mío. Pero debía aceptar de inmediato. Le dije que faltaba poco para graduarme, pero él necesitaba a alguien para ya, no podía esperar dos meses, y no era la única en la lista. Me encontré en una encrucijada: hacer aquello que debía, graduarme e ir a trabajar con Karen en el bufete de papá o ir a Hollywood e intentar convertirme en guionista. ¿Adivinas lo que elegí?

—La segunda.

—Y mis padres no se lo tomaron bien. Es más, mi padre estuvo a punto de repudiarme. Me echaron en cara sus sueños, sus aspiraciones para mí, el trabajo que me esperaba en Hale & Hale, el haber desperdiciado mis estudios de Derecho…

—¡Hija ingrata! —bramo con voz grave—. ¿Y qué pasa con la fecha límite de la que hablaba antes tu padre?

—Es algo con lo que lidio cada día. Después de meses de discutir, digamos que llegamos a un acuerdo. Me dieron tres años para «hacerme un sitio en Hollywood», es decir, establecerme como guionista y crearme una carrera estable para poder pagar mis gastos universitarios —me cuenta con tristeza mientras cierra el lavavajillas y presiona al azar los botones—. Traducido: que les debo un montón de pasta.

—¿Y qué sucedería de lo contrario?

—Sucede —prosigue mientras continúa apretando los botones todavía con más rabia— que tengo que regresar a Boston para entrar a trabajar en el bufete de papá como estaba previsto en el plan A y terminar la universidad. Y sobre todo olvidarme de Hollywood, los guiones y la televisión para siempre.

La alejo del lavavajillas y pongo en marcha el programa.

—¿Para siempre?

—Solo de pensarlo siento que me muero por dentro. —Summer suspira como si hubiese subido la escalera con un peso de doscientos kilos sobre los hombros—. El caso es que ya casi han pasado los tres años y en Hollywood sobrevivo gracias a trabajos secundarios en producciones de televisión, sin acercarme siquiera al papel de autora, el dinero casi nunca me alcanza y George, el único motivo de estima que tenían mis padres por mí, me ha engañado. Ya ves, ahora ya sabes la verdad: soy un desastre.

Me provoca ternura. Lo digo en serio. Nunca me ha parecido tan pequeña e indefensa como hoy. Casi quiero abrazarla. He dicho casi.

—Ahora te cuento yo una historia. Conozco un chico, llamémoslo Blake Avery, hijo de dos académicos, de esos de la releche: la madre socióloga y politóloga, el padre un lumbreras en geografía económica. Dan conferencias, firman consultas para Naciones Unidas, viajan todo el año de una embajada a otra. Su hermano Justin también ha seguido los pasos de sus padres y es un ingeniero hidráulico que dirige un gran proyecto para construir pozos y acueductos en África. Blake, siempre nombre ficticio, es el único de la familia que no contribuye a hacer que el mundo sea un lugar mejor. —La miro a los ojos y dejo de hacer el tonto—. He pasado toda mi vida queriendo ser como Justin, pero no podía porque no soy Justin.

—Pero ciertamente no se puede decir que seas un Don Nadie.

—Sí, escribo novelas de éxito, pero no se puede decir que es el tipo de éxito que genera elogios en mi casa. A tu edad vivía como podía en Nueva York, escribía de noche y de día hacía de aparcacoches en un hotel. Y de todos modos no duró mucho. Habían traído un Mercedes con unos asientos comodísimos y yo, después de una noche en blanco, me dormí en él mientras estaba de servicio. Justo me había apoyado durante mi descanso de diez minutos para releer el capítulo que había escrito la noche anterior y colapsé. Me pillaron en plena fase REM y me despidieron.

—¿Por qué me lo cuentas?

—Porque una semana después me llamaron del hotel diciendo que una mujer preguntaba por mí. Era Sasha y había encontrado mi manuscrito en el coche. El Mercedes en el que me quedé dormido era el suyo. Le gustó mi novela, me encontró un editor, me consiguió un contrato y, seis meses después, Blake Avery era el primero en la lista de *bestsellers* del *New York Times*, con los derechos de traducción vendidos en todo el mundo y la Paramount lista para filmar la película. Han pasado seis años, pero ni los doscientos millones de copias vendidas son suficientes para impresionar a mis padres —confieso apoyado en el borde de la encimera al lado de Summer—. ¿Sabes lo que siempre me dice mi madre? Tienes ciento cuarenta y dos de coeficiente intelectual, podrías haber descubierto la cura para el cáncer y en vez de eso…

—¿Y en vez de eso?

—En vez de eso, añade tú la frase que quieras entre «Te pasas la vida divirtiéndote en platós televisivos», «Enriqueces a los especuladores del mundo del espectáculo», o «Con el dinero que has gastado en ese Ferrari se construyeron cinco escuelas en Malawi». —Me encojo de hombros para liquidar el asunto. No estamos hablando de mí, sino de ella—. Tú eres un desastre, yo soy un desastre. Somos dos desastres, pero también para los desastres hay esperanza.

—¿Qué quieres decir? —me pregunta, escudriñándome con sus ojos profundos y líquidos.

—Trabajas con un director de producción y un *showrunner*. Yo me quedé dormido en el coche correcto. Ahora solo tienes que esperar tu «momento Mercedes».

—Lo sé, no hago más que pensar cada día en cómo ganarme a Chase y a Preston.

—Si es realmente tu sueño, antes de renunciar, debes asegurarte de haber hecho todo lo posible, de no haber dejado ni una piedra sin remover. Y por piedra entiendo todo camino lícito e ilícito.

Ella agita sus largas pestañas, luego su boca se ensancha en una sonrisa traviesa.

—¿Ilícito?

Y mi mano, como si estuviera yo al mando, asciende hasta su rostro y con dos dedos le coloco un mechón tras la oreja.

—*Sobre todo*, no lícito.

Capítulo 16

Summer

Ahora que el rodaje ha comenzado de nuevo, tras una semana a pleno ritmo, en el plató hay mucha más tranquilidad y mientras James, Craig y yo estamos trabajando en los guiones de los próximos episodios en una de las caravanas-oficina de producción, Chase me llama para que hablemos en privado.

–El viernes por la noche tengo la agenda libre. Si no recuerdo mal, me dijiste que estabas trabajando en unos guiones por tu cuenta, ¿verdad?

–Sí –respondo rápidamente–, te lo mencioné en la fiesta de Preston.

–¿Qué tal si me los presentas? Debemos proponer proyectos para la próxima temporada, y si tienes algo bueno, podríamos considerarlo.

–¡Por supuesto!

¿Has visto? Siempre he sabido que Chase es una persona de palabra.

–El viernes por la noche está bien –asiento vigorosamente y vuelvo al trabajo con la cabeza metida en los guiones, como una colaboradora ejemplar.

–Ah, Summer –vuelve a llamarme Chase–, ¿te acompañará Avery? –Su tono finge desinterés, pero siento que más que una pregunta se trata de una condición ineludible.

–¡Por supuesto!

No es para nada cierto, pero ahora no es el momento de defraudar a Chase. Si quiere oír que Avery vendrá a la cena, se lo diré. Encontraré la manera, como si tengo que darle a Avery con una sartén en la cabeza, cargar el peso muerto al coche y llevarlo al restaurante.

–Perfecto. Entonces nos vemos el viernes por la noche, a las nueve en The Palm East Hampton.

Al final del día, pasadas las diez, en el trayecto desde el plató a casa, mis neuronas comienzan a moverse y algo parecido a un plan toma forma en mi cabeza.

De acuerdo, tal vez voy a ir demasiado lejos, pero fue Avery quien lo dijo: no puedo rendirme antes de estar segura de haber intentado impresionar a Chase y a Preston de todas las maneras lícitas e ilícitas.

Y hay un modo.

Es él.

Sí, Emma Rae exagera en muchas cosas, pero debo admitir que en una tiene razón: mis jefes están enamorados de Blake Avery, y si utilizarlo puede servir para reclamar su atención, es una opción que debo considerar seriamente.

Trabajar de abogada en el bufete de papá, y sobre todo con Karen, está fuera de discusión.

Necesito mantener las distancias con mi hermana, no me imagino una vida condenada a competir con ella en todo: quién llega primero al bufete, quién se encarga de los clientes más importantes, quién gana más casos, quién gana más... No, no puedo. Ningún ser humano podría resistir sin explotar.

Cuando cruzo la puerta de la casa, veo a Blake fuera, en su mitad del patio, recostado en la tumbona, gafas de sol (¿por qué?, ¡está oscuro!), vaso en mano y pitillo entre los labios, tarareando *Kiss This* de los Strutts.

Me quito los zapatos y, todavía con la bandolera, me siento frente a él, sobre la tumbona que se encuentra en mi mitad.

—Buenas noches. O buenos días, depende de a qué hora te hayas levantado.

—Lo segundo que has dicho es lo correcto —murmura incorporándose.

—Supongo que ese es tu desayuno —digo amablemente, señalando el vaso.

—Mojito Fidel, ¿quieres?

—No, gracias. ¿Nada de Bloody Mary? ¿Te has quedado sin vodka?

Él da una calada muy larga antes de aplastar el cigarrillo en el cenicero.

—El secreto de mi dieta es variar. Viernes, mojito.

—Era viernes, pescado —le digo.

—No, viernes, mojito, estoy seguro.

Fijo mi mirada en el rostro de Avery, dirigiéndole mi sonrisa más amable.

—Escucha, si te pidiera una cosa, ¿la harías?

—¿Qué tipo de cosa?

—Hacerte pasar por mi novio para lanzar mi idea con Chase y Preston —digo sin dudarlo.

Él abre los ojos sorprendido.

—¿Cómo? ¿Perdona?

—Chase quiere cenar conmigo para discutir mis ideas de cara a los nuevos guiones.

—¿Y qué pinto yo?

—Nada, pero me dio a entender que valora mucho tu presencia.

—¿Es gay? —me pregunta colocando sus gafas sobre la frente.

—¡No, Chase no es gay! Pero le interesas mucho como autor y te tiene en alta estima. Ya viste lo que sucedió en la reunión de producción para la reescritura de *La élite*, ¿no? Tú propusiste mis soluciones y Chase y Preston las aprobaron de inmediato. Te adoran, y si pensaran que soy tu novia, una vez que termine el rodaje de la serie, estarían menos inclinados a despedirme, solo para mantener una línea directa contigo.

—¡Un momento! —Blake se agita, extendiendo las manos hacia delante como para parar golpes imaginarios—. Dime si he entendido bien: ¿quieres que me haga pasar por tu chico ante tus jefes para tener un puesto en la producción?

—Exacto.

Cuando quiere, el tío se entera.

Avery se echa a reír.

—Te responderé parafraseando a *Hamlet*. Acto tercero, escena tercera, verso ochenta y siete: «NO».

—Pero ya lo has hecho –intento convencerle–. ¡Con mi padre y con mi hermana!

—Efectivamente –apunto–. Ya he intervenido a tu favor una vez, no puedes pedírmelo de nuevo.

—Pero ahí te equivocas –lo contradigo.

—¿En qué sentido?

—Yo no te pedí que te pusieras de mi lado con papá y Karen. Lo hiciste por voluntad propia.

Él parece estupefacto.

—Era una emergencia.

Yo insisto.

—Esta también lo es.

—Improvisé.

—Y te vino genial –lo animo–. Excepto lo del beso en el cuello. No lo hagas nunca más.

—¿Y por qué?

—Porque el cuello es una de mis zonas erógenas y me excito.

Blake me guiña un ojo con la ceja levantada.

—Es bueno saberlo.

Me pilló totalmente desprevenida. Me di cuenta cuando ya había ocurrido, pero la imagen mental de Blake removiendo mi pelo y poniendo sus labios bajo mi oreja casi me provoca un desmayo. Un total abandono. De los que incendian las bragas. Y como estamos hablando de él, del último hombre al que me entregaría sobre la faz de la tierra, es mejor aclarar primero las cosas.

El caso es que llevo días pensando en ese momento y, aunque sé que no debería, me encuentro boqueando, sin aliento y con el cuerpo en llamas. ¡Maldición!

—¡Volvamos a la cena! ¡Te necesito! Eres mi arma de seducción masiva. Tú flirteas con Chase y Preston, mientras ellos aprueban todos mis guiones y me convierto en autora de la ABS.

—¿Me vas a utilizar así? –Él sacude la cabeza y se cruza de brazos–. Me siento un hombre objeto.

—¡*Eres* un hombre objeto! Coqueteas con cualquier ser femenino animal o vegetal que tengas delante.

—¿Has dicho vegetal? ¿Cuáles son las plantas del sexo femenino?

—Algunos tipos de papaya, creo. ¡Pero ese no es el tema! ¿Cómo diablos se las arregla siempre para desviar la conversación?

—¡Tú dijiste que para lograr mi objetivo tengo que utilizar todos los medios legales e ilegales!

—¡Pero no que me involucraran a mí! —me rebate señalando su cara con el dedo índice.

—Así que es así como funciona: eres todo discursos motivadores y anécdotas alentadoras, pero luego, cuando se trata de pasar a los hechos, ¿te borras?

—Es tu guerra, Summer, no la mía. No haré eso. —Después me lanza una mirada maliciosa con esos malditos ojos verdes suyos. Serpiente—. A no ser que...

—¿A no ser qué?

—A no ser que me des carta blanca con tu cuello. —Blake se me acerca inclinándose sobre mí desde su tumbona. Está a menos de veinte centímetros de mi cara, siempre con ese aire guasón, y alarga una mano hacia mi espalda, mientras con un dedo traza una línea imaginaria desde la clavícula hasta la oreja—. Acariciarlo, olerlo, besarlo, lamerlo, chuparlo, morderlo...

Su voz baja y profunda me hipnotiza hasta el punto de que, en lugar de esquivarlo y poner la distancia adecuada entre nosotros, me quedo allí mirándolo, leyendo cada movimiento de su boca, palabra por palabra.

—Este punto de aquí —murmura, deteniendo su dedo índice para excitar la piel justo debajo de la mandíbula—, tan suave y cálido, a qué sabría, cómo sería pasar mi lengua sobre él...

—Y para subrayar sus intenciones, como si no estuvieran claras, Blake se pasa la lengua por los labios en un gesto lento y calculado, porque sabe que lo estoy mirando.

Sé que lo está haciendo para burlarse de mí, para provocarme, pero ya ha dado rienda suelta a mi imaginación, que ha empezado a transformar todas las palabras de Blake en imágenes claras y prohibidas para menores. Y no solo se limita al cuello.

Muévete, Summer, muévete mientras estés a tiempo.

Demasiado tarde: crema de coco, sal… y me encuentro entrecerrando la boca en un gesto instintivo e inclinando la cabeza para que Avery tenga aún más piel que acariciar.

Las yemas de sus dedos me provocan un cosquilleo que implora un beso. Y sus ojos verdes y maliciosos me tienen paralizada. Está tan cerca, tan condenadamente cerca…

–¡Hey, chicos! ¡Esta noche ponen *Yentl* en la tele! –anuncia Dwight con entusiasmo, irrumpiendo con la delicadeza que le caracteriza y haciendo que demos un salto–. ¡Quien sea fan de Barbra Streisand que levante la mano! –se regocija agitando la mano en el aire.

No he podido convencer a Avery. Básicamente porque no lo he intentado más al considerar aquel momento de flirteo avanzado en la piscina embarazoso, tenso y algo inapropiado. Él estaba flirteando. Yo estaba flirteando.

En cualquier caso, no sé cómo convencer a Avery para que vaya a la cena, y eso es un problema. Sé que será un problema. Lo sé porque incluso hoy Chase me ha guiñado un ojo diciéndome: «Acordaos del viernes». No «acuérdate», sino «acordaos». Avery es un requisito esencial para el éxito de la cena.

He respondido con el pulgar hacia arriba y una sonrisa falsa, luego me he inclinado de nuevo sobre el ordenador esperando volverme invisible.

Una vez concluida la revisión del guion del próximo episodio, corro a casa para ponerme con mi propio proyecto, pero cuando llego a la villa y meto la llave en la cerradura, me encuentro la puerta abierta.

En el centro del salón sobresalen dos energúmenos de dos metros y medio de altura, uno de pelo largo y negro, el otro calvo. Están de espaldas a mí y parece que están hablando con Avery y Dwight sentados en dos sillas frente a ellos.

Atados.

¡Oh, puta mierda!

Sí, Avery y Dwight tienen las manos atadas a la espalda con una cuerda alrededor de la cintura.

Los dos energúmenos oyen mis pasos y se giran hacia mí.

—¡*Mira*! —exclama el calvo señalándome—. Coge también a la *mujer*.

Y el de pelo largo sale disparado hacia mí.

Cuando me quiero dar cuenta de que quiere agarrarme y atarme, trato de salir de nuevo, pero antes de que pueda poner un pie fuera, ya me ha cogido por los hombros y me ha levantado como a una muñeca de trapo.

—¡Aaaah! —grito, aterrada—. ¡Dejadme! ¡Me estaba yendo! ¡No he visto nada! ¡Lo juro!

El tipo me lanza contra una tercera silla, al lado de Avery.

—Has visto demasiado, *querida* —responde con un marcado acento español mientras me ata a mí también.

—¿Quién eres? —le pregunto temblando—. ¿Qué quieres?

—Da igual que tú lo sepas. Dwight lo sabe todo, ¿eh, *amigo*?

Los miro de nuevo registrando su aspecto siniestro: la barba oscura, el pelo engominado de uno de ellos, la cicatriz en la mejilla del calvo, los brazos cubiertos de tatuajes religiosos, pesados crucifijos de oro al cuello y pistolera en el cinturón.

—¡Los narcos! —exclamo en pánico. Estos nos van a matar de verdad—. ¡Estos son los putos narcos! ¡Dwight, dijiste que no te encontrarían!

—Y casi lo consigue. Pero ha cometido un error, y nos lo ha puesto *todo más* fácil —dice el calvo mientras el otro enrosca el silenciador en el cañón del arma.

Mierda. Soy demasiado joven para morir.

—Ha salido de casa, ¿recuerdas? —me dice Avery—. El otro día mientras tu padre y tu hermana estaban aquí y él regresó con ese cuadro pintado con el pene.

—¡Oh, Dios mío! ¡Es verdad! ¡¿Me estás diciendo que estamos ahora atados aquí, secuestrados por dos narcos, en nuestra casa, por culpa de un cuadro pintado con el pene?!

—Es una pintura del más alto valor artístico —protesta Dwight.

—No somos dos narcos cualquiera, *señorita*. ¿No ha oído hablar de Juan y Alberto Aguilera? *¿Los hermanos Aguilera?* —pregunta el de pelo largo—. *Mi nombre es Juan. Encantado.* ¿Sabes, Dwight? No pensé que alguien como tú tuviera una *chica* tan *hermosa*.

El calvo, Alberto, se pone un anillo en cada dedo de la mano derecha. Anillos muy grandes y gruesos. Y no estoy segura de que sea por estética.

—Es verdad. Sería un pecado hacerle daño.

—¡No es mi novia, no es mi *chica*! —le rebate Dwight rápidamente.

—¡Oh, muchas gracias! —le grito—. Entonces, ¿eso quiere decir que si me hinchan a guantazos por tu culpa no es tu problema?

—*Entonces*, ¿es tu *chica*? —pregunta Alberto señalando a Avery.

—No, no es la chica de ninguno de nosotros.

Los hermanos Aguilera intercambian una mirada de duda para luego contemplarme con desconcierto.

—*¿Y si tú no eres la chica* de ninguno, por qué vives con *dos hombres?*

—Solo comparto la casa con este —digo señalando a Avery con un gesto de cabeza—. Y Dwight es su amigo. Yo no tengo nada que ver con él.

—Si *dos hombres* vivieran con nuestra hermana, o uno de ellos se casa con ella o ambos mueren —dice Juan solemnemente, girando el arma en la palma de su mano—. *El honor de la familia, ante todo.* Vosotros, *americanos, no tenéis honor.*

—¡Por supuesto que lo tenemos! —replica Avery—. ¡Claro que tenemos *honor*!

—*¡No es verdad!* —grita Alberto—. *Si Dwight fuese un hombre de honor,* no habría robado nuestro *dinero.* —Y le atiza un puñetazo en el pómulo que nos deja en silencio—. *¡Habla!* ¿Dónde está nuestro dinero? ¡Sabemos que lo has escondido!

—Está en una cuenta —farfulla Dwight—. En Suiza. Pero solo puede acceder Cristóbal.

—Cristóbal ya *no puede.* Ahora Cristóbal saluda a las margaritas desde abajo —dice Juan complacido.

Lo han matado. Estos matan a la gente de verdad. ¿En qué

lío me he metido? ¡¿Por qué?! ¿Por qué no me quedé en Los Ángeles? ¡¿Por qué cuando Chase me dijo «Sabes, Summer, es posible que te necesitemos en el set», no dije «No, gracias»?!

–Razonemos, ¿de qué cifra estamos hablando? Soy rico, puedo... –se aventura Avery.

–¿Puedes dárnoslos tú? ¿Cuatrocientos *millones de dólares*? –pregunta Juan.

–No –admite Avery–. Rico sí, pero no tanto–. Dwight, vas a tener que sacarlos tú.

–¡No puedo! –protesta escupiendo sangre–. Si mataron a Cristóbal, no hay manera de acceder a esa puta cuenta.

Ante las palabras de Dwight, los hermanos Aguilera no reaccionan bien.

–¡Entonces deberías habértelo pensado antes! –Y le dan otro gancho–. ¡*Hijo de puta*!

–Ahora vamos a darte una lección: ¡qué les sucede a los que quieren estafar a los *hermanos Aguilera*! –exclama Juan cargando la pistola.

–Y al que se ponga a gritar, *lo matamos por último. Muy lentamente y con mucho dolor.*

–¡Para, para, para! –exclama Avery–. Si realmente tenemos que matar a alguien, establezcamos un criterio. Tipo, primero los fans de Barbra Streisand, luego los que trabajan para *La élite*...

–¡Maldito imbécil! –murmuro.

–¿Qué? –pregunta Alberto–. ¿Quién trabaja para *La élite*?

Estoy callada, aterrorizada, muda, apretujada contra mi silla.

–¡Ella! –exclama Dwight–. Ella trabaja para *La élite*.

Juan y Alberto, olvidándose casi de Dwight y de Avery, se me acercan inclinándose sobre mí.

–¿Trabajas para *La élite*?

–Sí –admito vacilante, en un susurro.

–¿*Y qué haces*? ¿Qué haces?

–Argumento y guiones. Estoy en el grupo de autores. Ahora estamos rodando la última temporada.

Ante mi confesión los dos hermanos Aguilera se transforman, abriendo los ojos de la sorpresa.

–¡Estamos obsesionados con *La élite*! –exclama Juan con una sonrisa de oreja a oreja.

–¡Nos la sabemos de memoria! –continúa su hermano Alberto–. *Hace tres meses* fuimos a una reunión de fans de la serie y participamos en un… *¿Cómo dicen en inglés*, Juan?

–*Cosplay* –le apunta el hermano.

–*Cosplay. Yo* hacía el papel *de* Jasper Slater. –Se aclara la voz y se dispone a posar como si estuviera metiéndose en el papel–. *Raynor siempre comerá mis sobras* –recita con su marcado acento– *y se las dejo a posta porque me gusta verlo tocar fondo y cavar en la tierra. Y cavará hasta encontrar su propio cadáver.*

Alberto se muestra muy satisfecho de su exhibición.

–¿Cómo lo he hecho?

–¡Ostras! ¡Pero si la frase del cadáver la he escrito yo! ¡Muy bien! –exclamo en tono alentador.

–¡Divino! –corrobora Dwight.

–Si no tuviera las manos atadas, aplaudiría –añade Avery con énfasis.

Me giro hacia él lanzándole una mirada de soslayo como advirtiéndole: «Ahora no exageres, idiota».

–¿Y ya estáis rodando los nuevos capítulos? –pregunta ávido Juan.

–Sí, saldrán el año que viene. El set está a pocos minutos en coche de aquí. Está todo el *casting*.

No sé qué estoy haciendo, pero si sirve para ganar tiempo, les diré incluso hasta qué donuts prefiere el director. Con cobertura de vainilla, por si a alguien le interesa.

–*¿Y tú escribes* el guion? –pregunta Alberto.

Por el rabillo del ojo veo que Dwight y Avery asienten con ímpetu.

–Síííí –respondo–. Así es. Los escribo yo. Por supuesto. No sé qué harían sin mí.

–¿Y no tenéis un papel *para nosotros*? ¿Un papel *en la* serie? –prosigue el mastín calvo.

–¿Para vosotros? –le pregunto para asegurarme de que he entendido bien–. ¿Os gustaría aparecer en *La élite*?

–*Sí, muchííííisimo*.

–Es que yo no estoy a cargo del *casting*, y me temo que, a estas alturas del rodaje, están todos los papeles asignados –les explico.

Pero sí, ya me veo: «Hola, Chase, estos son los hermanos Aguilera, narcotraficantes y sicarios, que querrían entrar a formar parte del elenco».

–¡*Bueno*! –dice Alberto golpeándose la palma de la mano con el puño–. ¿Dónde nos habíamos quedado?

Juan le da vueltas a la pistola en su dedo.

–¡Es el momento del plomo! O nos consigues *el dinero, o te matamos*, Dwight.

–¡Necesito tiempo! –gimotea.

–*Lo siento*, pero *el tiempo* ya se terminó –amenaza Juan.

Y mientras apunta con el cañón a la cara de Dwight, se me ocurre una idea. No sé si es una idea, pero no es momento de guardarme ases en la manga.

–¡Sé el final!

–¿Qué? –preguntan los Aguilera.

–De *La élite*. ¡Sé el final! –exclamo en un arrebato de desesperación–. Es ultrasecreto, se han escrito tres finales diferentes para evitar *spoilers*. Filmaremos tres episodios, pero solo uno saldrá en antena. Solo nosotros, los de producción, conocemos el definitivo. Ni siquiera el director.

Los hermanos Aguilera fruncen el ceño sin entender, así que continúo con mis esfuerzos de heroísmo extremo.

–¿Qué tal si os revelara el final?

–¿*El final de* la temporada? –pregunta Alberto bajando la pistola.

–Sí, vosotros seríais los únicos en el mundo en conocerlo, además de nosotros, los de producción. E incluso podríais ganar algo de dinero con ello. Las casas de apuestas ya han abierto las apuestas, y te aseguro que, si apuestas a lo que te voy a decir, te pagarían ciento cincuenta a uno. Y mientras tanto, hasta que se emita el último episodio…

¡¿Qué digo ahora?! Mierda… Mierda. Se me han acabado los cartuchos.

—Encontraré el dinero —interviene Dwight, farfullando con el labio hinchado.

—¿Y cómo piensas hacerlo? —gruñe Alberto.

—Cristóbal está muerto, pero puedo acceder a la cuenta de Suiza pasando primero por una empresa fantasma que creé en Panamá ligada a una agencia de administración de *trusts* en Singapur. Me va a llevar meses, pero es lo único que puedo intentar para sortear la ausencia de Cristóbal.

—¡Gracias a Dios! ¿Veis? —les digo para animarlos—. Hay una manera y, a cambio del tiempo que le deis, yo os revelaré el final de *La élite.*

Los hermanos Aguilera confabulan un poco entre ellos en un español secretísimo y velocísimo para que ni Dwight ni Avery ni yo podamos entender. Solo espero que no estén discutiendo sobre cómo deshacerse de los cadáveres.

Luego se quedan en silencio para mirar primero a Dwight, luego a Avery y finalmente a mí.

—¿Tenemos un acuerdo? —pregunto forzando una sonrisa.

—Bueno. Nos cuentas el final y Dwight entretanto encuentra *los cuatrocientos millones.* Después del último episodio, queremos ver *el dinero* en efectivo. *Todo el dinero. Si no…*

—*Si no, me mataréis.* Lo he entendido, lo he entendido —salta Dwight exhausto.

Los Aguilera se acercan a mí, situándose uno a mi derecha y el otro a mi izquierda, rodeándome con los brazos, y me encuentro asfixiada por el perfume de una colonia apestosa de tercera categoría.

—¿Cómo acaba *La élite*? —bisbisea Alberto.

Yo le susurro al oído la versión acordada con Chase y Preston, mientras a cada palabra mía veo cómo su rostro muestra una creciente conmoción.

–¡Nooo! ¡*Imposible!* –exclama–. ¡¿Kelly *y* Raynor?!

–Y no solo… –comento con un guiño para hacerle entender que lo mejor está por venir.

Cuando he dejado en *shock* a Alberto, hago lo mismo con Juan, que mueve la cabeza, incrédulo.

–¿Habéis acabado? Porque si me soltaras, me gustaría ir a mear. He estado dos horas atado aquí, a esta silla, que además es incómoda –se queja Blake.

Los Aguilera asienten con la cabeza y nos van desatando uno a uno las manos y los pies. Luego rodean a Dwight con el brazo.

–Tienes hasta el último episodio, *¿está claro?*

–Tienes mi palabra –responde él.

–Tu palabra no vale mucho, *amigo.* –Juan le da un golpe en el estómago de recuerdo y le provoca una arcada.

¡Por favor, no vomites!

–Te doy *mi* palabra –digo para que no lo golpeen más.

Alberto se muestra satisfecho.

–En la tuya confiamos.

Los Aguilera enfundan la pistola y se encaminan hacia la puerta.

–Te vigilamos –le susurran a Dwight, que los observa con los ojos muy abiertos.

Solo cuando la puerta se cierra de golpe a nuestra espalda, los tres nos tiramos al suelo, suspirando de alivio.

–Mierda –murmura Dwight sin aliento.

–Mierda –repite Avery.

–Mierda –me uno al coro.

En la habitación solo escuchamos nuestras respiraciones pesadas e intercambiamos miradas alucinadas. ¿Acabamos de sobrevivir a dos narcos? Eso parece.

–Amigo, odio decírtelo, pero tienes que irte –masculla Avery–. Haz las maletas y encuentra el dinero de los Aguilera. Creo que hablo por todos si digo que no quiero morir involucrado en esta historia.

—Me voy esta noche –acepta sin replicar. Después me mira con una leve sonrisa–. Gracias, has sido fuerte.

Luego se arrastra hasta el baño de invitados. Avery también lo imita y con un movimiento de cabeza dice lo mismo.

—Eres fuerte.

—Fui la mejor en el curso de negociación legal –respondo.

—Me cuesta admitirlo, pero menos mal que estabas aquí.

—Te costará aún más admitir esto: mi trabajo, el de guionista, ese que tú tanto desprecias, el de escritor fracasado, nos ha salvado el culo. *Te* ha salvado el culo.

Él inclina la cabeza en señal de rendición.

—Nos ha salvado el culo. Entonces, si no me equivoco, estás en deuda conmigo –insinúo mirándolo fijamente a los ojos–. ¿De acuerdo?

—De acuerdo. Soy lo bastante hombre para admitir cuando estoy en deuda con una mujer.

En mi cara se dibuja una sonrisa burlona.

—Entonces ya sabes lo que puedes hacer para saldar tu deuda.

Me mira implorante con sus grandes ojos verdes, queriendo decir: «No, por favor».

—Avery, simplemente no puedes negarte.

Lo veo abrir los brazos y dejarlos caer a los lados, rendido.

—Hey, ¿me estás diciendo que he ganado por primera vez a Blake Avery? ¿En serio?

Capítulo 17

Blake

No soy un mentiroso.

No le digo a la gente lo que quiere oír.

No le doy vueltas a las cosas y empiezo desde Adán y Eva para llegar a un punto determinado.

No creo que pueda ayudar a Summer en la cena con Chase.

Quiero decir que, si tengo que vender un producto, tengo que creer en él y, para ser francos, todo el mundo conoce la verdad sobre los guionistas: son saboteadores autorizados.

Lo sé bien porque los he visto destrozar mis libros cuatro veces, cuando se hizo la adaptación cinematográfica.

¡Oh, sí! Petaron la taquilla, agregaron más ceros a mi cuenta bancaria, pero volvieron mis novelas del revés como calcetines.

«Era mejor el libro» no es un lugar común como «ya no hay estaciones intermedias», es una verdad universalmente reconocida.

Coge un *bestseller*, ponlo en manos de guionistas y solo encontrarás despojos.

Son pocos los casos en los que la película ha estado a la altura del libro y menos aún los que lo han superado.

Con mi absoluta desconfianza hacia los guionistas, ¿cómo diablos puedo resultar convincente con Chase?

Estoy arrellanado en la cama, con el portátil en el regazo abierto en una página en blanco del Word, el monitor fijo sin nada escrito.

Eames es astuto, tengo que reconocer que sabe leer a la gente y que en mi vida habría pensado en hacer un trato con él; me convenció sin que me diera cuenta. Pero para demostrar que está equivocado, debo escribir este libro.

Quería empezar a dibujar el primer capítulo, pero me he distraído.

No entiendo el ruido que llega de abajo, repetitivo, electrónico, espasmódico, sordo, pero, a todas luces, invasivo.

Abro el navegador y busco YouPorn.

Sé cómo recuperar la concentración.

Paso la página negra del menú llena de adelantos de cuerpos desnudos abrazados, evaluando en qué categoría meterme: aficionada, no, la cámara se mueve constantemente, me enferma; asiática tampoco, las actrices gritan como bebés y no tiene sentido; mamadas, vista una, vistas todas; sexo en grupo, no; demasiados penes juntos.

Resoplo y cierro YouPorn, aburrido.

Nada que hacer aquí.

Mecido por la apatía, abro YouTube con la esperanza de tropezarme con algún vídeo idiota en tendencias.

Me encuentro escribiendo «*Roomies*» en la barra de búsqueda.

Bien, Summer, veamos un poco cómo trabajas.

La búsqueda me da una veintena de resultados y, sin pensarlo demasiado, hago clic en el primero. Es un vídeo de unos diez minutos en blanco y negro protagonizado por cuatro chicos, supongo que compañeros de piso.

Primer episodio: uno de los cuatro se ha despertado pensando que era una mujer.

Lo miro sin muchas expectativas, pero, cuando se acaba, clico sobre el siguiente vídeo.

Episodio dos: los compañeros de piso compiten en las elecciones para nombrar al administrador del apartamento, siguiendo el modelo de la campaña electoral presidencial.

Episodio tres: todos los compañeros de piso están comprometidos, cada uno con la mujer de su vida, hasta que deciden presentarse recíprocamente las novias y resulta que es la misma que se acuesta con los cuatro.

En ese punto, sin darme cuenta, me siento en la cama, mi atención absorta en la pantalla.

Episodio cuatro, episodio cinco, episodio seis...

Cuatro horas después, estoy ahí viendo el último vídeo, invadido por una tristeza tan amarga como desconocida.

—He terminado —murmuro para mí.

Sí, he visto todos los episodios de *Roomies* y lamento que no haya más.

Es buena. Quizá una obra inmadura pero buena. Las ideas iniciales son sólidas, el pulso es directo, los diálogos tienen ritmo, las tramas tienen ese toque de imprevisibilidad que te mantiene ahí... Mierda. Summer no está mal, no está para nada mal. Si su guion es así... Pero ella no tiene que saberlo, podría subírsele a la cabeza.

Al contrario de mis consolidados ritmos circadianos, estoy despierto de noche, duermo de día, a las diez de la mañana me encuentro deambulando por la casa, con Guadalupe arreglando el salón.

En el sofá de Summer veo un fascículo impreso enrollado con una goma.

Me acerco con cautela, aunque sé que está en el plató y no puede verme, y lo cojo echando un rápido vistazo.

Mis dedos se manchan de tinta, señal de que deben de haber sido imprimidos recientemente.

¡Ese era el ruido de esta noche! Summer imprimiendo.

Hell-A de Summer Hale. ¡Es su guion! Buen título. Me gusta. Los Ángeles, L.A., *Hell-A*: justo lo que pienso de Los Ángeles: el infierno.

Guardo el paquete de cigarrillos en el bolsillo de mis vaqueros y me enciendo uno con la otra mano. Voy a la cocina a por una cerveza y me siento fuera en la tumbona junto a la piscina con el guion entre las manos.

Tengo curiosidad y miedo al mismo tiempo. Aunque me ponga malo, una vez leído no habrá vuelta atrás.

Fuera el diente, se acabó el dolor: página uno.

Dave, un escritor en crisis, al volante de su deportivo, tan caro como destartalado, toma el camino de entrada de una iglesia salpicando el agua de los charcos mientras en la radio suenan los Rolling Stones con You Can't Always Get What You Want. *Sale del coche resoplando, se quita las gafas de sol y da una última calada a su cigarrillo reducido a poco más que una colilla.*

Entra en la penumbra de la iglesia lanzando lo que queda de su Marlboro a la pila baptismal.

Este Dave ya me cae simpático.

Nunca ha sido creyente, ni siquiera sabe muy bien cómo ha acabado allí. Pero tal vez una conversación con el gran jefe sea su última oportunidad. Se dirige con arrogancia al crucifijo del altar, como si hablara de igual a igual. O de superior a subordinado. Y por si no lo hubieras entendido, el subordinado no es él. Dave tiene un ego más grande que todo el Vaticano.

—Mi nombre es Dave.

—Buenos días, Dave —dice una voz en off.

Es una monja que se acerca por su derecha con paso solemne.

—¿Le puedo ayudar?

No esperaba encontrar a nadie, ciertamente no creía que tendría audiencia en su monólogo con una estatua de madera, pero ahora que estaba ahí, lo podía aprovechar. La monja, al menos, le podría dar alguna respuesta sensata.

—Verá, hermana, tengo lo que se podría llamar una crisis de fe, es decir, ya no puedo escribir, y es un trago amargo, ya que soy escritor de oficio. Me gano así la vida y ahora ya no puedo escribir dos palabras seguidas, puta mier... —Se bloquea, dándose cuenta de que es demasiado tarde para censurarse. No es que él suela censurarse a sí mismo—. Le ruego que me excuse, soy un jo... —Había vuelto a caer. La monja lo mira comprensiva, como si supiera cuáles eran sus problemas. Sin embargo, hay algo que no encaja con esa monja. Lleva la toca, el velo, el rosario al cuello, pero es joven, guapa y... ¿maquillada? ¿Y el ruido que había escuchado en el suelo era un taconeo?

—Bueno, normalmente sugiero rezar un Padrenuestro y dos Avemarías, pero creo que su caso es diferente.

Dave se encoge de hombros, suspirando. Si ni siquiera desde arriba podían ayudarlo, no le quedaba más esperanza.

Entonces la monja lo mira entusiasmada.

—¿Qué tal una mamada?

La salida de tono me pilla tan desprevenido que casi se me

cae el cigarrillo de los labios y me quema los vaqueros. Bien, Summer, ahora tienes toda mi atención.

La monja se quita el velo, dejando caer una melena rubia sobre los hombros que deja a Dave boquiabierto. Se acerca a él, y en el silencio de la iglesia resuena el sonido de la cremallera de los pantalones de Dave, que se baja, y la monja se arrodilla.

Dave aparta la mirada del crucifijo del altar.

—¡Señor, no mires, Dave se irá al infierno!

Siento los músculos de mi cara tensarse en una sonrisa incrédula y, sin darme cuenta siquiera, estoy sentado en el borde de la tumbona impaciente por pasar página. Creo que hoy ya he encontrado algo que hacer.

Dos días después, el viernes por la noche, Summer es un manojo de nervios.

—No digas burradas, no seas un bicho raro, no interrumpas a Chase cuando hable y no me avergüences —me instruye.

—Yo no digo burradas —objeto.

—Permíteme discrepar. —Entonces Summer me echa una mirada de la cabeza a los pies—. Pero ¿no tenías nada más elegante? ¿Siempre tienes que ir por ahí como si fueras el hijo ilegítimo de Keith Richards?

Me siento en el coche, al volante, y, al encender el motor, me río para mí.

—¿De qué te ríes, Avery?

—Como cada vez que estás nerviosa, te pones a hablar sin parar, esto prueba que yo tenía razón.

—También tú estarías nervioso si el éxito de tu carrera dependiera de esta noche.

Vamos de camino a la cena con Chase y a lo largo del trayecto ella no cesa de repetir de memoria un discursito que, temo decirle, hace aguas por todas partes. Está tan tensa que ni siquiera se ha opuesto a que llevara mi coche.

Lleva un vestido negro que quita el hipo. Me cuesta mantener la concentración al volante. Nada impactante. Sencillo, sin adornos, un poco años cincuenta, con una falda amplia que le llega hasta la rodilla y el escote horizontal que no deja nada a la vista. Se parece a Audrey Hepburn en *Sabrina*, solo le faltan los guantes.

Increíble. No hay nada llamativo, pero no puedes quitarle los ojos de encima.

La espalda desnuda me tiene encandilado. Ya. Sigo pensando en la sensación de su piel sedosa bajo la punta de mi lengua mientras la lamo desde la nuca hasta la escápula para acabar en el punto en que debo bajarle la cremallera para continuar...

–Entonces –repite respirando hondo–. Mi guion gira en torno a las desventuras de un escritor de la Costa Este en crisis existencial que se muda a Los Ángeles y divide su tiempo entre nuevas conquistas y exmujeres, encontrándose a menudo en situaciones embarazosas. En cada episodio... Eeee... Eeee... –Summer chasquea los dedos con nerviosismo, como si buscara el hilo que se le ha escapado.

Yo le lanzo una mirada de soslayo. Guapa y nerviosa. Muy guapa y muy nerviosa.

–En cada episodio... ¡Mierda! –exclama pataleando, luego me mira desconsolada. No, te lo ruego, no me pongas ojitos–. No lo conseguiré.

–¡Basta! –La detengo quitándole de las manos el guion que continúa hojeando de manera compulsiva–. Deja de meterte tanta presión. Irá todo bien, solo es una cena.

–¡No es solo una cena! –replica ella con ese aire de Shirley Temple enfadada que la vuelve de todo menos amenazante.

–Es una reunión informal –puntualizo–. ¿Qué crees? ¿Que cuando hablo con mi editor de mis nuevos proyectos preparo discursos?

–No, *tú* no, claro.

«Ding.»

–¿Qué ha sido eso? –me pregunta alarmada, dando un respingo en el asiento.

–El indicador de la reserva –respondo sin inmutarme y dejando atrás una gasolinera.

–¡Eh! ¿No vamos a parar a repostar?

—Conozco mi coche.

—¿No tendremos que ir a pie?

—No iremos a pie. En diez minutos estaremos en el restaurante. Déjame conducir, tú piensa en volver a ser dueña de ti misma.

Mi mano derecha se posa en su rodilla izquierda. La intención es darle una palmadita. Una palmadita de ánimo. Pero el punto exacto en que se apoyan mis dedos es el borde del vestido, el límite entre la tela y las piernas desnudas. Mi mano se posa suavemente, rozando su piel con una caricia y la ligera tela del vestido, debido a mi gesto, se eleva hacia sus muslos un diabólico imperceptible milímetro.

Summer no se mueve y por un segundo estoy tentado a dejar avanzar mis dedos todavía un poco más.

No, no lo hagas, Avery, Summer no es de ese tipo.

Retiro la mano, volviéndola a poner en el volante, y ella cruza las piernas rápidamente. Apretadas e inaccesibles.

Sí, no debo.

Llegamos al restaurante en silencio, donde me limito a bajar para abrirle la puerta, gesto que agradece con una sonrisa.

No tanto por la caballerosidad, sino porque está tan tensa que, si no le abro yo la puerta, no habría sabido salir del coche.

Cuando entramos, Chase está en la barra del bar tratando de lucirse con la chica que prepara los cócteles, y yo aprovecho ese momento para acercarme a la oreja de Summer.

—Recuerda que no hace ni una semana negociaste sin ceder un milímetro con unos narcos armados hasta los dientes.

Me demoro un instante más, inhalando el aroma de su perfume, una fragancia ligera y fresca que me recuerda a un jardín en una noche tardía de primavera, a menta y jazmín.

Podría incluso besarle en el cuello, aunque solo fuera rozándolo con los labios.

—¡Aquí estáis! —nos saluda Chase mirando hacia nosotros. Se levanta del taburete y viene a nuestro encuentro—. ¡Hola, Summer! —la saluda y después me da la mano a mí—. Blake, gracias por acompañarnos.

Nos sentamos en una de las mejores mesas, reservada, junto a la ventana, no a oscuras, pero tampoco bajo los focos, y por un extraño giro de mi imaginación, pienso que, si no fuera por Chase, me gustaría estar aquí solo con Summer.

Rodilla, perfume, cena romántica...

—¡Camarero, un *gin-tonic* sin tónica, gracias!

Summer está tiesa como un palo, así que me toca a mí romper el hielo con Chase, hablando de esto y aquello hasta que, para intentar darle algo de cancha, llevo la conversación de nuevo hasta *La élite*, y ella finalmente se suelta.

Aunque esperamos al postre para ir al grano.

—Entonces, Summer, estás trabajando en proyectos de series de televisión de tu cosecha. ¿Qué tienes para mí? —dispara inesperadamente Chase en el momento en que nos ponen delante la crema catalana.

—He trabajado sobre diferentes temas, aunque de lo que me gustaría hablarte no tiene nada que ver con *La élite* —responde ella, poniendo las manos por delante.

—¡Eso espero! —Chase se ríe—. Los éxitos no se repiten. Los dirigentes de la cadena querrían una infinita serie de clones para tener la tranquilizadora certeza de alcanzar los mismos *ratings* de audiencia y tener los mismos premios, pero no funciona así. Hay que apostar por algo nuevo.

Summer asiente, animada.

—Entonces espero que estés abierto a algo políticamente incorrecto.

—Cien por cien.

—Bien, porque mi serie lo es. El guion gira en torno a las desventuras de un escritor de la Costa Este en crisis existencial que se muda a Los Ángeles y que divide su tiempo entre nuevas conquistas y exesposas, encontrándose a menudo en situaciones embarazosas y escandalosas —desgrana de carrerilla—. En cada episodio... Eeee... Eeee...

¡Puta mierda! Le ha vuelto a pasar de nuevo, ha perdido el hilo.

La veo suspirar, buscando las palabras en el aire sin encontrarlas.

–¿En cada episodio? –la insta Chase.

–Sí, aquí, él en cada episodio…

De nuevo atascada, como si se hubiera reseteado.

Bien, Avery, es tu turno.

–En cada episodio Dave se promete a sí mismo empezar de cero para volver a poner su vida en orden, pero él mismo es su peor enemigo, y sus malas costumbres y vicios lo devuelven siempre al punto de partida –intervengo tomando el control de la situación y haciendo que Chase se concentre en mí–. Tenemos un escritor disoluto, una exmujer que reconquistar, una hija rebelde que gestionar, una agente-amiga un tanto pervertida; cinismo, sexo, alcohol, drogas y Los Ángeles –le explico.

Summer me mira boquiabierta, batiendo las pestañas, incrédula.

–¿He olvidado algo? –le pregunto en tono sibilino.

–Todo el guion juega con equívocos, ambigüedad, dobles sentidos, pero, sobre todo, con la autoironía que el protagonista hace de sí mismo –prosigue ella.

Summer está de vuelta, disparando una palabra tras otra.

–Busca el amor, pero tropieza con el sexo, porque Dave es así con los sentimientos: bueno, pero no se esfuerza.

Chase asiente. Entiendo que está interesado, porque no ha tocado aún su postre.

–Interesante.

–Hay blasfemia, inmoralidad, pero no morbosidad –continúa ella, dueña de la situación.

–¿Entonces es una comedia? –pregunta él.

–Una comedia de iniciación muy sarcástica –especifico para disuadirlo de que estamos ante un *show* de entretenimiento común y corriente–. Soy escritor y te digo que la vería. Si no estás convencido, escucha esto: escena inicial…

Chase está intrigado.

–El escritor en crisis creativa entra en una iglesia para tener una charla con Dios. Mientras él está allí, refunfuñando frente al crucifijo, llega una monja y le pregunta si necesita ayuda, él le dice que está en crisis y ella va y se ofrece a hacerle una mamada –le ilustro con entusiasmo bajo la atónita mirada de Summer.

Su jefe golpea la mesa con el puño.

–¡Joder! –murmura con los dientes apretados–. Es fuerte.

–¿Te he provocado ganas de leerlo? –pregunto amigable.

Chase asiente con energía.

–Muchas.

Su teléfono suena. Y él, después de mirar la pantalla, se levanta.

–Disculpadme cinco minutos. No lo haría si no fuera Preston.

Se aleja y nos deja solos a Summer y a mí. Ella continúa mirándome con estupor, con los ojos muy abiertos y sus hermosas cejas enarcadas.

–Avery –susurra con un filo de voz que apenas puedo escuchar–. ¿Has leído mi guion?

–Evidentemente.

Capítulo 18

Summer

–¿**H**as leído mi guion?
 –Evidentemente.

Evidentemente.

Avery se encoge de hombros como si fuese la cosa más natural del mundo.

Por una parte, me avergüenza pensar que ha leído lo que he escrito, pero por otra... Bueno, me alegro de que lo haya hecho.

No sé qué me pasó antes, pero hubo un momento de oscuridad total durante el cual perdí la conexión cerebro-boca de la manera más absoluta, acabando por emitir solo una serie de embarazosos eh... eh... eeem...

Luego vino él y puso de nuevo en marcha mi tren descarrilado.

–Gracias –le digo en un sincero gesto de agradecimiento mientras jugueteo con la cucharilla de postre.

–¿Por? La serie la has escrito tú. –Y me sonríe.

Hay algo en la sonrisa de Avery, una combinación letal de carisma y seguridad que consigue hipnotizarme e incendiarme al mismo tiempo. Esa comisura derecha de la boca que tiende hacia arriba, la curva pronunciada del labio superior, el inferior, grueso y carnoso, la chispa traviesa que brilla en sus ojos.

Pero esta noche hay más, hay complicidad en su mirada, como si formáramos parte del mismo equipo, y Dios es testigo de que eso me provoca una inexplicable excitación.

¡Tonterías!

¡Tiene explicación, sin duda! La mitad inferior de mi cuerpo está preparada para hacerme un dibujo en caso de que no lo hubiese entendido: él es terriblemente *sexy*, y si todavía había una parte de mí convencida de ser inmune a su encanto, esta noche se acabó por completo.

Estuve nerviosa durante todo el trayecto en el coche y cuando de repente apoyó su mano en mi rodilla para intentar tranquilizarme, tuve que luchar contra el instinto de abrir las piernas.

Dios, hasta el pelo se me pone colorado solo de pensarlo.

Y me abrió la puerta cuando llegamos al restaurante. Soy independiente, feminista, emancipada, pero... ¡cómo me gusta ese gesto! Me hace sentir tan protegida, importante, querida, buscada... Debería convertirse en una práctica obligatoria por ley.

Cuando entramos en el restaurante la chica del bar que hablaba con Chase se giró hacia nosotros y, al ver a Avery, disparó su pecho mostrando en toda su magnificencia su copa C y mordiéndose el labio de una manera tan explícita que pensé que se acostaría sobre la barra.

Y me lanzó una mirada hostil cuando Avery se inclinó para susurrarme al oído.

Debió de pensar que éramos pareja y, aunque me dé vergüenza admitirlo, mi lado perverso estaba bastante complacido con ello.

Y con razón: Avery también impresiona con unos vaqueros negros rotos en puntos estratégicos y una camisa también negra con las mangas arremangadas en los antebrazos y los dos últimos botones desabrochados; el pelo despeinado como siempre y unas botas de Saint Laurent que completan el *look* de escritor maldito. Malditamente seductor.

Sí, volví a mirar a la camarera como diciendo: «Lo siento, pero has llegado tarde».

–Has estado bien –repite convencido, y me tranquiliza–. Lo digo en serio.

–Tú también, Blake. –¡Oh, Dios! ¿Me he dirigido a él como...? ¿«Blake»?

Para mí siempre ha sido Avery, usar su apellido era el escudo perfecto para mantenerlo a distancia, pero ahora en mis pensamientos es solo Blake.

Blake.

Incluso su nombre es una invitación a dejarse llevar por los sentidos: los labios que se aprietan en una B, la lengua que acaricia el paladar en una L, y esa vocal que sale de la garganta como un gemido antes del orgasmo.

¡Maldita sea!

¿Qué me pasa esta noche?

Debería haberme concentrado en Chase, en la cena, en el trabajo, pero él, ahí a mi lado, atento a mis palabras, me ha puesto nerviosa.

La verdad es que no tenía miedo de causarle una mala impresión a Chase. Tenía miedo de lo que pensara Blake. De que me encontrara ridícula: ridículo mi trabajo, ridículo mi proyecto. Solo quería impresionar a Blake, y me quedé bloqueada.

Fue porque no sabía que había leído mi guion. ¡Maldita sea! ¿Y si se ha reconocido en el personaje? Podría pensar que me atrae, y no se equivocaría.

Ya está, lo acabo de admitir: me atrae Blake Avery.

—¡Aquí estoy! —anuncia Chase regresando a la mesa—. Entonces, ¿dónde nos habíamos quedado?

—En el escritor en crisis —le recuerdo.

—¿Ya tienes borrador del piloto? —me pregunta sin sentarse.

—Sí, tengo el piloto, el segundo capítulo, el tercero... Puedo darte el desarrollo de toda la primera temporada.

—Me alegra escucharlo.

Entonces Chase se abrocha el botón de la chaqueta y gira la muñeca para mirar el reloj.

—Tendréis que perdonarme, pero Preston quiere verme con urgencia, así que debo dejaros.

También Blake y yo nos levantamos imitándolo y Chase se arrima de pronto a Blake dejándome atrás.

—¿Me puedes dar el teléfono de tu agente? La ABS estaría interesada en la adaptación televisiva de tu última novela y necesitamos saber a quién enviar la propuesta del contrato.

¡Lo que me faltaba! El plato fuerte de la noche era él, no yo.

—Sasha Wyler. Agencia Wyler —responde Blake sin demasiado entusiasmo.

Lo envidio. Lo envidio de un modo descarado. Yo estoy implorando al director de producción que desarrolle mi proyecto y a Blake le llueven las ofertas sin que se mueva un centímetro.

En su lugar yo estaría colgada de la lámpara de alegría. Pero ser Blake también significa eso: total indiferencia ante cualquier acontecimiento positivo o negativo.

Después de que Chase haya pagado la cena a cuenta de la cadena televisiva, los sigo hasta la zona de estacionamiento mientras él todavía intenta exponer sus planes a Blake, mi proyecto de serie olvidado hace tiempo.

—Ferrari 488 Spider, ¿eh, Avery? —dice Chase mientras caminamos hacia el coche.

—Me hice un regalo de cumpleaños.

—Un juguetito de nada —se ríe mi jefe—. Tendré que decirles a los ejecutivos que no sean tacaños con la oferta de tus derechos si quiero convencerte.

—Si es más bajo que el que le hicisteis a Simon Eames, se lo daré a HBO —dice Blake, pasando por el lado del pasajero para abrirme la puerta.

—Diré también eso. —Entonces Chase apunta con su mando a distancia a su Mercedes negro estacionado al otro lado del parquin—. Por cierto, Summer.

—¿Sí? —Me pongo de nuevo en pie, asombrada de que se haya acordado de que existo.

—Envíame un correo electrónico con el guion. Tendré que darle a Preston algo para leer.

Y antes de subirse al coche, me guiña un ojo.

¡Ha sucedido de veras! ¡Mi guion irá a Preston!

Mientras Blake conduce con un cigarrillo entre los labios y Oasis sonando en la radio, respiro el aire que entra por las ventanillas.

—¿Cómo estás? —me pregunta él.

—Bien. —Extiendo la mano para bajar el volumen de la música y no tener que gritar—. Aunque con algo de vergüenza. No tenía ni idea de que hubieras leído mi guion.

–Si tengo que vender un producto, tengo que conocerlo, ¿no te parece? –Después Blake se vuelve hacia mí lanzándome una de sus miradas encantadoras–. A propósito de *Hell-A*: Dave, escritor derrochador, que fuma y bebe demasiado, con debilidad por las mujeres y un ego desmesurado, ¿lo conozco?

Maldita sea. Sabía que llegaríamos ahí. Piensa Summer, piensa rápido.

–No puedes no conocerlo. Está inspirado en Charles Bukowski.

Se ríe, con la mano derecha en el volante, la izquierda apoyada en el borde de la puerta.

–Summer, ¿crees que me lo voy a tragar?

–Es extraordinario que no puedas dejar de pensar que todo gira en torno a ti –objeto en un intento de persuadirlo de que Dave no es él.

–¿Por qué? ¿No es así?

–No, no lo es, para empezar Dave tiene sentimientos. Se tropieza como si caminara con un par de zapatos desatados, es un desastre andante, pero los tiene.

–¿Qué te hace pensar que yo no los tengo?

–Todo, Blake, todo. Si los tienes, los escondes muy bien.

–La culpa es de mi madre: lo he heredado de ella. Cuando muevo las cosas de sitio, no recuerdo donde las pongo, sentimientos incluidos.

–Dave está enamorado –le digo–. Él ama a Sandra y, aunque no hayan estado juntos durante años, su prioridad es reconquistarla…

–Solo que la manera de hacerlo está plagada de camas con mujeres y él no hace más que caer dentro. Para ser yo el que no tiene sentimientos, debo reconocer que tu guion es una pura destilación de cinismo y desencanto. Y palabrotas. Has escrito tú más en cien páginas que las que yo he dicho en toda mi vida.

–Pareces sorprendido.

–Y lo estoy. Cuando cogí tu copia impresa, me aterraba encontrarme delante de un cruce entre *Gossip girl* y *Mujeres desesperadas*. Me dejaste sin aliento, para bien.

—¿En serio?

—Como le dije a Chase, es una serie de televisión que veía. —Se vuelve hacia mí, pero esta vez no hay malicia en sus ojos. Solo un verde cristalino y sincero—. Eres buena. Y mucho.

Es como si un gran peso hubiese salido volando de mi corazón.

¿Era posible que solo estuviera esperando escuchar eso?

—¿Entonces los guionistas no somos escritores fallidos?

—No, te debo una disculpa.

Después el coche da una sacudida, emite un quejido y se queda clavado en medio de la carretera.

—¿Qué ha pasado?

Blake intenta arrancarlo. Una, dos y hasta tres veces sin resultado.

—Se acabó la gasolina.

—¿Qué?

—Estamos secos.

Lo miro hostil, mordiéndome el labio para no explotar.

—Conozco mi coche, ¿eh? —lo imito repitiendo sus propias palabras—. Y yo, conozco a un idiota.

—Calculé mal.

—Nunca hiciste los cálculos —le reprocho—. Llama al servicio de asistencia.

Él frunce el ceño confundido.

—¿Asistencia?

—Es un Ferrari, ¿no? Si te quedas tirado, deberían recogerte como mínimo en helicóptero, ¿o me equivoco?

—Se necesita un número.

—¿Y no lo tienes?

—Tengo el número en el móvil que está en casa. Ahogado, por si no lo recuerdas.

—Típico —murmuro rebuscando el mío en el bolso—. Ya me ocupo yo. —Solo que, cuando presiono el botón para desbloquearlo, no da señales de vida, mostrándome únicamente el dibujo de la batería a cero—. Está descargado.

Blake cruza los brazos sobre el pecho con cara de vencedor.

–¿Quién no ha hecho los cálculos ahora?

–¡Estamos jodidos! –exclamo cerrando el bolso con rabia.

Él, con su habitual aplomo, no parece en absoluto preocupado.

–No seas melodramática. Hagamos como se hacía en estos casos a principios de los noventa.

–¿Quieres decir que hagamos autostop subiendo al coche del primer asesino en serie que pase y luego la policía científica encontrará nuestros cuerpos destrozados en un saco de dormir abandonado en la playa?

–Sí, esa es una solución, pero la mía es un poco menos *gore*.

A continuación Blake saca la llave y baja del coche.

–Hemos pasado por un restaurante hará unos cinco minutos. Vamos a pie y llamamos a una grúa. Simple.

–¡Hace diez minutos a cien kilómetros por hora! Serán más de dos kilómetros –protesto.

–¡Costa Oeste, tú misma! ¿Estás en contra de un poco de ejercicio físico saludable después de una copiosa cena?

Salgo del coche y me planto frente a él.

–¿Ves esto? –digo señalando mis escotados zapatos de tacón de aguja–. No están hechos para un poco de ejercicio saludable después de una copiosa cena.

–Lo entiendo –aplaude y estira los brazos hacia mí–. ¡Vamos!

Lo miro sin entender.

–¿Vamos qué?

–Salta, te llevo en brazos –dice muy convencido, como si tuviese toda la intención de hacerlo–. ¿Se te ha volado el cerebro?

–No es una opción –digo sacudiendo la cabeza con fuerza.

–Ah, vale. Entonces, mientras yo voy a buscar ayuda, puedes quedarte dentro del coche y esperarme… Pero abandonar a una chica, aunque sea petulante como tú, al borde de una carretera por la noche, no entra en mi política de empresa. Lo siento.

–No quiero que tú y tu política de empresa me carguéis en brazos –objeto haciendo un puchero.

La sola imagen de él apretándome contra su pecho, con mi cabeza en su hombro, su pelo rozando mis mejillas y su olor en mi nariz me está provocando un cortocircuito, y en serio que no necesito más material con el que fantasear.

–¿De verdad crees que no sería un problema para mí? No soy un héroe. Si me canso, te bajo y descanso cinco minutos –insiste.

–Puedo hacerlo. Pensaré que estoy en Los Ángeles paseando por los escaparates de las tiendas con Emma Rae como hacíamos los sábados. Nos arreglábamos y fingíamos que íbamos de compras de lujo caminando de un lado a otro entre Rodeo Drive y Wilshire Boulevard tardes enteras, como si pudiéramos permitírnoslo. Solo tengo que visualizarlo –digo concentrándome en la carretera, reconstruyendo la perspectiva de Wilshire de memoria–. Aceras blancas, palmeras, un perro que va más a la peluquería que yo... ¡Eh, mira, hay rebajas en Neiman Marcus!

–¡Oye! ¿Qué haces? ¡Bájame!

Mientras «visualizaba» mi paseo, Blake me pasó un brazo por debajo de las rodillas, otro por la cintura y ahora me sostiene contra su pecho. Justo lo que quería evitar.

–Te bajaré cuando lleguemos a Neiman Marcus, continúa visualizando –dice indiferente a los puñetazos histéricos con que estoy golpeando su pecho.

Por cierto, señor Avery: ¿son pectorales esto que siento? ¡Maldición!

Mi mitad inferior está tomando el control de nuevo, provocando una oleada de escalofríos que me recorre la columna vertebral.

Y no parece en absoluto fatigado por el esfuerzo, avanzando a paso ligero como si fuera de excursión.

–Oye, puedes bajarme, no quiero cansarte.

–Ni siquiera te noto, es como si llevara una caja de cartón de *pizza*.

–Nunca me habían dicho nada igual. No estoy segura de que sea un cumplido.

–Te aseguro que lo es. Creo que hay pocos momentos en la vida tan bonitos como ese en que te llevas una *pizza* a casa.

Después me mira y doy las gracias por estar todavía en brazos, porque podría haberme desmayado.

—Sé que te estoy pidiendo mucho, pero ¿podrías envolver tus brazos alrededor de mi cuello? De lo contrario, te me escurres hacia abajo.

Me lleva un segundo procesar la petición, porque en ese momento mi sistema de gestión central está ocupado en controlar a mi mitad inferior, que ahora está en plena anarquía.

Paso mi brazo derecho por detrás de su cuello y su pelo largo me hace cosquillas en la piel. No imaginaba que fuese tan suave.

—Piénsalo —prosigue él—. Tienes hambre, pero no comerías cualquier cosa para llenar el vacío de tu estómago—. No, quieres *pizza, esa pizza*, no importa nada más. La espera de llegar a casa, el olor que desprende el cartón te acaricia la nariz, el calor te calienta las manos. Y el primer bocado es la cosa más rica que has probado nunca, con los dientes hundidos en esa masa crujiente, y el hilo derretido de la *mozzarella* que se estira desde los labios.

¿Soy yo o hay un matiz erótico en su tono? No sé si lo quiero a él, quiero una *pizza*, o ambas cosas.

Y como si lo hubiera adivinado, me mira mordiéndose el labio inferior.

¡Dios, hazme ciega y sorda en este orden! ¡Te lo suplico!

Caminamos —él camina— durante diez minutos en silencio, un silencio que me da la oportunidad de concentrarme en otra cosa que preferiría olvidar. Las manos de Blake sobre mi cuerpo: una sostiene mis piernas agarrando mi muslo izquierdo, la otra está en una posición peligrosa, de lado, solo un dedo debajo de mi pecho.

Estoy destruida a nivel psicológico. Una vez que llegue a casa, tendré que darme una ducha de agua fría. No, quizá sea mejor nadar en la piscina. O mejor en el océano, esperando que la corriente me lleve a la deriva hasta que me encuentren los pescadores de langosta de Maine.

Perdida en mi delirio hormonal ni me doy cuenta de que estamos parados.

—¿Todo bien? —pregunto.

Puede que él y su caballerosidad no tengan el coraje de decirme que le estoy provocando una hernia discal.

–Sí, hemos llegado, el restaurante estaba más cerca de lo que pensaba –me dice, señalando con la cabeza el letrero.

–Ah, sí… eh… –me demoro, avergonzada–. Entonces, tal vez puedas bajarme.

–Claro.

Suavemente me vuelve a depositar en tierra, y me gustaría que me dieran una bofetada por el pinchazo de desilusión que me cruza el pecho. Estaba muy bien ahí, en sus brazos.

–Hasta la entrada puedes llegar, ¿verdad?

Asiento decidida y salgo disparada hacia la entrada.

–¡Hola! –digo empujando la puerta y haciendo sonar una campanilla que despierta a una mujer dormida detrás del mostrador.

–Nos hemos quedado tirados con el coche cerca de aquí, tenemos el móvil sin batería y nos gustaría llamar a una grúa o a alguien que nos pueda llevar a la gasolinera más cercana.

–Tenga –dice la mujer entregándome un inalámbrico y una tarjeta de visita–. Este es el número de Irv, él os puede ayudar.

Marco el número y después de varios tonos me responde una voz ronca, que se vuelve aún más ronca cuando le explico la situación.

–Lo siento, cariño, estoy en West Bay Shore para un servicio y el motor de mi grúa se ha fundido, así que estoy esperando a que venga otra grúa a remolcarme. Espero que no tengas prisa.

Es medianoche.

–Gracias de todos modos –le digo antes de colgar.

–¿Qué ha dicho? –me pregunta Blake apoyado en el mostrador.

–Que la grúa necesita una grúa –resumo. Después me dirijo a la señora–. ¿Otros números?

–Lo siento, solo tengo el de Irv –se excusa–. Pero si esperáis a mañana por la mañana, mis sobrinos vienen a relevarme.

Y mientras Jeb está aquí, Sam os acompañará al coche para repostar.

—¡¿Mañana por la mañana?! —exclamo—. ¡¿Y qué hacemos hasta mañana?!

La señora se encoge de hombros.

—También somos un motel. Las habitaciones están al fondo.

—¡Genial! —exclama Blake.

—¿Genial? ¿En qué sentido? —pregunto con una alarma sonando en mi cabeza.

—Que podamos conseguir una habitación, dormir y esperar a los sobrinos de la amable señora... —se vuelve a la mesera para leer su placa de identificación— señora Marjorie para que nos acompañen a llenar el depósito y podamos recuperar el coche frescos como dos flores del campo.

—¡Claro! Su marido tiene razón —coincide ella—. Tienen suerte, me queda una habitación doble.

¡No puede ser! Habría jurado...

—Él no es mi marido. Dos habitaciones sería imposible, ¿verdad?

Ella niega con la cabeza mientras juguetea con un llavero.

—Temporada alta.

—La queremos —dice Blake con decisión.

—Gracias por pedir mi opinión —siseo con acritud.

—De nada —responde cogiendo la llave.

Puedes hacerlo, Summer. Compartir una habitación con Blake en un motel es algo que se puede hacer con toda tranquilidad sin que te incineres por autocombustión. Creo.

Capítulo 19

Blake

—¡Guau! Cortinas florales y televisión de tubo —observa Summer al entrar en la habitación—. Es una cama de matrimonio.

—¿Tenías alguna duda? —le pregunto arrojando las llaves del coche sobre una mesa al lado de un microondas de la época en que fue patentado.

Me imita. Apoya su bolso y se descalza, perdiendo esos diez centímetros de altura que ahora la obligan a inclinar la cabeza hacia atrás para mirarme.

—Existía también la remota posibilidad de que por habitación de matrimonio se entendiese una con dos camas individuales.

—¿Miedo? —digo a bocajarro mientras me acerco a un palmo de distancia con los brazos cruzados.

—¿De qué?

Está intentando hacerse la dura, pero veo que está incómoda. Lo he sabido por cómo al ver la cama ha tragado saliva.

—Juro que no atentaré contra tu virtud —prometo—. Palabra de *scout*. —Pongo dos dedos sobre la sien con solemnidad.

—Blake, ese no es el juramento *scout*.

Pillado.

—Debe de ser porque nunca he sido un *scout*. En todo caso, me quedaré en mi mitad del colchón viendo la teletienda de alfombras sin sonido y no te tocaré ni por descuido.

No sé si hago bien en jurar. Sin ir más lejos, yo sabía muy bien que Summer podía haber ido andando desde el coche al restaurante, pero Summer parece haber sido diseñada para ser llevada en brazos y aproveché la ocasión para comprobar si la realidad estaba a la altura de mi imaginación. ¿Lo estaba?

Sí, hasta el punto de que, una vez que llegamos allí, no hubiera querido dejarla en el suelo. Como tampoco necesitaba su brazo sobre mis hombros, pero, oye, las cosas se hacen bien o no se hacen.

Simplemente encajaba tan bien apretada contra mi pecho, sostenida por mis brazos, tan cerca que mi nariz se impregnaba con el aroma de su crema hidratante.

Ella sacude la cabeza.

—Ah, si es por eso, estoy más que tranquila. Sé que no soy del tipo que desata tus instintos animales.

Aquí es donde te equivocas, me gustaría decirle. Pero no se lo digo. Mejor cambiamos de tema, porque podría querer demostrarle lo contrario.

—Vale —exclamo agachándome—. ¡Veamos qué hay en este minibar!

—No creo que encuentres nada que no haya caducado como muy tarde en 1994.

—Cacahuetes en lata, *crackers* de queso, palomitas de maíz. —Luego paso a la nevera—. Batido de chocolate… ¡Champán de siete dólares! —exclamo cogiendo la botella—. ¡Genial! ¡Tenemos todo lo que necesitamos!

Ella me mira preocupada.

—¿Para qué?

—¡Una fiesta de motel! —anuncio cogiendo los vasos de plástico envueltos en celofán del baño—. Tenemos que celebrarlo.

Ella no parece muy convencida.

—¿Celebrar que el coche te deje tirado?

—No. ¡Vamos a festejar por ti! —Hago saltar el corcho, que salpica el techo, y lleno su vaso—. Por ti, que sabes lo que quieres, que no haces lo que te dicen que hagas, que pronto podrás producir tu primera serie de televisión y no necesitas un intelectual de bolsillo para sentirte una mujer mejor.

—Guau, dicho así, incluso parezco una persona interesante.

Porque lo eres.

—Y por mí, que he vendido de nuevo los derechos televisivos de una de mis novelas.

—Eso. Creo que ese es un brindis más realista.

Tomamos un sorbo de champán, nos miramos a los ojos y nos echamos a reír.

—¡Es horrible! —exclama ella pasándose el dedo índice sobre los labios húmedos.

—¡Una porquería! Pero sirve de refuerzo.

Meto el paquete de palomitas en el microondas, que después de unos segundos comienzan a hincharse, saliendo disparadas de golpe como la ráfaga de una ametralladora.

Al tirarme sobre la cama, los muelles me hacen rebotar en el aire, y debo de haber presionado el mando sin querer porque el televisor se enciende con la canción *What's My Age Again* y un vídeo descolorido de Blink 182 corriendo desnudos.

—¡¿Todavía ponen música en MTV?! —pregunto asombrado—. ¡Pensé que ahora solo se verían dramas juveniles con adolescentes embarazadas!

Summer se sienta a mi lado con las piernas dobladas como si estuviera haciendo un pícnic, solo sus pies descalzos asoman debajo de la falda de vuelo.

—¿Sabes que *Enema of the State* fue mi primer CD? —dice.

—¿Estás bromeando? —pregunto incrédulo—. ¡También fue *mi* primer CD!

—A veces aún me siento como dice la canción: inmadura respecto a mi edad, por debajo de las expectativas de los demás, menos adulta de lo que debería ser.

—¡Viva la autoestima! —exclamo con sarcasmo.

—He aquí otro motivo por el que estaba con George: tener una relación con un hombre mayor que yo, culto, comprometido y con un trabajo importante me ayudaba a realizar mi autoestima.

—Yo creo que, por el contrario, George fue un obstáculo para tu autoestima.

Ella levanta una ceja dubitativa.

—¿Ah, sí, señor Freud?

—Sí —le digo sentándome frente a ella con las piernas cruzadas—. A la cena de gala de Preston debería haberte llevado él, no yo; esta noche se suponía que sería él quien presentara tu guion, no yo.

Ella sacude la cabeza, desviando la mirada hacia otro lado, y bebe otro sorbo de champán.

—Él nunca ha leído ninguno de mis guiones.

—¿Bromeas? —pregunto incrédulo—. ¿Qué significa eso?

—Se lo pedí durante meses, pero nunca lo hizo. Siempre tenía cualquier proyecto más importante al que debía dedicar su tiempo. O no era el momento adecuado. «No tengo la mente despejada»; «Estoy concentrado en otra cosa...».

—Idiota —murmuro para mí—. Creo que se sentía amenazado por tu talento. Ese hombre vive aterrorizado por el éxito de los demás. En vuestra pareja él era *el importante*, el de la carrera consolidada, el que sabía cosas. Darte espacio, reconocer tu talento, le habría supuesto dar un paso atrás, y para un tipo pusilánime como Sullivan, cuya fama se basa únicamente en degradar el trabajo de los demás, sin que él nunca produzca nada propio, significa aceptar que tú estás un escalón por encima de él.

—¿Y tú nunca te sientes amenazado?

—Para nada —alego convencido de mis palabras—. El hombre que pretende estar siempre encima, como si fuese su posición natural, simplemente me da pena.

Ella me observa con la ceja izquierda levantada.

—Entonces, ¿dejarías que tu mujer estuviera arriba?

—Bueno... —Me muerdo el labio en un intento de contener una sonrisa maliciosa, pero su pregunta solo tiene una respuesta y mi perversa imaginación ya ha comenzado a trabajar—. Desde abajo la vista es estupenda.

Las mejillas de Summer se tiñen de rojo mientras suspira y pone los ojos en blanco.

—Blake Avery, tienes el superpoder de transformar una conversación seria en un juego con doble sentido.

—Tengo un arsenal de dobles sentidos, pero por suerte el «ding» del microondas nos llama al orden.

MTV continúa brindándonos lo mejor de la década del 2000 mientras Summer y yo compartimos palomitas de maíz humeantes tumbados sobre la cama con los Good Charlotte cantando de fondo *I Just Wanna Live*.

—¿Sabes? Adoro esta canción, lástima que no esté ligada a muy buenos recuerdos —dice mirando al techo.

—¿Tipo?

—Había un chico en la escuela secundaria, Nathan Meisel, que me gustaba un montón. Esperaba que me invitara al baile de graduación, pero… invitó a mi hermana. Pasé toda la tarde en un rincón del gimnasio, viéndolos bailar, imaginándome en el lugar de Karen, y justo cuando el DJ puso esta canción, comenzaron a besarse. ¿Sabes esos besos de instituto que duran diez minutos seguidos sin que ninguno de ellos se separe para respirar y con la lengua que llega hasta el fondo de las amígdalas?

—Cómo no. ¿Y quién los olvida?

—Pues eso. Mi noche fue así. Tarareaba *I Just Wanna Live* entre dientes, mientras en un ángulo oscuro veía cómo otros vivían.

—¿Y nadie te invitó a bailar?

—¿Por qué iban a hacerlo? Yo era la otra Hale, la rueda de repuesto de Karen.

No necesito saber más. Me pongo a saltar de pie sobre la cama salpicando palomitas de maíz por todas partes y le tiendo la mano derecha, mientras ella, aún sentada, me mira con los ojos muy abiertos.

—Blake, ¿qué intenciones tienes?

—Tenemos el champán, el bufet, los Good Charlotte y tú tienes el vestido: bienvenida a tu baile de graduación. —Le hago un gesto con la mano para que se levante—. No acepto un no por respuesta.

Y ella, para mi inmensa sorpresa, la agarra.

—¡A la mierda Nathan Meisel!

Saltamos sobre la cama sometiendo los muelles a una dura prueba, con el somier que chirría, las palomitas que vuelan por los aires, los vasos de champán que gotean sobre la colcha y el pelo de Summer ondeando en torno a su rostro mientras ríe como si nunca se hubiese divertido tanto.

De un salto bajo de la cama, ella me sigue, así que la cojo y la lanzo en una pirueta que hace que se le levante la falda. Suelto su mano mientras sigue dando vueltas por la habitación para disfrutar del espectáculo. Luego corre hacia mí.

—¡Cógeme con el salto del ángel! —grita.

—Te recuerdo que no tenemos un teléfono para llamar al 911 —le digo, pero ella ya se ha lanzado, así que estiro los brazos justo a tiempo de agarrarla por las caderas... Y no debería haberlo hecho.

Primero la tengo suspendida sobre mí un momento, las piernas extendidas y los brazos abiertos, y al siguiente siento como pone los brazos alrededor de mis hombros mientras se desliza lentamente hacia abajo y su cuerpo se frota contra el mío en una larga caricia. Ella jadea y su pecho sube y baja contra mí.

Me mira con esos ojos oscuros suyos, batiendo las pestañas y dejándome sin palabras durante unos segundos. Difícil encontrar las adecuadas para describir este momento. ¿O no?

—Nadie puede arrinconar a Summer.

Y baja la mirada, aún más roja, dando un paso hacia atrás para poner distancia entre nosotros dos, porque, estoy seguro, la electricidad no la he sentido solo yo.

—¿Y esto? —pregunta agachándose a recoger algo del suelo. Entre los dedos sostiene un rollo largo y delgado de papel de seda blanco.

—Puedo explicarlo —digo, levantando mis manos inocentemente al reconocer uno de los canutos que le había arrebatado a Dwight.

—Cuando Dwight vino a casa, tenía una bolsa con una docena de porros que le había dado Cristóbal y yo se los quité para deshacerme de ellos.

Summer lo gira entre los dedos.

—Umm. ¿Y qué salió mal?

—Pensé que tirarlos todos a la basura sería un desperdicio, así que me quedé con uno. Lo había metido en el bolsillo de mi camisa; debe de haber salido disparado cuando saltamos antes sobre la cama, pero lo hago desaparecer rápidamente.

–¿Sabes qué? –Summer retrocede hasta acostarse en la cama–. Que también hay otra parte del baile que me perdí.

–Summer…

¿No querrá?

Ella, en cambio, me mira con confianza.

–Dame tu encendedor.

–No creo que sea el momento –trato de disuadirla.

–Blake –insiste–, no hagas que lo coja yo misma –amenaza aludiendo al bolsillo derecho de mis vaqueros.

¿Amenaza? Bueno, a mis oídos suena más a invitación.

–He creado un monstruo.

Capítulo 20

Summer

Si hace un mes me hubieran dicho que iba a estar en la cama de un motel bebiendo champán barato y fumando un porro con Blake Avery, me habría muerto de risa. Y, sin embargo, aquí estamos.

—¿Sabes? —le digo dando una larga calada antes de pasarle el canuto—. Nunca he entendido todo este alboroto en torno a los porros. Quiero decir, mucha gente piensa que tienen algún tipo de efecto alucinógeno, o que te colocan al límite de la realidad. No me siento muy distinta de lo habitual. Tal vez un poco más relajada, pero nada que haga gritar como en *El exorcista*.

—Hay gente que se sugestiona con la idea de fumarse un porro.

Estamos acostados en la cama deshecha uno al lado del otro, yo sobre el lado izquierdo vuelta hacia él, con un brazo doblado detrás de la nuca y sus interminables piernas lo suficientemente abiertas como para invadir toda mi intimidad. La habitación huele a champán, hierba y palomitas de maíz. Nunca he estado tan bien. Y no es por el porro. Tengo la sensación de que este es el lugar en el que debo estar y con la persona con la que debo estar.

Blake me vuelve a pasar el porro, mucho más corto que cuando se lo di y se vuelve de lado hacia mí.

—¿Por qué no me dijiste que leías mis libros? —pregunta pillándome por sorpresa.

Ups. ¿Cómo lo sabe? *Nunca* debería haberlo descubierto.

Este es uno de los motivos por los que uso el Kindle, así George no podía saber qué libro estaba leyendo. Si me hubiese visto con una novela de Blake en la mano, creo que me la habría lanzado por la ventana.

Sí, yo me he descargado todas sus novelas, y cada año espero con ansia la llegada del otoño para comprarme su nueva entrega.

–No pongas esa cara. Sí, lo sé, además hace tiempo. Dwight encontró tu Kindle y me dijo que estaban ahí todas mis novelas.

Dwight. Cuando una frase contiene su nombre, sé que se avecinan problemas.

–¿Has…?

–¿Leído las reseñas? Sí, también.

–¡Mierda! Nunca debiste haberlo descubierto.

–Demasiado tarde. ¿Por qué no debería haberme enterado?

–Está bien. No quería que pensaras que tenías influencia sobre mí.

–¿Y la tengo?

Aquí va de nuevo, su condenada mirada seductora.

–Eh, ni lo intentes. He visto cómo lo haces: una se declara fan tuya e inmediatamente le disparas una ráfaga de alusiones y guiños hasta que cae desmayada.

–Mi última novela no te gustó –va directo al grano.

–No es verdad que no me haya gustado. Le di tres estrellas, pero solo porque me gustaron más las otras.

–¿Y qué cosa no funcionaba esta vez?

–¿Por qué te importa?

–Porque me importa tu opinión –insiste.

–Bueno, no es el Avery al que estoy acostumbrada.

–¿Y cómo es?

–Explosivo e impredecible. Esta vez me pareció percibir un poco de prisa en la escritura. La historia es convincente, quieres estar ahí y ver cómo va a terminar, no me malinterpretes, pero falta ese algo extra. Esto no quiere decir que hayas fracasado para siempre, también has conseguido ventas excepcionales esta vez, te han incluido en las listas de éxitos…

Pero no me deja terminar.

–¿Qué debería hacer, según tú?

–Quizá probar a reinventarte. De la costumbre al aburrimiento hay solo un paso y los lectores somos muy exigentes. Eres un autor de cinco estrellas, no de tres estrellas, pero eso no significa que no puedas equivocarte. En todos estos años has seguido una norma, a lo mejor ha llegado el momento de romperla.

Se ríe, pero no de un modo grosero o arrogante. Es una risa cálida y sincera.

—Nadie ha tenido el coraje de decírmelo. Ni Sasha, ni mi editora ni la editorial. Lo extraño es que me lo digas tú, siempre atenta a no romper las normas.

—Nunca me han enseñado a no infringirlas.

—Tienes que confiar en el maestro adecuado.

Sus dedos se deslizan por mi pelo haciéndome cosquillas en la frente, lo miro con curiosidad y retira la mano.

—Había una palomita de maíz atrapada entre los mechones —dice mostrándome la bolita blanca.

—Prueba a salir de tu zona de confort, haz aquello que nunca has pensado hacer. Los lectores quieren que les sorprendan. Yo quiero ser sorprendida —digo empeñada en llevar el discurso de vuelta a sus libros.

Tumbados de lado Blake y yo nos miramos a los ojos hasta que en su boca se esboza una sonrisa casi mordaz.

—¿Quieres que te diga una cosa que nunca pensé que haría y que estoy seguro te sorprendería bastante? —Y su mano se posa en mi mejilla mientras con su pulgar dibuja el contorno de mi labio inferior.

—¿Qué…? —balbuceo.

—Besarte.

—Creía que habíamos dejado de tomarnos el pelo y provocarnos.

Retrocedo lo bastante como para separar sus dedos de mi boca en un desesperado intento por defenderme.

En cambio, él parece divertirse.

—No pensé que diría esto, pero me gusta este juego.

—¿Qué juego?

—Este en el que pretendemos ignorar la atracción que sentimos el uno por el otro y fingir que no queremos tocarnos.

—¿Estás mostrando todas las cartas, Blake Avery?

–No lo sé –murmura con una voz ronca que me golpea en el estómago–. Seguro que me muero por saber si tu sujetador y tu braguita combinan…

Pero ¡¿cómo puede decir esas cosas con tanta seriedad?!

–¿Debo preguntarte por qué o me lo explicas tú?

–Bueno, una mujer solo combina bragas y sujetador si se lo va a enseñar a alguien.

Si antes tenía alguna duda, ahora tengo la absoluta certeza: está flirteando sin piedad… Y si jugamos a esto…

–Si es así… Tengo malas noticias para ti –le digo desafiante.

–¿Ropa interior dispar?

–No llevo sujetador. El vestido deja la espalda desnuda, no lo permite.

Blake aprieta los labios y cierra los ojos con expresión de sufrimiento.

–Ahora tenemos un problema, esta es una información que no deberías haberme dado, porque ahora no puedo dejar de pensar en tus pechos desnudos debajo del vestido.

–Y olvida mi ropa interior, no la verás ni en tus sueños más desenfrenados.

–En mis sueños más salvajes no hay ropa interior y en algunos hasta hay silla eléctrica.

Cada palabra suya hace que mi corazón lata más y más rápido, hasta el punto de que temo que dentro de poco subirá a la garganta.

–Va a ser una noche muy larga si continuamos hablando así –le advierto.

–Sería una noche mucho más larga si dejáramos de hablar, te lo garantizo –responde él, provocativo.

No dudo de que lo sería. Cuanto más lo miro. más me doy cuenta de que Blake es la lujuria personificada: su físico alto y esbelto, tonificado y musculoso, pero no excesivamente, su rostro de ojos verdes felinos que te escudriñan hasta atravesarte de lado a lado, la nariz que se arruga cuando sonríe, la esquina derecha de su boca siempre tensa y su labio inferior suplicándome que lo muerda. Y el contorno de su mandíbula, que pide ser lamida centímetro a centímetro.

Hola a todos. Me llamo Summer Hale y estoy excitada.

—Esta es la primera vez que estoy en la cama con una mujer guapa y, después de dos minutos, todavía tenemos la ropa puesta.

—Ahora sé que solo estás bromeando.

—¿Dos minutos son entonces demasiados segundos para ti?

—No, no es por eso. Porque dijiste que era guapa.

Blake se gira de nuevo hacia mí.

—¿Me estás poniendo a prueba? Ten cuidado porque estás a puntito de entrar en la guarida del lobo.

—¿Y tú serías el lobo?

—Lobo no lo sé, pero ten por seguro que estoy pensando en muchas cosas muy *muy* malas.

—¿Por ejemplo?

—Por ejemplo, en ti.

—¿Yo soy mala? ¿En serio?

Blake niega con la cabeza sin dejar de mirarme, y me doy cuenta de que estamos muy, *demasiado* cerca. Nuestras piernas se tocan y ninguno hace el ademán de moverlas.

—Tú eres una buena chica. Pero una buena chica que no ve la hora de volverse mala. Una de esas que siempre se han portado bien, pero que en el fondo sabe que por una noche no tiene nada de malo perder el control.

—Ahora estás fantaseando conmigo.

—Últimamente he estado fantaseando *mucho* contigo, Summer.

—Define «últimamente».

—Desde que entraste por la puerta con Sullivan y me rociaste los ojos con el espray de pimienta.

—Eso es un montón de tiempo, Blake Avery. No te saldrás con la tuya. Ahora tienes que decirme lo que pensaste de mí.

—De primeras pensé que estabas loca. —Sus dedos se estiran de nuevo hacia mi cara, pero esta vez rozan mi frente, trazando lentamente la curva de mi ceja derecha—. Después pensé que tenías las cejas más bellas que jamás he visto.

Ahí está de nuevo Blake, impredecible como el mar de fuerza nueve. Muevo su mano con la mía, bajándolas hasta el hueco de nuestras dos almohadas. Y tomándonos unos segundos para juguetear con la yema de mis dedos en su palma.

–Ahora te digo yo algo sobre ti: eres el clásico chico malote en el que solo una chica estúpida confiaría.

–Tú no eres estúpida.

–De hecho, yo no me fío de ti. Eres bueno con las palabras, señor «he vendido doscientos millones de ejemplares».

–Aunque tú no seas mala, mira lo que me estás haciendo hacer. ¿Te das cuenta de que llevamos tres horas solo hablando encima de esta cama? Y lo peor de todo es que me produce placer.

–¿Cómo puede ser eso lo peor de todo?

–Porque, si disfruto tanto hablando contigo, no me atrevo a imaginar cómo sería el resto.

–Mentiroso.

–Tienes razón, es una mentira. Me lo imagino hasta con los detalles más nítidos. Incluso puedo imaginar el ruido que haría la tela de tu vestido cuando lo rompiera en dos.

Esta era una imagen mental que no necesitaba. Me estoy esforzando al máximo para no caer en la trampa, pero, como todas las cosas prohibidas, tiene un encanto irresistible. Y tal vez tenga razón, empiezo a pensar que no sería nada malo si pierdo el control por una noche. Con él.

Pero, a decir verdad, no soy ese tipo de chica. No soy Emma Rae, que es capaz de apagar el interruptor de los sentimientos a voluntad, saliendo ilesa de las historias de una noche.

Me conozco. Por la mañana mi conciencia me estaría esperando a la vuelta de la esquina, y sobre todo sé que, aunque no quisiera, seguiría pillada. Me encantaría ser Emma Rae en este momento: nada de complicaciones, solo sexo, simple y satisfactorio.

–No me ignores, Summer, o me veré obligado a llamar tu atención –murmura poniéndome el dedo índice bajo la barbilla para que me vuelva hacia él.

—Tienes demasiada atención por mi parte si tenemos en cuenta que estoy pensando en ti –le rebato.

A él le gusta la respuesta.

—¿Y estoy vestido en tus pensamientos?

—En mis pensamientos eres un malote.

Nuestras voces son ahora un susurro apenas audible. Lo deseo. Él me desea. Se nota en nuestra respiración pesada, acelerada y corta.

—Ese es un gran cumplido. Estoy bastante seguro de que de niña te decían que uno aprende equivocándose.

Su cara se vuelve a acercar y las puntas de nuestras narices se rozan mientras que nuestras piernas están entrelazadas, las mías entre las suyas, con mi falda que ahora se ha subido tanto que deja mis muslos al descubierto.

—Estoy al límite –suspiro casi sin la capacidad de articular sonidos.

—Y también te habrán dicho que nunca dejamos de aprender.

—También.

Su olor se me sube a la cabeza: esa suave crema de coco que se pierde entre ese otro más punzante y masculino del humo.

Nuestras manos se entrelazan; las suyas, delicadas pero firmes, me impiden escaparme de su sujeción, mientras él se apoya en su codo para ponerse encima de mí.

Me quedo ahí, debajo de él, clavada entre sus piernas, bajo su pecho, mis manos sobre la almohada aferradas a las suyas como si no quisieran dejarme una vía de escape.

¿Y quién quiere huir, Blake, si nos rozamos en cada respiración? Cada vez que mis senos se encuentran con su pecho, mi corazón pierde un latido, y yo siento que mi razón disminuye.

—¿Sabes? Soy muy bueno cometiendo errores. Eso es lo que mejor hago.

No puedo dejar de mirarlo. Mis ojos siguen los suyos como si estuviera hipnotizada.

—Entonces puedes decirme cómo hacerlo.

Es como si estuviésemos jugando a Scrabble y no quedaran

más palabras para componer, las letras cada vez son menos y las casillas están casi todas ocupadas. La dirección es una sola e inevitable.

–No se puede explicar –susurra mientras su aliento se pierde en el mío, a unos milímetros de mi boca y yo puedo sentir ya su calor–. Simplemente se hace.

No creo que pueda soportar más, y contra todo pronóstico soy yo quien va al encuentro de sus labios, recorriendo ese milímetro que falta que me parece un kilómetro.

Su beso es dulce mientras nuestros labios se tantean. Los mismos labios que llevan un mes burlándose el uno del otro, instigando, refunfuñando, discutiendo, ahora se buscan, se saborean y se descubren. Su lengua me pide con gentileza que entre deslizándose con una caricia hasta encontrar la punta de la mía y sentir su sabor.

Lo interrumpimos separándonos lo justo e intercambiando una mirada de incredulidad. Lo he besado.

Me ha besado.

Nos hemos besado.

Nos basta un segundo a ambos para darnos cuenta de que hemos llegado a un punto de no retorno y al momento siguiente su boca está de nuevo sobre la mía, pero esta vez exigente, hambrienta, desesperada. Y yo respondo exigente, hambrienta y desesperada.

También mi cuerpo responde rodeando la cintura de Blake con mis piernas mientras lo aprieto contra mí, porque quiero sentirlo más, mucho más. Por todas partes.

Sus manos se alejan de las mías, suben por mis brazos, suben por mis hombros y luego bajan alrededor de mis pechos.

–Veo que es cierto que no tienes nada debajo –susurra con su boca todavía en la mía.

–Yo no digo mentiras.

–Deberías haberlas dicho. Ahora estaría viendo la teletienda –sus manos vuelven a bajar hasta apretar mis nalgas– en lugar de hacer esto.

Entre el beso y la presión, se me escapa un gemido.

–Sabes que no puedo decir mentiras.

–Lo sé. –Blake me lanza una mirada fulminante que me deja sin aliento–. Como también sé que te gusta si hago esto–. Y su boca desciende hasta mi barbilla, luego lentamente por mi garganta hasta llegar a ese punto sensible, en mi clavícula, que lame y luego muerde arrancándome un pequeño grito.

¿Placer? ¿Dolor? ¿Ambas cosas?

Los besos en el cuello me desencadenan una tempestad implacable dentro hasta el punto de que lo empujo obligándolo a acostarse boca arriba, yo encima de él, con mis manos enterradas en su pelo y mi pelvis apretada contra la suya, en una serie de embestidas rítmicas dictadas solo por el instinto y la necesidad de sentirlo.

Sus manos se han abierto camino por debajo de mi falda, me hacen cosquillas en el borde de las bragas y un escalofrío recorre mi entrepierna hasta hacerme temblar.

Es un beso intenso, poderoso, como si este mes juntos, bajo el mismo techo, hubiera sido un único y muy largo preliminar.

No soy buena diciendo mentiras, pero tampoco soy buena diciendo la verdad.

También he fantaseado con Blake, más de una vez. Ya esa primera noche cuando escuché a Cheyenne gritar de placer, me encontré mordiéndome el labio ante la idea de que se juntaran en un abrazo.

O después de haberlo visto desnudo en la piscina.

O cuando me besó en el cuello por sorpresa mientras almorzaba con papá y Karen.

Aquí estamos ahora, vestidos, besándonos, nuestras manos por todas partes, nuestros labios explorándose, nuestras lenguas buscándose, nuestros cuerpos frotándose, mientras en MTV Britney Spears canta *Baby One More Time*.

Cada vez que me aprieto contra él, Blake deja escapar un suspiro. Yo muerdo su labio inferior entre mis dientes y lo chupo. Una degustación no me basta.

–Lo sabía. Que muy en el fondo eras mala –murmura él con un guiño un momento antes de agarrarme por las caderas y lanzarme contra el colchón–. Pero yo lo soy más. –Y le basta una mano para sujetarme las dos muñecas por encima de mi cabeza, impidiendo que lo toque mientras con la otra me acaricia por encima de mis bragas, arrancándome un gemido–. Y tengo la intención de mostrártelo. Tengo que vengarme por haberme tenido tres horas hablando.

–¿Y cómo?

–Tocándote –susurra mientras sus dedos se deslizan entre mis piernas, arrebatándome el aliento–. O no tocándote en absoluto–. Y los aleja privándome de ese precioso y vital contacto.

Sin duda mi mirada suplicante habla por mí, tanto es así que en su rostro se dibuja una sonrisa diabólica y satisfecha.

–Sí, no tocarte es la mejor venganza.

Por toda respuesta mi espalda se arquea hasta lo imposible en un intento desesperado por tenderme de nuevo contra él, que me libera de su agarre.

Me levanto para besarlo de nuevo, sentándome a horcajadas sobre él.

Los vaqueros ajustados lo traicionan: puede que yo esté mojada, pero él no lo está menos con una erección violenta que me presiona por debajo de la tela.

–No estoy segura de que me vayas a castigar –digo deslizando mis manos sobre su pecho hacia abajo, hasta el cinturón–. Podría ser yo la que no te tocara.

–Perra –gruñe con sus labios contra los míos.

–Dime algo que no sepa.

Sus manos agarran mi cara y presiono mi frente contra la suya.

–Que nunca has estado más bella que esta noche.

Y por un segundo estoy perdida: mente, corazón, alma.

–Eso no vale.

–Todo vale.

Y esos labios tan cálidos, tan buenos, están de nuevo sobre mi boca mientras nos abandonamos otra vez a los besos.

Capítulo 21

Blake

Tenía razón. Si ya me gustaba a morir solo hablar con Summer, besarla me ha trastornado.

Y no me refiero a esos besos apresurados que se dan para mantenerte ocupado mientras te quitas la ropa. No, realmente estábamos concentrados en hacer solo eso y nada más.

Bueno, si dijera que no quería desnudarla para lamerla de los pies a la cabeza, mentiría, pero estaba bien así, viéndola sonrojarse cada vez que abría la boca.

Sí, Summer siempre trata de hacerse la indiferente, pero no es muy difícil hacer que baje la mirada mientras trata de luchar con la vergüenza. Y me vuelve loco.

Fue una noche extraña, de esas que ocurren una vez en la vida.

Fue como hacer un viaje en el tiempo, y no me refiero a la música de los 2000.

Flirteamos durante horas cada vez más explícitamente y luego, cuando llegaba el beso, nuestras bocas hacían el resto.

Habría sido la escena de manual del joven pornógrafo: motel y sexo. Pero no fuimos más allá del límite de nuestras ropas.

Yo estaba enfermo de puro excitado, ella estaba a punto de derretirse bajo mis dedos.

Pero no fuimos más allá de los besos.

Y me gustó.

Algunos me llamarían loco, pero me gustó.

Me parecía que había vuelto a la época del instituto cuando fingíamos estudiar juntos para pasar toda la tarde dándonos el lote, sin la valentía de no querer hacer más por el temor a que uno de los padres viniese a buscarnos en cualquier momento.

Nadie nos iba a interrumpir esa noche, pero continuábamos jugando, sosteniéndonos sobre la cuerda. Nos desplomamos agotados por la adrenalina ya al amanecer y nos dormimos abrazados.

Cuando abro los ojos, me la encuentro a mi lado: Summer, con las mejillas sonrosadas y la boquita entreabierta, que duerme serena, el pecho que le sube y le baja al ritmo de su respiración y las suaves ondas de su cabello esparcidas por la almohada.

Estoy a su derecha, con mi brazo alrededor de su cintura.

Echo una mirada soñolienta a la habitación, donde la televisión, todavía sintonizada en la MTV, está transmitiendo un *reality show* sobre casas de niños ricos.

Las nueve.

En condiciones normales, cerraría los ojos, pero estas no son condiciones normales: tengo que levantarme, retomar mi aspecto humano y conseguir un bidón de gasolina para el coche.

Me ducho con cuidado de dejar a Summer la única bolsita de gel y trato de ignorar lo mucho que la pasta de dientes sabe a detergente para platos.

Dejo una nota para Summer sobre la almohada antes de irme. Me inclino sobre su rostro arrastrado por una fuerza oscura y beso su frente apartando un mechón que cae sobre sus ojos con cuidado de no despertarla.

–Volveré pronto a por ti –le susurro.

Voy al restaurante, donde encuentro a un chico con los cascos ocupado en navegar con un iPad en un sitio web pirata.

–¿Jeb? –le pregunto.

–El mismo.

–Tu abuela o tu tía me dijo anoche que esta mañana alguien me llevaría a una gasolinera y a recoger mi coche. Nos quedamos tirados ayer noche…

Su cara se ilumina como si supiera de lo que le estoy hablando.

–Sí, mi tía me lo mencionó antes de irse. Yo tengo que esperar a que los proveedores descarguen las furgonetas. ¡Sam! –grita.

De la cocina sale una chica de larga melena pelirroja, flequillo, impertinentes ojos negros, enfundada en una camiseta ajustada.

–¿Qué pasa, Jeb?

Ah, esa es Sam.

–Está aquí --responde señalándome.

198

Ella me echa un largo vistazo y luego sonríe.

–¿El coche seco?

–Exactamente –confirmo.

Ella coge al vuelo un llavero que hace girar en su dedo.

–¡Vamos! –Y me lleva hacia un Toyota Hilux, moviendo el culo dentro de unos *shorts* microscópicos–. Hay una estación de servicio a unos diez kilómetros.

–Excelente noticia.

Tomo lugar en el asiento del copiloto, mientras ella, al volante, enciende el motor y empieza a cambiar emisoras.

–¿Estás aquí de vacaciones? –me pregunta.

–Más o menos.

–Yo te he visto en alguna parte…

–Puede ser.

No lo sé, pero no parece alguien que lea mucho.

–¿Lees? –le pregunto para ahuyentar cualquier prejuicio.

–Algunas revistas de vez en cuando.

Vale, no es una lectora.

–¿Has salido en la tele? –continúa, curiosa.

–Alguna vez.

–Ahí es donde te he visto. También a mí me gustaría hacer tele.

–¿Qué tipo de televisión? –le pregunto más por cortesía que por verdadero interés. Ya es una hora inconcebible para que yo esté despierto, y más aún para hablar o prestar atención a frases de más de dos sílabas.

–Bah, del tipo que me pueda hacer famosa.

–Suena como un gran plan.

–¿Estás soltero? –me pregunta sin venir a cuento.

Estoy a favor de ser directo, pero tanto choca.

–Ehm, sí.

–Yo también –se apresura a añadir–. ¿Cuántos años tienes?

No tengo ganas de responder, pero teniendo en cuenta que me está haciendo un favor, no creo que pueda negarme.

–Treinta y tres en diciembre. Sí que haces preguntas…

–Es para conocernos.

–En ese caso, los nombres son lo primero.

–Correcto. Soy Samantha, Sam para los amigos.

–Yo, Blake, un placer.

–Blake… –se repite a sí misma–. *Sexy*.

–Ah, no creo que fuese la prioridad de mi madre cuando lo eligió.

–Mi nombre también es *sexy*. Piensa que querían llamarme Gilly.

–Gilly tampoco está mal –digo para intentar desviar el discurso de la cuestión *sexy* o no *sexy*.

–Pero Samantha es mejor. ¿No te parece?

–Me parece que deberías ir más despacio –le advierto–. El distribuidor está ahí a la derecha.

Nada más entrar en la gasolinera, cojo dos tanques y los lleno, mientras Sam, apoyada al costado de la camioneta, me observa.

–¿Te echo una mano?

–No hay problema. Lo hago yo solo.

–Puedo sostener el surtidor –responde con tono alusivo.

No, Dios, dime que esto no está pasando.

Le lanzo una mirada de soslayo que ella interpreta como luz verde, porque se quita la camiseta y se queda con el sujetador.

–Hace calor para ser tan temprano.

Sí, está pasando.

–Es julio –observo con la mirada puesta en el surtidor.

Una vez que hemos pagado y cargado los bidones en el maletero, nos vamos de nuevo. Ahora ella semidesnuda a mi lado, tarareando y agitándose al ritmo de la música.

–Si tienes calor, puedes quitarte la camisa –sugiere en un tono nada inocente–. No me escandalizo.

–Sí, seguro que no te escandalizarás. Estoy bien así. –Después me detengo un momento para mirar bien la dirección que ha tomado.

–Mi coche está al otro lado.

–Desde aquí se llega a una playa donde nunca hay nadie. Podríamos darnos un baño.

–No tengo bañador.

–Yo tampoco –dice guiñándome un ojo.

Mejor dejar las cosas claras.

—Escucha…

—Hey, Blake, relájate. —Mueve la mano desde el cambio de marchas a mi pierna, acariciándola hasta llegar a la entrepierna.

—¿Por qué estás tan tenso?

—No estoy tenso, solo quiero recuperar mi coche.

Sam se detiene en un camino de tierra y apaga la camioneta.

—Vamos allí en cinco minutos.

—Sam…

—¿Qué pasa? —Se acerca a mí desabrochándose el cinturón.

—En mi opinión las cosas están dando un giro un poco…

—¿Un poco cómo?

Sam se arrodilla en el asiento para luego ponerse a horcajadas sobre mí.

—Un poco torcido —concluyo aplastándome contra el respaldo.

Ella, en cambio, se apoya en mi pecho, toma mis manos y las pone sobre sus senos.

¡No, no, no!

¿Por qué, maldita sea, todo me sucede a mí? ¿Por qué tengo que complicarme siempre la vida con el sexo?

Como con Emily, mi primera novia. Yo tenía dieciséis años y ella dieciocho. Me arrastró a un armario de escobas del colegio y el director casi me echa.

O Danielle, de diecisiete, que me pilló con Chrissy, su gemela. En mi defensa, no sabía que me estaba acostando con Chrissy porque la perra me dijo que era Danielle.

O Johanna. Yo tenía veinte años, me había roto el brazo y tenía que hacer fisioterapia. Solo que, después de un par de sesiones, la fisioterapia… no me la hacía solo en el brazo. Lucas, un chico que estaba en mi misma clase de historia del Renacimiento me invitó a su casa para Acción de Gracias, ¿y adivina quién era su madre? Johanna.

Así es, durante toda mi vida el sexo me ha complicado las cosas, y cuanto más trato de evitarlo, más me lío. Como ahora con Sam sobre mí, retorciéndose y metiéndome mano por todas partes.

—Eh, eh, eh —digo agarrándole las muñecas.

—Mmm. Te gusta el sexo brutal, ¿eh? —murmura lamiéndose los labios—. A mí también.

—No, Sam, quizá no lo has entendido. Aquí no va a haber sexo ni brutal ni de otro tipo.

—¿Preferirías hacerlo en el motel? Por mí, está bien.

—No. Ni aquí ni en el motel. Nada de sexo.

Sí, cualquier hombre me llamaría enfermo, porque Sam está muy excitada, pero yo no me estoy excitando en absoluto. Es demasiado. Demasiado profusa. Demasiado emprendedora. Demasiado desnuda. Demasiado todo. No me va.

—Escucha, ¿cuántos años tienes? ¿Veinte?

—Veintidós.

—Eres joven para asaltar hombres en una camioneta como una mujer desesperada —la regaño suavemente.

—¡Pero en el restaurante te aburres de muerte! Cuando te he visto no me lo podía creer. Vamos, nos divertiremos. Hago unas mamadas formidables.

Dios, si te tuviera frente a mí, te daría un puñetazo.

—Y te agradezco tu amable oferta, pero llevarme hasta mi coche será suficiente. Créeme que eres una chica guapa, no tienes necesidad de hacer todo esto.

Pero ella no parece muy convencida por mis palabras.

—Pero tú no me deseas.

—No funciona así, Sam.

No puede imaginárselo, pero la noche que pasé con Summer besándonos, todavía vestidos, escuchando música de los 2000 fue un millón de veces más excitante que la oferta de una mamada de campeonato de una veinteañera semidesnuda. Y ni siquiera yo, hasta hoy, podría haberlo imaginado. Pero es así.

—Vamos, pórtate bien, vístete y volvamos.

Sam resopla y regresa a su asiento.

—Pero si te lo piensas, dímelo y paramos.

No sin un gran esfuerzo por mi parte por borrar de mis recuerdos esta última alucinante media hora, llegamos a mi coche, aún parado donde lo había dejado.

—¡Tienes un Ferrari! —exclama asomándose por la ventanilla.

—Ya.

—¿Me lo dejas probar?

—No, Sam.

—¿Ni siquiera si te enseño mis tetas?

¡Ella no se rinde!

—No.

Después de llenar el tanque y, con algunas protestas del motor, consigo arrancarlo y seguir a Sam hasta el *diner*.

Entramos en el restaurante donde encontramos a Jeb ocupado hablando sobre *La élite* con Summer.

—¡Aquí estoy! —me anuncio—. ¡Coche recuperado!

Pero Summer traslada su mirada de mí a Sam y no me parece que salte de alegría.

—¿*Ella* es Sam?

Asiento con la cabeza.

—Me llevó a la gasolinera y luego a recoger el coche.

Sam también mira a Summer y se vuelve hacia mí siempre con esa mirada descarada suya.

—¿Pero no estabas soltero?

—¡Sam! —la amonesto con una mirada incendiaria. El momento está resultando embarazoso—. No te desperté —digo vuelto hacia Summer—. Pensé que te encontraría en la habitación.

—He venido a esperar aquí —responde seca, sin una pizca de la dulzura de esta noche—. ¿Vamos?

—Claro. —Me giro hacia el mostrador levantando el brazo en gesto de saludo a los chicos—. Jeb, Sam, ha sido un placer.

—El placer ha sido mío —gime ella mientras Jeb está de nuevo inclinado sobre su tableta.

Le abro la puerta a Summer, que se mete en el coche sin una mirada o un gracias. Luego, cuando llego a mi lado, me doy cuenta de que llevo bajada la cremallera de mis vaqueros.

¡Mierda! Esa Sam es una maldita ninja. ¡¿Cómo lo ha hecho?!

Capítulo 22

Summer

Me despierto sola. En la habitación no hay rastro de Blake con una sola excepción: mis labios todavía rojos e hinchados por todas las horas que pasamos besándonos.

No creía posible que los adultos pudieran hacer tales cosas. Pero lo logramos, ¡y qué bonito fue!

Excitante al punto de perder la razón, había olvidado lo mucho que se puede disfrutar de los besos bien dados.

Y Blake sabe cómo darlos.

¡Dios mío! Solo de pensarlo se me corta de nuevo el aliento. ¡Ducha fría, de inmediato!

Desde luego, pienso mientras me enjabono, no habría pasado nada si nos hubiésemos dejado llevar por la pasión y hubiésemos transformado todos aquellos besos en sexo animal.

Espero que no haya pensado que soy una monja. Por más que sea absurdo, este pensamiento me taladra el cerebro. Soy mayor, no debería importarme una mierda lo que un hombre piense de mí, pero no puedo ocultar que me importa.

—Summer Hale estás enamorada de un malote —me digo en el espejo— y Blake Avery no es de los que se enamoran.

Menos mal que no me fui a la cama con él, todavía conservo mi dignidad. Me habría gustado, pero ahora estaría en una posición muy incómoda. Me conozco a mí misma después del sexo —el que se hace bien—, me convierto en una gelatina roja tambaleante, y con Blake, durante un mes, cada día es una competición de autocontrol, no me lo puedo permitir.

Todavía tengo todas las cartas para jugar, y si va en serio, no se desanimará por una noche de solo besos.

Desanimarse… Me parecía cualquier cosa, menos desanimado, especialmente de cintura para abajo.

Vale, ahora me voy a la cafetería a tomarme un café porque, si no, se me cerrarán los ojos y no precisamente un rato.

En el mostrador solo encuentro a un chico inclinado sobre un iPad.

—Hola, estoy aquí con un amigo, tal vez se haya ido a recuperar nuestro coche. ¿Te lo ha dicho Marjorie...?

—¡Sí, sí! ¡Los que se han quedados tirados! ¡Sam se ha encargado ya de ello! —dice asintiendo. Luego mira el reloj de pared—. Estarán aquí enseguida, se han ido hace casi una hora.

—¿¡Una hora?! ¿Está lejos la gasolinera? —pregunto preocupada.

—No, no... ¡Sííí! —exclama sacudiendo el iPad—. ¡Se ha ido todo!

—¿El qué?

Él me muestra la tableta abierta en la aplicación de vídeo.

—Descargué toda la última temporada de *La élite*. Me estoy haciendo un recopilatorio pirata. La ruedan aquí cerca, ¿sabes? ¿La estás viendo? —me pregunta entusiasmado.

—Sí —respondo reprimiendo una sonrisa—. Buena.

—¿¡Buena!? Es la mejor serie que he visto después de *Juego de tronos*.

—¿Y cuál es tu personaje favorito? —Pregunta estratégica: hago encuestas dirigidas.

—Anna Slater —dice sin dudarlo.

—¿La mala?

—¡Ella es una MILF, una madre a la que me follaría!

A Lauren, vanidosa y aterrada de envejecer como es, le gustará oír esto.

—Si te interesa, te puedo grabar los episodios —me propone con la mayor tranquilidad.

—No, gracias, no es necesario. Decíamos que Anna Slater es un personaje estupendo, pero... —Me detengo cuando veo a una chica de pelo cobrizo alborotado, semidesnuda, seguida de Blake.

—¡Ya estoy aquí! —anuncia—. ¡Coche recuperado!

Pero no puedo apartar los ojos de la pelirroja, con sus enormes pechos y sus piernas kilométricas.

–¿*Ella* es Sam? –En mi cabeza Sam siempre ha sido un chico; decir que estoy impresionada es poco.

Blake asiente metiéndose las manos en los bolsillos, incómodo.

–Me acompañó a la estación de servicio y luego a recoger el coche.

Y es en ese instante cuando la chica le lanza una mirada traviesa, seguida de una frase que me da el toque de atención definitivo.

–¿Pero no estabas soltero?

Ahora lo miro a él: camisa descompuesta, los bordes colgando por fuera de los vaqueros... y... ¡oh, Dios mío! Cremallera bajada. Incrédula, distraigo mi atención mirando al vacío. Han tenido sexo. Por eso han tardado una hora.

–No he querido despertarte –me dice Blake–. Pensé que te encontraría en la habitación.

–He venido a esperar aquí –respondo secamente, tratando de disimular mi vergüenza mientras le doy vueltas a la taza vacía en mi mano.

–¿Vamos?

–Claro. –Él se gira hacia el mostrador levantando el brazo–. Jeb, Sam, ha sido un placer.

–El placer ha sido mío –gime ella mientras Jeb se inclina de nuevo sobre su iPad.

Naturalmente, *placer*. Un doble sentido no demasiado sutil. Habría que ser retrasado para no entenderlo.

Sigo a Blake sin decir una palabra mientras mi nariz se llena de una fragancia de olor nauseabundo y empalagoso de las que vender en las tiendas de comestibles, que tiene que ser de ella por fuerza.

Sí, él y Sam han tenido sexo, sin lugar a duda.

Tonta yo, que pensaba que para alguien así podía bastar una noche besándose. Me parece escuchar a Emma Rae: «¿Qué pretendes? Las mujeres hacen cola con las piernas abiertas por él, ¿y tú crees tenerlo en el anzuelo con un poco de lengua y dos toqueteos?».

Es obvio que después de haber pasado toda una noche entera con la polla dura encerrada en los vaqueros, aprovechó el primer polvo disponible.

Pero ¿en qué mundo vivo?

Él me abre la puerta del coche, pero perdida como estoy en mis pensamientos, no le hago ni caso y me siento rígida en el asiento.

La verdad es que no sé qué decir. Quedan excluidas las referencias a esta noche; es evidente que él ya ha clausurado el tema, y alusiones a esta mañana, más de lo mismo, podría pensar que estoy celosa.

Y no estoy celosa.

Al contrario, estoy contenta: ha sido la confirmación de que he hecho bien en no ir más allá de los besos. Al menos todavía conservo mi dignidad.

Mientras Blake conduce, mi mirada se pierde por la ventanilla, y en mi cabeza se proyectan imágenes de él y la pelirroja ocupados en restregarse contra la pared, detrás del surtidor de gasolina, o sobre el capó del Ferrari, ella inclinada a noventa grados y una veintena de escenas con todos los polvos más turbios de la historia del cine desde *El último tango en París*.

Incluso hace mal día, uno de esos con cielo gris y plomizo y con un viento violento que barre todo Long Island de norte a sur.

—¿Quieres que paremos a desayunar? Hay aquí cerca una pastelería francesa que hace unos *éclairs* para desmayarse —sugiere Blake.

—No, gracias. No tengo hambre.

—¿Café?

—Ya lo tomé en el *diner*.

Mientras follabas con la pelirroja, me gustaría añadir.

—Solo quiero irme a casa.

Blake se da cuenta de que tengo cero ganas de conversar, así que enciende la radio y conduce hasta Sag Harbor sin hacer más preguntas.

Cuando llegamos, subo a mi cuarto, donde me arranco el vestido de esta noche, único testigo de mi breve pero intenso momento de locura.

Entonces suena mi móvil, interrumpiendo por un instante mi flujo de conciencia.

Es George.

Dudo un momento antes de responder, pero luego atiendo la llamada.

—¿Sí?

—Summer, gracias a Dios que me has respondido —exclama aliviado.

—¿Qué quieres? —Esta mañana no estoy nada diplomática.

—Sé que parecerá inoportuno, pero quería disculparme. Reconozco que he sido un idiota en toda regla, y aunque sé que sería demasiado que me perdonaras, me gustaría hablar contigo.

—Ya estamos hablando —digo con voz aséptica, mientras asomada por la ventana contemplo el mar, negro y furioso, que golpea la playa ola tras ola.

—En persona —añade muy serio—. Sé que me equivoqué, no pretendo defenderme de ninguna manera. Desearía explicarme sin justificarme y saber si hay forma de volver a donde lo habíamos dejado.

No me lo esperaba.

Después de dos semanas de silencio, estaba convencida de que el asunto estaba cerrado.

Instintivamente tengo ganas de colgar el teléfono, pero luego pienso: George se equivocó, es cierto, me mintió, pero es lo suficientemente maduro para reconocer un error, es capaz de hacer un autoexamen y no trata de disculparse con excusas absurdas o mostrarse indiferente como si nunca hubiese pasado nada.

Es una llamada sincera y, en el fondo, también yo soy una persona madura; no puedo tirar por la borda dos años de relación así, por orgullo. George no es uno que vaya follando por ahí, un Casanova impenitente que agarra cualquier ocasión al vuelo. Si me ha traicionado con Gale, es porque algo debe de haberse resquebrajado entre nosotros, y dos personas adultas afrontan los problemas.

—Bueno, podríamos vernos y hablar —le digo.

—Gracias, no me lo esperaba —dice él, de corazón—. Puedo ir a Sag Harbor esta noche, ¿qué te parece? ¿Cenamos juntos?

—Está bien, George.

—Pero no en un restaurante. No me sentiría cómodo hablando de cosas privadas e íntimas al lado de una mesa de niños que gritan o de ancianos curiosos.

—No, tampoco a mí me gusta. Prepararé cualquier cosa en casa.

—Entonces, hasta esta noche —se despide él.

—Hasta luego.

Sí, esta es mi vida, mi normalidad, el tipo de persona que necesito, no uno que vaya con la cremallera bajada sin siquiera darse cuenta.

Con Blake en letargo, tengo toda la casa para mí.

He puesto la mesa para dos con uno de los finos manteles de Marina Bronstein, copas de cristal y platos de porcelana blanca para resaltar la comida.

Porque la ocasión lo merece.

Empecé con la idea de hacer algo sencillo, sin pretensiones, pero esta cena puede sentar nuevas bases para George y para mí, así que me he esforzado un poco más.

Todo está listo: patatas chips, zanahorias, remolacha y alcachofas crujientes al horno para abrir el apetito, suflé de calabaza con espuma de queso de cabra del caserío y avellanas picadas y tostadas, albóndigas de espárragos con corazón de *mozzarella* y trufa, falsa tarta Tatin con manzanas, *brie* y miel y, para terminar, *mousse* de chocolate negro con piel de naranja caramelizada.

Normalmente no suelo regalarme elogios, pero la verdad es que no se me da mal la cocina.

Tengo que agradecer a la dieta vegetariana que me haya obligado a conocer la comida, ingredientes y modos de cocción que antes ignoraba, si no quería pasarme la vida chupando apio. Llegaron las hierbas aromáticas, las especias, los frutos secos, los deshidratados, los aparatos de cocción al vapor y, sobre todo, la paciencia. Además, mientras cocino se me ocurren un montón de ideas para los guiones.

Incluso ahora, por ejemplo, me apunto una ocurrencia sobre la receta de la tarta Tatin, con las manos llenas de grasa.

Las siete en punto: comida lista, mesa puesta, falto solo yo. Me ducho, me peino, me maquillo y me visto con un cuidado que no deja nada al azar.

Es cierto que George viene aquí a pedirme disculpas y a hablar, pero hoy debo convertirme en un «¡Vete al demonio!» en vestido de noche. Como diciendo: mira lo que te estás perdiendo.

Y luego máscara *waterproof* –por si me pongo a llorar–, tinte de labios para que no se corra entre bocado y bocado, vestido bohemio hasta los pies, pero con un estratégico tejido transparente. Y tacones para rematar el *look*.

Lista.

Ahora solo me queda decirle a Blake que se largue.

He racionalizado nuestro encuentro de ayer: estábamos achispados, bajo el efecto del porro de Dwight, por tanto, cualquier cosa sucedida entre nosotros fue solo el resultado de la alteración de nuestra percepción debido a las sustancias psicotrópicas.

Bajo a la planta baja y veo horrorizada que Blake se pasea en torno a la mesa cogiendo chips del cuenco.

Tan pronto como escucha el ruido de mis tacones en los escalones dirige su mirada hacia mí, inclinándose en una reverencia.

–Si hubiera sabido esto, también yo me habría puesto guapo.

–No me he puesto guapa para ti –le respondo en el tono más indiferente posible, alcanzándolo.

–Y no toques. –Golpeo sus dedos y, a continuación, retiro la tarrina del aperitivo.

–Todas estas cosas buenas me han dado mucha hambre –dice señalando el desfile de platos alineados en el mostrador de la cocina.

–Entonces ve a buscarte una *pizza* –gruño, colocándome delante de las albóndigas–. ¡Y ya que vas, no vuelvas antes de la medianoche! Mejor aún, a la una.

Él sacude la cabeza sin entender.

–¿Y qué voy a hacer fuera hasta la una de la madrugada?

Tengo un «Ve a follarte a la pelirroja» en la punta de la lengua, pero me la muerdo.

—Lo que quieras, estoy esperando a George.

—¿George? —su rostro se tensa con aire sorprendido—. ¿George Sullivan?

—Sí, George —respondo.

Cojo dos candelabros del aparador y los coloco en el centro de la mesa. Alejados de los comensales. Quiero atmósfera, pero no quiero nada entre George y yo.

—¿Y qué demonios viene a hacer George?

—No es asunto tuyo.

—¿Ah, no? —Ahora el tono de Blake parece casi molesto.

—Totalmente. Pero si crees que la curiosidad no te dejará dormir, te lo digo: quiere arreglar las cosas —le explico, mientras Blake se sitúa junto a mí con los brazos cruzados.

—¡Aléjate! —le ordeno.

—No —responde con decisión.

—Necesito el decantador. George estará aquí en media hora, tengo que airear el burdeos. —Lanzo una mirada asesina a Blake, y gracias a Dios, se quita de en medio.

—¿Has perdido la cabeza? Creía que habías terminado con George —protesta él.

—Hemos estado juntos durante dos años, me parece razonable sentarnos uno frente al otro para hablar como adultos, para que podamos entender qué salió mal y comenzar de nuevo.

—¡¿Entender qué no ha funcionado?! ¡A la mierda con él! No es casualidad que no lo entiendas —protesta él siguiéndome a la cocina mientras me asomo con el sacacorchos por el fregadero.

—Mira, Blake, eres la última persona que puede expresar opinión sobre el tema. Y por cierto, no la necesito —puntualizo forcejeando con la botella.

Blake me quita el sacacorchos de la mano y descorcha un Chateau Macquin de ciento cincuenta dólares.

—¡Es una locura!

—Pero ¿qué sabrás tú sobre las relaciones, eh? —le arranco la botella y vierto el vino tinto en el decantador con el riesgo de que se desborde debido a mi mano temblorosa–. ¿Quién eres tú para decirme lo que está bien o está mal?

–¡Sé que está mal porque a Sullivan le importas una mierda! ¡No le interesa lo que haces, no te quiere y nunca te pone por delante de nada!

–¡Ah! ¡¿Y en cambio tú sí?! –grito atacándolo.

El «ding» del horno interrumpe nuestra pelea.

–¡Ahora vete! ¡Tengo que hornear el pan! –murmuro bajando la mirada hacia el mostrador.

Blake asiente, observándome de manera hostil y, antes de salir de la cocina, me lanza una mirada despectiva.

–Cuando quieras decirme qué te pasa, me encontrarás arriba. Y no te preocupes, esta vez no bajaré a salvarte.

Me parece que es un imbécil y que me he dado cuenta tarde. Pero no le daré la satisfacción de que sepa que me siento mal por lo que pasó anoche. Y una parte de mí todavía lo piensa. No puedo hacer que gane hasta ese punto.

Los platos están en la mesa, el primer sorbo de vino en los vasos, he apagado la luz y he encendido las velas.

Y yo estoy sentada en mi asiento, lista para que el director pronuncie lo de «Clic y acción».

Solo falta George.

Dijimos a las ocho y media, pero a las nueve aún no ha llegado. Habrá encontrado tráfico.

A las nueve y cuarto me preocupo: afuera arrecia un temporal con truenos y rayos, y no me gustaría que hubiera tenido un accidente.

Lo llamo, pero solo responde después de varios tonos.

–Lo siento, lo siento, lo siento –bisbisea–. He tenido una reunión imprevista hace una hora con el senador Cartwright.

–Te estoy esperando –digo sin disimular el fastidio.

–Lo sé, Summer, lo sé, pero no he podido decir que no.

–¿Cuándo llegarás?

–Me meto ahora en el coche. Chau, chau, chau…

Y cuelga.

¿Cómo es que está entrando aún en el coche? ¡Se necesitan dos horas para llegar! Estaba convencida de que estaría ya de camino.

Bufo lanzando una mirada a la ventana que está a mi espalda.

El aguacero no da señales de que vaya a calmarse y cada veinte segundos un relámpago irradia una luz sobrenatural sobre el patio y la playa hasta alcanzar la orilla.

Otro relámpago seguido de un trueno y la oscuridad se cierne a mi alrededor, a excepción de las sutiles lenguas de fuego que consumen las velas de los candelabros.

Película de terror, escena primera, interior, noche.

Pego un brinco cuando escucho pasos en la escalera, hasta que el cono de luz de una linterna me permite distinguir el perfil de Blake.

—Ha saltado la luz —anuncia con indiferencia.

—Tienes que·ir a ver el cuadro —le respondo.

—Lo he hecho, pero no hay corriente, en toda la calle.

—Perfecto —murmuro enojada conmigo misma.

—Me parece que también falta George.

—Llega tarde —respondo sin más explicación.

Veo la figura de Blake, apoyado en la barandilla con los brazos cruzados, en su posición de «he ganado, pero soy demasiado buen tío para hacer alarde».

—¡Maldito sea! ¡No vendrá! —replica convencido.

—Vendrá, solo llega tarde.

Blake se acerca a la mesa con paso seguro y el halo de las velas lo ilumina con una luz ámbar haciendo que su imagen resalte en la oscuridad.

Es Satanás.

Sí, si Satanás decidiese tomar posesión del cuerpo de alguien para pasar una semana en la Tierra, estoy segura de que elegiría el de Blake.

—No se hace esperar a las señoras.

—Tienes la mala costumbre de meterte siempre en asuntos que no te conciernen. ¿Cuándo vas a parar?

—Trata bien a mis malos vicios, los he elegido con cuidado.

Su aire de suficiencia me fastidia, y esta noche con el brillo de las velas reflejándose en sus ojos, más que de costumbre.

—Y no estoy de acuerdo contigo. Creo que esto me concierne también a mí.

—No veo en qué modo.

—Eres una chica inteligente, me parece superfluo explicarlo —responde muy serio.

Quisiera responderle, pero las palabras mueren en mi boca cuando veo un mensaje de George en la pantalla de mi móvil.

Con este temporal no creo que pueda ir, lo siento.

Es evidente que la decepción se puede leer en mi cara.

—No viene —escucho decir a Blake mientras mi rostro está aún inclinado y atónito mirando fijamente esas diez palabras.

—¿Contento? —digo con voz temblorosa.

No llores, Summer, no ahora, no frente a él.

—Mucho.

Escucho el ruido de la silla arrastrándose sobre el parqué y veo que Blake se ha sentado frente a mí.

—Esto quiere decir que tomo su puesto.

—No tomarás el puesto de nadie —objeto categóricamente mientras me levanto.

—Siéntate, Summer —dice en un tono suave.

—No.

—¡¿Te ha parecido una invitación la mía?! —pregunta con voz firme, pero esta vez privada de toda cortesía.

Me mira con tanta determinación que me veo obligada a sentarme de nuevo a la mesa.

—Ya no tengo hambre.

Esta vez basta que me penetre con su mirada afilada para que coja con el tenedor un trozo de pastel de calabaza, rasgando el plato con la punta del cubierto.

—Odio desperdiciar una comida excelente y un vino añejo —observa volviendo a hablar con cordialidad.

—No era para ti —observo.

–No me importa. Él no se lo merece. George no se merece muchas cosas. –Y mientras lo dice, se humedece los labios en un gesto sugerente, mirándome–. Si supiera que mi mujer ha horneado pan de cinco cereales, amasándolo con sus manos solo para mí, atravesaría una tormenta en la tundra siberiana.

–Son solo palabras, no te cuesta nada decirlas.

–Las de George son solo palabras. Dice que quiere volver a poner las cosas donde estaban, pero al primer obstáculo, se achanta. A él le importas una mierda.

–Pero ¿tú qué sabes?

–Te digo cómo lo veo yo: la tipa con la que te engañó se cansó de él, le ha dicho «Adiós y gracias», y ahora que se ha quedado solo, ha pensado en volver al redil. Y lo sé porque de lo contrario no habría tardado dos semanas en darse cuenta de que era un idiota y disculparse. Quiere reanudarlo no porque te eche de menos, sino porque necesita a alguien con quien lucirse, y tú eras la pareja perfecta: joven, manipulable y con una familia que lo adora.

–No soy manipulable –me apresuro a decir.

–¿Ah, no? –me desafía dando vueltas al vino en el vaso, su codo apoyado en el reposabrazos con indolencia–. Sin embargo, tan pronto te llamó corriste a cocinar como si hubiese llegado una delegación de la ONU y solo porque él te ha planteado la hipótesis de volver juntos. –Blake toma un sorbo y vuelve a dejar el vaso, luego me mira pensativo, con las manos juntas–. No parecías querer volver con él anoche.

¡Cómo culparlo! Anoche George no estaba ni de lejos en mis pensamientos.

–Habíamos fumado –me justifico sin mucha convicción.

–No te atrevas a echar la culpa a ese medio porro o aquel champán de tercera categoría. Reconozco a una mujer nublada por el alcohol y las drogas y tú, cariño, estabas más que sobria –replica amigable–. Y quisiste participar de ello.

–En cualquier caso, anoche acabó.

–No lo sé, Summer, ¿se acabó? –me pregunta con arrogancia.

–Sin lugar a duda –confirmo golpeando la mesa con la servilleta.

–Entonces gracias por haberme informado, la duda me estaba matando. Estas albóndigas son deliciosas. ¿Brócoli?

–Espárragos –siseo entre dientes.

Lo odio cuando hace eso.

–Me parece que no eres capaz de unir las piezas, una limitación importante para un escritor de *bestsellers*.

–Quizás tú puedas ayudarme.

–Sería una pérdida de tiempo –digo mordiendo la tarta Tatin con rabia.

Sin embargo, Blake no se rinde. Es una serpiente: se te enrosca y aprieta, aprieta hasta que dejas de luchar.

–Piensa que yo tengo un montón de tiempo que perder.

Ya he tenido bastante.

–¡Desperdícialo con cualquier otro! –estallo poniéndome en pie–. Con Sam, la pelirroja del *diner*, por ejemplo.

No dice nada, mirándome con expresión de sorpresa y esa fastidiosa media sonrisa suya.

–Sí, Blake, me he dado cuenta. Cuando volviste tenías «polvete» escrito en la cara.

–Así que ese es el problema: Sam.

–No. ¡El problema eres tú! –grito sintiendo como me sube toda la rabia que he reprimido esta mañana–. ¡Que eres incapaz de mantener la polla dentro del calzoncillo durante veinticuatro horas seguidas y que sientes la necesidad de meterla en todos los agujeros disponibles!

Él, imperturbable, continúa desmenuzando trocitos de tarta Tatin, ignorando mi rabia.

–Creo que esta frase la habías preparado para George.

–¡No te hagas el inocente, Blake, sabes muy bien que estoy hablando de ti! –lo acuso.

–No –reitera categóricamente–, no lo sé.

–¡Blake, tenías bajada la cremallera de tus vaqueros, por el amor de Dios! –Las palabras salen de mi boca con una desesperación inquietante.

–Sé que estoy a punto de destruir la fantasía sobre la que construiste tu castillo de naipes, pero a Sam ni siquiera la he tocado. Ella quería tener sexo, eso no lo niego, pero rechacé la oferta.

La serenidad con la que me habla me saca de quicio.

—Ahórrame los detalles —digo empujando la silla hacia atrás para irme.

—¿Adónde vas? Aún falta el postre, no hemos terminado de cenar.

—Termínalo tú solo —mascullo.

Doy la vuelta a la mesa, pasando junto a Blake, que impide que me vaya agarrándome por la muñeca con firmeza. Ese contacto casi me conmueve y rompe cualquier certeza que creía tener hasta ahora: ¿quiero irme o solo quiero que me permita quedarme? Una cosa es segura: Blake Avery no es de los que se hacen de rogar.

—No te hagas la *prima donna* conmigo, Summer.

La rabia que se ha apoderado de mí está actuando por su cuenta, así que extiendo mi mano derecha y cojo su copa de vino. Su aire confiado y arrogante es demasiado, así que decido acabar con él tirándole el borgoña a su cara.

—Eres un bastardo.

En ese instante se pone en pie de un salto, inclinando la silla hacia atrás, mi muñeca aún atrapada en su mano.

—Está bien, Summer. —Blake ya no está calmado, su voz está llena de cólera y en sus ojos hay una mirada dura y amenazante. Con la mano libre barre los cubiertos de la mesa, las fuentes todavía medio llenas, los vasos y los platos que se hacen añicos contra el suelo, y con una fuerza inaudita que no puedo resistir, me empuja sobre la mesa clavándome con su cuerpo.

—Si tenemos que desperdiciar esta cena, lo haremos a mi manera.

Tiro de su camiseta en un vano intento de moverlo.

—Suelta mi camiseta —murmura, acercando su rostro al mío—. A menos que tengas la intención de rompérmela.

—No me toques —le ordeno con los dientes apretados—. Me das asco.

Él, sin embargo, no se mueve ni un centímetro.

—Te creo, pero deberías explicarme por qué tus piernas están envueltas alrededor de mis caderas.

Es cierto, instintivamente he atrapado sus caderas entre mis muslos sin siquiera darme cuenta, haciendo que la falda del vestido se me subiera hasta la cintura y mis tobillos se entrelazaran para retenerlo. Lo he hecho y punto.

Le ha bastado tocarme para despertar en cada fibra de mi cuerpo toda la excitación que sentí ayer en el motel.

Él, tan cerca, inclinado sobre mí, casi acostado sobre la mesa, con mi mano izquierda que todavía desgarra el cuello de su camiseta, parece muy satisfecho de su posición dominante.

—Tienes un extraño modo de demostrar a un hombre que te disgusta.

Me pierdo observándolo: sus ojos que me escudriñan por dentro, su pelo en el que pasé la noche hundiendo mis dedos, su boca, cuyo sabor y calor me son familiares. Una mirada, una respiración, un latido me bastan para borrar todos mis mejores propósitos de la noche.

—Ya que no quieres cerrar la boca, Blake Avery, tendré que hacerlo yo —susurro, furibunda. Atraigo a Blake tirando de él por la camisa, hacia mí, y atrapo sus labios entre los míos.

Son suaves, cálidos y saben a un buen vino añejo.

Se sube a la mesa, empujándome hacia atrás, con el mantel enrollado alrededor de nuestros cuerpos entrelazados y su boca devorando la mía.

Son besos duros, urgentes, desesperados, no como los de la noche anterior, delicados, curiosos, por momentos tímidos. No, ahora ninguno de los dos pide permiso.

Blake besa de una manera que me hace darme cuenta de que nunca en mi vida me han besado bien; me han besado muchas veces, de muchas maneras, pero nunca como él me besa. Y que no ser besado así debería ser un delito federal.

Su lengua no se desliza delicadamente entre mis labios, los fuerza exigiendo que yo haga lo mismo, mientras sus manos buscan mi piel bajo mi vestido.

Y rasgo su camiseta desde el cuello hasta el dobladillo para sentir su pecho desnudo bajo mis dedos.

—Te advierto que esta noche no seré un caballero en absoluto

–me imita rasgando el corsé de mi vestido en dos, y la estancia se llena con el lamento de la tela rota–, porque tú no has sido una dama en absoluto –murmura hundiendo su rostro en mi cuello. Cuello, boca, lengua: diana.

–Pobre de ti si tratas de hacerte el caballero ahora –le imploro.

Siento sus labios moverse sobre la piel ardiente e hipersensible dentro de mi oreja, hasta arañar el perfil de mi mandíbula con los dientes.

–Puedes estar segura de ello.

Afuera se desata el temporal sobre el mar oscuro, pero no es nada comparado con lo que está pasando en esta habitación.

Blake se pone de pie y se deshace de los jirones de su camiseta, seguido de lo que queda de mi corpiño y de la falda, que ahora es una masa informe de tela. Se inclina de nuevo sobre mí sumergiéndose entre mis pechos mientras sus manos los agarran bajo el encaje de mi sujetador.

–Ropa interior sin emparejar –observa complacido, dejando un rastro de besos en el hueco del escote.

Cuanto más lo siento moviéndose contra mí, más me arrolla la tempestad que tengo dentro hasta casi ahogarme, y me aferro a él, mis dedos pegados a su espalda, mis muslos estrechando su cintura.

Un relámpago ilumina la estancia, y ese momento me basta para ver a Blake, su pelo largo despeinado, su mirada diabólica, su físico esbelto dibujado por músculos tonificados, hermoso como nunca me he atrevido a admitirlo.

Siento su mano deslizarse entre mis piernas y cuando lo encuentra a través del satén de mis bragas mojadas, se me escapa un gemido y me presiono contra él rogándole, mientras sus dedos me torturan en un lento subir y bajar.

–Si quieres parar, este es el momento adecuado –dice con seriedad, desafiándome a sostener su mirada.

–¿Parar? –exclamo sin aliento y con los ojos al borde de las lágrimas. La sola idea me aterra.

–No tomo a una mujer por la fuerza –responde muy serio, convenciéndome de sus intenciones de renunciar–. A menos que seas tú quien me lo pida.

¡Qué cabrón! Quiere que se lo pida, quiere oírme decir que lo deseo.

Abro la mano dispuesta a abofetearlo, que es exactamente lo que quiero hacer, pero él es más rápido y me la atrapa de manera fulminante.

—Dímelo. He esperado toda la noche a que me lo dijeses.

—Te deseo —murmuro en un susurro inaudible.

—No te he oído.

—Te deseo —repito a flor de labios.

Él me levanta contra su cuerpo.

—¡Más fuerte! —grita.

—¡Te deseo, Blake! Te deseo hasta morir —grito a mi vez desesperada.

Y todo rastro de ira desaparece de su rostro, toda expresión arrogante, todo aire de desafío. Vuelvo a ver al Blake perdido y abducido de la pasada noche, mientras me coge la cara entre sus manos para acercarla a la suya, frente con frente, ojos con ojos, boca con boca, y me besa como un hombre sediento que ha atravesado el desierto durante días antes de encontrar un oasis.

Sus manos suben por mis brazos hasta los hombros, luego bajan por la espalda hasta la curva de mi trasero, mientras me empuja contra su cuerpo y yo entierro mis dedos en su pelo.

Hace calor. Yo estoy caliente. Y esta estancia está en llamas.

—No te queda otra que concederme la victoria —susurra sobre mis labios.

—Eres un juego peligroso.

—Tú siempre has tenido las cartas ganadoras. Siempre.

—Entonces has ido de farol —lo acuso, haciéndome a un lado para escapar de su beso.

Él se muerde el labio, alzando los ojos con expresión culpable.

—Un poquito, pero solo al principio. ¿Lo he hecho bien?

—Sabes que te haré pagar por ello —suspiro, apretándome con urgencia contra él. Ya no puedo sentirlo sin tenerlo dentro—. No ahora, lo haré cuando no te lo esperes.

—No veo el momento.

Me desliza con suavidad sobre la mesa mientras sus manos recorren mi abdomen, hasta mis caderas, donde se topa con el elástico de mi braguita, que engancha con dos dedos y me la quita como si no hubiese hecho otra cosa en su vida.

Después de un segundo sus vaqueros y bóxeres están en el suelo junto a los vasos y platos rotos. Las velas se han apagado en un charco de cera y la estancia se ilumina solo con los relámpagos del temporal, que enfurece sin tregua. Aunque tampoco nosotros nos damos tregua desde ayer.

Coge el condón que tenía en sus vaqueros —siempre listo, el chico— y se lo pone mientras yo estiro mi pierna por encima de su hombro para rozarlo con la punta del pie, desde la clavícula hasta la ingle con un toque que le provoca un gemido.

Bello y devastador como la más espectacular de las tormentas.

Lo rodeo con mis muslos, mientras se inclina sobre mí hasta que lo siento presionar, duro como el acero, y me abro para él excitada hasta el límite de lo soportable.

—¡Dios! ¡Cuánto te deseo! —gimo en nuestra primera caricia íntima.

—Sé que no es el momento de competir, pero yo más —suspira en mi cuello, mientras lo acompaña con una primera embestida lenta de riñones que me hace gritar de dolor. No estaba preparada para... tanto.

—No, pero... creo que me he sobrevalorado.

Él me besa suavemente, sus labios tan ligeros como plumas, mientras con una mano me ayuda a darle la bienvenida, empujón tras empujón hasta sentirlo todo.

—Sin embargo, eres perfecta para mí.

Espera inmóvil unos segundos a que me habitúe a él, a su presencia, a su calor, luego soy yo quien arquea la pelvis y me muevo bajo su cuerpo con los ojos cerrados, abandonándome a mis sentidos.

Blake se une a mí, primero suavemente, para sentirme milímetro a milímetro mientras entra y sale, y cuando abro los ojos, nuestras miradas se cruzan como un relámpago que rasga el cielo. Y es como si nos golpeara a los dos.

Capítulo 23

Blake

Miro a Summer y es como si la viera por primera vez: hermosa, salvaje, apasionada.

La sostengo mientras me pongo de lado, invirtiendo nuestras posiciones; ahora ella está encima de mí.

Podría pedirme cualquier cosa ahora, incluso que me arrancara el corazón del pecho y se lo sirviera en una bandeja, y lo haría.

Balancea sus caderas adelante y atrás, arriba y abajo, con mis manos que la acompañan apretando sus nalgas.

—Quítate el sujetador, por favor.

Pero ella niega con la cabeza sin apartar la mirada.

—Quiero verte entera.

—No, no quieres.

Si no estuviera oscuro, juraría que se ha sonrojado.

—Por supuesto que quiero, repito, subiendo mis manos hasta apretarle los pechos.

—Yo… —comienza con voz cohibida—. Me da vergüenza. No tengo una delantera como Cheyenne.

—Pero yo no quiero a Cheyenne. Te deseo a ti. —Dejo caer sus tirantes y finalmente se convence a sí misma de desabrocharlo. Sus pechos son aún más hermosos de lo que había imaginado.

Sé que dije que a los hombres les gustan las tetas grandes, pero más que las tetas grandes, a los hombres les gustan bonitas, y las de Summer son hermosas.

Llenan mi palma a la perfección, suaves, firmes y altas.

La guío en sus movimientos sobre mí, mientras su ritmo se acelera, cada vez más rápido, su respiración cada vez más corta, sus ojos brillantes de deseo que iluminan la oscuridad y de repente me parece demasiado lejana.

Me siento, sosteniéndola por la cintura mientras me balanceo con ella. Ella se deja ir hacia atrás, así que me inclino para atrapar sus pechos entre mis labios, mi lengua dibuja el círculo alrededor de su pezón, para después chuparlo, robándole un gemido de placer.

–Blake –suspira entre el éxtasis y la desesperación–. Voy a… Aaaaah.

Aprieto su cuerpo aún más, mientras la busco con mi boca trepando a lo largo de la línea imaginaria entre sus senos, su garganta, su barbilla, para enseguida encontrar sus labios ya abiertos para mí.

Tengo que obligarme a contenerme porque ya estoy a punto de explotar, lo siento por el fuego infernal que enciende mi bajo vientre, la erección que comienza a palpitar y los músculos pélvicos se tensan a punto de sufrir un espasmo.

–Me corro, Blake –gime, arañando mis hombros, mientras siento que se contrae a mi alrededor y se sacude en un temblor que la recorre de pies a cabeza.

Yo también llego al punto de no retorno, con un último empujón poderoso casi involuntario, y llega esa milésima de segundo que parece durar toda la vida. Una necesidad desesperada y su satisfacción me arrollan a la vez, como un cosquilleo que me tortura y me da alivio al mismo tiempo.

Y de súbito, me desplomo sobre la mesa, arrastrando a Summer conmigo, todavía jadeando.

–¡Oh, Dios! –suspiro sin aliento.

–Tú sí que sabes encontrar siempre las palabras adecuadas. –Summer está recostada sobre mi pecho y siento su corazón latir salvajemente junto al mío–. Estoy tan alterada que nunca habría llegado ahí sola.

–No quiero volver a oírte decir que te avergüenzas de tu cuerpo. Me ofendes, porque me gusta tu cuerpo a muerte y eres hermosa.

Levanta la cara, apoyando la cabeza en la mano, para mirarme.

–Pero una vez dijiste que…

–¡Olvida lo que dije una vez! Soy un idiota, la mitad de las cosas que digo ni siquiera las filtra el cerebro.

–Estoy de acuerdo en eso. No tienes filtros.

–¿Fui demasiado… cruel antes?

–Tal vez –dice mordiéndose el labio inferior. Luego su boca se ensancha en una sonrisa culpable mientras aparta la mirada de mí–. Pero me ha gustado.

–Bueno, digamos que tú también has estado a la altura.

Vuelve la corriente y la tenue luz de la lámpara junto a la chimenea ilumina la habitación.

Summer mira a su alrededor, con los ojos muy abiertos.

–¡Los platos de Marina! ¡Los vasos de Marina!

–Tengo una cuenta abierta en Williams Sonoma. Se lo volveré a comprar todo. Aunque hay una alta probabilidad de que, con otra noche como esta, derribemos esta casa.

–¿Cuenta abierta en Williams Sonoma, Blake Avery? ¿Eres un fetichista de los utensilios de cocina?

–No. Solo soy un negado con los aniversarios. Indiqué a los dependientes de la tienda que le enviaran a mi madre lo que eligiera del catálogo para su cumpleaños, Navidad, el Día de San Valentín y el Día de la Madre. Me ahorran muchos líos.

–Ingenioso. –Summer resopla desalentada–. Esta habitación es una leonera. Guadalupe nos va a matar.

–¿Has terminado de preocuparte por la economía doméstica? ¿Por qué no eres como todas las mujeres normales y no te acurrucas aquí a mi lado para que te mime un poco? –la provoco tirando de ella hacia abajo para que se una a mí, que estoy recostado como un rey.

–Tenemos manchas de vino y migas pegadas por todos lados –protesta–. Estamos sucios.

–Si el sexo no es sucio, no se hace bien.

–Pero esto me parece que está en el límite.

–De acuerdo –digo, saltando de la mesa, atento a las esquirlas, y cogiéndola luego con el mantel en mis brazos–. Vamos.

Summer abre sus grandes ojos alarmada cuando me ve abrir la puerta del patio con el codo.

–¿Dónde?

—¿No has dicho que estamos sucios? ¡Vamos a nadar! –anuncio saliendo bajo el aguacero torrencial.

—Pero acabamos de cenar y afuera llueve y truena.

—Hemos tomado una comida estupenda, bebido vino añejo y hemos mantenido relaciones sexuales. Si hay un buen momento para morir, es este.

E ignorando sus quejas, cojo carrerilla y salto a la piscina con ella agarrada con fuerza a mi cuello.

La lluvia está fría, el agua está caliente y Summer está calentísima. Y ya la deseo de nuevo.

—Blake –murmura, aferrándose a mí con sus brazos y piernas–. ¿Sabes cuando dijiste que estaba celosa de Sam? Pues tenías razón.

—Y tú, en cambio, no tienes razón para estarlo. ¡No le habría puesto un dedo encima, no después de la noche que pasé contigo! Por Dios, ¿por quién me has tomado?

—Bueno, te escapaste de la habitación sin decirme nada, y cuando os vi venir, tú con la cremallera bajada y ella guiñándote un ojo, saqué mis conclusiones.

—Sí, intentó, y de una manera bastante torpe añadiría, seducirme, pero nunca he estado tentado a aceptar sus insinuaciones. Te quería a ti, solo a ti, y te quiero aún.

—Y yo quiero creerte.

—¡*Tienes* que creerme! ¿No leíste la nota que te dejé? –pregunto, desconcertado.

Ella no parece tener idea de lo que estoy hablando.

—¿Qué nota?

—Antes de salir a buscar el coche, te escribí una nota y la dejé en tu almohada.

—No, yo… en un momento determinado saqué la almohada y la tiré al suelo. La nota debe de haberse caído.

Entiendo. Por eso estaba celosa de Sam. No la había leído.

—Si la hubieras leído, no habrías tenido ninguna duda sobre mí.

—¿Y qué escribiste?

Es una locura, me da mucha vergüenza decirlo en voz alta. Se me da mejor por escrito.

225

–La nota decía: Si te despiertas y no me encuentras, sigue durmiendo, o finge, porque quiero despertarte con un beso.

–¡Jesús! ¿De verdad suena tan empalagoso?–. Ahora ya lo sabes.

Se queda en silencio por un momento, luego apoya su cabeza en mi hombro.

–Me siento tan estúpida –murmura contra mi cuello, acariciando mi piel húmeda con su aliento–. Si tan solo la hubiera leído.

–No habrías dudado ni por un momento de que no quería a nadie más que a ti.

–Pensé que después de que pasáramos toda la noche solo besándonos, tú querrías más y finalmente habrías encontrado una chica más disponible.

–Summer –digo seriamente, obligándola a mirarme y a no esconderse–, anoche fue una de esas veladas que no olvidaré mientras viva, seguida de esta, está claro, pero ¿sabes por qué no quería hacer nada más que besarte?

–No.

–Porque –le explico, colocándole un mechón mojado detrás de la oreja– no eres de las que follan en un motel una noche y se van. Una noche no sería suficiente para mí. –Y para hacerle entender que hablo en serio, presiono mi pelvis contra ella, que al sentirme aún excitado arquea la espalda con un suspiro–. Eres mucho más. –Atrapa mi boca con la suya y siento las vibraciones de su gemido de placer en mi lengua mientras presiona mi pelvis para invitarme a entrar–. Espera –la detengo–. El condón.

Pero ella no me deja ir, atrapándome dentro de ella.

–Estoy tomando la píldora. Mis últimos análisis salieron perfectos. Y George hacía meses que no me tocaba –apunta, no sin un deje de fastidio.

–¿Y crees que yo no estaba loco de celos cuando, después de una noche como la que habíamos pasado, me dijiste que querías hablar con George para volver con él?

–No pensé que te importara.

La empujo contra el borde, estrechándola entre mis brazos y

la pared azul, mientras la penetro por completo con un primer empujón largo y lento.

—Déjame que te muestre sin embargo cuánto me importa.

—A ojo, diría que hemos quebrantado todas tus normas de convivencia civil —comento, quitando la hoja de la nevera después de haber cogido una botella de agua de su interior.

Irrumpo en el salón, donde, trepando por el respaldo del sofá, me acuesto junto a Summer, mientras la tormenta se ha convertido en una silenciosa llovizna estival.

—Déjame ver. —Coge el papel de mi mano y lo lee punto por punto—. Primero: el desnudo total está terminantemente prohibido en las áreas comunes.

Nos miramos y nos echamos a reír.

—Hecho —digo—. El siguiente.

—No se fuma en áreas comunes cerradas.

—Ups. —Entre mis labios sostengo un Marlboro reducido a colilla. Ella niega con la cabeza.

—No te preocupes. Creo que después del primer orgasmo pirotécnico, en la piscina, nuestros vecinos también vendrán a buscarte para pedirte un cigarrillo.

—¿Pirotécnico? —pregunto con picardía, buscando cumplidos—. ¿En serio?

—Nunca había visto fuegos artificiales como este, ni siquiera el 4 de julio —admite tratando de ocultar una sonrisa satisfecha.

—Vamos, sigamos. No me hagas hablar demasiado sobre orgasmos.

—Pero estos no son cualquier orgasmo, Summer. Son los que tienes conmigo, y los escucharía durante horas.

—¡Tres! —exclama para cortar el tema—. Nada de sexo o actividades similares en las zonas comunes.

—Naaa... Esta es demasiado fácil.

—Cuarta: los ruidos molestos o indiscretos están prohibidos de 22:00 a 8:00. —Después de terminar la frase, se muerde el labio y me mira con aire de culpabilidad.

–Oh, sí, princesa. Has infringido tu preciosa regla del silencio nocturno, una y otra vez y por varios decibelios.

–¡Para! –Ella me da un puñetazo inofensivo–. ¡Tengo malas noticias para ti, Blake Avery! Cinco: los que ensucian limpian.

–No veo cómo puede afectarme –me defiendo.

–Ah, ¿no?

–No –repito, fingiendo hacerme el tonto–. No voy a limpiar nada. Uh, qué interesante es la seis: prohibido cruzar la línea fronteriza entre las zonas comunes. Summer, ¿sabes que estás en *mi* sofá y en *mi* mitad de la sala?

–Tienes razón. Debería irme.

Ella comienza a levantarse, pero la agarro por la cintura, sosteniéndola cerca de mí.

–No vas a ninguna parte. ¿Lees un trozo de la siete que no la recuerdo?

–También hemos infringido esta: uso obligatorio del traje de baño en la piscina.

–Y quebrantarla fue maravilloso. Lo volvemos a hacer cuando quieras.

–Ocho: no debe haber comida fuera de la cocina y de la mesa del comedor.

–Hablando de comida –digo, mirando la bandeja volcada con las sobras de la cena–, ¿sería muy asqueroso si cogiese un trozo de tarta Tatin y me la comiera?

–Sí, Blake.

–Aun así, aplastada, me parece deliciosa...

–Mañana te haré otra.

La imagen de Summer, en la cocina, cocinando para mí, reaviva mi deseo en dos segundos. Aunque, bueno, también porque me la imagino vestida con ropa interior de encaje, tapada con un diminuto delantal mientras se chupa los dedos.

–Nueve –anuncia–: No se permite el uso de zapatos en la casa.

–Eso es –le digo muy serio–. Si mi memoria no me falla, y no lo creo, antes encima de la mesa, cuando estaba acostado y tú sobre mí, estabas desnuda y aún con tacones. Yo voto por derogarla.

–Además de tu fetichismo por los artículos para el hogar, ¿también eres fetichista de los zapatos?

–Summer, *soy* un fetichista –respondo, mordiendo su hombro–. ¿La diez?

Summer suspira, sacudiendo la cabeza.

–Respeto por el espacio vital de los demás.

–¿Estoy respetando tu espacio vital en este momento? –le pregunto, aferrándome a ella, cada centímetro de su piel sedosa contra la mía.

–Bueno, más o menos.

–Mmm.

Acaricio sus labios con los míos, hasta que los abre.

–¿Y así?

–Mmm…

Mis manos descienden sobre sus suaves caderas, justo debajo de sus glúteos, mientras con un toque de rodilla la invito a abrir las piernas, haciéndole sentir que estoy listo para empezar de nuevo.

–¿Así? –le susurro.

–Blake…

Summer también está preparada, y en el momento en que me escucha entrar en ella, gime, arrugando la lista en el puño.

–¿Entonces? ¿Estoy rompiendo la regla número diez ahora?

–¡A la mierda la regla número diez!

Son más de las cuatro y Summer y yo todavía estamos despiertos, solo que, en lugar de en el sofá, nos precipitamos sobre la alfombra durante el último coito.

–Nunca lo había hecho dos veces seguidas la misma noche –dice, abrazando mi costado, su cabeza en mi hombro y su pierna izquierda en la mía–. Tres, para mí, es pura ciencia ficción.

–¿Estás cansada?

–No, y es asombroso considerando que he dormido dos horas en dos días. Tú, al menos, has dormido hoy.

–Yo no he dormido –respondo.

—Has estado encerrado en tu habitación hasta muy entrada la noche.

—Sí, pero he escrito.

Summer se incorpora, con aire desconcertado.

—¿Has *escrito*?

—He escrito —respondo—. Libros. Sabes, ¿eso por lo que normalmente me pagan?

—Sí, es decir, quiero decir… Me pareció que estabas momentáneamente… atascado.

—Nunca me he estancado. Pero normalmente no empiezo a escribir hasta que tengo clara y definida cada escena y cada diálogo. Odio ponerme frente al ordenador mirando la nada durante horas en la pantalla y encontrarme al final del día escribiendo ¿qué? ¿Cinco páginas? No. Trazo la historia primero en mi cabeza, el acto de escribir letras en el ordenador es pura transcripción. Al menos así es como funciona para mí.

Ella aplaude con entusiasmo.

—Entonces, ¿¡has comenzado tu nueva novela!?

—Tres capítulos, para ser exactos. Normalmente sigo ininterrumpidamente hasta el final, pero digamos que esta vez me he… —Mi mirada la recorre toda, centímetro a centímetro de piel. Magnífica— distraído.

Pero ella permanece indiferente a mis intenciones lascivas.

—¿Cuánto tiempo te lleva terminar una novela?

—De media, cuatro semanas.

—¡¿Tan poco?!

—Se puede hacer mejor. Stephen King escribió *El hombre a la fuga* en una. Te lo he dicho, no invento la historia desde cero. Y desde el momento en que esto se convierte en un trabajo, será mejor que sepa hacerlo rápido, ¿no?

Summer encoge las rodillas hacia el pecho, rodeando las piernas con los brazos.

—Entonces, ¿tengo que dejar de «distraerte»?

—Ni lo pienses siquiera. ¡Esta vez puedo tardar hasta cinco semanas en terminarla!

—¡Pero yo soy tu lectora! –protesta–. Quiero que termines esa novela. ¡Y rápido!

—Oye, oye –le digo, pellizcando su trasero–. Ya tengo a Sasha para presionarme.

—¡Pero tengo curiosidad! –insiste–. ¿Me dirías de qué va esta vez?

—Pues... –empiezo mientras la contemplo, mordiéndome el labio, meditabundo–. Te lo puedo decir desde luego, pero ¿qué me darías a cambio?

—Dime de qué trata la novela, luego te dejaré elegir entre algunas propuestas.

—Hay un problema: soy muy malo eligiendo. Por lo general, evito la elección cogiéndolo todo.

—¿Todo? No sé si lo cogerías todo.

—Cariño, no me pongas a prueba –la amenazo, extendiendo la mano para agarrarla.

Pero ella se aparta.

—¡Ah, no! La historia primero.

—Summer Hale, he sabido desde el primer día que me ibas a hacer la vida muy, muy difícil. –Pongo en orden las ideas y le explico la trama en líneas generales para no hacer *spoiler* sin estropearle la diversión–. Entonces, nuestro héroe, a quien ya conoces de novelas anteriores...

—Nicholas, el exprofesor, exconvicto, ahora ladrón de obras de arte por cuenta de terceros...

—Exacto, Nicholas, recibe el encargo de un coleccionista de encontrar la tumba de Cleopatra, el lugar de descanso de la última reina de Egipto, y todos los tesoros que contiene.

—¡Interesante! Entonces, ¿estaremos en Egipto esta vez?

—En Egipto, en París y en Londres.

—Me gusta, me gusta –comenta entusiasmada.

Aprovechando su distracción, perdida en fantasear con las pistas que le he dado, aprovecho para agarrarla por la cintura y tumbarla de nuevo sobre la alfombra, rodando sobre ella.

—Ahora, cariño, pasando al vil intercambio de favores, ¿cuáles serían tus propuestas?

Capítulo 24

Summer

Esta noche he infringido todas mis reglas. Todas. Y ha sido maravilloso: rabioso, después salvaje, luego romántico, después dulce y, por último, hasta un poco perverso.

Blake y yo estamos todavía medio dormidos sobre la alfombra, en el espacio entre el sofá y la mesita del café, cuando oigo el sonido de pasos en el porche, en la puerta principal.

–Blake –susurro sacudiéndolo–. ¡Blake, despierta!

–Mmmm –murmura sin dar señales de vida.

–Blake, es Guadalupe –insisto–. ¡Levántate!

–¿Qué hora es?

–No lo sé, pero aún estamos en este caos. Desnudos. ¡Si nos ve así, hará falta un exorcista para calmarla!

Abre los ojos escrutándome de la cabeza a los pies con una mirada soñolienta pero malditamente traviesa, especialmente cuando se detiene en mis pechos.

–Esto sí que es un buen día.

Apenas nos hemos levantado cuando la cerradura hace clic y la puerta se abre.

¡Joder!

–¡¿George!? –exclamo sorprendida.

Pero no soy la única que lo está. Él mira la estancia devastado, la mesa del comedor patas arriba y el suelo sucio.

–¿Qué ha pasado aquí?

Nos levantamos y salimos de la barricada del sofá.

–¡¿Sullivan!?

–Ah… Emmm. –Buscando una frase sensata, trato de ganar tiempo aferrándome a uno de los cojines de la esquina, me tapo con él y me pongo de pie.

Blake me imita, pero sin mi pudor, lo que empuja a George a darse la vuelta horrorizado.

—¡No puedo creerlo! —protesta, mirando la pared que tiene enfrente—. ¿Vosotros dos?

—Mira, George, voy a subir un momento, me… me visto y vuelvo. Cinco minutos.

—¿Quieres que me quede? —susurra Blake mirándome a los ojos. Si no lo conociera, diría por su mirada que está preocupado. Tal vez solo sea la modorra del despertar.

—No, es mi problema y debo resolverlo yo —respondo, también en voz baja.

—Subo entonces, mejor si me quito de en medio.

Lo veo subir las escaleras. Luego, con George todavía vuelto, me apresuro a hacer desaparecer el envoltorio del condón, que quedó en el suelo.

No es que no sea obvio lo que ha ocurrido, pero no querría enfatizarlo.

—Vuelvo rápido —digo apresurándome hacia mi cuarto, mientras me cubro el trasero con el cojín.

Me pongo rápidamente los *leggings* y el top de yoga mientras pienso en lo que le diré a George, luego me quito el maquillaje (o más bien me quito las marcas que llevo pintadas en la cara como manchas de leopardo), me peino y vuelvo a bajar.

—Aquí estoy. Ejem… vestida.

—¿Sola?

—Sí.

Él se da la vuelta con la cara roja.

—No sé qué decir.

—¿Quieres sentarte?

—No, gracias, me quedo de pie. He venido a hablar contigo, pero no creo que me quede.

Luego me lanza una mirada de disgusto.

—¿Blake Avery? ¿Pero no tienes dignidad?

Yo, pillada por sorpresa, me pongo a la defensiva, cruzando los brazos sobre el pecho.

—¿Estás realmente seguro de que quieres hablar de esto?

–Perdona, ¿y de qué se supone que debo hablar? ¡Llego aquí y os encuentro desnudos, tirados en el suelo!

–¿De verdad estás dando lecciones de moral, George? Te recuerdo que en tu cumpleaños te encontré en la misma situación.

–¿De eso va esto, Summer? ¿Venganza?

–No.

Su mirada es de asombro.

–¿No querrás decir que… hace cuánto tiempo que estáis juntos?

–Más o menos… –me giro para echar un vistazo al reloj que está encima de la chimenea– doce horas.

–¿Doce horas? Anoche teníamos que hablar tú y yo –me acusa–. ¡Y te has acostado con él!

–Bueno, resulta que finalmente tú lo habías cancelado.

–Pero ahora ya estoy aquí.

–A veces el tiempo es fundamental en la vida, George.

Es verdad, tal vez no soy una santa, pero precisamente él no es la persona adecuada para venir a darme lecciones.

–Está bien. Oye, va a ser duro, pero puedo tratar de superarlo –dice con condescendencia.

–¿Tratar de superarlo? Mira, aquí no eres tú el que tiene que superar algo. ¡Te encontré en la habitación de un hotel con otra y no diste un solo paso para venir detrás de mí! –lo acuso.

–Se ha terminado entre Gale y yo –dice, lapidario. Su mirada es extraña y también lo es el tono en que lo dice.

–Dame el teléfono.

Mi petición lo sorprende. La relación en la que creíamos era sincera y transparente, nunca intentamos controlar el teléfono o el correo del otro, convencidos (al menos yo) de que el otro era una persona digna de total confianza. Ni siquiera teníamos códigos de bloqueo de pantalla o contraseñas en el ordenador. Todo accesible, como diciendo «No escondo nada», y esto bastaba para tranquilizarnos y nunca invadir la privacidad del otro.

–¿El teléfono?

–Sí, dame tu teléfono.

–Summer, no veo…

–George, si tu intención era venir aquí a hablar conmigo para arreglar las cosas, no veo cómo esto puede parecerte una petición absurda. Quiero ver tu teléfono ahora.

De mala gana, resoplando, mete la mano en el bolsillo y me lo entrega.

Inmediatamente abro el listado de llamadas: Gale, Gale, Gale, Gale. Habrá al menos veinte llamadas a Gale solo en los últimos dos días. ¡¿Cuántas veces se han hablado?!

Voy a los mensajes: Gale, Gale, Gale… decenas de mensajes a Gale sin respuesta.

Por favor, hablemos.
Gale, te echo de menos.
¿De verdad se ha acabado?
¿Qué quiere decir que estás cansada? ¿Estás cansada de mí? ¿De qué?

Y el último lo aclara todo: «He cancelado la cena. Voy a verte a Newark». Es de anoche a las nueve.

Como sospechaba, acostumbrado a nuestro arreglo, George ni se molestó en borrar las huellas de su relación con Gale en su móvil.

–Te fuiste con ella anoche. Me dijiste que te habían puesto una pistola en la sien y luego el temporal te impidió salir de la ciudad.

George no responde, limitándose a mirar al suelo, tocado y hundido.

–Blake tiene razón: Gale te ha plantado y ahora te encuentras solo, sin nadie que te haga de alfombrilla. Has intentado hacerle cambiar de idea, pero, si estás aquí, será que ayer no te fue muy bien, y ahora has venido a ver si Summer está aún tan desesperada como para pedirte de rodillas volver juntos.

–Avery te ha llenado la cabeza de mierda. Pero no me sorprende de alguien como él.

–Alguien como él ha leído mi guion, cosa que tú te has negado a hacer durante meses –digo.

–¡Para poder follarte también habría leído tu lista de la compra!

–Leyó mi guion y también me folló, sí. Y además bien

235

—murmuro–. ¡Dos cosas que deberías haber hecho tú! –lo acuso furiosa, con los puños apretados.

–¿Al final solo es eso lo que te interesa? ¿Sexo? ¡Eres una niña pequeña si piensas que en una relación solo con eso es suficiente!

–No, creo que en una relación la persona que esté conmigo debe ser mi cómplice, ¡no mi juez!

George sonríe maliciosamente mientras me mira con aires de suficiencia.

–¿Y Avery sería tu cómplice?

–¡No es asunto tuyo!

–Lo será –grita de vuelta–. Cuando se canse de follarte, ciertamente solo para darse el gusto de hacerme un despecho, entonces vendrás a mí lloriqueando.

–No volveré a ti lloriqueando. ¡Yo no soy como tú!

–Tienes razón, no eres como yo –replica con la mayor calma–. Ahora te sientes una gran mujer porque has igualado el marcador, has tenido una noche de sexo con una celebridad y metes bulla dándome puerta, pero esto es una fantasía momentánea y tú también lo sabes. Con Avery tienes los minutos contados.

–Entonces te ruego que no me hagas perder más tiempo –respondo lapidaria.

Durante toda la discusión hemos estado aquí parados, de pie, en la entrada, como suspendidos, fuera de nuestras vidas.

–Me iré de tu apartamento de Los Ángeles en cuanto regrese. Y aquí te dejo, en cambio, las llaves de los Bronstein –dice colocando su mazo sobre la mesa de entrada antes de abrir la puerta y salir.

–George –lo detengo antes de que cierre.

–Dime.

–El deshumidificador. –Y con la mirada le señalo el paquete todavía embalado como lo dejó el mensajero.

–¿Todo bien?

Es Blake en lo alto de la escalera, con vaqueros claros y camiseta blanca, descalzo, y me mira con una expresión indescifrable.

—George se ha ido —digo con un suspiro, un suspiro de alivio—. Era así como debía irse.

—Os he escuchado.

—Imagino. Hemos utilizado un tono de voz que era un poco… excesivo —admito avergonzada.

—Sucede en estas situaciones. —Tampoco Blake parece muy cómodo—. ¿Quieres… hablar?

—No —respondo negando con la cabeza—. Creo que estar sola me hará bien. Limpiaré esto antes de que llegue Guadalupe para que no le dé un ataque.

Él no insiste, quizá porque no sabe qué decir o qué hacer.

—Tengo que trabajar en la novela —anuncia antes de desaparecer de nuevo en el pasillo.

Ordenar resulta más complicado de lo previsto. Desde pequeños cristales a restos de comida, hay de todo en el suelo, la mesa tiene cera incrustada de las velas, y el mantel, terriblemente sucio, yace olvidado al borde de la piscina.

Pero limpiar me sirve para mantener la cabeza en orden.

Una vez limpia la mesa, me queda claro de una vez por todas que la relación entre George y yo nunca ha funcionado, estaba con él porque quería una historia que me hiciese sentir adulta, y tener al lado una persona quince años mayor que yo me hacía creer que estaba segura. Y que esta persona fuese además aprobada por mi familia era un factor determinante.

Pero Gale o no Gale, Blake o no Blake, no podría haberlo aguantado por mucho tiempo porque no estábamos juntos por las razones adecuadas. Él me utilizaba para satisfacer su vanidad y yo a él como la mantita de Linus.

Finalizadas las vías, el tren estaba destinado a pararse de todas todas.

Con el piso barrido, doy un repaso a mi vida sexual: tengo veintisiete años, no me merezco transitar por la senda del ocaso. El sexo no lo será todo en una relación, pero no por ello quiero eliminarlo de mi vida.

Me merezco a alguien que quiera hacer el amor conmigo, que me haga sentir una mujer, que me haga sentirme deseada.

Finalmente, con el sofá y las sillas arregladas, pienso en mi vida profesional: estoy haciendo todo cuanto está en mis manos para encontrar mi lugar en Hollywood, haciéndome un sitio sin recomendaciones, sin favores sexuales o sin ser hija de artistas.

Es un camino más largo, pero no imposible. Y si a Preston le gusta mi guion –aunque si a Chase ya le gusta, estamos al setenta por ciento más cerca de la línea de meta– mi carrera estará en ascenso. Mañana en el set sondearé el terreno con Preston.

Todo está listo.

Mientras abro las ventanas del salón y de la cocina para que entre el aire fresco del día soleado después de la tormenta, una sensación de vacío me golpea en el estómago.

¿Y si para Blake esta noche hubiera sido solo un maratón de sexo cualquiera?

Después de todo, realmente no lo conozco.

¿Acaso no vino aquí con una muñeca *sexy* con la cual se divertía en la cama y luego, en el momento en que ella se fue, ni se inmutó?

¿Acaso no es el tipo de hombre que hace que todas las mujeres se vuelvan cuando entra en una estancia?

¿Acaso no tiene un currículo de conquistas tan largo como el listín telefónico?

Cuanto más pienso en esta noche, más me aterra la idea de que en cierto momento pueda llegar a ser la única de los dos que se sienta involucrada.

No es que yo me sienta involucrada ahora, quiero decir, acabo de dejarlo con George.

Blake me gusta, pero me parece el requisito mínimo para acostarse con una persona, gustarse, ¿no?

El caso es que tengo la sensación de que esta noche no ha sido solo sexo, pero me temo que sea solo mi sensación, y preguntarle a Blake no es una opción.

Lucho durante todo el día contra las ganas de ir a llamar a su puerta y pedirle un beso, uno de esos besos suyos que sabes dónde empiezan, pero no dónde –ni cómo– terminan.

Pero debo resistir al instinto que hace que las mujeres borrachas de sexo y orgasmos se vuelvan pegajosas.

Dejaré que sea él quien se me acerque.

Incluso resisto el impulso de llamar a Emma Rae y describirle con pelos y señales cada detalle particular de mi encuentro con Blake. Ella me animaba a divertirme, pero luego me echaba en cara la realidad, y no sé si quiero oírla ahora.

Puedo actuar de otra manera, soy una mujer con intereses, con ideas, tengo un nuevo guion.

Me siento al mostrador de la cocina, mi lugar oficial de trabajo, con un vaso de té verde al limón y el portátil, mientras Guadalupe, en el salón, sin tener ni idea del desorden que acabo de limpiar, plancha las camisetas de Blake frente a *Esclava de la pasión*.

Preparo el lanzamiento del guion, luego abro Google, que ya en la página de inicio me sirve el adelanto de las noticias que puedan interesarme, seleccionadas según mis búsquedas más recientes. De diez noticias, siete tienen que ver con Blake Avery. ¿Está tratando Google de decirme algo?

Por ejemplo, que estoy obsesionada con Blake Avery.

Instintivamente clico sobre la notificación de un vídeo aparecido de un usuario de YouTube, un extracto de una aparición de Blake en un programa de entrevistas.

Apenas la presentadora lo anuncia estalla un griterío –voces femeninas– seguido de un estruendoso aplauso cuando entra. Vaqueros y camisa blanca, medio desabotonada y con las mangas remangadas, con paso seguro, mira al suelo fingiendo timidez, luego alza la mirada conquistando con sus ojos verdes y guiñando un ojo a cámara y a los espectadores.

Se sienta en el sofá, frente al escritorio de la presentadora, e incluso callado y con la boca cerrada emana tanta sensualidad que hace que mi ordenador se recaliente.

Me pongo los auriculares y subo el volumen al máximo para tapar los gritos en español de *Esclava de la pasión*.

El episodio del *show* se remonta a hace un año, al lanzamiento de su última novela, y las preguntas para romper el hielo hablan precisamente de eso. Luego se pasa al entretenimiento y Blake participa en un juego junto con los demás invitados del programa: una actriz ganadora de un Óscar, un director, una cómica y un atleta.

Le entregan una pala, sobre un lado está escrito «Me ha sucedido» y sobre el otro «Nunca me ha sucedido» con la que él y los demás concursantes deberán responder a las preguntas.

Bastan unas pocas para comprender que el interés general va orientado a él.

—Nunca he tenido una ex que haya escrito una canción sobre mí —dice la presentadora.

Los cuatro levantan la pala por el lado «Nunca me ha sucedido», pero el público y la presentadora se ríen, regañando a Blake.

—Si mientes, no podemos jugar.

De hecho, entre las antiguas conquistas de Blake, hay una cantante que se enfadó tanto cuando la dejó que escribió un *hit* para insultarlo. Con el que conquistó un doble disco de platino.

Blake se da por vencido, gira la pala y la presentadora prosigue.

—Nunca he salido con una mujer que me doblara la edad.

De nuevo Blake enseña la cara de la pala: «Nunca me ha sucedido».

Pero, después de una mirada severa de Ellen, la gira de nuevo: «Me ha sucedido».

¿Cuándo diablos ha estado con una que le doblara la edad? ¡Sasha no me parece mucho mayor que él!

—Nunca he estado con la mujer u hombre de un amigo —anuncia Ellen.

Todos levantan la pala menos Blake, que la levanta cuando se da por vencido: «Me ha sucedido».

Y el público se ríe.

Blake pone los ojos en blanco fingiendo exasperación.

—Me parece que la mía está rota.

Aplausos. El público lo adora.

Y la presentadora está aún más motivada.

—Nunca he hecho *sexting*.

Blake se manifiesta de inmediato: «Me ha sucedido». Se pasa una mano por el pelo apartando el mechón que le cae sobre los ojos, luego vuelve su mirada traviesa hacia una mujer de la primera fila que suelta un grito emocionado.

Detengo el vídeo y en Google descubro que, hace un par de años, alguien había hackeado el teléfono de una mujer con la que estaba saliendo, haciendo público el contenido de su archivo de fotos y mensajes. Y los que escribió Blake están prohibidos a los menores.

Solo con leer un par de ellos, me siento envidiosa y excitada al mismo tiempo.

Reinicio el vídeo.

—Nunca he formado parte del Mile High Club. —Mile High Club: sexo en el avión.

Blake mira a Ellen implorante.

—¡Que mi madre lo está viendo!

—Estas son preguntas que han enviado vuestras admiradoras, debéis ser honestos con ellas.

Y por toda respuesta, Blake muestra una sonrisa tan culpable como mortal a cámara y arroja la pala tras él. Una respuesta elocuente. Él es el presidente del Mile High Club.

Cierro YouTube, tomo un sorbo de té y suspiro.

La reputación de Blake lo precede.

Debo rendirme a la evidencia: hay nueve probabilidades sobre diez de que esta noche solo haya sido para él un maratón de sexo. La posibilidad de que sienta algo por mí pierde cuota.

Y no quiero averiguarlo.

Guadalupe se va a última hora de la tarde, yo tomo una tostada con aguacate, busco en IMDb.com fotos de actores que me gustaría ver en mi serie de televisión, las guardo en mi carpeta secreta de «Dreamcast» y, cuando también le he dado una vuelta a los secundarios, cierro todo y me voy a mi cuarto.

Blake no se ha dejado ver, ha permanecido todo el día en su habitación. Sé que está escribiendo la novela, pero ni siquiera ha hecho un parón para comer o beber, lo que me hace sospechar que está tratando de evitarme.

No puedo dejar de preguntarme si las cosas podrían haber resultado diferentes si no hubiera sido por esa incómoda escena con George.

Un despertar más suave, menos invasivo, y sobre todo sin dramas.

En su lugar ha sido una fría lluvia de realidad.

Blake, libre como el aire, con una horda de admiradoras en adoración. Yo, una chica con demasiados problemas. ¿Quién te obliga a hacerlo?

Reflexiono bajo la ducha.

Después de secarme y ponerme los *shorts* y la camiseta –esos que George ni siquiera me miraba–, me tiro sobre el colchón y me doy cuenta por primera vez de cuántas horas de sueño me han faltado desde hace dos días.

La pantalla de mi portátil, aún abierto en la otra mitad de la cama, se ilumina, mostrándome una notificación de Skype que centellea: es un mensaje de un nuevo contacto.

Acostada boca abajo, hago clic en la pantalla táctil y lo abro.

¿Estás dormida?

Es Blake. Esas dos palabras me bastan para animarme, llena de energía, como si hubiese dormido diez horas seguidas.

Summer: No
Blake: ¿Estás cansada?

«No», le respondo. Después, acordándome de que quizás haya estado un poco seca, añado una pregunta circunstancial:

¿Tú?

Me responde inmediatamente.

Un poco. Pero estoy satisfecho, he escrito otros tres capítulos.

Antes de que pueda pensar qué escribirle en vista de que no

me ha hecho ninguna pregunta, rápidamente me envía otro mensaje.

¿Qué has hecho hoy?

«He trabajado, como tú», escribo. Y he visto un vídeo tuyo en YouTube. No, esto no puedo escribirlo.

Blake: ¿Una nueva serie?
Summer: Quizás. Por ahora es solo un esbozo, ya veremos…
Blake: No se usan puntos suspensivos en un mensaje.
Summer: ¿Por qué?
Blake: Lo odio.

Se me escapa una sonrisa, típico de Blake. Decido picarlo.

…

«Si me provocas, acabarás como anoche», escribe rápidamente.

¿Por qué? ¿Cómo acabó anoche?

Vale, ya estamos de nuevo jugando.

Mmmm, parece que alguien tiene la necesidad de que le refresquen la memoria.

Ante la sola idea, me encuentro cruzando las piernas y apretando los muslos mientras la excitación me hormiguea ya sobre la piel.

«Pero ya estoy en la cama», escribo.

Blake: ¿De verdad? Porque no te veo aquí.

«En MI cama, Blake», le replico.

Blake: Tú estás en tu cama, yo estoy en mi cama. Uno de los dos está en el lugar equivocado.

Y no han transcurrido ni cinco segundos desde que he visto su mensaje que oigo llamar a mi puerta.

Capítulo 25

Blake

–He llamado por pura formalidad. No te acostumbres –digo apenas ella abre la puerta y, en cuanto mis ojos se posan sobre el traje blanco que lleva puesto, la sangre se me sube a la cabeza. No, eso no es cierto, va en dirección opuesta.

Irrumpo en la habitación y la cojo entre mis brazos, levantándola por el trasero y ella, sorprendida, suelta un grito.

–¡Menos mal que al principio te hiciste pasar por un caballero!

–Siempre voy con las mejores intenciones, pero las mejores intenciones no me acompañan.

Me envuelve con sus piernas y lamo el perfil de sus labios, que abre invitándome a darle un beso más profundo.

Su cabello aún húmedo por la ducha me hace cosquillas en la cara, su piel sabe a crema hidratante y sus labios suaves a manteca de cacao.

Sin peinados, sin maquillaje, sin perfumes, sin ropa llamativa: es Summer en toda su sencillez e inocencia.

–Parece que no estuvieras preparada para una noche de pasión –le digo, evadiendo el beso que la deja con la boca entreabierta y tensa.

–No pensé que vendrías corriendo.

La empujo suavemente hacia el colchón, luego me subo encima de ella, y le descubro su vientre y sus pechos.

–Has pensado mal, porque nos correremos los dos.

–Dices cosas obscenas.

–¡E imagínate las que no digo! –Mi boca aterriza en sus pechos y ella gime, echando la cabeza hacia atrás. Cómo me gusta cuando hace eso.

Sus manos me buscan, me ruegan, me piden que la bese de nuevo, así que mi lengua la acaricia lentamente desde el pecho hasta la garganta, llegando a su boca.

Pequeña, con forma de corazón, rosada, con un labio inferior tierno y carnoso hecho aposta para ser chupado y mordisqueado.

Mi mano baja para juguetear con el borde de sus *shorts*, hasta que se insinúa por debajo para apartarle las bragas y, tan pronto como la siento, no puedo ocultar una sonrisa de satisfacción. Ella ya está excitada.

—Realmente pareces haberme echado de menos.

—No tanto —responde con descaro, negando la evidencia de que mis dedos están húmedos.

—Ah, ¿no? —la desafío mientras deslizo mi dedo índice dentro de ella, que inmediatamente reacciona arqueando la espalda.

—Tal vez un poco —susurra ronca.

El dedo medio se suma al índice, para buscarla aún más en profundidad, hasta que un «Aaahhh» de urgencia y gozo me dice que estoy tocando las teclas adecuadas.

—Vamos, ambos sabemos que no puedes mentir. Dime la verdad, me has extrañado más que un poco.

—Te he extrañado mucho —admite finalmente.

—En este caso, yo también tengo que ser honesto. —Retiro mis dedos y la invito a abrir más las piernas, presiono mi pelvis contra ella para que pueda sentir mi erección tensa en los calzoncillos—. Yo también te he echado de menos. He estado esperando todo el día para oírte llamar a mi puerta, pero no lo has hecho. Seguro que eres de las que saben hacerse desear.

Ella muerde mi labio, sonriendo.

—¿Y ha funcionado?

Ruedo sobre su espalda, arrastrándola conmigo sentada a horcajadas sobre mis caderas, y levanto su camiseta.

—Si crees que esta noche me ha bastado, te equivocas, porque en mi cabeza hoy te he hecho muchas cosas muy, *muy* inapropiadas, por toda la casa.

—¡Blake Avery! ¡Pensé que habías trabajado! —me reprocha.

—He estado trabajando, pero no creo que pueda concentrarme realmente en la novela hasta que todas mis fantasías se hayan realizado. Para luego empezar de nuevo.

–Bueno –comienza, poniéndose de pie para dejar caer los pantalones cortos al suelo–. Esta noche, entre la mesa del comedor, la piscina y el sofá, diría que hemos consumido la mayor parte…

Me siento en la cama y, mientras le beso el abdomen, el ombligo y el vientre, le bajo las bragas hasta los tobillos.

–Te equivocas, todavía quedan las escaleras, la cocina, todas las duchas, el *jacuzzi*…

–¡Un momento! –me interrumpe, alejándome de ella, con sus manos sobre mis hombros–. ¿Hay un *jacuzzi*?

La miro.

–En el baño de mi habitación.

Su boca se abre en forma «o», mostrando sorpresa.

–¡Cogiste la habitación con *jacuzzi*!

–Obvio. –Me empuja hacia atrás sobre el colchón en un intento de inmovilizarme bajo su peso pluma.

–Blake Avery, este no es un comportamiento caballeroso *en absoluto*. ¡Deberías habérmela ofrecido!

–Te estoy ofreciendo compartirla.

–Demasiado tarde. Estoy muy ofendida. –La cojo por las caderas y la tumbo en la cama, deshaciéndome a continuación de mi bóxer mientras hago espacio entre sus piernas–. Menos mal que conozco una manera de ser perdonado.

Estoy bien. Es cierto que me podrían dar cualquier mala noticia y yo me quedaría impasible.

Es tan gratificante complacer a Summer que, una vez hecho, quisiera empezar una y otra vez. Acostado a su lado, la observo jadear con su pecho cubierto de sudor subiendo y bajando, y por un momento en la habitación no hay nada más que nuestra respiración entrecortada.

–Estamos progresando –dice sin aliento–. No hemos roto nada.

–Todavía no. –Me giro de lado para poder mirarla, hermosa y radiante. Soy un vanidoso, me gusta asumir todo el mérito.

–Así que tal vez es mejor que guardes tu ordenador. –Con los ojos señala el ordenador portátil que se encuentra en el borde opuesto de la cama.

–Sabia decisión.

Ella lo coge y lo coloca en la cómoda, luego lo reconsidera y lo pone en la bolsa del portátil dentro del armario.

–Ahora tienes que decirme por qué no lo has dejado en la cómoda –le digo, conteniendo una sonrisa maliciosa.

–Porque –responde Summer, recostándose de nuevo a mi lado– no creo que contigo en esta habitación esté seguro en la cómoda.

La miro, luego a la cómoda, luego a ella otra vez.

–Mmm, si tienes alguna fantasía, no dudes en compartirla.

–Creo que no sería capaz de sorprenderte de todos modos. –Se ríe, alzando los ojos–. Mile High Club, ¿eh?

Mierda.

–¿Cómo…?

–He visto una entrevista tuya en un *talk-show* –me explica. El año pasado, en Ellen.

–Digamos que no escatimaron en los detalles.

–Fue divertido. No diría halagador, pero divertido. El público pareció agradecerlo, especialmente el femenino.

–Quieres preguntarme algo, pero le estás dando vueltas… –digo a bocajarro, mirándola, con la cabeza apoyada en el brazo.

–No quiero preguntarte nada. ¿Te parece que quiera preguntarte algo?

Asiento con la cabeza.

–Sí, lo parece.

–Nada especial, solo… me sorprende que alguien pueda tener una vida sexual tan… ¿activa?

–En este caso, entonces, tengo una pregunta para ti –le digo, dibujando círculos imaginarios en su vientre con el dedo.

–¿Será embarazoso?

–Cariño –la miro elocuente–, después de lo que me has pedido que te hiciera hace diez minutos, no creo que te resulte embarazoso.

Se tapa la cara con las manos –gesto que me parece tan inútil como tierno, considerando que está toda desnuda– y las aparto para mirarla a la cara.

–Ayer dijiste que George no te había tocado en meses. Para ser precisos, ¿cuántos?

–Solo te lo digo si no juzgas.

–Summer, ¿juzgar yo? ¡He admitido haber follado en un avión en directo a nivel nacional!

Ella suspira y me mira muy seria.

–Febrero.

–¡Pero estamos en julio! –exclamo.

–¡Has dicho que no juzgarías!

–Lo sé, pero… ¿febrero? ¿No estaba su pene gangrenado? Un hombre tiene necesidades fisiológicas.

–Vistos los acontecimientos recientes, Gale la jurista, asumo que tenía a alguien más para atender sus necesidades fisiológicas. Aunque George nunca fue un atleta sexual, ni siquiera al principio, cuando nos juntamos.

Sus palabras continúan sin tener sentido para mí.

–Quiero decir, ¿nunca te ató a la cama durante cuarenta y ocho horas de orgasmos sin parar?

–A: atar a alguien no es una opción que crea haber considerado jamás. B: rara vez hemos conseguido un doblete.

–¿Y eso te parecía bien?

–Puede que no estés informado, pero el mundo exterior no abunda en amantes experimentados, generosos y superdotados. Los que precedieron a George ciertamente no dejaron huella, así que nunca tuve quién sabe qué pretensiones.

Mis dedos se elevan desde su vientre hasta el hueco de sus senos, tocando la piel todavía cubierta por el sudor.

–¿Y quién vino después de que George dejara su marca?

–¿Estás a la caza de cumplidos, Blake Avery?

Generalmente no, puedo reconocer un orgasmo, pero realmente me gustaría escucharlo de Summer.

–Los cumplidos nunca son suficientes.

—Digamos que ahora ya no podría contentarme con lo que tenía antes. —Me mira como diciendo «¿Estás contento ahora?».

—Eres muy diplomática.

—Si pienso que la última vez que George y yo compartimos una cama, él me rechazó por un tratado de sociología… Incluso comencé a tener dudas sobre qué demonios estaba haciendo allí.

—Porque de cintura para abajo Sullivan está clínicamente muerto. —Me dejo caer de espaldas y con el brazo doblado sobre la frente—. De todos modos, antes hablaba en serio sobre mi habitación. Quiero compartirla contigo.

—No he oído bien…

Tampoco creo haberme escuchado bien, pero las palabras simplemente salieron. Me gusta mi privacidad, mi espacio, mi cama, pero cuando me encontré allí, primero, solo, mi único pensamiento fue «¿Por qué no está aquí Summer?».

—Me parece hipócrita vivir bajo el mismo techo fingiendo que entre nosotros no ha pasado nada, para luego buscarnos en la noche como dos extraños. Me gustas y te quiero. Todavía te quiero y creo que mañana también te querré. Y pasado mañana.

—¿Yo, en tu cama, todas las noches? —repite como si fuera una broma.

—Si yo no soy suficiente motivo, te recuerdo que en mi baño hay un *jacuzzi*.

—Pero tú y yo no somos…

—¿Un «nosotros»? No, no somos un «nosotros» —aclaro—. Pero estamos bien, así que ¿por qué fingir llegados a este punto?

Lo piensa un rato, como si sopesara sus palabras.

—Está bien —dice, asintiendo—. Dormiré contigo. Pero guardo mis cosas aquí.

—Puedes hacer lo que quieras con tus cosas. En cuanto a dormir, no creas que te dejaré hacerlo. —Me muevo sobre ella, apoyando mi peso en mis brazos—. Te juro que cada vez que compartas la cama conmigo, nunca tendrás dudas sobre lo que estamos haciendo.

Capítulo 26

Summer

Poco después de amanecer el despertador me golpea como una piedra en la frente. Es la tercera noche seguida que no pego ojo o casi. Necesito un fin de semana para recuperarme de este fin de semana.

Apago la alarma a ciegas, y me froto los ojos mientras me incorporo. Veo que en la cama, a mi lado, está Blake despierto, medio recostado con tres almohadas en la espalda, todavía desnudo, tapado con una sábana, el pelo revuelto hacia atrás, el portátil en el regazo y las gafas.

Dame una buena razón para dejar esta cama.

Ah, sí, el trabajo.

—Buenos días —me saluda él con una voz ronca y seductora.

Menos mal que estoy desnuda, o esta sola palabra habría hecho deflagrar mi ropa.

—¿Ya despierto?

Él sacude la cabeza mientras continúa escribiendo en el teclado.

—No he dormido.

Su afirmación me deja atónita.

—¿No has dormido? ¿Ni siquiera un poco?

—He escrito. Cuando te dormiste, cogí el portátil y escribí algunos capítulos. Si me entra sueño, dormiré más tarde.

Me mira mientras me levanto de la cama para ir al baño.

—¿Ducha?

—Después de esta noche, me parece lo mínimo.

—Te haré compañía —dice levantando los ojos de la pantalla y haciendo deslizar las gafas sobre la nariz con un efecto sugerente—. Pero entonces te haría llegar tarde al plató.

—Escribe —le digo con los dientes apretados, obligándome a entrar en esa maldita ducha sin dudar demasiado.

Me las arreglo para salir indemne de casa y reunirme con el equipo, que está listo para rodar.

Todos están agitados, enfadados, estresados. Originariamente la temporada estaba planteada en doce episodios, y rodando un episodio a la semana, el rodaje debería haber terminado en septiembre para dar paso a la posproducción, pero hoy, en lugar de rodar el octavo episodio según lo previsto, estamos en el cuarto, debido a la parada forzosa para la reescritura.

Y tuvimos que recortar dos episodios para ajustarnos al presupuesto.

Todo habría ido bien si Lauren no estuviera en su fase «rechazo el guion». No le gustan sus diálogos, dice que los quiere más agudos; los demás tienen demasiado espacio, ella quiere más.

Chase intenta hacerla reflexionar mientras espera a que aparezca Preston para llamarla al orden.

Es extraño que Preston no esté allí. Normalmente es el primero en llegar y el último en irse.

James y Craig están en una esquina soltando insultos contra Lauren, porque nadie, *nadie* quiere volver a escribir el guion. No hay nada más odioso que rescribir los guiones entre toma y toma.

Mientras yo ya estoy esbozando diálogos alternativos, suena mi móvil. Es Sasha, es verdad que le di mi número.

—Summer, perdona por la hora —me saluda. Son las siete, pero ella no sabe que ya llevo una hora levantada—. ¿Tienes a ese bastardo de Avery a mano?

—Ay, no Sasha, ahora estoy en el plató y no volveré a casa hasta después del rodaje, muy tarde por la noche.

—Entiendo —responde molesta—, era algo bastante urgente.

—Envíale un correo electrónico —sugiero.

—Él los mira una vez cada cambio de estación, y cuando me quiere fastidiar —es decir, siempre—, los lee y no me contesta.

—Sí, en efecto, típico de él.

—Esperaba que pudieras sacarlo de la cama y meterle un poco de pimienta en el culo, diciéndole que el editor quiere verlo en tres semanas.

—Estaba despierto cuando he salido de casa hace una hora. Estaba escribiendo.

Al otro lado de la línea escucho un silencio inquietante.

—¿Sasha?

—Lo siento, me desmayé. ¿Dijiste que estaba escribiendo? ¿En serio?

—Sí.

—Ay, Dios mío, estoy a punto de llorar… Un momento. Pero… su nueva novela, ¿no?

—Si la novela a la que te refieres es la de la tumba de Cleopatra, entonces es esa. Hace tres días que no quita las manos del ordenador.

Excepto cuando lo hace para ponérmelas encima.

—¡No me lo puedo creer! Me ha venido taquicardia. No podrías haberme dado una mejor noticia.

—¿Entonces qué debo hacer? ¿Tengo que echarle pimienta en el culo de todos modos? —pregunto parafraseando su jerga neoyorkina.

—Por supuesto que sí. No sé qué le ha pasado o qué ha hecho, pero, en cualquier caso, no debe parar.

Vuelvo a ver las imágenes prohibidas para menores de anoche y tengo que contenerme para no dejar escapar una risita.

—Sí, bueno… ha encontrado la inspiración en el… deporte.

—Estupendo. Dile que mejor aún si lleva el primer borrador a la reunión. Te envío un mensaje con el día y la hora.

Y sin un adiós ni gracias, cuelga.

Todavía me pregunto cómo él y Sasha decidieron casarse. Masoquismo.

Después de dos horas y tres tomas y de haber contentado a Lauren a tiempo con dos líneas mordaces, estalla la bomba en el plató.

Luke, el lacayo de Preston, llega angustiado, agarra a Chase del brazo y se lo lleva a un aparte, le dice algo y Chase muda su semblante.

Es una reacción en cadena: Chase habla con el director, y el director se queda en *shock*; el director habla con sus dos asistentes y estos dos parece como si les hubiera pasado un tren por encima; los asistentes hablan con el director de sonido y con el director de cámara, que se quedan con la boca abierta. En un arco de cinco minutos el set entero está petrificado.

Solo entonces Chase nos lleva a James, a Craig y a mí a un aparte para ponernos al día.

—Chicos, malas noticias, Preston ha muerto.

—¡¿Qué?!

—¿Cómo?

—¿Cuándo? —preguntamos Craig, James y yo en una rápida sucesión.

Chase arruga la cara pasándose las manos por la frente, luego por el pelo, como si acabara de despertarse de una pesadilla.

—Esta noche. Y digamos en condiciones... —Chase parece estar en apuros, mirando alrededor con incomodidad y hablando en voz baja—. Él estaba... estaba con su mujer en... intimidad y le dio un infarto. Parece haber sido una sobredosis de viagra, o al menos los médicos así lo sospechan.

—¿Y qué hacemos ahora? —pregunta Craig haciéndose eco de los pensamientos de todos—. Ni siquiera hemos llegado a la mitad del rodaje, luego falta toda la posproducción.

—La temporada debe terminar, de eso no hay duda —responde Chase con un resoplido—. Pasado mañana vendrá Larson, el director de la cadena, y decidiremos cómo proceder con la serie.

Mierda. Después del abandono de Cheyenne, la muerte de Preston era un golpe tremendo.

El director se vuelve loco hasta el punto de tirar el vaso de café contra la pared.

Chase decide terminar la actual escena, rodar la siguiente que ya estaba preparada y luego cerrar el set.

Cuando llego a casa más tarde, encuentro a Blake en el sofá todavía con el portátil, las gafas sobre la nariz; al menos está vestido.

—Hola —me saluda, pero su tono cambia al ver mi expresión—, maldita sea, Summer.

Me quito las All Stars, dejo la bolsa del portátil junto a las escaleras y voy a la cocina a buscar una lata de zumo de mango.

Me reúno con él en el sofá, tumbándome a su lado –yo de un lado, él del otro– con nuestras piernas entrelazadas.

–Preston ha muerto –digo sin demasiados preámbulos.

–¿Muerto? –la noticia lo golpea tanto que cierra de golpe el portátil y lo apoya en la mesita.

–Sí, y la producción se ha sumido en el caos, de nuevo.

–Imagino.

–Y yo tengo un problema: quería preguntarle si le había echado un vistazo a mi guion o si al menos Chase le había hablado de él, pero…

–Todo se ha venido abajo –concluye–. Pero queda Chase. Él está bien, ¿no?

–Está en forma…

–Por cierto, ¿de qué ha muerto Preston?

Tomo un sorbo de zumo y me preparo para contarle la espantosa verdad.

–Estaba en la cama con su joven y atlética mujer y una sobredosis de viagra lo mató.

Blake permanece con la boca abierta.

–¿Quieres decir que ha muerto follando?

–En pocas palabras…

–Muerte gloriosa.

–Lo escribirán en su lápida: aquí yace Preston Howard, dos Emys, un BAFTA y muerto por un orgasmo.

–¿Quién lo reemplazará?

–No tengo ni idea. El *showrunner* es una figura total, el alma de la serie, el creador, él tiene la visión completa de cómo se debe actuar, rodar y editar el programa. Es la figura de referencia para los actores y para el equipo. Él tiene la última palabra acerca de todo: qué mantener, qué cortar, qué cambiar, sin contar el aspecto financiero. Cada episodio cuesta un promedio de tres millones y medio de dólares, por lo que es como un CEO de una empresa de treinta y cinco millones por temporada. El *showrunner* organiza la serie de arriba abajo, tiene que cumplir plazos y contratos con patrocinadores. Lo que les has visto hacer aquí, la reescritura del guion, no es ni el diez por ciento de su trabajo.

Blake parece impresionado, lo que no es poco, teniendo en cuenta que nada lo conmueve.

—Y a ti, «cuando seas mayor», ¿te gustaría convertirte en una *showrunner*?

—Con toda mi alma.

—Está bien, deja que se asiente la cosa, luego en el momento adecuado vuelves a la carga con Chase.

—Sí, pero ¿cuándo es el momento adecuado? Ha clausurado el rodaje de nuevo, tiene que reunirse con el director de la cadena, luego el jueves será el velatorio de Preston.

—¿Aquí?

—Sí, una ceremonia breve, digamos «profesional», luego lo enviarán a Los Ángeles, donde harán el funeral propiamente dicho.

—Entiendo. Bueno, tan pronto como terminen las ceremonias, te lanzas a la caza de Chase. No dejes que se olvide de *Hell-A*.

—Hablando de olvidar cosas: Sasha ha telefoneado esta mañana.

Él hace una mueca apática.

—¿Qué quería? ¿Matarme?

—Sí, pero luego le he dicho que te habías puesto a escribir.

—Bien. Si la conozco un poco, con esa noticia ya estará en Tiffany's para reservar un par de aretes del tamaño de un cenicero —murmura Blake.

—El editor quiere verte —retomo el hilo—. Te reunirás con él en su oficina en tres semanas. Dice también que si tienes el primer borrador será mejor.

Se encoge de hombros, nada preocupado por la fecha límite.

—Nada imposible.

Me echo a reír, dándole una patada.

—Eres el fanfarrón de costumbre.

Me agarra los tobillos y tira de ellos deslizándose sobre mí, sus manos ya debajo de mi camiseta.

—Blake Avery, ¿cuáles son tus intenciones?

—¿Respecto a ti?

Pregunta inútil: ya me está besando el cuello de ese modo que me vuelve loca.

—¡El jefe de mi jefe se acaba de morir! Deberíamos mostrar un poco de respeto por el luto.

Mi intento de hacerle desistir es inútil.

Su cara está a un soplo de la mía, y su pelo me roza la mejilla, y sonríe con ese aire pillo anunciando lo está a punto de suceder.

—La prematura partida de Preston me ha recordado que la vida no es más que un momento fugaz, así que debemos aprovecharlo para tener mucho, mucho sexo.

—Fue el sexo lo que lo mató —le recuerdo.

—En este caso —replica con aire sabio, mientras sus manos se mueven ya bajo mi ropa— me parece que no hay mejor manera de honrar su memoria.

Nunca desafíes a Blake Avery con palabras, siempre gana.

Pensaba que la cuestión de la habitación chocaría con el embarazoso momento tipo «¿Ahora qué hago, voy a la tuya?». Pero cuando Blake y yo discutimos después de la cena por el último trozo de tarta que agarré con un hábil movimiento de kung-fu, resolvió la cuestión cargándome sobre la espalda y llevándome a su cuarto, para hacérmelo pagar a su manera.

Sobre su enorme cama.

En una habitación enorme.

No sé qué ha pasado entre Blake y yo, pero desde la noche de la tormenta no somos capaces de mantenernos a un metro de distancia. Si él y yo estamos en la misma estancia, se libera una energía magnética inigualable, basta una simple mirada para encender el interruptor y ya estamos de inmediato besándonos, como si nos faltara el aire.

Sé que él y yo no somos nada, pero Blake me hace sentir

deseada, querida, importante, y aunque sé que no debería, quiero darle más.

Desnuda y envuelta solo en la sábana lo observo a mi lado: se ha puesto dos almohadas en la espalda y el portátil en las piernas.

Siento la mano derecha de Blake sumergirse en mi pelo, los dedos se entrelazan en los mechones, dejándolos correr suavemente hasta mi cuello.

Con la mirada puesta en él, memorizo cada detalle: contempla fijamente el portátil –está releyendo una escena–, las gafas sobre la nariz, se muerde el labio inferior pensativo y con la mano repite el mismo gesto de poco antes, deslizándola sobre mi cabeza, a través de mi pelo una y otra vez.

Esa caricia rítmica y delicada me hace caer lentamente en un duermevela, una modorra que sube despacio desde la punta de mis pies, pasando por las rodillas, el vientre, el estómago, los brazos, hasta llegar a los ojos.

La vibración de mi móvil debajo de la almohada (lo tengo siempre debajo de la almohada para tenerlo a mano en caso de que me encuentre ladrones en casa) me espabila.

Es Emma Rae.

Emma Rae: Estoy aquí en los Hamptons. ¿Nos vemos?
Summer: Claro.
Emma Rae: Tengo noticias que darte.

–*Yo también, Preston ha muerto.* –Después añado rápido la segunda noticia–. *Me he acostado con Blake. En realidad, técnicamente estoy ahora en la cama con él.*

Emma Rae: ¡¿Quéééé?!
Summer: Sí, Preston ha muerto.
Emma Rae: ¡Al diablo Preston! Quiero saber sobre Avery. Mañana te espero al mediodía en Gurneys Montauk Resort & Spa.

La verdad es que necesito una de las maravillosas duchas de agua fría de Emma Rae, porque estoy empezando a pensar qué habrá después de Blake Avery, después de los Hamptons, después de este verano.

Y mi pecho se llena de melancolía y tristeza.

Emociones. ¿Son emociones lo que siento?

Al día siguiente, cuando me encuentro con Emma Rae en el bar del hotel, se me acerca y me da uno de sus abrazos aplastantes de mamá osa.

—La alumna que supera a la maestra. Estoy emocionada. Tenemos que brindar.

—¡Pero si aún no te he contado nada! —replico.

—¡Entretanto sigamos adelante con lo que hemos venido a hacer! Jake —le dice directamente al chico detrás del mostrador—, ¿nos traes dos John Collins con cerezas a la terraza, por favor?

La terraza es enorme, con vistas a la playa y todo. Desde los sillones hasta los ceniceros huele a millones de dólares. La diferencia entre Emma Rae, con su *look* de diva y las gafas de sol en la cara, que parece Cameron Díaz de vacaciones, y yo con mi vestido de lino blanco y sandalias, que parezco lista para el pícnic del domingo, es llamativa.

—Pero, Emma, ¿puedes explicarme cómo has podido encontrar habitación en temporada alta en el hotel más exclusivo de Long Island? ¿Qué es? ¿Seis estrellas? ¿Siete? Y sobre todo... ¿cómo puedes permitírtelo?

—Digamos que tengo un conocido en las altas esferas que puede hacer esto y más, pero hablemos de tu sexo loco con Blake Avery.

La miro de soslayo mientras el chico de la barra nos sirve los cócteles.

—No he hablado de sexo loco en el mensaje.

—No hay necesidad. —Emma Rae cruza los brazos sobre el pecho con la pose de alguien que sabe mucho—. Puedo leerlo en tu cara.

Hago una respiración profunda para encontrar la fuerza para hablar.

—Le debo una disculpa a Cheyenne Evans.

—¿Por qué? —pregunta ella frunciendo la frente.

—La llamé ninfómana, pero solo ahora me doy cuenta de que

no es ella. Es él quien… –La frase queda a medias mientras me muerdo el labio y mis mejillas se encienden.

–Orgasmos de escándalo, ¿eh?

–De perder la razón –confieso.

Emma Rae levanta su vaso al cielo, toda contenta.

–Guapo, rico, inteligente y superdotado. Bien por ti, bien por ti.

–¿Cómo sabes que es superdotado?

Ella se encoge de hombros.

–Lo he supuesto –dice bebiendo un sorbo de la pajita–. ¿He acertado? –pregunta guiñando un ojo.

–¡Emma Rae! –la reprendo reprimiendo una carcajada–. Tú que eres una experta, ¿puedes decirme si hay riesgo de que pueda morir por demasiado sexo?

–El sexo nunca es demasiado, especialmente el bien hecho, y si yo estuviese soltera, le dedicaría un pensamiento a Blake Avery. O incluso dos.

Suspiro girando la pajita en el vaso.

–*Estás* soltera –le recuerdo–. Patrick está casado. No contigo, con su mujer.

–Ah, ¿no te lo he dicho? He roto con Patrick –me comunica encogiéndose de hombros–. He conocido a otro.

Esto es nuevo.

–¡¿De verdad?! ¿Y quién?

–No puedo decírtelo. *Top secret.*

Lo he captado.

–Está casado.

–No, esta vez no, pero es un pez gordo y quiere la máxima confidencialidad. Tan pronto como las cosas estén en orden, serás la primera a la que le diré el nombre, apellido y número de la seguridad social. De hecho, él es la razón por la que estoy aquí, una escapada romántica a escondidas de todos, pero no podía no decírtelo sabiendo que estás a media hora en coche.

–Emma Rae –le digo en tono de súplica–. No te metas en problemas, ya estoy yo para eso, ¡basta y sobra!

Mi amiga me mira ceñuda.

–¿Problemas? No veo ningún problema aquí.

Con el dedo índice me señalo un lugar en el pecho, a la izquierda, en el corazón.

–No los ves porque están aquí dentro.

–¡Oh, no! –exclama ella alarmada–. No me digas lo que estás a punto de decir.

–Sabes cómo soy –me justifico.

Emma Rae sacude la cabeza apretándome la mano de manera maternal.

–Si te enamoras de Blake Avery te hará mucho, muchísimo daño. He bromeado hasta ahora, pero ya sabes que las bromas esconden una parte de la verdad.

Tengo miedo de preguntarle, pero debo hacerlo.

–¿Qué verdad?

–Que Blake Avery es un mujeriego nato –suspira como si tuviera malas noticias para mí–. Pero tú también lo sabes, ¿no? No hace falta que te lo diga yo.

–No soy alguien que pueda acostarse con un hombre solo por el sexo. Creo que Blake está empezando a gustarme.

–Descríbeme ese «gustarme».

–Estoy bien con él, me escucha, siento que cree en mí, me apoya, me hace reír, me hace entender que me quiere, me hace sentirme mujer, hace que me sienta viva…

Emma Rae levanta la mano en el aire.

–¡Eso es suficiente!

–Anoche pensé en mi vida después de Blake y entré en pánico. No puedo imaginar cómo puede ser, sentí una terrible sensación de vacío.

–¿Por qué? ¿Qué pasó ayer?

–Estábamos en su cama –por cierto, me pidió que compartiera habitación con él–, acostados uno al lado del otro: yo dormitaba y él escribía. En un punto empezó a acariciarme el pelo, como diciendo «aunque estoy trabajando, sé que estás ahí». Fue un momento tan perfecto, tan íntimo, que deseaba tener otras diez mil noches así… Estoy en apuros.

—Lo estás. —Emma Rae asiente solemnemente—. Pero en este punto, te soy de poca ayuda.

—¿Y qué debería hacer?

—Nada. Disfruta el momento, pero sin esperar nada. Si después del verano también él siente lo mismo por ti, decidirás cómo proceder. Entrar en un bucle de paranoia ahora no tiene sentido.

—¿Y qué pasa si Blake no siente lo mismo por mí? —Emma Rae acaricia mi mejilla con sus dedos llenos de anillos—. Te espero en mi casa con dos botellas de vino y, después de que las hayamos vaciado, cantaremos toda la discografía de Adele. *Hello It's Me...* —asiento rendida—. ¿Entonces me dejo ir y veo qué ocurre?

—Sin esperar nada —repite—. Te lo recomiendo. Ahora —anuncia batiendo palmas, con expresión entusiasta—, mira lo que he robado para ti en el baño del hotel. —Emma Rae saca de su bolso de Versace, regalo de uno de sus amantes, un juego de elegantes frascos de colores—. ¡Lociones corporales de Gilchrist & Soames, tus favoritas!

Capítulo 27

Blake

Estoy revisando una escena, la escritura de la novela avanza rápidamente y hay muchas posibilidades de que termine pronto, si mantengo este ritmo.

En la pantalla del portátil, una notificación me advierte de que tengo un nuevo correo electrónico en mi bandeja de entrada.

¿Quién diablos está lo suficientemente enfermo como para escribirme a las cuatro de la mañana? Miro por el rabillo del ojo a Summer acostada a mi lado. Ella duerme impasible.

Abro el correo electrónico y el nombre que veo en la parte superior de la bandeja de entrada me arranca un resoplido.

En veinte días veré al editor para la campaña de lanzamiento de mi novela. Aún no me has dado ninguna actualización. Soy un hombre de palabra y quiero saber si debo detener la promoción o continuar. Tic-tac. Tic-tac.

Es Eames.

Eso ya es agua pasada y, aunque finalmente cedí a su propuesta en la velada de celebración de Preston, ahora ya no tengo ganas de competir con él.

Además, ya he ganado por un amplio margen.

Instintivamente, cojo el móvil del cajón de la mesita de noche, lo enciendo y sostengo la lente de la cámara en una posición estratégica para encuadrar a Summer, que está durmiendo de lado frente a mí, desnuda, con la sábana apenas cubriéndola, y su seno asomando debajo del brazo doblado.

Una foto vale más que mil palabras, Eames.

Miro a Summer iluminada por la tenue luz de la lámpara que abraza su cuerpo en un poderoso claroscuro. La piel de seda, los pliegues de la sábana, su desnudo transparente me recuerda a las imágenes de *Paolina Bonaparte* de Canova, *El pudor velado* de Corradini, la suavidad de la carne tallada en mármol de la

262

Proserpina de Bernini, la sensualidad plástica de las mujeres de Rodin… Es perfecta.

Es femenina, inocente y erótica al mismo tiempo.

Nunca me han faltado mujeres, ninguna ha dejado su huella, pero con Summer hay algo diferente que nunca antes había sentido: no tengo el deseo de tomar, de poseer, sino un impulso de dar todo lo que tengo.

Todavía tengo mi móvil en la mano, con la foto lista para enviar adjunta.

Pero luego la borro, apago el teléfono y elimino el correo electrónico.

Capítulo 28

Summer

—Ha sido realmente una gran pérdida.

—Era un talento.

—Su visión era revolucionaria.

—Uno de los mejores del sector, qué pena que nos haya dejado.

Estas son algunas frases del velatorio de Preston.

El ataúd de mi difunto jefe, coronado con flores, está colocado delante de la ventana; en la otra parte del salón de la funeraria está, en cambio, el bufet ligero, y los participantes van y vienen de un lado a otro, alternando comentarios sobre la salsa de champiñones de los canapés con las frases de rigor sobre la prematura muerte de Preston.

Ahí está toda la producción de *La élite*, muchos de sus amigos y conocidos de la Costa Este y sus dos afligidas exesposas, que miran con mala cara a la joven viuda. Y Blake y yo, claro.

—No quiero que mi funeral sea así —dice mientras tomamos un zumo en un rincón.

—Es una ceremonia tradicional.

—Yo quiero un velatorio irlandés: gente cantando, bailando, bebiendo cerveza y contando historias vergonzosas sobre mí.

—Recuerda escribirlo en alguna parte. Vámonos —le digo dándole una palmadita en el brazo—. Damos nuestras condolencias a la viuda y a las exseñoras de Preston.

—Señora Myrtle, señora Anna —digo mientras me acerco a las dos mujeres que caminan tiesas con sus trajes negros de Givenchy secándose los ojos—. Soy Summer Hale, trabajaba con Preston en el guion de *La élite*, no hay palabras para describir el dolor de esta pérdida.

Myrtle se limita a hacerme un gesto con la cabeza, Anna me da la mano. No me sorprende, desde que hemos llegado, no las he visto hablar con nadie.

—Este es Blake Avery —digo presentándolo.

Él les da la mano.

—Mis condolencias. Preston deja un gran vacío.

—Gracias —solloza Myrtle.

—Muy amable —le hace eco Anna.

Es evidente que el encanto de Blake logra sacar las palabras incluso a esas dos estatuas dolientes.

—¿Lo conocía? —le pregunta la primera exseñora Preston.

—He intercambiado algunas palabras con él. Un hombre inteligente.

Ante las palabras de Blake, las dos mujeres comienzan a sollozar de nuevo. Así que él trata de levantarles el ánimo.

—Hey, entiendo que es duro. También mi abuelo se fue así, de repente.

Anna lo mira con los ojos brillantes.

—¿Un infarto?

—No, estaba de viaje de novios con su nueva esposa. Estaban haciendo el amor en la posición de tarántula invertida y él cayó hacia atrás golpeándose la cabeza.

Al escucharlo, habría querido taparle la boca con la mano, pero era demasiado tarde. El daño estaba hecho.

—Pobre abuelo, tenía solo ochenta y un años.

Las dos exseñoras de Preston miran a Blake atónitas, así que lo arrastro del brazo, ofreciendo mil disculpas.

—Sentimos haberlas molestado. Buen día, mis condolencias.

Tan pronto como nos alejamos de oídos indiscretos, le doy un pisotón en el pie.

—¡Ay! —protesta—. ¿Por qué?

—¿A qué te refieres con por qué? ¿Preston murió teniendo sexo con su mujercita veinteañera y vas y les cuentas a las exviudas que tu abuelo se rompió la cabeza haciendo la tarántula invertida? ¿Qué tienes en el cerebro?

—Quería crear empatía.

—Eres un jodido genio con dos carreras, pero ¿cómo diablos siempre dices algo equivocado en el momento equivocado?

Antes de que pueda responder, siento que me tocan el hombro y me vuelvo para ver a Luke, el exasistente de Preston.

–Dime, Luke.

–Chase quiere tener una reunión el lunes a las ocho.

–¿Para el rodaje? ¿Arrancamos de nuevo? –pregunto curiosa.

–No solo eso. Tiene que comunicarnos algunos cambios de rol del personal que nos afectan.

¡Atención! ¡Redoble de tambores! ¡Cambio de roles a la vista!

No soy un chacal, lista para arrebatar los asientos a otros o aprovechar una muerte para tratar de escalar, pero… quizás, en la desgracia, pueda encontrar mi suerte.

Al hacer la última ronda de saludos, antes de irme, me detengo con Chase, quien, estrechándome la mano, me repite:

–Hasta el lunes –se despide con un guiño.

Tal vez no sea todo cosa de mi imaginación.

El lunes por la mañana me presento muy emocionada en la sala de reuniones del hotel donde se aloja Chase, repartiendo amplias sonrisas y saludos. James, Craig y Luke están tan emocionados y nerviosos como yo.

Preston lleva muerto una semana, pero con todo lo que está en juego no hay tiempo para recrearse en el luto.

Para la ocasión he decidido ponerme también un vestido elegante en lugar de mis clásicos vaqueros y camiseta de batalla.

Emma Rae también lo dice siempre: no importa si no eres nadie, vístete como si fueras alguien. Y hoy me siento autora.

Me siento enfrente de James, a la derecha del puesto de la cabecera, que todos sabemos que ocupará Chase.

Tarda un poco en llegar, pero al entrar saluda a todos con énfasis, situándose de pie en la cabecera de la mesa.

–Esta semana he tenido una conversación con Larson, el director de la cadena, que vino aquí desde Los Ángeles de urgencia para tomar decisiones operativas inmediatas. Como sabéis, he trabajado con Preston casi doce años, siempre aquí en ABS, y es con honor y sentido de la responsabilidad que he aceptado sustituirlo como *showrunner* de la serie.

A sus palabras, se levanta un aplauso de la mesa.

No tenía dudas, nadie podría haber desempeñado mejor el papel de Preston. Chase conoce la serie, tiene una magnífica relación con todos, actores y equipo, y era predecible, a pesar de las trágicas circunstancias, que ese sería su destino.

–Luke, tú me apoyarás, has seguido a Preston en todos sus pasos y me serás de gran ayuda.

¡Un momento! Si Chase coge a Luke como asistente –lógico, ahora que es *showrunner*, es mucho más fácil si mantiene al asistente de Preston–, entonces yo ya no seré su asistente. Quizás esto quiere decir que seré otra cosa.

¡Dios mío! Ya me estoy friendo en la silla.

–Pero no podemos quedarnos sin un supervisor de producción, ¿verdad? –prosigue Chase, lanzando una mirada inquisitiva a la mesa para comprobar que tiene toda nuestra atención–. Soy una persona que sabe reconocer los méritos de sus colaboradores y creo que es justo que el puesto recaiga sobre quien tenga la capacidad y la competencia.

Respiro con fuerza. Desde el jueves después del velatorio no dejo de ver en mi cabeza eso tres segundos en los que Chase me dijo «Nos vemos el lunes», guiñándome un ojo. Si me convierto en supervisora de producción, puedo callar de una vez por todas a mi padre, a mi madre y a mi hermana…

–Y la persona más indicada es Craig.

Me quedo petrificada. Craig.

Luke y James le dan la mano y él hace lo mismo con Chase agradeciéndole.

No soy supervisora de producción, sigo siendo Summer Hale, exasistente de Chase, y de momento sin destino.

–Nuestra primera misión es llevar a término *La élite*, no hace falta que os lo diga –continúa Chase con actitud resuelta–. Pero enseguida os anuncio que, después de la última toma, entrará en preproducción la nueva serie de la cadena. Larson ha aprobado con enorme entusiasmo el proyecto que le he propuesto.

Chase saca algunos fascículos de su maletín y nos los pasa.

–Aquí está el borrador del guion. Coged uno por cabeza.

Cuando me llega la copia a mis manos, observo la portada brillante: un atardecer californiano, a contraluz la figura de un hombre conduciendo un deportivo con un cigarrillo entre los labios. Y en el centro escrito en letras grandes «*Hell-A*».

¡Dios mío! ¡Mi *Hell-A* en producción! ¡Me voy a desmayar!

He aquí el motivo del guiño. ¡Mi serie! ABS producirá mi serie. ¡Soy autora! ¡Lo he conseguido!

Estoy en *shock*.

James lee las primeras líneas en voz alta y lo comenta con un «Genial, joder!».

Con manos temblorosas abro el guion por la página de créditos.

«*Hell-A*, de Chase Turner.»

¡Un momento! Está escrito así. «*Hell-A*, de Chase Turner.»

Recorro las líneas una por una, luego las páginas, hasta el final, a la búsqueda desesperada de mi nombre. No figuro en ninguna parte.

–Disculpa, Chase –digo levantando la mano, mirando fijamente el guion.

–Dime, Summer –me responde con un tono de pura cortesía.

–Creo que hay un error.

–¿Ah, sí? ¿Dónde?

–Bueno, Chase, en todas partes. Quiero decir, está escrito que *Hell-A* es tuyo.

–Soy el *showrunner*, por supuesto.

–No, no está claro para nada –estallo–. Debería estar mi nombre aquí.

Mi declaración hace que se levanten de golpe las cabezas de Luke, James y Craig, que me contemplan desorientados.

–Esta es mi idea. Mi guion. Lo sabes –digo, encontrando el coraje para mirarlo a la cara.

–No entiendo de qué estás hablando –responde Chase con la mayor tranquilidad.

—¡¿No entiendes de qué estoy hablando?! —me pongo en pie golpeando la mesa con la mano abierta.

¡Mierda! ¡Qué mal!

—Sí, recuerdo que me mencionaste algo, pero el guion es mío, lo he escrito yo, no esperarás que mencione como creadores a todas las personas que me han hecho alguna sugerencia.

—¡No te he hecho una sugerencia! —exclamo en un intento de despertar su conciencia si es que le queda una pizca de ella—. ¡Puta mierda! ¡Chase! ¡Te he dado el borrador completo del guion! Hasta te he dado el piloto.

Chase me detiene alzando la mano.

—Summer, salgamos, no demos el espectáculo, y arreglemos el asunto con calma.

Después se dirige a los otros tres con una sonrisa ladina.

—Disculpadnos, Summer necesita un minuto.

Ellos asienten con la cabeza y la mirada elocuente del que piensa «estará con la regla».

Sin que yo pueda replicar, Chase ya está en la puerta invitándome a seguirlo.

Lo sigo por el pasillo hasta el final de las puertas de la cocina, donde nadie nos oirá.

—No me gusta esta escena —comienza él, seco.

—¿Te parece que no tenía derecho? Puedes decírselo a ellos, pero nosotros sabemos cómo fue. ¡Eso que has firmado tú es *mi* idea, *mi* trabajo! —protesto exhalando rabia.

Chase no se siente para nada afectado.

—No entiendo tu rabia. Tu serie está en producción, ¿no?

—Sí, pero no con mi firma en ninguna parte, ningún reconocimiento.

—¿Qué reconocimiento esperabas? ¡¿De verdad creías que ABS invertiría en una serie escrita por mi asistente?!

—Sí, joder, porque soy una autora, incluso más que los demás. ¡¿Estamos o no filmando *La élite* con mi final?!

Chase se ríe sacudiendo la cabeza como si solo estuviera diciendo disparates.

—Está claro que has malinterpretado todo desde el principio. Tu serie es buena, *Hell-A* ha convencido a todos los jefes, pero yo ya tengo un nombre, tengo una carrera, mi firma vale más que la tuya que, permíteme, no eres nadie. Pero está en producción, así que disfrútalo. Ayuda a Craig, continúa escribiendo y entrégame más guiones así.

—¡¿Para qué?! ¡¿Para qué mierda?! ¿Para entregarte mi trabajo y ni siquiera ser reconocida? ¡Usa tus ideas, Chase! Escribe los guiones tú mismo ya que tienes un nombre y una carrera.

—Será muy difícil trabajar así, si mantienes esta actitud.

—No será difícil en absoluto —le digo. Aprieto los puños hasta que mis uñas casi se me clavan en las palmas, incrédula ante las palabras que estoy a punto de pronunciar—. Me voy, no quiero trabajar contigo, me das asco.

Él me escruta, se rasca la barbilla y luego se encoge de hombros.

—Como quieras.

¡Qué imbécil! Le doy la espalda antes de que mis ojos se inunden de lágrimas.

—No eres la persona adecuada para trabajar en Hollywood si no estás dispuesta a ceder y llegar a acuerdos.

Conducir resulta una hazaña. Tengo los ojos empañados de lágrimas desde que he dejado el hotel.

He despertado a Emma Rae —ella está en Los Ángeles y son las siete de la mañana—, vomitándole el relato de mi mañana desastrosa y humillante.

—Me gustaría poder hacer cualquier cosa para ayudarte —suspira desde el otro lado. Me la imagino perfecta, con uno de sus conjuntos de cientos de dólares entre sábanas de seda, lo opuesto a mí: pelo despeinado, maquillaje corrido, nariz roja, ojos hinchados y con un montón de clínex arrugados en el regazo.

—No veo cómo podrías —sollozo.

—¡Idea! —exclama—. Seduzco a Chase y le muerdo la polla. Teniendo en cuenta que es lo que usa para pensar, debería ser suficiente para matarlo de golpe. La cadena necesitará un nuevo *showrunner*.

Incluso en el momento más oscuro de mi carrera la imagen de la venganza meditada por mi amiga me hace sonreír. ¡Gracias a Dios que está Emma Rae!

—No es una hipótesis que descartar. —Cojo otro clínex y me sueno la nariz ensordeciéndola.

—Summer —el tono de mi amiga parece preocupado—, ¿te han visto llorar?

—*Do*. —«No» quería decir, pero tengo la nariz taponada—. He aguantado *hadta* que me he ido en el coche.

—Menos mal. Sabes que la regla número uno es…

—Nunca llores en el trabajo —me anticipo.

—De lo contrario te quedas con la fama de la emotiva —insiste.

—Me tacharán de emotiva de todos modos —resoplo—. He saltado delante de todo el equipo acusando a Chase de hurtar mi idea y luego lo he mandado a la mierda.

En el otro extremo escucho un ruido sordo, como si Emma Rae hubiera golpeado algo con el puño.

—¿Ves? Esto me da ganas de romperlo todo: en el trabajo, si un hombre se enfada, tiene carácter, es un líder que sabe hacerse respetar, pero, por el contrario, si es una mujer la que se enfada, es una histérica. ¡Esto lo deberíamos cambiar! —explota.

—Emma Rae, un día gobernarás el mundo, lo sabes, ¿verdad?

—Es una de las cosas que tengo hoy en mi agenda. —La siento trajinar con la máquina del café—. ¿Summer?

—Dime.

—¿Qué piensas hacer ahora?

—Bueno, teniendo en cuenta que ya no trabajo para *La élite* y para la ABS en general, creo que debo ponerme a buscar un nuevo trabajo, si no quiero volver a Boston con mi familia, y no quiero.

Hago una pausa para coger aire para un suspiro gigante que casi hace que mi pecho explote.

—Volveré a los Ángeles.

Capítulo 29

Blake

–¿En qué sentido «Chase te ha robado la serie»? –le pregunto, asombrado.

Summer ha entrado en la casa con el aire de alguien a quien se le ha caído el mundo encima. Le pregunto qué ha pasado, por qué no está en el set, y se queda en silencio durante diez larguísimos minutos. Como los típicos supervivientes de una explosión, paralizados en estado de *shock*.

Luego ha cogido agua de la nevera, se ha sentado en la encimera de la cocina y me ha explicado lo sucedido.

Y todavía estoy aquí para interiorizar lo que me ha dicho.

–En el sentido exacto de que me ha robado la serie. No hay otras interpretaciones que dar. Chase es el *showrunner,* Craig el supervisor, y yo la idiota que pensó que iba a firmar su primera serie –dice envenenada.

–Joder –murmuro, pasándome una mano por el pelo. Debo decir que nunca me he encontrado en condiciones de ver cómo me roban una novela y ahora me doy cuenta de que ha sido solo suerte. Bastaba con que uno de mis manuscritos llegara a manos de la persona equivocada y ahora quien tendría contratos editoriales sería otro imbécil.

De hecho, en todo caso, me he encontrado en la posición opuesta, blanco de personas que afirmaban haber escrito mis novelas y yo el que las había plagiado. Sin embargo, las acusaciones eran tan falsas que ningún juez dudó de mi honestidad. En realidad, los acusadores solo querían llegar a un vulgar acuerdo económico, pero yo, sabiendo que tenía razón, exigí ir a juicio.

Sasha estaba en contra, decía que así solo haríamos publicidad a estos ladrones del *bestseller* de turno (hay gente que lo hace de profesión, acusando de plagio indiscriminadamente para arrebatar transacciones por unos cuantos miles de dólares), pero yo no quería que hubiera ninguna duda sobre la propiedad intelectual de la obra. La transacción habría sido mucho más rápida y menos dramática, pero habría confirmado que mi novela fue copiada de la de otra persona.

Puede parecer extraño, pero yo también me rijo por una moral y, maldita sea, me importa mi nombre.

—El despacho legal de mi editorial tiene abogados con cojones, lo sé porque incluso Houdini no podría librarse de sus contratos, si quieres puedo llamarlos de inmediato —me ofrezco, olvidando también el hecho de que oficialmente no tengo teléfono.

—¿Y para decirles qué?

—Desayunan leyendo los derechos de propiedad intelectual, seguro que te pueden ayudar.

Summer me mira con sus ojos brillantes, con una mirada que me atraviesa el corazón de lado a lado.

—Por supuesto. Comentemos el caso «Summer Hale, exasistente de producción, contra Chase Turner, el *showrunner*, y la ABS»... Y nada, ya tiene gracia así.

—Pareces rendida.

—¡Lo estoy! —exclama—. ¿Crees que quiero demandar a un gigante de la televisión? ¿A Chase, que llama a Jimmy Fallon por su nombre de pila? Solo para que un abogado abriera un expediente, tendría que poner encima de la mesa no sé cuántos miles de dólares que no tengo y que ciertamente no tengo la intención de pedir a mi familia.

—Tu padre y tu hermana son abogados, ¿no? —le pregunto.

—Fiscalistas —responde—. Y créeme, no ven la hora de que llame a su puerta pidiendo ayuda económica, o de cualquier tipo. Demostraría que tenían razón, que he fracasado en Hollywood y que sería mejor si estuviera licenciada en derecho corporativo.

—¿Y si pagase yo?

Summer permanece con la boca abierta, parpadeando.

—¿Perdona?

—Yo pago el caso —repito convencido. Lo digo en serio como nunca lo he estado en mi vida.

–No, Blake, no puedo aceptar. Te agradezco el gesto, pero no.

–Frena, no es un regalo. Es un préstamo –le explico–. Cuando hayas ganado el caso, Chase me reembolsará los honorarios de mi abogado y me aseguraré de que Cohen y Phelps le presenten una factura que se le pondrán los huevos por corbata.

–Es un gesto muy noble, pero ¿cuánto durará el caso? ¿Un año? ¿Dos? Mientras tanto, ¿qué haré? ¿Dónde trabajaré? En Hollywood ninguna productora querrá contratar a la que está demandando a la ABS.

Asiento con la cabeza, entendiendo su razonamiento. Summer actuaría por hacer justicia, pero se convertiría en una alborotadora para todos y nadie quiere una alborotadora entre sus empleados.

–Entonces, ¿qué te queda?

Summer aplasta la botella vacía y mira hacia la mesa, suspirando.

–Regresaré a Los Ángeles. Ahora que ya no trabajo para *La élite*, tengo que buscar otra producción, con la esperanza de que, para cuando llegue, Chase no haya ido a saco contra mí. Quizá ahora esté llamando a sus conocidos del mundillo para advertirles de mí.

–¿Vas a volver a Los Ángeles? –repito como un imbécil.

–Sí, de hecho, es mejor si voy a hacer las maletas.

Y sin darme tiempo a contestar, se levanta, sale de la cocina y sube al piso de arriba.

La dejo sola, convencida de que necesita algo de tiempo para ocuparse de sus asuntos, pero cuando escucho el sonido de armarios y maletas que proviene de su habitación, me doy cuenta de que habla en serio.

Subo las escaleras de dos en dos, luego recorro el pasillo hasta su habitación a grandes zancadas y desde el umbral me asomo por la rendija de la puerta entrecerrada.

Las maletas abiertas en la cama.

Los zapatos alineados en el suelo.

El neceser de belleza ya está cerrado.

El maletín con el portátil en la silla.

Y Summer, doblando su ropa, pieza tras pieza, en la cama de matrimonio vacía.

Llamo a la puerta y ella me mira, secándose una lágrima.

Sorbe por la nariz, niega con la cabeza, se aclara la garganta.

—¿Necesitas algo?

—¿Por qué te vas? —le pregunto a bocajarro.

—Te lo he dicho. Estoy sin trabajo, tengo que buscarme otro, tengo una casa por la que estoy pagando el alquiler, tengo… —Echa la cabeza hacia atrás, suspirando—. Tengo mil razones para irme.

La alcanzo, deteniéndome frente a ella, que me parece muy pequeña e indefensa.

—Tienes mil razones razonables para irte. Pero ¿no te bastaría solo una buena para quedarte?

—¿Y cuál sería?

Cojo su mano izquierda, que sostiene un suéter, lo tiro sobre la cama y la cojo entre las mías, como si estuviera rezando.

—¿Puedo ser tu buena razón para quedarte?

—¿Tú? —Ella no parece entender.

—Puede sonar egoísta, pero no estoy preparado para dejarte ir. Antes, abajo, mientras te escuchaba hacer las maletas, me he imaginado viéndote salir por la puerta y no me ha gustado nada, así como tampoco me gusta fingir que no hay nada entre nosotros.

—Pero tú habías dicho que… que no somos un «nosotros».

—Digo muchas tonterías —reconozco—. Una especie de autodefensa. Me he curado en salud, pero odio mentirme a mí mismo. La verdad es que me gustas y creo que podría haber un nosotros, pero para saberlo tenemos que darnos tiempo, estar juntos, conocernos como personas que se gustan y quieren descubrirse el uno al otro.

Ella no parece convencida.

—Llevamos casi dos meses viviendo bajo el mismo techo, ¿dices que no nos conocemos?

—Quiero saber más, quiero que sepas más, quiero que te quedes. El verano todavía es largo; de todos modos, te habrías quedado hasta mediados de septiembre. Tal vez te canses de mí en una semana, pero ¿por qué negarnos esta oportunidad?

Mientras espero su respuesta, descubro que tengo el pulso acelerado. Esto es ansiedad.

Ella lanza una larga ojeada a las maletas, suspira y baja la cabeza sacudiéndola.

Toma el suéter que había tirado sobre la cama, lo pone encima de la pila, abre la cremallera, cierra la maleta y la pone en el suelo.

Mierda. Se irá.

—¿Qué haces? —no puedo resistirme a preguntarle.

Ella me mira, se sonroja y me sonríe.

—Lo pondré de nuevo en el armario.

No la dejo dar un paso más, y con un impulso desconocido para mí la levanto del suelo, girando sobre mí mismo con una sonrisa que ni que me hubieran dicho que había ganado el Pulitzer.

La beso, ella me besa, nos besamos como dos adolescentes.

—Soy una irresponsable —dice ella entre un beso y otro.

—¿Por qué?

—Estoy sin trabajo, sin salario y sin guion, y he elegido holgazanear durante un mes y medio contigo aquí, sin hacer nada.

—No es cierto que no harás nada —la contradigo—. Si he llegado a conocerte un poco, mañana a las siete ya estarás en el mostrador de la cocina con tu exprimidor de bazofia verde, escribiendo un nuevo guion, incluso mejor que *Hell-A*.

—¡Te has olvidado de mis cuarenta y cinco minutos de yoga!

—Y tus cuarenta y cinco minutos de yoga.

Capítulo 30

Summer

¿Qué decíamos de mí? Ah, sí, que soy una irresponsable. Ahora debería estar en un avión en dirección a Los Ángeles.

Una vez de vuelta a casa, debería guardar todas las cosas de George para que él pueda llevárselas, después meterme en el ordenador y mandar mi currículo a todas las compañías cinematográficas y de televisión, luego revisar mi cuenta corriente, ponerme un par de zapatos cómodos y dar una vuelta por todos los clubes de la playa desde Venice Beach a Palos Verdes preguntando si necesitan una camarera.

Y en vez de eso, ¿dónde estoy?

Para ser exactos estoy flotando sobre un sillón hinchable en la piscina de los Bronstein, con los pies a remojo, las gafas de sol en la nariz y un cóctel margarita en la mano, mientras los altavoces exteriores difunden una relajante música *chill out*.

Son las once y media de la mañana.

Hoy no he puesto el despertador, me he levantado cuando ya no tenía más sueño, he desayunado con tortitas hechas por Guadalupe –eran para Blake, pero ella nunca lo sabrá; he esperado a que ella se fuera para tomármelas–, me he puesto el bikini, preparado un cóctel y, plaf, a la piscina.

He sido discreta con la música para no despertar a Blake, que ha estado escribiendo como siempre toda la noche. A las nueve estaba inclinado sobre las almohadas con la cabeza hacia atrás, las gafas sobre la frente en un coma vegetativo, y el portátil, todavía encendido, en el regazo.

Hablando de Blake, cuando ayer me pidió que me quedara con él, casi me desmayo.

Me ha conmovido.

Sí, vale, sé que no me ha prometido amor eterno, soy consciente de eso, pero aun así estamos hablando de Blake Avery, y el hecho de que haya tenido el valor de decir en voz alta que entre nosotros –sí, hay un «nosotros»– hay algo, creo que es en sí mismo un milagro.

Quizás en este tiempo nos demos cuenta de que, aparte del sexo, no somos tan compatibles, de que nos cansaremos uno del otro, pero si nos gustamos, ¿por qué no ver qué pasa?

Utilizaré el método Emma Rae: viviré en el presente, sin expectativas, pero disfrutando de lo bello.

Lo necesito.

–¿Quién eres tú? ¿Y qué haces en mi piscina? –pregunta Blake, sacándome de mis pensamientos.

Está junto a la piscina, con una camisa de lino arrugada desabrochada hasta el estómago, las mangas arremangadas, unos vaqueros claros rotos, descalzo y una mano sobre los ojos para protegerse del sol mientras me mira.

¡Jesús! Ese hombre es ilegal.

Levanto mis gafas sobre la frente.

–Estoy de vacaciones –le respondo.

–¿Tú? ¿De vacaciones?

–Sí. De vacaciones. ¿Sabes cuánto tiempo hace que no estoy de vacaciones?

–No.

–Yo tampoco. Antes de unirme al equipo de *La élite*, había planeado un par de veces irme de vacaciones unos días, luego me llamaron para trabajar en algunas producciones cortas del tipo «lo tomas o lo dejas», y como tenía que hacer currículo, la única opción era tomarlo. Y adiós vacaciones.

–¿Y lo que estás bebiendo está recién exprimido? –pregunta él aludiendo a mi vaso, que tiene una rodaja de lima incrustada en el borde.

–En la margarita hay tres cuartas partes de zumo de lima, de modo que sí, está recién exprimido –digo bebiendo un generoso sorbo.

–Margarita, ¿eh? ¿No me ofreces un poco?

–Si lo quieres, ven a cogerlo.

Y como Blake Avery no es de los que le tienes que decir las cosas dos veces, se sumerge en el agua vestido y nada con largas brazadas hasta mi sillón inflable, apoyando sus brazos en mis rodillas.

–Summer Hale pasa el rato en la piscina y bebe alcohol antes del mediodía. ¡Así que es verdad que soy una mala influencia para las chicas buenas!

–O tal vez, como has dicho tú, no veo la hora de ser mala.

–Bueno, para empezar, ese bikini es de chica mala.

–¿Qué tiene de malo este bikini? –le pregunto mirándolo–. No veo nada extraño en él.

–Deja que te lo haga ver con mis propios ojos: en primer lugar, es blanco.

–¿Y?

–Las chicas buenas saben que los bañadores blancos se vuelven transparentes, así que no los usan.

–¿Y las malas no lo saben?

–No –responde malicioso, mordiéndose el labio–. Lo saben, y es por eso por lo que se lo ponen.

–¿Y luego? ¿Qué más ven tus ojos? –lo pico. Tengo que admitir que me encanta cuando me habla así.

–Tus pezones se tensan debajo de la tela. Estoy pensando que me gustaría morderlos.

–Tengo frío –le digo en un tono poco creíble.

Él sacude la cabeza mirándome fijamente.

Ambos sabemos que eso no es cierto.

–¿Y qué más?

–Y además el *slip* es muy, *muuuuy* pequeño.

–No es pequeño –objeto.

–Modestamente soy un experto en ropa interior de mujer y, créeme, es realmente pequeño –insiste. Sus manos suben por mis muslos hasta mis caderas, por debajo de los lacitos de mi *slip*–. Tan pequeño que casi resulta inútil. –Sus dedos se insinúan entre los nudos, desatándolos–. Podríamos incluso quitarlo…

En un segundo los cordones se han deshecho y la parte de delante del *slip* cede, exponiéndome desnuda a la vista de Blake.

—Blake, ¿no has venido aquí a por la margarita?

Me lanza una de esas medias sonrisas mortales que me golpea directamente en el estómago.

—También.

Agarra mis rodillas por detrás y tira de mí hacia abajo sobre el hinchable hasta que estoy sentada justo en el borde, frente a él.

Levanta mi pierna derecha sobre su hombro, besándola desde el tobillo hacia arriba.

Su boca impertinente sube a lo largo de la pantorrilla, luego en el hueco de la rodilla, en ese punto sensible que me hace estremecer en cuanto siento el roce de su lengua. Y aún más arriba, a lo largo de la cara interna de mi muslo, mientras siento un calor tremendo encenderse como una brasa en mi bajo vientre.

—Crema solar y cloro —susurra en mi ingle de un modo que me corta la respiración.

Su boca me encuentra lista y excitada a muerte, no sé si alguna vez lo he estado tanto antes, y apenas la posa sobre mí, me encuentro jadeando.

La lengua de Blake es caliente, confiada, atrevida, parece saber lo que quiero, lo que me gusta, cómo me gusta, y cada toque, cada caricia me hace vibrar y tensarme cada vez más mientras arqueo la pelvis instintivamente, empujándola hacia él.

Me balanceo al ritmo de su lengua, que sube y baja, a derecha e izquierda, tocando todos los puntos exactos de placer.

Se detiene levantando hacia mí su mirada descarada, la mirada de quien sabe que me está haciendo gozar.

Solo que esta vez no me siento tímida e incómoda.

Sostengo su mirada, luego pongo el vaso sobre mí, lo inclino y la margarita gotea, fría, deslizándose entre mis pechos, por el abdomen, alrededor del ombligo hasta bañarme entre los muslos, mezclándose con mi excitación.

—*Realmente* eres una chica mala —murmura Blake lamiéndose los labios y acercando de nuevo su boca hacia mí, la lengua estirada para atrapar el borde de la margarita, torturándome hasta alcanzar un placer extremo.

El contraste entre el calor de Blake y el frío de la margarita, unido a sus dedos que me provocan entrando y saliendo, me desencadena una explosión que parte del centro y se extiende fibra por fibra hasta mis pies y manos. Un orgasmo potentísimo me sacude toda hasta el punto de que dejo caer el vaso en el agua para agarrarme con fuerza a los brazos del sillón hinchable, la cabeza echada hacia atrás, los ojos entrecerrados y un grito que me llena la garganta, subiendo de quién sabe qué recoveco de mi cuerpo.

No sé cómo describir un estado de agotamiento y emoción juntos, pero en eso estoy ahora.

–Es la mejor margarita que he probado –dice Blake amigable.

Me deslizo del inflable, mis brazos alrededor de sus hombros, mis piernas enroscadas a su cintura, apretada contra él. Lo beso tanto, fuerte, con pasión, con rabia, con deseo, con todos esos sentimientos brutales que te pueden desatar un maremoto dentro.

Porque él es así, un tsunami, y cuando viene hacia ti, ¡sálvese quien pueda!

–Me alegro de que te quedaras –susurra sobre mis labios.

–También yo estoy contenta de haberme quedado.

Creía que sin trabajo, sin perspectiva, sin nada que hacer, me volvería loca. Pero no.

Había decidido tomarme un día de vacaciones, pero no he durado ni veinticuatro horas.

Por la tarde me ha venido una inspiración incontrolable y he *tenido* que ponerme al ordenador.

Y así al día siguiente, y el otro, y el que sigue.

Tengo una historia. No sé si tan buena como *Hell-A*, pero la tengo.

Y no es la única cosa que tengo.

Tengo un ritmo. Blake y yo tenemos un ritmo.

Por la noche nos abandonamos a la pasión hasta el agotamiento.

Me quedo dormida junto a él que, en cambio, abre el portátil sobre sus piernas y escribe toda la noche mientras me mece el tic-tac rítmico de sus rápidos dedos sobre el teclado.

Me despierto por la mañana, ni pronto ni tarde, con él dormitando a mi lado, todavía con el portátil en el regazo.

Me ducho, me visto, le quito las gafas de la nariz y las coloco en su mesilla de noche, luego cojo el portátil y lo pongo a seguro sobre el escritorio. Él intenta que vuelva a la cama, yo escapo –de mala gana– de sus manos y bajo las escaleras.

Recuperación muscular, estiramientos, yoga.

En la cocina ya está Guadalupe, que ha traído comida y le prepara a Blake el desayuno, pero a mí me deja sitio para que me haga mis propias bebidas.

Escribo como una posesa hasta el mediodía, hora a la que se despierta Blake, que llega arrastrándose con su paso indolente.

Me abraza por la espalda, me besa en el cuello, y el olor de la nicotina de su Marlboro de buenos días me pellizca la nariz.

Hace algo indecente y obsceno que provoca que Guadalupe ponga los ojos en blanco –generalmente me da besos largos y explícitos–, coge las tortitas y las devora, no sin antes ofrecerme el tenedor con un trozo chorreante de sirope de arce, que muerdo contenta.

Cuando termina, se levanta, se estira y va a tenderse en una tumbona de la piscina, con el torso desnudo, con el iPod en los oídos.

Yo le echo una mano a Guadalupe para recoger y, cuando se va, me reúno con Blake, tumbándome sobre él, mi espalda contra su pecho.

Me besa el pelo y me pasa unos auriculares: Arctic Monkeys, Franz Ferdinand, The Black Keys, varios grupos de *indies* alternando con lo mejor de los noventa, que cantamos juntos.

Más tarde tomamos un tentempié, yo un trozo de coco fresco, él un café largo y amargo. He descubierto que, aparte del Bloody Mary de desayuno, Blake bebe litros de café, y tal vez sea esa la explicación de su vigilia nocturna hasta el alba.

Pasamos el resto de la tarde escribiendo en el sofá, él de un lado, yo del otro, con las piernas entrelazadas. A veces me pide que busque una palabra que no le viene, yo le recito en alto una frase y él me dice si funciona.

Cuando Blake trabaja, trabaja. Es mucho mejor que yo. No quita los ojos de la pantalla y sus dedos vuelan por el teclado ininterrumpidamente. Está en el ordenador tres horas, escribe tres horas.

Yo escribo, pero me distraigo a menudo: abro Facebook cinco minutos, chateo por Skype con Emma Rae, navego por Google News... y después llega mi momento favorito: cuando Blake deja de escribir y relee el capítulo. Está concentrado, sus ojos se desplazan con un movimiento imperceptible en la pantalla, línea por línea, mientras con la punta del dedo índice se acaricia el labio inferior de un lado a otro con aire pensativo. Es hipnótico.

Por la noche abrimos una botella de vino y la bebemos mientras preparamos la cena. Que traducido significa calentar lo que nos ha preparado Guadalupe y que casi siempre termina en una serie de juegos preliminares muy intensos, conmigo tumbada en el mostrador, interrumpidos solo por el «ding» del microondas.

Finalmente llega el momento Hollywood: me acurruco contra él y le muestro lo mejor que se ha producido para la gran pantalla.

Me gusta el cine antiguo en blanco y negro, soy una nostálgica, y nuestras noches transcurren entre un «Tócala otra vez, Sam», de *Casablanca*, y «Nadie es perfecto» de *Con faldas y a lo loco*.

Y jugamos a quién es quién. Mientras la película está en sus primeras escenas, Blake dice siempre: «¿Tú quién eres? Yo soy Humphrey Bogart».

Y yo soy Ingrid Bergman, Marilyn Monroe...

Excepto cuando vimos *El joven Frankenstein* y nos peleamos porque los dos queríamos ser Igor.

Me duermo a cinco minutos del final, Blake me despierta

haciéndome cosquillas, y yo sufro a muerte y caigo del sofá presa de convulsiones.

—Tú eliges las películas y luego siempre te duermes —me regaña inclinándose sobre mí, mientras con una mano me sujeta las muñecas para que no pueda oponerme a su tortura.

—Eso no es cierto, no me duermo. ¡Me sé la película de memoria y la veo con los ojos de la mente! ¡Aaah, basta, por favor! Me estás matando.

—Eres una cobarde y una mentirosa —continúa impertérrito sin soltar su presa—. Sé por cómo respiras si duermes o no. ¡Estabas en coma! ¡A otro con lo de la película mental!

—¡Está bien, está bien, me rindo! —gimoteo.

—Si te doy la razón, ¿te detendrás?

—Si paro, ¿qué me das?

—¡La razón! —repito.

—Eh, no, bomboncito, demasiado poco —replica agachándose conmigo, y cuando nuestras narices se rozan, estoy preparada para recibir mi beso.

—¿Entonces qué quieres? —le pregunto, ya borracha por su olor que me vuelve loca.

—Que salgas conmigo.

Su respuesta me pilla desprevenida.

—¿En qué sentido salir contigo?

—Salgamos juntos tú y yo, ¡como hacen los que salen juntos!

—¿Te refieres a una cita?

—Sí —exclama como si estuviese buscando la palabra adecuada y yo se la hubiera servido—. Una cita. Hagamos las cosas bien. Tú te pones ese vestido bellísimo que tenías la noche de la cena con Chase y yo te llevo fuera, a un restaurante elegante, tomamos un cóctel en el bar, luego una cena de esas que te hacen esperar una eternidad entre plato y plato para darte tiempo a charlar, tú dirás que no quieres postre y yo me pediré uno con dos cucharitas, pagaré la cuenta mientras estás en el baño retocándote el pintalabios, haciéndote la buena y tratando de olvidar que quiero unirme a ti ahí, levantarte la falda y empotrarte contra el lavabo. Te escoltaré fuera dándote el brazo y te acompañaré a casa, esperando en la puerta a que tú decidas si darme o no el beso de buenas noches.

Su descripción de la noche me provoca una sonrisa y me entran ganas de jugar al juego.

—¿Y qué pasa si al final de la noche no te lo doy, el beso?

—Me aseguraré de merecerlo —susurra mientras nuestros labios ya se rozan.

Yo deslizo mi dedo índice entre mi boca y la suya para detenerlo.

—No.

—¿No qué?

—Nada de besos, hasta la cita.

—¿Cómo? —pregunta entre broma y confusión.

—Lo has dicho tú, Blake. Hagamos las cosas bien. Nada de besos.

Con una mano en su pecho lo empujo suavemente hacia atrás, obligándolo a separarse para que también yo pueda levantarme.

—¿Nada de besos quiere decir...? —su expresión es elocuente, habla por él.

—Nada de nada. Debemos jugar siguiendo las reglas, así que pongámonos en marcha.

Me pongo de pie, apago la televisión y subo las escaleras.

—Empezando por el hecho de que dormiré en mi cuarto esta noche —le digo con un guiño.

—Oye, ¿me estás diciendo que hasta nuestra cita no hay besos, ni lengua ni... sexo? —pregunta, mirándome en estado de *shock*.

—Exactamente —respondo, apoyándome en la barandilla.

—¿Mañana por la noche te va bien?

Caray, parece que el chico tiene cierta prisa. Aunque yo también...

—Mañana por la noche es perfecto.

Capítulo 31

Blake

¡Maldita sea! ¡Me ha vuelto en contra mi propio juego! Si tan solo supiera el efecto que tiene prohibirme cosas, no lo habría hecho.

O tal vez ella lo sabe… Bueno, si lo sabe, es peor para ella.

Está bien. Haré que esta cita valga la espera.

Cojo el portátil y lo abro encima de mis piernas. Trip Advisor, nosotros dos.

Encontraré el restaurante más elegante de todos los Hamptons, debería robarle la última mesa a Sarah Jessica Parker.

Mientras echo un vistazo a la lista de reseñas, me hundo en la almohada y el aroma de Summer llena mis fosas nasales.

¡Dios! Las sábanas, las fundas de las almohadas, hasta las cortinas tienen su olor. Ese olor a cosas bonitas que te hacen perder la cabeza, tipo a pan especiado en Navidad, a colada recién puesta, a niebla de las mañanas otoñales, a jardín mientras llueve…

Esos olores que quedan impresos en tu memoria olfativa y que permanecerán allí hasta que estés en tu lecho de muerte a los noventa años.

Sin darme cuenta, estoy navegando en Google Maps para ver si hay restaurantes vegetarianos y gimnasios de yoga en Meatpacking, el barrio donde vivo en Nueva York.

¿Qué carajo…?

Cierro el ordenador y lo tiro sobre el colchón, luego quito la almohada de detrás de mi cabeza y me pongo de lado.

¡Maldita sea! Peor que antes. En este, el aroma de Summer se siente aún más.

A la hora acordada, la espero al pie de la escalera y, si no me conociera, podría confundir el extraño cosquilleo en mi estómago con agitación. Pero es hambre. Lo sé porque no he comido hoy.

He terminado la novela.

Razón de más para celebrar esta noche.

Escucho el sonido familiar de tacones bajando las escaleras, y después de unos segundos veo aparecer a Summer.

Aparecer es el verbo exacto. Es una visión. Ese vestido negro parece diseñado para ella.

—No tengo palabras para describirte —le digo tan pronto como me alcanza.

Me sonríe, de esa manera suya tan especial que le ilumina la cara: sonríe con la boca, con la nariz, con las mejillas, con los ojos, con las cejas.

—¿Sin palabras? Eres escritor, ¡que no se entere nadie!

—Me vendo bien. ¿Vamos?

—Sí. —Luego me mira con asombro mientras me pongo la chaqueta—. Tú... ¿con chaqueta? ¿Una chaqueta de noche?

No le respondo, limitándome a abrir la puerta de casa con una reverencia, para luego poner la alarma (qué bien, ¿eh?), cerrar y acompañarla al coche.

Su asombro crece más y más a medida que entra al interior del vehículo.

—¡Has lavado el coche!

—¡Y también he llenado el depósito! —le señalo cuando se enciende el panel.

No soy mucho de este tipo de citas elegantes, pero tengo que admitir que prácticamente no falta nada.

Tarde cálida, brisa fresca pero no fría, las estrellas y la luna están ahí.

Restaurante: Le Bilbouquet, el bistró francés más querido por los Upper East Siders de visita en Sag Harbor.

Mesa: sobre el muelle de madera, *pieds dans l'eau*, vista al puerto deportivo, sillones de mimbre blanco y velas.

Música: acompañamiento discreto, lo justo para llenar el silencio mientras se come, pero no invasiva, para que no impida la conversación más íntima.

Menú: el menú de la señora no tiene precios, *comme il faut*.

La primera copa de vino nos calienta de inmediato, Summer disfruta jugando a ser una dama, desafiándome a ser un caballero, pero soy un sinvergüenza y aprovecho cada vacilación para robarle una caricia, tocarle la mano, limpiar de su labio una mancha de vino inexistente.

Le hablo de mi miserable vida como joven aspirante a escritor en la Gran Manzana, ella de las locuras tras bambalinas del vanidoso y agotador Hollywood. Le hablo sobre mi yo joven, una espina en el costado de la virtuosa familia Avery; ella, de su adolescencia frustrada. Cuento las increíbles historias de Dwight, ella canta las alabanzas y los pecados de Emma Rae. Hablo de Sasha, ella de George.

Le robo su *risotto* de champiñones, ella picotea de mi *caprese* de *burrata*. Me hace probar el tabulé y yo le doy un bocado al *oeuf poché* a las hierbas provenzales.

El nivel del Pouligny-Montrachet va descendiendo y llegados al postre se acaba la botella.

Summer pide un mini Saint Honoré, yo un *vacherin*, le meto en la boca una fresa solo con la excusa de rozarle los labios y ella me lame la crema de la yema del dedo. Luego intercambiamos platos de postre y ella me hace lo mismo, solo que yo soy descarado y le chupo el dedo.

A nuestro alrededor las mesas se vacían, hasta que Summer y yo somos los únicos clientes y por el rabillo del ojo veo a uno de los camareros reprimiendo un bostezo sin ser visto.

—Tal vez deberíamos dejarles cerrar… —me hace caer en la cuenta Summer, señalando el restaurante desierto aparte de nosotros dos.

Asiento con resignación y me levanto; Summer que me imita.

Llegamos al coche con ella colgada de mi brazo, levemente achispada por el vino, nos subimos y arranco el motor.

—No te he dicho una cosa —comienzo yo, mirándola de reojo.

—¿Que nos hemos ido sin pagar? —se ríe.

—Solo con ese Montrachet de 2013 nos hemos ganado una

mesa fija, para toda la temporada –le aseguro–. No, me refiero a otra cosa. He terminado la novela.

–¿De verdad? –exclama, girándose hacia mí con un destello de emoción en sus ojos–. ¡Es fantástico!

–¿Querrías leerla?

–¿En primicia? ¿Así, sin que Sasha o tu editor la hayan leído?

–Sí. Serás, sin duda, la mi primera lectora… –le lanzo una sonrisa juguetona– si me das ese beso.

Golpea mi brazo con un puñetazo inofensivo.

–¡Sabía que había algo más!

–Me parece un intercambio justo. ¿A ti no?

–¡No! El beso tenía que depender de la cita. ¡Y ya casi estabas!

–¿Qué quieres decir con que ya casi estaba?

–¡Que con esta proposición indecente, has vuelto a la casilla de salida!

–¿Y cómo puedo arreglarlo?

–¡No lo sé, Blake Avery!

–Creo que sé cómo puedo dar lo mejor de mí. ¡Te enseñaré Nueva York! –propongo.

–¡Ya he estado en Nueva York antes! –responde ella.

Me giro para mirarla, encontrándome con su mirada severa pero divertida.

–Pero no conmigo.

Capítulo 32

Summer

Lo ha hecho de verdad.

En lugar de continuar el camino hacia la villa, Blake ha tomado la interestatal 495 en dirección a Nueva York.

He objetado observando que eran las once y media, pero me ha dado la clásica respuesta Avery: «¿Por qué? ¿Qué tenemos que hacer?».

Siento que estoy a años luz de mi antigua vida. Antes de Blake, dormía de noche. Ahora me baño en la piscina, camino por la playa y voy a Nueva York.

Lo observo conducir, asombrada de que, aun así, emane un magnetismo sobrenatural.

Conduce con una sola mano, apoyando el brazo izquierdo sobre la ventanilla y los dedos en los labios, como un reflejo inconsciente de cuando fuma.

Me gustaría hundir mis dedos en su pelo, acercar su rostro al mío y darle un beso. Pero ¿a quién quiero engañar? Si lo beso, acabaría por detener el coche.

–Bienvenida a Nueva York –me dice Blake entrando Queensboro Bridge; al fondo brillan los rascacielos iluminados de la Gran Manzana.

Dejamos el coche en un aparcamiento vigilado y salimos a la Quinta Avenida. Blake mira su reloj y asiente.

–La una y cuarto. Justo a tiempo para la última carrera.

–¿La última carrera de qué? –le pregunto sin entender.

–La última carrera para tocar el cielo.

Cuando llegamos frente a la entrada de un rascacielos, las palabras de Blake cobran sentido: el edificio del Empire State.

–¿Quieres subir al Empire? –le pregunto levantando la nariz sin alcanzar a ver la cima del edificio.

–No. ¡*Subamos* al Empire! –exclama, cogiéndome de la mano y entrando.

Nos apretamos en el ascensor con otras diez personas, y él aprovecha para abrazarme, mi espalda contra su pecho y sus brazos alrededor de mi cintura, mientras me susurra en el oído todo lo que me querría hacer si en ese momento estuviésemos solos, y yo lucho con todas mis fuerzas para no decirle «A quién le importa. Hazme lo que quieras».

¡Ding! Piso ochenta y seis.

Abro los ojos ante la impresionante vista.

–¡*Esto* es un espectáculo!

Blake me coge del brazo y me pasea por el perímetro del balcón, rodeando la parte superior.

–A la izquierda fluye el East River –explica con la voz impostada de un guía–. Mientras que ese bosque de rascacielos es el distrito financiero, y allí está el Riverside, esto enfrente de nosotros es el Midtown, detrás está Central Park y aquel es el edificio Chrysler. Nos encontramos a una altura de trescientos veinte metros y bla, bla, bla…

Me acerco a uno de los telescopios que funcionan con monedas y lo giro con las manillas a derecha e izquierda para contemplar la ciudad.

–Estás loco –murmuro cegada por el puzle de luces. Tendría más sentido hacerlo de día, pero así, en la oscuridad, me parece estar mirando a través de un caleidoscopio.

–Nunca has visto Nueva York desde aquí de noche, ¿verdad? –me pregunta Blake detrás de mí, con sus manos sobre mis hombros.

–No.

Acerca su boca a mi oído, rozándolo con sus labios.

–*Start spreading the news…* –tararea con un arrullo que me hace vibrar por dentro.

–¿¡Qué!? –exclamo girándome hacia él, que me contempla con una gran sonrisa.

–… *I'm leaving today…* –continúa en voz más alta.

¡Ay, Dios mío! ¡Realmente está cantando a Sinatra! *¡New York, New York!*

–Blake, ¿es en serio?

Él me guiña un ojo como diciendo «nunca he ido más en serio», coge mi mano mientras que, con la otra en mi cintura, me hace dar vueltas sobre mí misma.

–... *I want to be a part of it* ... –ahora su voz es alta y clara, y todos pueden oírlo–. *New York, New York.*

Sus brazos me guían en el bamboleo, dueños de mi cuerpo y de mis movimientos, a ritmo de *swing,* como si fuésemos Fred Astaire y Ginger Rogers, con mi falda abriéndose en una pirueta ondeante y Blake cantando como un consumado intérprete de Broadway.

–*These vagabond shoes...* –entona con el estilo de un *crooner*–. *They are longing to stray, right through the very heart of it, New York, New York...*

Damos vueltas en la noche, en la cima del Empire, como si estuviésemos nosotros dos solos, la ciudad nuestro escenario privado y los millones de ventanas iluminadas y de minúsculos letreros nuestro particular centro recreativo.

–*If I can make it there, I'm gonna make it everywhere.* ¡*It's up to you, New York, New York!*

Me lanza en un último giro para atraerme de nuevo hacia él y me aprieta entre sus brazos. Con una mano en mi espalda y la otra en mi cintura, me inclina hacia atrás para rematar la coreografía.

Nuestras caras están muy cerca, y un destello de malicia brilla en sus ojos.

–No te besaré de todos modos –le susurro con una sonrisa desafiante.

–¿Ni siquiera para hacer felices a los turistas?

Turistas... La escena ha convocado a un grupo de curiosos que han aprovechado la ocasión para grabarnos con los móviles.

–¿No querrás dejarlos sin un gran final? –me reprocha, haciéndose el listillo–. Eres guionista, sabes lo importante que es no defraudar al público...

—Entonces, no seré yo quien tenga que decírtelo: Blake Avery, los besos no se piden, se dan.

Y me lo da mientras yo lo atraigo hacia mí, con el brazo alrededor de su cuello, siempre en nuestra posición, con mi cintura doblada hacia atrás. Quizá por eso, cuando sus labios descienden sobre los míos, noto que me sube la sangre a la cabeza. Es un beso intenso, largo, apasionado, como los de la gran pantalla de la época dorada de Hollywood, entre Bogart y Bergman en *Casablanca*, O Gable y Leigh en *Lo que el viento se llevó...* A lo lejos parte un tímido aplauso, seguido de un segundo, luego un tercero.

—Vámonos antes de que nos pidan un bis —le susurro en los labios.

Me pone de nuevo en posición vertical y con todas las miradas todavía sobre nosotros, Blake se inclina agitando las manos.

—¡Gracias, gracias! ¡Por esta noche y solo por esta noche!

La noche continúa, impredecible, apasionante, nada convencional.

Tomamos dos *cupcakes* en el Cupcake ATM de Lexington, un auténtico cajero automático que expende *cupcakes* las veinticuatro horas del día, seleccionando en la pantalla los más golosos y asquerosamente rellenos, que la máquina escupe en treinta segundos, desde la ventana, en su cajita dorada.

Luego vamos a la estación Gran Central, hermosa como una catedral, casi desierta, excepto por los pocos viajeros que se dirigen a los trenes nocturnos y miramos, con la nariz en alto, el cielo pintado en el techo.

—Las constelaciones están al revés —me explica Blake—. Helleu les dio la vuelta por error, pero Vanderbilt, el financiero, decidió no volver a dibujarlas, porque, según él, las estrellas, así, son como las ven los dioses.

Todo lo que me cuenta me encanta. Blake me explica que suele venir aquí de noche a pensar, en busca de inspiración.

Y precisamente paseando por la galería de la estación le vino la idea para su primera novela, siguiendo a un hombre de chaqueta y corbata que cuchicheaba con cautela por teléfono y que intercambió su maletín con el de otro tío.

De hecho, así comienza su primera novela: con un intercambio en Gran Central.

Cuando creo que ya no hay nada más que hacer y estamos a punto de irnos a casa, todavía me sorprende.

Conducimos a través de un laberinto de calles intrincadas y nos detenemos en un callejón sin salida, donde llama a una puerta anónima que se abre con contraseña. Cosas que solo Blake puede saber.

–Quédate detrás de mí, ojo con los escalones –me advierte mientras descendemos por una escalera oscura, iluminada por luces esporádicas que emanan un halo tenue.

Bajamos a un sótano donde Blake descorre una pesada cortina. Debe de ser un portal a otra dimensión, porque al otro lado hay lo que parece un club secreto que se remonta a los tiempos de la Prohibición: una estancia larga y estrecha, crepuscular, con el techo abovedado, gruesos muros de ladrillo visto, con el yeso desconchado y lámparas con lágrimas de cristal, tan bajas que podrías tocarlas. En un extremo hay una barra de madera oscura *art decó* y la pared de espejo llena de botellas; en el otro hay un escenario donde una banda de cuatro instrumentos está recogiendo después de su actuación. Nos sentamos en una de las mesitas con pequeñas lamparitas, en el sofá de cuero rojo, y el barman nos sirve de inmediato dos vasos de *whisky sour* y cerezas marrasquino sin que los hubiésemos pedido.

–Bienvenida al último bar clandestino de Nueva York –me dice Blake, brindando con su vaso contra el mío.

Da la impresión de que en cualquier momento va a salir Al Capone de una esquina con su escuadrón de secuaces armados con metralletas.

–Pocas personas conocen este lugar. Por eso me gusta. Y luego porque se puede fumar –dice encendiendo un cigarrillo.

Y no me molesta, al contrario, lo observo embelesada sostener el Marlboro entre los labios.

–Tiene su propio encanto. Es un lugar muy tuyo –digo tomando un sorbo de mi bebida.

–¿Qué piensas de Nueva York? ¿La recordabas así?

–No. Hice un *tour* más… apresurado, ya sabes, las clásicas atracciones turísticas: Estatua de la Libertad, Central Park, visita al Metropolitan… Y luego, la última vez fue cuando pillé a George con la otra, así que no le hice mucho caso a la ciudad. Estaba bastante conmocionada y amargada.

–Espero que esta noche te haya hecho olvidar esa tarde, al menos un poco –dice poniendo su brazo alrededor de mis hombros.

–Completamente. Es una ciudad magnífica.

–¡Y aún no has visto nada! ¡No sabes lo que es Nueva York en otoño! En octubre ofrece lo mejor de sí: los colores, los olores… Por no hablar de la Navidad con la nieve y las luces. Y Central Park en primavera, no sé cómo te las arreglas en California. ¿No echas de menos las estaciones?

–¡Ah, sé cuál es tu plan de esta noche! Demostrarme que Nueva York es mejor que Los Ángeles.

–No necesito demostrar nada, ¡lo sé y basta! Navidad a veinticinco grados no es Navidad. Y luego todos esos terremotos… ¡No hay comparación!

–Tener la playa y el mar ahí, listos para darse un baño, no es tan malo –trato de defenderme. Debo reconocer que Nueva York visto con los ojos de Blake tiene sus puntos a favor. Muchos.

–¿Y a ti te basta?

–Está lejos de mi familia –añado–. Doble ventaja.

Nos miramos un rato, perdidos en los ojos del otro, él juega con mis dedos, me besa en el cuello, me abraza… y yo me pongo a caminar. Nunca me he sentido así.

–Al final me merecía el beso, ¿no? –pregunta Blake.

–Mucho. –Luego cambio de tema para evitar decir una palabra

de más. Podría ponerme realmente empalagosa–. No tenía ni idea de que también supieras cantar.

–No solo eso, también sé tocar.

–¿Tocar?

Él asiente con aire solemne.

–El piano.

–No te creo. ¡No se puede saber hacer todo!

–Te lo juro. Cuando era niño, mis padres querían que mi hermano y yo supiéramos tocar un instrumento. Y en las fiestas nos metían siempre en conciertos benéficos para alguna asociación sin ánimo de lucro. Él tocaba el violonchelo, yo el piano.

¿Blake, serio y formal, interpretando a Mozart?

–No te imagino.

–¡¿Ah, no!? –exclama lanzando una nube de humo mientras hace un puchero de ofendido–. ¡Pues estás a punto de verlo!

Coge el vaso, se levanta y se dirige seguro hacia el escenario. Toma un sorbo de *whisky*, apoya el vaso sobre el atril de las partituras del Steinway de cola y se sienta sobre el taburete.

Coloca un dedo sobre la nota más alta y recorre con él todo el teclado, llenando el silencio de la estancia con una velocísima escala de notas.

Me mira desafiante y se inclina sobre el piano.

Pensé que se burlaba de mí y se pondría a aporrearlo como uno de los Aristogatos, pero cuando sus manos se posan de nuevo sobre el teclado, el aire vibra con la melodía que surge de las cuerdas, con un movimiento rítmico y variado, lento, después rápido, luego despacio otra vez. A veces delicado y aterciopelado, luego brusco y violento. Jazz.

Rapsodia in blue, de Gershwin.

Maleducada e impertinente, como Blake.

Impredecible y sorprendente, como Blake.

Romántica y caleidoscópica, como Blake.

Apasionada y misteriosa, como Blake.

Observo sus dedos volar ligeros por el teclado, las manos que acarician las teclas como si fueran las caderas de una mujer, el mechón castaño que le cae sobre los ojos, el cuerpo que se mueve al ritmo sincopado de la música, persiguiendo las notas.

Lo contemplo hipnotizada. El local es nuestro salvo por un par de clientes, los camareros y los de la orquesta bebiendo en la barra.

Blake ralentiza cada vez más hasta que la música se desvanece en el aire, dejándole espacio solo a él, que me mira. Sin sonreír, sin hablar. Solo me mira como si quisiese verme por dentro.

Me acerco a él, todavía sentado al piano.

—No me mires así, o alguno podría pensar que la has tocado para mí —le digo.

—No se equivocaría —responde descaradamente. En sus ojos hay fuego del infierno, y su sonrisa es un pecado que me vale la condena eterna—. ¿Dónde quieres que te lleve ahora?

Me siento sobre sus rodillas rodeándole el cuello con mis brazos.

—Donde tú y yo podamos estar solos.

—¿Entonces vives aquí? —le pregunto, mientras Blake se mete en una rampa de un parquin subterráneo debajo de un antiguo almacén de ladrillos.

—Sí, aunque por el momento no creo que mi casa esté en condiciones habitables.

Aparcamos el coche y Blake me conduce hasta el ascensor, una plataforma elevadora con puerta de guillotina, de esas que suben entre paredes de cemento desnudo, piso tras piso.

Cuando la plataforma se detiene con un sobresalto, Blake levanta la persiana.

—También podríamos encontrar un garito clandestino lleno de trabajadores mexicanos, por lo que sé, teniendo en cuenta que no he puesto un pie aquí desde que lo alquilé a principios de junio.

Abre un portón oscuro y pesado, enciende la luz y me invita a entrar.

—Bienvenida a mi humilde obra.

No hay duda de que es una obra: hay escaleras, andamios y telas protectoras esparcidas aquí y allá sobre el piso, cajas de herramientas por todas partes. Sin embargo, no puedo dejar de admirar la extravagante belleza del apartamento.

—Este edificio era una fábrica de embalaje, creo, o algo por el estilo, que ha sido convertido en un edificio de apartamentos —me explica mientras miro alrededor.

Es un espacio diáfano de dimensiones exageradas con uno de esos bonitos suelos de parqué industrial, con lamas oscuras, anchas y largas para correr con ese efecto desgastado que cuesta miles de dólares el metro cuadrado.

Los muros perimetrales de ladrillo visto aún conservan el antiguo encanto de la estructura y se alternan con grandes ventanales de montura negra.

En cambio, en las paredes interiores los operarios han pintado largas tiras de muestras de color.

—Me gusta este —digo señalando una del medio de color azul petróleo—, con el techo blanco.

Blake coge un lápiz de uno de los bancos de trabajo de los operarios y escribe «Ok» al lado del color que he escogido.

—También a mí. —Me coge de la mano y me lleva por el apartamento—. Aquí irá la cocina, allá montarán la isla y la encimera —señala un punto donde la sala hace una «L».

—Será enorme. ¿No es demasiado para ti, que solo te alimentas de tortitas, *pizzas* de *take away* y Bloody Mary?

—Quizás aprenda a usarla. Quizás no lo haré solo.

No me da tiempo a responder «¿y con quién la usarás?», que ya me está arrastrando a la zona del dormitorio, pasando por un grueso muro con un pasadizo en forma de arco.

—Este será el baño. Parece que aún no han instalado la sauna.

—¿Sauna? —pregunto incrédula.

—Soy un hedonista. El placer es uno de mis principios de vida —presume con orgullo—. Este será el estudio, biblioteca, sala de lectura, lo que quieras —dice abriendo la doble puerta de una estancia con un ventanal que da a la terraza—. Aquí hay dos escritorios.

–¿Qué haces con dos escritorios?

Siento la mirada de Blake sobre mí en la penumbra de la estancia, y hay una extraña tensión entre nosotros.

–El otro no tiene que ser forzosamente para mí.

Por segunda vez esta noche me siento fuera de mí. Me gustaría preguntarle qué quiere decir, pero temo la respuesta. Tengo miedo de estar imaginando demasiado.

Blake me abraza, apretándome contra él, con el calor de su pecho que me entra por dentro.

Su cara se acerca a la mía y atrapa mi boca entre sus labios.

Respondo a su beso con la misma exigencia, la misma pasión, recorriendo su lengua que acaricia la mía.

Siento los dedos de Blake bajar la cremallera de mi vestido por el costado, lentamente, centímetro a centímetro, y yo hago lo mismo con él, desabrochándole la camisa. Siento el latido de su corazón bajo mis manos, acelerado, mientras mis dedos tiemblan, ojal tras ojal.

Es raro, es como si nos estuviéramos desnudando por primera vez.

Descubro sus hombros, luego dejo que la camisa caiga al suelo, seguida de mi vestido, que se desliza hasta mis tobillos con un frufrú.

La piel desnuda de Blake arde contra la mía.

Me levanta por la cintura y rodeo sus caderas con mis piernas, siempre sin dejar de besarlo.

Cruza el pasillo, da una patada a una puerta y finalmente me acuesta sobre un colchón que todavía está envuelto en celofán.

Blake está de pie frente a mí, devorándome con los ojos, mientras se desabrocha el cinturón y los pantalones.

–¿Estamos en tu dormitorio? –le pregunto.

Él deniega con la cabeza.

–Nuestro.

–¿Nuestro?

Pero no me responde. Se desliza sobre mí, inclinándose para besar mi vientre, volviendo a subir con la lengua a lo largo de mi abdomen hasta el pecho, que sostiene entre las manos, luego en el escote, luego en el cuello, luego de vuelta a mi boca.

Y yo necesito sentirlo bajo mis manos, cada centímetro de piel, cada músculo, todo. También quiero sentir el alma de Blake.

Su olor me vuelve loca, es como una droga.

—Quiero hacer el amor contigo hasta el amanecer —me susurra en el oído, mordiendo mi lóbulo.

Blake Avery es alguien que siempre elige bien las palabras y aquel «hacer el amor» no puede haberlo dicho por casualidad.

Giro la cabeza hacia él, pongo una mano en su mejilla, buscando sus labios con los míos, y mis ojos se pierden en los suyos.

—Y yo también —susurro—. Yo también quiero hacer el amor.

Cuando me acaricia con los dedos bajo las bragas, un escalofrío me sacude por todas partes.

Me tortura suavemente mientras con las caderas le imploro que se una a mí.

Lo ayudo a quitarme la ropa interior y él hace lo mismo con la suya. Luego lo envuelvo con mis brazos, con mis piernas, más cerca, no quiero ni que el aire nos separe.

Apenas me toca, se me acelera la respiración y la primera penetración lenta me hace gemir.

Nuestras manos se juntan, nuestros dedos se entrelazan, ellos también hacen el amor.

Rodamos acostados, moviéndonos juntos, acercándonos, sintiéndonos fuertes y con ganas de más.

Mi aliento se pierde con el suyo, y con cada embestida me derrito hasta el punto de que no sé dónde termino yo y dónde empieza él.

Sigo las olas del placer que me da y lo contemplo, incrédula.

¡Qué guapo es! Me dan ganas de arrancarme el corazón del pecho.

—Estoy a punto de correrme —le digo, presionándome contra él, invitándolo a acelerar sus embestidas.

—No pares.

Interrumpe nuestro largo e infinito beso y me mira con esos

increíbles ojos verde azulado que parecen hechos a posta para hechizar el alma.

—Yo también me corro, amor mío.

Dos embestidas intensas me hacen explotar y romperme en un billón de astillas enloquecidas, mientras Blake disfruta dentro de mí, palpitante y caliente.

Permanezco acurrucada contra él, mi cabeza sobre su pecho, mientras todavía lo siento dentro de mí. Mi pecho y el de él se tocan al ritmo acelerado de nuestra respiración, y Blake me acaricia el pelo.

—Ven a vivir conmigo —dice sin más—. Aquí.

—¿Qué? Blake no puedes decir… —balbuceo sin aliento, y no por el orgasmo.

—Lo digo de verdad, en serio. Ven a vivir aquí, a Nueva York, conmigo. —Se levanta apoyándose sobre un codo para mirarme—. No soy bueno en estas cosas, seguro que me estoy equivocando en el momento, el modo, las palabras, pero no puedo ser más sincero. Ven a vivir conmigo. Te quiero en esta ciudad, te quiero entre estas paredes, te quiero en mi vida, te quiero en mis días y te quiero en mis noches.

Empiezo a hablar, pero él pone un dedo en mis labios.

—Ayer me di cuenta de lo vacía que estaba la cama sin ti a mi lado. Cuanto más olía la almohada y sentía tu olor, más pensaba que no quiero que tú y yo nos quedemos en un recuerdo de verano. Quiero que seamos el presente. Quiero que seamos el futuro.

Le aparto la mano para decir lo mío.

—No es tan fácil. Mi trabajo en Los Ángeles…

—Nueva York está llena de cadenas de televisión en las que puedes trabajar. Esta ciudad es un plató al aire libre. Sasha conoce mucha gente y estoy seguro de que puede darte algún contacto. Eres tan buena guionista que te roban los guiones, no será problema encontrar algo aquí —insiste en convencerme—. No te faltará de nada y te trataré como a una reina. Puedo decirte con precisión cuántos restaurantes vegetarianos y cuántos gimnasios de yoga hay en un radio de una milla en torno a esta casa. Y dejaré de fumar. Te quiero solo a ti.

Lo contemplo congelada de miedo. Es sincero. Sus ojos son sinceros, su voz es sincera, su lenguaje corporal es sincero.

—¿Yo, en Nueva York? —vacilo.

—*Nosotros* en Nueva York. *Juntos.* En el estudio donde escribiremos juntos, en el sofá donde veremos juntos películas en blanco y negro, en la cocina donde cocinaremos juntos, en esta cama donde haremos el amor juntos todas las noches. Te has metido dentro de mí, Summer Hale. Has hecho un hueco en mi pecho que, si te vas, se quedará vacío para siempre. Te amo hasta el punto de que no puedo imaginar un segundo de mi vida sin ti.

—¿Me… amas?

—Sí, te amo, y son las dos palabras más maravillosamente peligrosas que he dicho o he escrito en mi vida, porque ahora están en tus manos.

Se me empaña la vista y siento correr una cálida lágrima por mi mejilla.

Me acaricia con dulzura, recogiéndola con sus dedos.

—¿Lloras?

—No, es que… Más vale que sea verdad, porque yo también te amo, Blake —susurro, asustada ante la idea de decirlo en alto—. Nuestros corazones han estado en alquiler demasiado tiempo.

Él sonríe y pone mi mano en su pecho, en su corazón.

—Bienvenida a casa.

Capítulo 33

Blake

Sí, lo he hecho de verdad.
No, no estoy loco.

Capítulo 34

Summer

—¡No puedes hablar en serio! —exclama Emma Rae al teléfono.
—Pues sí —respondo.

Le conté lo de nuestra noche loca en Nueva York, y especialmente el «Te amo» de Blake. Y lo de ir a vivir juntos.

—¿Con qué tipo de hechizo sexual lo has atrapado? —pregunta ella, incrédula—. ¿Con *bondage*? ¡No, espera! ¡Juegos de rol! No, no, no, ya lo tengo: ¡fetichismo!

—¡Emma Rae! —la amonesto—. Esto no tiene nada que ver con el sexo. O mejor dicho, importa poco. Los sentimientos han hecho el resto.

—¡Hay que ver! Además, hasta me harás creer en el amor.

—Me temo que sí, mi querida mujer de hielo.

—No soy de hielo, quemada como un coche robado, solo tengo un corazón de hielo.

—¿Y tu nuevo hombre misterioso? ¿Hay novedades? —le pregunto, esperando que por una vez también ella se deje guiar por los sentimientos y menos por la conveniencia.

—Es una historia complicada, me gustaría hablarte de él, pero esta vez está demasiado arriba para comprometerlo…

La conversación se ve interrumpida por el pitido que me advierte que la batería está a punto de acabarse. Mientras Emma Rae habla, vacío mi bolso para buscar el cargador, ¡qué desastre! Y aprovecho para poner orden: recibos, tirarlos; una barra de labios, ponerla en el neceser; llaves, cogerlas; cable USB universal, enrollarlo; bolígrafo, encontrar la tapa; blíster vacío de pastillas, tirarlo…

¡Un momento! No está vacío. Aquí hay una.

Estaba convencida de haberlo acabado.

Con Emma Rae de fondo, abro mi agenda y compruebo la última fecha de mi ciclo.

Uno, dos, tres… ¿Hoy qué día es?

Veintisiete, veintiocho, veintinueve… ¡Joder! La que he cogido ayer debería ser la última.

—Perdona, Emma Rae —digo con la voz que me tiembla en la garganta—. Han llamado al telefonillo, te vuelvo a llamar.

Y sin esperar a que se despida, cuelgo.

—¡Joder! ¡Joder! ¡Joder! Me rasco la cabeza, la espalda apoyada en el sofá, mirando la agenda en una mano y el blíster en la otra.

Si la tomé anoche y tendría que ser la última, entonces algún día debo de habérmela olvidado. Pero ¿cuándo? Es posible que la noche que no la tomé no hiciéramos el amor, ¿verdad? No. Eso es imposible. Quizás no fuera en los días fértiles. Quizás no haya ovulado este mes. Quizás fue una de las veces que Blake no se corrió dentro. Quizás…

—Summer, ¿estás abajo? —pregunta la voz de Blake desde el piso de arriba—. ¿Summer?

—Sí —grito en un torpe intento de disimular el pánico.

Guardo todas las cosas, incluido el blíster, en el bolso y lo meto debajo de la mesa. Desenvuelta.

—¡Summer!

Blake baja el último escalón y se me acerca. Me coge de las manos, me levanta, en pie, estrechándome hacia él.

—¡Qué cara tienes! ¡Pareces en *shock*!

—Eh… um. Estaba hablando por teléfono con Emma Rae, está en una historia complicada. De nuevo —miento.

Me mira a los ojos con aire incierto.

Por favor, Dios, haz que me crea por una vez.

—Tengo que volver a Nueva York el viernes para reunirme con mi editor, Sasha también estará ahí.

—¡Ah, sí! —exclamo aliviada de que no quisiera insistir en el tema de la mentira de Emma Rae—. La reunión, me acuerdo.

—Tú también deberías venir.

—¿También yo?

—Sí, eso te dará la oportunidad de hablar con Sasha de tu trabajo y de tu nuevo guion.

—Pero aún no lo he terminado –replico.

—No es necesario, basta con que tengas un proyecto para presentarle. Y también mi editor tiene contactos con las mayores productoras cinematográficas del país. Intentaremos encarrilarte de nuevo.

—¿No me darán un portazo? –pregunto preocupada–. Es decir, no quiero que parezca que pido trabajo solo porque me acuesto con Blake Avery.

Él frunce el ceño, contrariado.

—¡No te acuestas con Blake Avery!

—¿Ah, no?

—No –responde denegando con la cabeza–. Tú estás con Blake Avery. Además, todos estarán muy contentos de ver que me has convertido en un hombre de bien.

—¡Ah! Lo he entendido, quieres demostrar que has sentado cabeza.

—También. –A continuación, agita mi Kindle bajo mi nariz–. Y a propósito de sentar cabeza, me he tomado la libertad de subir a tu *e-book* el borrador de mi última novela, ¿lo leerás?

Se lo arrebato de las manos, agarrándolo con avidez.

—¡Puedes estar seguro que lo leeré! Empiezo ahora mismo.

¡Necesito concentrarme en cualquier cosa que no me haga pensar en la píldora y en lo estúpida que he sido!

El viernes por la mañana, de camino a Nueva York, reviso con entusiasmo la novela de Blake. No la dejé hasta que no la hube acabado.

—Esta vez no falta nada, ¿verdad? –me pregunta sin apartar la vista del camino.

—No, es inspiradora, convincente y nada previsible. Las cinco estrellas son todas tuyas –le aseguro.

Es cierto, me gustó mucho, y no lo digo porque sea parte implicada –ahora *definitivamente* lo soy–, sino porque estoy convencida de que esta vez no falta nada: hay suspense; hay intriga; hay giro argumental que pone patas arriba todo lo que el lector creía; hay ritmo. Y también hay algo que nunca se había incluido en las anteriores novelas de Blake: la historia de amor. Nada almibarada. Estamos siempre en un *thriller*, el centro de la historia es otro, pero la tensión entre los dos protagonistas da vida a una interesante subtrama que llama la atención del lector.

–Estás fuera de tu zona de confort, por eso tiene un valor añadido –decreto.

–Me dijiste que me reinventara.

–Y me alegro de que hayas seguido mi consejo.

–Deberías venir a promoverme ante el editor. Presentarías mi novela mucho mejor de lo que lo haría yo.

–No necesitas ningún patrocinio.

Llegamos a la ciudad en un día de pleno sol y cielo despejado, y los rascacielos del Midtown destacan gloriosamente en el límpido cielo de principios de agosto.

Suena mi teléfono: es Sasha, así que lo pongo en altavoz.

–¿Has llegado? –pregunta con voz autoritaria sin un saludo de por medio.

–En cinco minutos –responde Blake poniendo los ojos en blanco.

–Mueve el culo. Te espero en la editorial. –Y, así, con sus habituales modales delicados, concluye la conversación.

–¡¿Pero de verdad has estado casado con ella?! –pregunto asombrada–. ¡No me lo explico!

–Yo tampoco. Si pudiera volver a aquel día, al ayuntamiento, me patearía a mí mismo.

Aparcamos en la acera de la 51 West, entre el rugido de los motores y las bocinas de los taxis, y nos encaminamos hacia uno de los bloques de vidrio y acero.

–Este es el barrio de las editoriales: Harper Collins, Random House, Simon & Schuster... Están todas aquí. Hachette, la mía, está ahí, en la intersección –me explica Blake tomándome de la mano y señalándome la entrada.

Al cruzar el umbral, mi mirada recae en la tienda de al lado, una farmacia. Y el pensamiento que trato de ignorar vuelve a golpearme con insistencia: tengo casi cinco días de retraso. Tengo que comprar un test. No quiero ni pensar en el resultado. Lo pensaré en otro momento. No ahora.

—¿Qué es esa cara de preocupación? —me pregunta Blake, entrando en uno de los ascensores—. Soy yo el que debe hacerse flagelar por el editor.

—Tienes razón —digo encogiéndome de hombros—. Estaba en las nubes.

—Ven aquí. —Blake presiona el botón del piso y apoya la espalda contra la pared, tendiéndome los brazos para acogerme.

Sus brillantes ojos verdes y su sonrisa que te desarma borran todos mis terrores apocalípticos y me refugio en su abrazo, meciéndome contra su pecho mientras sube el ascensor.

Aun así, estaré loca, pero pienso que si estuviera embarazada no sería una cosa mala.

Blake busca mi cara, besándome la frente, los ojos, la nariz, después la boca. Sus labios me rozan lentamente, con delicadeza, casi como si me acariciaran, luego su beso se vuelve cada vez más impetuoso, uno de esos que suelen dejarnos sin ropa.

—¿Qué me has hecho? —susurra sobre mis labios.

—Qué me has hecho tú —replico hundiendo mis dedos en su pelo.

—¡Id a un hotel! —exclama una tercera voz en tono de disgusto.

Aislados en nuestra burbuja, Blake y yo no nos damos cuenta de que el ascensor se ha cerrado a mitad de camino y ha entrado una persona.

—Eames —dice Blake con los dientes apretados, mirando por encima de mi rostro al hombre que ahora está de pie al lado de nosotros.

Simon Eames, la pesadilla de Blake. Lo he visto… lo he visto… ¡En la fiesta de Preston!

¡Fue ahí!

Avergonzada por su increpación, me recompongo apartándome de Blake, mientras Eames me hace una radiografía de la cabeza a los pies.

—Tú eres… —comienza, señalándome.

—Summer Hale, nos conocimos en la fiesta de Preston Howard en los Hamptons hace algún tiempo —me anticipo.

Una amplia sonrisa se extiende por su rostro, y un mechón rubio cae sobre su frente mientras asiente.

—Me lo parecía…

—Eames —lo interrumpe Blake molesto—, ¿has venido a mear en las esquinas para marcar territorio?

—No, estaba en el departamento de diseño gráfico para el lanzamiento de mi novela, ya sabes, *Acción con clase*. A principios de noviembre. ¿Y qué hay de ti, Avery, has venido a devolver el anticipo?

La apertura de las puertas al llegar a nuestra planta interrumpe la refriega.

—No —dice Blake, tomándome de la mano y saliendo del ascensor—, tengo una nueva novela. Terminada.

Por el rabillo del ojo veo a Eames levantar una ceja, asombrado.

—¿Terminada?

—Sí, Eames. —En el tono de Blake hay un veladísimo «vete a la mierda»—. A buen entendedor…

Capítulo 35

Blake

Cuando Sasha me ve llegar con Summer bajo el brazo, corre a mi encuentro como si disparara petardos con el trasero.

—¡Gracias a Dios, estás aquí!

—He visto a Eames antes.

Ella hace una mueca, poniendo los ojos en blanco.

—Te has divertido jugando al escritor sin reglas ni plazos y ahora tenemos que convencer al editor de que esta novela es una bomba y que triunfará como nunca lo has hecho antes.

—Triunfará —interviene Summer— porque es una bomba.

—¿Ves? —le digo a Sasha—. Ella confía en mí.

—¿Le has pagado para que lo dijera? —me pregunta con una ceja levantada.

—No. Pero si todos fuéramos a almorzar juntos más tarde, creo que ella tendría algunos proyectos interesantes que proponerte; tiene guiones increíbles y necesita un productor.

—Si no es molestia —añade Summer en un susurro.

—¿Molestar? ¡Escuchar que hay una persona con trabajos terminados es música para mis oídos! —Mi agente mira el reloj y resopla—. Ya llegamos tarde, ¡vamos! ¡Camina, Blake!

Le pido a Summer que me espere mientras tengo la entrevista con el editor y entro en la oficina al encuentro con mi destino.

La conversación comienza con un tono más bien severo —me lo esperaba—, luego se transforma en cordial, hasta llegar a un aplauso entusiasta de mi novela.

En efecto, hasta ayer no se lo envié a mi editora, que lo leyó pasando la noche en blanco para entregar el informe de lectura esta mañana.

Le digo al editor que quiero publicar en noviembre, él me regaña porque tienen preparado el lanzamiento de Eames, entonces le respondo que el otoño siempre ha sido mío y que

Eames siempre sale en mayo para la feria del libro de Nueva York.

Él se queja, dice que tiene que pensarlo y lo dejo hablar con Sasha, mi chacal particular.

Salgo al pasillo donde ya no encuentro a Summer sentada en los sofás, así que me tomo un café y luego voy al baño.

Mientras me lavo las manos, Eames sale del aseo de hombres. ¡Otra vez! ¿Todavía aquí?

—¿No tienes casa? —le pregunto, mirándolo a través del espejo—. ¿No tienes vida?

—Pórtate bien, Avery. Sé que tienes que pedirme algo.

Resoplo para mí mismo.

—No tengo que pedirte una mierda.

—¿Nada? ¿Estás seguro? ¿Nada que tenga que ver con la publicación de tu novela? —insiste mientras se enjabona las manos.

—Nada.

—Será... Summer Hale, ¿eh? ¡Al final te la tiraste! No me lo esperaba.

—¿Envidioso? —le provoco.

—¿Quién, yo? Nooo. Por el contrario, en realidad temía que te hubieras olvidado de nuestra apuesta.

—Escucha, Eames... —lo detengo de inmediato—. Olvídalo.

—No, no, no. Por el amor de Dios. Yo soy un hombre honesto y cumplo mis promesas.

—No te atribuyas cualidades que no tienes. —Y para evitar malentendidos, puntualizo la situación—. Summer y yo estamos juntos.

—No hay duda de que ella está contigo, te mira con adoración. Me pregunto cuánto tiempo estarás tú con ella. No eres famoso por tu fidelidad.

Qué idiota.

—No te concierne.

—Tienes razón. Me ceñiré a los hechos —dice, levantando las manos chorreantes en señal de rendición—. Te has follado a Summer antes del final del verano, así que, como prometí, retiraré el lanzamiento de mi novela para aplazarla a mayo. Y, entre nosotros, eso me beneficia: el mercado de verano está mucho más animado que el de invierno.

Eames pone sus manos bajo el secador de aire caliente, dándome la espalda.

—Cierto, para ser sincero, te envidio una cosa: debes haber sentido una gran satisfacción al conseguir a la mujer de Sullivan después de todos esos insultos que ha publicado sobre tus novelas. Se lo merece.

Niego con la cabeza, decidido a ignorar las provocaciones de Eames, mientras enrollo las toallitas de papel mojadas, las tiro a la basura y salgo.

—Adiós, Eames.

Me importa un carajo la apuesta.

En realidad, ni siquiera me importa mucho si la publicación se pospone al año siguiente.

Pero ¿dónde está Summer?

Capítulo 36

Summer

Mientras Blake está dentro con el editor, aprovecho la espera para salir de una duda –o tener una certeza–: bajo a la farmacia y compro una prueba de embarazo.

Y, a pesar de mi economía, cojo la más tecnológica y precisa para no dejar margen a la duda.

La meto en mi bolso y vuelvo a entrar en Hachette, deslizándome en los baños frente a la oficina del editor.

Prefiero hacerlo aquí, para tirarlo luego a una papelera anónima. No quiero que Blake se pegue un susto al verlo en el cubo de la basura de casa.

Encerrada en el baño de mujeres, empiezo a leer las instrucciones, solo me distrae la apertura de la puerta del baño de al lado y un intercambio de frases entre dos hombres, en el vestidor.

No soy muy dada a los baños públicos, me da vergüenza usarlos si siento que hay alguien cerca.

Una vez contuve mi orina durante diez minutos, esperando en el cubículo a que la asistenta de limpieza terminara de fregar los suelos de afuera.

Lo sé, es absurdo, pero me bloqueo.

Luego me doy cuenta de que la otra voz en el vestíbulo es de Blake y mi oído se vuelve más atento. Parece que está hablando con Eames.

Estos baños son baños serios, con paredes de ladrillo y puerta de madera de verdad, no esas ridículas mamparas bajo las que se ven los pies de las personas.

Me inclino sobre la cerradura y solo vislumbro al propio Blake y Eames hablando.

Parece un intercambio más amistoso que en el ascensor, hablan de fechas de publicación.

—Será… Summer Hale, ¿eh? ¡Al final te la tiraste! No me lo

esperaba –dice Eames con una sonrisa que capto a través de su reflejo en el espejo.

–¿Envidioso? –le provoca Blake.

Dios, no es que me muera de alegría por ser tema de conversaciones de vestuario, pero entiendo, dada la rivalidad entre ellos, que es parte de la lucha por el título de macho alfa.

–¿Quién, yo? Al contrario, en realidad temía que te hubieras olvidado de nuestra apuesta. –Eames ríe a carcajadas.

¿Eh? ¿De qué apuesta está hablando?

–Escucha, Eames… –dice Blake–. Olvídalo.

–No, no, no. Por el amor de Dios. Yo soy un hombre honesto y cumplo mis promesas.

Al llegar a este punto tienen toda mi atención.

Sé que no se debe escuchar a escondidas, pero solo un idiota no escucharía si mencionaran su nombre.

–No te atribuyas cualidades que no tienes. Summer y yo estamos juntos.

Eames no se rinde.

–No hay duda de que ella está contigo, te mira con adoración. Me pregunto cuánto tiempo estarás tú con ella. No eres famoso por tu fidelidad.

–No es un asunto que te concierna.

¡Sí, no es un tema que le concierna! ¡Díselo, Blake!

–Tienes razón –admite Eames–. Te has follado a Summer antes del final del verano, así que como te he prometido, retiraré el lanzamiento de mi novela para aplazarla a mayo. Y, entre nosotros, eso me beneficia. El mercado de verano es mucho más animado que el de invierno.

En esa frase siento que mi corazón se hunde en el estómago. Apuesta.

Follarse a Summer antes del final del verano.

Eames que retira su novela para que Blake publique la suya.

Oh, Dios mío, va a ser verdad que…

–Cierto, para ser sincero, te envidio una cosa –continúa Eames impertérrito, sin darse cuenta de cuánto están alimentando sus palabras mi masoquismo emocional–: debes haber sentido una gran satisfacción al conseguir a la mujer de Sullivan después de todos esos insultos que ha publicado sobre tus novelas. Se lo merece.

Blake ya no está en mi campo de visión y el ruido sordo de una puerta me confirma que ha salido.

Había una apuesta, yo era el objeto de la apuesta.

Y la herramienta de venganza privada de Blake contra George.

La prueba ya no es mi prioridad, la vuelvo a guardar en mi bolso y salgo del baño, donde Eames sigue retocando su peinado en el espejo.

–Oh, *bonjour madame* –se dirige a mí en un tono servil.

–¿De qué apuesta estabas hablando? –pregunto directa como un disparo.

–Tal vez deberías preguntárselo a Avery…

–Te lo estoy preguntando a ti –insisto.

Cruza los brazos sobre el pecho, balanceándose de un lado a otro.

–No te gustaría escucharlo.

–Tú dímelo, si luego me gusta o no, lo decidiré yo.

–Está bien –dice con condescendencia–. Yo tenía la nueva novela lista a principios del verano y el editor me metió en el calendario de publicación en lugar de Avery, que aún no había escrito ni media palabra. Pero Avery no quería renunciar a la fecha de otoño, que cree que es de su propiedad, así que, para darle un empujoncito, ya que sé cuánto necesita un escritor un estímulo para correr hacia una meta, le propuse un reto: si te seducía antes del final del verano, yo renunciaría a publicar mi novela para dejar espacio a la suya.

Entonces lo había entendido bien. Un mareo me hace tambalear, tanto que tengo que apoyarme en el lavabo.

–No me lo creo.

En ese momento, Eames saca su iPhone del bolsillo, abre un chat y me lo entrega mostrándome el mensaje.

Acepto tu propuesta.

Remitente: Blake Avery.

—Pero Blake ha estado sin teléfono móvil durante meses. Él no podría haberlo escrito.

—Te aseguro que Avery tiene su teléfono y lo usa. Si dice que no lo tiene, es otra historia.

Rebobino todos los recuerdos de estos dos meses en mi cabeza, en la villa, con él, y siento la sospecha de que el suyo fue un plan premeditado desde el principio.

Ser un consuelo cuando descubrí la traición de George, apoyarme en el almuerzo con mi hermana y mi padre… Movimientos muy inteligentes para ganar mi confianza.

Leyendo mi guion, acompañándome a cenar con Chase para cantarle mis alabanzas, vendiéndose como el caballero perfecto.

Y esa puesta en escena de «Solo te beso porque no eres de las que follan en un motel», cuando ambos sabíamos perfectamente que tenía una erección tal que le estaba perforando los vaqueros.

¡¿Pero cuándo Blake Avery, el Señor Mile High Club, ha dejado alguna vez escapar un polvo?!

Pero el aplauso magistral se lo lleva la velada de la cita en Nueva York, coronada por el «Te amo, ven a vivir conmigo». Cómo coger el corazón de Summer y triturarlo, capítulo uno.

Y caí de lleno.

Lo peor de todo es que George tenía razón sobre Blake desde el principio, a pesar de su arrogancia y presunción.

Dios, todo es verdad, pienso, todavía mirando la pantalla, aturdida.

—Solo era una apuesta que debía ganar para obtener la fecha de publicación.

—Ah, no —objeta Eames con una sonrisa torcida—. Estoy seguro de que Avery te ama desde el fondo de su corazón. Es famoso por esto.

Y sin decir nada más, sale del baño dejándome ahí plantada.

Volviéndome hacia el espejo, veo mi rostro rojo y con lágrimas, así que sumerjo la cara en el agua helada, me peino y salgo.

Me encuentro con Blake en el vestíbulo y cuando me pregunta dónde había estado le respondo que bajé a tomar un café.

Regresamos a Sag Harbor y finjo dormir durante todo el viaje.

Capítulo 37

Blake

Cuando veo a Summer arrastrar sus maletas por la escalera, salto del sofá.

—¿Qué estás haciendo? —pregunto aturdido.

—Me voy —anuncia en tono aséptico—. Vuelvo a Los Ángeles.

—Perdona, ¿a qué te refieres? —Esa frase me pilla completamente desprevenido—. ¿Ahora?

Ella asiente colocando el neceser delante de la entrada.

—He comprado un billete de última hora. Mi vuelo sale esta noche a las diez.

—No, lo siento. —Me levanto bruscamente para ir hacia ella—. ¿Te vas sin decirme nada?

—Te lo estoy diciendo ahora.

No me gusta el tono cortante de su voz, algo va mal. Está rara desde que hemos vuelto de Nueva York. Aun así, parecía feliz de que Sasha hubiera cogido la sinopsis de su nuevo guion con la promesa de contactar con alguna cadena.

—Summer, deja de fingir y explícame por qué te vas a Los Ángeles.

Ella coloca sus manos en sus caderas, sosteniéndome la mirada, con aire serio.

—Hemos terminado, ¿no?

Dios, si continúa así, me volverá loco.

—Por Dios, Summer, ¿terminado el qué?

—La puesta en escena. No finjas que no sabes de lo que estoy hablando. Ahora que tienes tu lanzamiento en noviembre, ya no me necesitas, así que vuelvo a mi vida.

Me siento como si me hubieran dado con una sartén en la cabeza.

—No estoy fingiendo nada, estoy tratando de entender tu comportamiento. ¡Hasta esta mañana todo iba estupendamente!

—Exactamente —responde—. Hasta esta mañana, cuando no sabía nada de la apuesta que hiciste con Eames.

Su frase corta el aire por la mitad como un hacha.

—Tú sabes…

—Sí, lo sé todo, así que ahora que has llegado adonde querías, te evito también la molestia de tener que despedirme ahora que ya no me necesitas.

Su frialdad es desconcertante.

—Summer, puedo explicarte…

Ella arrastra la primera de sus dos maletas de ruedas hasta la puerta, y yo la agarro y la llevo de vuelta hasta la escalera.

—Hay algunas cosas que debes saber, déjame hablar.

—Blake, de verdad, no quiero escucharte. Te he escuchado demasiado y me has dado todo lo que quería escuchar. Las palabras son tu mejor arma, pero basta, ya has hecho demasiado daño.

—¡Summer, no te puedes marchar! —exclamo agarrándola por los hombros.

—¡No me toques! —sisea entre dientes, con los ojos cerrados para no mirarme.

Y la suelto.

—¡Por favor, escúchame, no quiero que te vayas!

—Pero yo sí.

—Estoy seguro de que lo has malinterpretado —digo tratando de ganar tiempo.

—Estaba en el baño, Blake, mientras hablabas con Eames y lo he escuchado todo. La apuesta de follarme a cambio de la fecha de lanzamiento de tu libro y… y eso de la asquerosa venganza contra George también.

Su voz es tranquila, pero destila ira.

Joder, lo escuchó todo.

—Y no acaba aquí. Cuando te fuiste, salí del baño y Eames me lo confirmó todo. También me mostró el mensaje que le escribiste, en el que aceptabas la apuesta. Ah, y esa maravillosa mentira de que tu móvil no funcionaba.

Con estas palabras, los ojos de Summer empiezan a brillar y veo que aprieta la mandíbula para contener un sollozo.

–No puedo negarlo, lo hice en un momento de rabia, aún no te conocía, no nos soportábamos y solo me importaba competir con Eames y tener lo mejor de Sullivan. No tengo excusa para haber hecho una cosa tan estúpida.

–Es cierto, Blake, no tienes excusa.

–Summer. –Le cojo la mano, pero se deshace de mi palma con un tirón–. Debes creerme si te digo que en el momento en que empecé a conocerte, Eames, la apuesta y la venganza sobre George pasaron a un último plano. Me interesas solo tú.

–Puedo perdonarte por decirme que me amas, incluso si no es verdad, pero no puedo perdonarte haberme utilizado. Las cosas se utilizan, Blake, no las personas.

No puedo culparla, tiene razón en todo.

–Por favor, Summer, dame la oportunidad de demostrarte que te amo, que he cambiado. Ya no soy el Blake de hace dos meses, ya no soy el idiota que aceptó esa apuesta con Eames. Solo soy un hombre locamente enamorado de ti.

–¡Por favor, para! –explota ella, gritando–. No puedo más, he tenido suficiente. Eres demasiado para mí, no puedo continuar contigo. Vives la vida a trescientos por hora de manera equivocada, nunca se sabe lo que piensas y utilizas tu carisma para manejar a las personas a tu antojo. ¡No puedo confiar en alguien como tú, sería un suicidio!

Vuelve a coger su maleta y la arrastra hasta la puerta. Luego saca un manojo de llaves de su bolso y lo deja encima de la consola.

–Dáselas a Marina.

–Si te vas tan fácilmente, es porque tú tampoco me amas.

–No, Blake. –Su mirada se encuentra con la mía después de un tiempo infinito evitándome y la tristeza de sus ojos me golpea como una bofetada–. Me voy precisamente porque te quiero. Si me quedo aquí, dejaré que me destroces y no puedo permitírmelo. Me tengo que ir mientras estoy entera.

Empiezo a ir a su encuentro, pero ella extiende un brazo hacia delante.

–¡No te muevas!

–Summer, haré todo lo que quieras.

Ella respira profundamente.

–¿Harás todo lo que yo quiera?

–Todo.

–No me llames. No me busques. No me escribas. Yo ahora salgo por esta puerta y tú saldrás de mi vida.

Y antes de que pueda decir nada, la puerta se cierra a su espalda.

Capítulo 38

Summer

En la terminal del JFK, lloro todas mis lágrimas.

La espera para el embarque se me hace interminable. Estoy destrozada.

Amo a Blake y me odio a mí misma por amar tanto a un imbécil que no se lo merece.

Solo fui una apuesta.

Cuando pienso que me he creído todas sus palabras, que lo he mirado a los ojos hasta perderme en ellos, que me he hecho ilusiones de que había algo entre nosotros…

Si estuviera escribiendo un guion, este sería el momento en que ÉL entra en el aeropuerto saltando todas las puertas de seguridad para echarse a los pies de ELLA, en el embarque, en medio de la multitud.

El «GGR», el «gran gesto romántico». Declaración de manual, expiación de los pecados, el perdón, el Beso –con B mayúscula–, aplausos, los créditos del final.

Pero la verdad es que sé que Blake Avery no puede amar a nadie más que a sí mismo y destroza a cualquiera que se cruce en su vida.

Una voz anuncia el embarque de mi vuelo en quince minutos, así que me arrastro hasta el baño, porque odio los baños de los aviones.

Me encierro en uno de los cubículos, y mientras me bajo los pantalones y las bragas, veo una mancha rojo oscuro en medio de la tela blanca.

Es la regla.

No estoy embarazada.

Me asalta una sensación devastadora, hasta el punto de que me abandono en la taza, sin importarme los gérmenes de la tapa.

Lucho por descifrar los dieciséis millones de sensaciones que estoy experimentando.

¿Alivio? Sí, esta es una señal divina que me dice que he hecho bien en cerrar esta historia. Avery no será el padre de mis hijos. Dudo que pueda ser el padre de los hijos de nadie.

¿Miedo? Aunque solo ahora me doy cuenta de lo que he arriesgado. Si me hubiera quedado embarazada, en este momento estaría hasta el cuello de mierda.

¿Decepción? Me avergüenza admitirlo, pero una parte infinitesimal de mí se deleitaba en este retraso con la idea de que los puentes entre Blake y yo no se hubieran derrumbado del todo.

¿Amargura? Había empezado a preguntarme si nuestro bebé tendría los ojos verdes y astutos de Blake o los míos grandes y oscuros. No tendrá los ojos de ningún color.

Me visto, cojo mi bolso y salgo del baño, y un segundo antes de caminar hacia la puerta de embarque, cojo la caja del test de embarazo y la tiro a la basura.

Esto ya no es necesario.

Capítulo 39

Blake

Lo he estropeado todo.
Eames tenía razón, no estaba a su altura.

Capítulo 40

Summer

–Acuérdate de llamar a los Connor para fijar una cita la próxima semana. Luego escanea el expediente del caso Morton contra Bauer y antes de irte entrega la copia del acuerdo de mediación a los Fincher, el del tres de noviembre.

Tomo nota de todos los deberes que me está dictando mi padre al teléfono, él desde su despacho, yo en mi mesa a la entrada del bufete.

–Ok –digo sin entusiasmo, mientras abro la agenda para comprobar los días libres de papá y Karen.

–Mañana ve al registro para solicitar el acceso a los documentos para la causa de Swift –añade.

Son casi las ocho cuando salgo del bufete y cierro la puerta blindada de Hale & Hale dando tres vueltas a la llave.

Abro el paraguas y camino hacia casa.

Esta noche, sin coche, me paro a comprar una sopa de verduras para recalentar porque hoy tenía que haber hecho la compra, pero no he tenido tiempo.

Camino sobre el pavimento mojado esquivando los charcos, con cuidado de no resbalar sobre el manto de hojas amarillas pegado al suelo.

¡Maldito noviembre! ¡Achís! Este aire que azota como un látigo ha hecho que me resfríe y la niebla de la noche me pellizca la nariz. Sí: lluvia, viento, niebla, frío. He regresado a Boston.

En Los Ángeles hice cuentas y, sin George, no me llegaba el sueldo para el alquiler, y los únicos trabajos que encontré me habrían ocupado tanto tiempo –y por una paga mísera– que no fui capaz de encontrar una oferta que cubriera mis necesidades.

Consecuencia: he hecho las maletas.

Es normal tener sueños y también es normal que no se hagan realidad. Lo he intentado y he fallado. He fallado en todos los frentes.

Ámbito laboral: no tengo madera para Hollywood y debería haber hecho caso a mi padre sobre no dejar la universidad.

Ámbito sentimental: George me dijo que Blake solo quería llevarme a la cama para fastidiarlo a él, y la historia de la apuesta le ha dado la razón.

Me siento mal, estoy viviendo una vida que no me gusta, pero, como tantísimas personas mejores que yo, me entrego a hacer lo que debo y no lo que quiero.

Mientras camino a paso ligero con el único deseo de meterme bajo las sábanas, el ruido violento de una persiana hace que me dé la vuelta.

No suelo caminar por Boylston Street a pie, por eso cuando mis ojos se posan en el escaparate de Barnes & Noble, me pongo a llorar allí mismo, en mitad de la acera.

Los libros los compro por internet, por comodidad, así que me quedo asombrada mirando la librería: el escaparate central está cubierto de arriba abajo de ejemplares y ejemplares de *Acción con clase*, acompañados de un tótem con la cara de Simon Eames. Solo Eames. Eames por todas partes.

¿Y qué ha pasado con la novela de Blake?

Capítulo 41

Blake

—¿Se puede saber qué diablos es esto? –grita Sasha al teléfono.

—Una novela –respondo.

—Ya veo que es una novela, pero... ¿qué significa?

Resoplo con impaciencia. Me esperaba esta reacción, pero me fastidia de todos modos.

—Soy su autor y tú eres mi agente. Antes de masacrarme con insultos, ¿te importaría leerla?

—La he empezado. ¡Por el amor de Dios! Es bonita, pero... ¿dónde está el suspense? ¿Dónde está el misterio? ¿Dónde están las intrigas internacionales? ¿Dónde está el Blake Avery que conozco?

—No lo sé –murmuro–, si lo ves, salúdalo.

Siento a Sasha inspirar y exhalar. Me la imagino sentada a su mesa de cristal, frente al último modelo de Mac, mientras se sirve su vaso de San Pellegrino, indecisa sobre qué tortura medieval me va a infligir para hacerme daño, mucho daño.

—Escucha, Blake, tenemos que hablar. Primero esa locura de retirar tu novela de la tumba de Cleopatra a menos de un mes de imprimirla, después devolver el anticipo, luego dejar salir a Eames en tu lugar, y ahora esto. ¿Qué diablos te está pasando?

—No lo sé.

—Tonterías –explota.

—Ahora soy esto. Haz que encaje. Si no escribo lo que a ti te gusta, búscate a otro que lo haga.

—No, yo solo quiero que me digas qué dirección debemos tomar.

—Ya no tengo una dirección, Sasha. Si me hubieras preguntado en junio, te habría respondido sin pensarlo.

—¡Blake Avery sin saber lo que quiere es una cosa nunca vista! –espeta incrédula.

–Sé lo que quiero, es solo que no puedo tenerlo.

La voz de Sasha se suaviza, señal de que también ella es humana.

–Al menos, vuelve a Nueva York.

–No tengo ganas. Además, en un mes es Navidad, no tengo ganas de mezclarme con el ambiente festivo de Manhattan.

–Antes te volvía loco la Navidad. Vagabas de un lado a otro con un enjambre de admiradores que te llenaban de regalos, y cuando volvías a casa olías como una destilería.

–Has dicho bien: antes.

–¿Blake?

–Dime.

–Cuídate. No te lo digo como agente, te lo digo como amiga.

Capítulo 42

Summer

En mi casa, la cena de Acción de Gracias siempre sigue el mismo guion.

Mamá me esclaviza en la cocina durante todo el día hasta que llega Karen para emplatar el asado y poner la salsa de arándanos en la salsera, llevándose todo el mérito por la exquisita cena.

Papá debate con Mitch sobre la diatriba de siempre: ¿es mejor el fútbol («¡Ah, los Patriots están haciendo una gran temporada!»), o el béisbol? («Boston no sería Boston sin los Red Sox»).

Cenamos escuchando a papá y a Karen alardear de sus hazañas profesionales (más de lo habitual).

Mitch que enciende su puro apestoso («¡Los cohíbas están sobrevalorados! ¡Este que me envía mi amigo de Colombia es mil veces mejor!»).

En la cocina me doy un atracón con las sobras para no tener que volver al salón con los demás.

Mientras recojo las migas de la quiche del molde, suena mi móvil. Número desconocido.

–¿Sí? –respondo insegura.

–¿Summer Hale? –pregunta una voz grave masculina al otro lado.

–Soy yo, ¿quién es?

–Brian Larson.

Mmm. Ese nombre me suena, pero se me escapa.

–¿Larson...?

–ABS.

¡Joder! En unos momentos mi teléfono se caerá. ¡*Ese* Brian Larson! El dueño de la ABS.

–Sí, señor, presidente...

–Señor Larson está bien.

–Señor Larson –repito aturdida.

–La necesito.

Su frase me trastorna aún más que el hecho de saber que estoy hablando con el propio Larson.

–Di... dígame.

–Sí. ¿Puede reunirse conmigo mañana por la mañana? La espero en mi casa de Bel Air.

Que se detenga todo. ¿Brian Larson quiere verme? Es una broma. Debo estar en *Pranked*, el programa de humor de la MTV.

–Felicidades, por un segundo incluso me lo he creído. Buena broma. Feliz Acción de Gracias a usted y a su familia.

–Necesitamos hablar de *Hell-A*, hay un problema. –Me deja helada. De acuerdo. *Hell-A* no es una broma.

–¿*Hell-A*? –pregunto al borde de los nervios.

–¿Viene sí o no?

–Estoy en Boston ahora...

–Coja un avión. La espero mañana por la mañana a las diez. Mapleton Drive Holmby Hills.

Después de que Larson haya colgado, miro la pantalla de mi móvil aturdida.

Chase es el *showrunner* de *Hell-A*, ¡¿qué diablos hace el dueño y director de la cadena llamándome a mí?!

¡Qué más da! Voy al sitio web del aeropuerto para consultar las salidas.

Sin pensarlo demasiado, compro un billete por la astronómica cifra de cuatrocientos dólares con el plan secreto de ir y volver de Los Ángeles sin decir nada a nadie.

Mañana papá ha dado el día libre a todo el bufete porque es Black Friday y Karen quiere ir de compras para ella y los niños, así que si regreso el domingo por la noche, nadie se enterará.

Sí, porque desde que he vuelto, Los Ángeles es una palabra impronunciable, así como guiones y series de televisión. Mi intento por abrirme paso en Hollywood ha quedado relegado al más vergonzoso olvido y todos han decidido fingir que nunca sucedió. No se aceptan fracasos en casa de los Hale.

Me despido de todos con la excusa de un dolor de cabeza punzante provocado por el ponche y vuelvo a mi casa a hacer la maleta.

Aunque solo fuera para que el propio director de la cadena me pateara el trasero, iría.

Me presento en Larson Manor en Bel Air, la mansión de cinco mil metros cuadrados y ciento cincuenta millones de dólares del jefazo de la ABS con mi mejor traje.

—Buenos días, soy Summer Hale —le digo al guarda de seguridad—, tengo una cita con el señor La...

Pero el guarda me interrumpe.

—El señor Larson la espera. Mark, en la entrada, la acompañará.

Solo la avenida para llegar a la villa será de medio kilómetro y en la entrada me encuentro al susodicho Mark. Serio e impasible, me acompaña a un salón entre mármol y cristal.

—Llega tarde —me advierte Larson nada más verme.

Me lo esperaba con traje formal como un auténtico magnate de la televisión, sin embargo, está sentado en el sofá en vaqueros y un polo, tomando café, y con el pelo canoso un poco alborotado.

—No he encontrado otro avión —me justifico.

Pero a él no le interesa.

—Siéntese.

Me siento en el sofá que está libre, pero él niega con la cabeza.

—Aquí a mi lado, por favor.

Oh, Dios mío.

Torpemente tomo asiento a una distancia prudente, mientras él apunta el mando a una pantalla gigante delante de nosotros.

No entiendo nada. Me he despertado al alba para venir aquí ¡¿y se pone a ver la tele?!

Mi mirada distraída tarda un rato en metabolizar la escena frente a mis ojos.

Porsche, iglesia, fumador, crucifijo, monja... ¡es el piloto de *Hell-A*!

Miro la pantalla en silencio durante los treinta minutos que dura el episodio hasta que Larson la apaga.

—¿Lo ha reconocido? —me pregunta con un tono indescifrable.

—Es *Hell-A* —susurro entre incrédula y desolada.

—¿Y qué le ha parecido? —continúa Larson.

—Horrible.

Es verdad, es horrible. Cada escena parece desconectada de la otra, mi guion ha sido reescrito y los personajes son planos, estereotipados.

¡Joder! La serie ha salido mal y Chase quiere echarme la culpa. Mierda.

—Yo también lo creo —dice el gran jefe haciendo una pausa para captar mi atención—. Y Shonda Rhimes.

Shonda Rhimes es la diosa de las series de televisión, la creadora de *Anatomía de Grey*, y si dice que es un asco, va a misa.

Larson deja el mando, se levanta y empieza a caminar por la estancia.

—¿Y sabe lo que dice Shonda?

—¿Qué?

—Que la idea es buena, pero que, al ver el piloto, le pareció que el *showrunner* no tenía ni idea de lo que estaba haciendo, como si no conociese su propia serie.

Porque la serie no es suya, me gustaría decir.

—Entonces, como ya tengo muchos patrocinadores que han invertido en este proyecto, antes de cancelarlo, he decidido ir al fondo del asunto: le pedí al asistente de Preston que me entregara toda su correspondencia antes de que muriese de un infarto, para entender cómo había nacido la idea de *Hell-A*, si había hablado con Chase sobre cómo desarrollarla y encontré una cosa interesante.

—¿De qué tipo? —temo aventurar cualquier hipótesis.

—Encontré un correo mandado por una tal Summer Hale, dos días antes de que Preston nos dejara en el que hablaba de una serie llamada *Hell-A* que había creado y adjuntaba el guion. ¿Le suena de algo?

Asiento hundiéndome en los abultados cojines del sofá.

—Yo era asistente de Chase, le dije que estaba trabajando en algunos guiones por mi cuenta y me invitó a presentárselos. Le gustó *Hell-A*. Se lo envié a él y también a Preston para que estuviera al tanto. Luego Preston murió y Chase lo sustituyó. Y me echó. Aprovechó su ascenso para apropiarse de mi idea, ya que el único que lo sabía era Preston, y Preston ya no estaba.

—¿Y sabría cómo producir *Hell-A* si no la cancelase?

—En mi cabeza le he dado vueltas al menos un millón de veces.

—Si usted fuese la *showrunner*, ¿qué haría?

—Cambiaría el *casting*: los actores están mal elegidos —digo con seguridad—. El guion está distorsionado, necesita ser reescrito. Y las tomas tienen demasiado brillo. ¡Es una serie de televisión, no una maldita telenovela! —prosigo confiada, irritada por cómo han masacrado mi trabajo.

—Entonces la están esperando en los estudios —dice con seriedad, cruzando los brazos sobre el pecho.

Parpadeo, incrédula.

—¿Está… está diciendo que puedo volver a la producción?

—Tú serás la producción. Un *showrunner* que no sabe producir la serie no me sirve. Leí el guion original de *Hell-A* y lo encontré brillante. ¡No veo la hora de que esté en antena!

¡Santo cielo! Siento que me voy a desmayar.

—Así que… ahora… ¿debería empezar a trabajar en eso ahora?

—No, si pasa algo mientras no tienes contrato, estamos jodidos con la aseguradora. Dame media hora para activar la administración primero.

—¡¿Un contrato de *showrunner*?! Quiero decir, ¡¿productor ejecutivo?! —pregunto incrédula, poniéndome en pie de un salto.

Larson, en cambio, se muestra impasible.

—Me parece claro. Sabes dónde están nuestras oficinas, ¿verdad?

—Sabría llegar allí a oscuras. —Mi voz destila gratitud.

–Bueno, ¡entonces ve!

Ya estoy a punto de salir cuando Larson me vuelve a llamar.

–Antes espera diez minutos para saludar a mi mujer, que tiene muchas ganas.

–¿Su… mujer? –Simplemente no sé lo que quiere la mujer de Larson de mí.

–Sí, está arriba en su cuarto.

–No quiero molestar –dudo.

–No la molestarás, me ha rogado que vayas, no quiere excusas.

Sorprendida pero halagada sigo a Mark hasta la primera planta, donde llamo a la puerta del dormitorio, y una voz apagada me da permiso para entrar.

Me acerco con paso afelpado hasta la camilla de masaje donde una fisioterapeuta sudamericana trabaja enérgicamente la espalda de una mujer acostada boca abajo.

–Buenos días, soy Summer Hale, su marido me dijo que me estaba esperando.

Al oír mi nombre, la cabeza rubia se levanta de golpe.

–¡Summer!

–¡¿Emma Rae!?

Así es, frente a mí está mi mejor amiga.

Ella se sienta, ajena a su desnudez, y le hace un gesto a la masajista para que nos deje.

–Emma Rae o también señora Larson –extiende el brazo izquierdo hacia mí agitando la mano: en el dedo anular lleva un diamante de un millón de quilates.

–¡¿Tú… la mujer de Larson?!

–Exacto. Desde hace aproximadamente una semana.

Me siento en la cama junto a ella, incrédula.

–No entiendo… Pero ¿cuándo te juntaste con Larson?

–¿Recuerdas la fiesta de Preston? ¿En la que nos vimos en los Hamptons?

–Sí.

–Pues ahí Brian y yo nos conocimos, al día siguiente me invitó a salir en el barco con él y al otro rompí con Patrick.

—¡Así que Brian Larson era el pez gordo del que no podías decir nada! —exclamo uniendo los puntos.

—De hecho —dice ella complacida—, fue todo muy rápido y muy secreto, pero aquí estoy, primera dama de la ABS a todos los efectos. Mis días como agente de estrellas caprichosas han terminado.

—Felicidades.

No sé qué más decir. Emma Rae siempre me tiene reservada una sorpresa.

—Ahora hablemos de ti. ¡Hay que brindar por la nueva *showrunner* de *Hell-A*!

—¿Cómo lo sabes? Aún no te he dicho nada. —Se ríe para sí, dándome un codazo—. Cuando Chase nos mostró el piloto de *Hell-A*, Brian estaba horrorizado por lo espantoso que era. Aproveché la oportunidad e hice que te repescara.

—¿Así que fuiste tú la que…?

—¿La que le dijo que mirara el correo de Preston? Sí. Y para confirmar que la autora única e irrepetible de la serie eras tú, le dije lo que me habías contado a mí. Y ahora que soy la señora Larson, la palabra de Chase, contra la mía, no cuenta nada.

—Joder —digo apretándome las sienes para detener la incipiente migraña por exceso de información—. Entonces es a ti a quien debo la llamada, el puesto… ¿Todo?

—No, tú no me debes nada, eres buena, tienes talento, te lo has ganado todo tú sola. Yo solo hice justicia. —Emma Rae me abraza—. Eres demasiado pura e inocente para acostarte con las personas adecuadas. Por suerte, tu mejor amiga lo ha hecho por ti.

—Emma Rae —le digo en tono de reproche—, ¿y el amor?

—Sí, bueno, ya sabes cómo pienso: cuando no encuentras el amor, ¡deja de buscarlo y encuentra una buena inversión! Dejo el amor a quien sabe cómo gestionarlo. Por cierto… ¿Blake?

Levanto la mano como para silenciarla.

—No hablemos de eso, por favor.

—¿No has vuelto a saber de él?

—No. Por suerte.

Pasé una semana sin dormir llorando con ella en el sofá cuando dejé los Hamptons en agosto, y a pesar de su corazón de hielo, ella también se había encariñado con mi historia de amor. Y luego siempre decía: «Una pena, me habría encantado tener a Blake Avery de cuñado». Y a mi respuesta «Para ser tu cuñada, tendrías que ser mi hermana», ella replicaba: «¿Y no lo soy?».

—¿No lo echas de menos?

Su pregunta me tensa.

—Todos los días. Aunque a quien echo de menos es alguien que no existe. El verdadero Blake Avery no es la persona de la que he estado enamorada.

Emma Rae me pasa una mano por el pelo, intentando consolarme.

—¡Si quieres, busco una buena inversión también para ti!

Capítulo 43

Blake

El último correo electrónico de Sasha parpadea en mi bandeja de entrada. Lo abro de mala gana.

¿Y dónde está el resto?

Buena pregunta. ¿Dónde está el resto? No lo sé. Hace más de un mes que me detengo en el mismo punto sin saber cómo continuar.

Es la primera vez en toda mi carrera que no sé cómo terminar una novela.

Mañana será el primer año nuevo que pase solo. Generalmente estoy en alguna fiesta exclusiva rodeado de modelos y ríos de champán.

Pero no estoy preparado para dejar ir este año.

Este 31 de diciembre está a punto de volar como los últimos granos de un reloj de arena y con cada uno de ellos Summer se va alejando.

No puedo dejarla ir.

Hago clic en el botón «Responder al correo electrónico» y escribo dos frases cortas y secas para Sasha.

El resto no está. Y si no encuentro la manera de terminarlo mañana, lo borraré todo.

No es lo que quiero. Me gustaría quedarme en este punto intermedio para siempre, esperando, pero no servirá de nada.

Capítulo 44

Summer

La noticia de mi ascenso a *showrunner* de *Hell-A* fue recibida con incredulidad en mi casa.

En el sentido de que no se lo creen.

Sin embargo, es la verdad, y he tenido que reducir mi presencia al mínimo en las diversas comidas de Nochebuena y Navidad para trabajar (muy a mi pesar, eso sí).

Estoy revisando los guiones. Hemos rehecho los *castings* y finalmente los personajes tienen las caras que tenía en mente desde el principio. Esta noche no voy a festejar ningún fin de año, estoy demasiado ocupada. Ya llevo despierta tres horas y no son ni las siete de la mañana. Pero *Hell-A* vuelve a Los Ángeles en una semana, así que no tengo tiempo que perder.

Mientras escribo una cronología de las escenas, suena mi teléfono: Sasha, la agente de Blake. ¿Podría estar equivocada?

—Hola —respondo con incertidumbre mientras garabateo con el bolígrafo en el cuaderno.

—Hola, Summer, felices fiestas. ¿Cómo estás?

—Felices fiestas para ti también. Estoy bien —digo.

—Estupendo entonces. ¿Tú…? —Tose para aclararse la garganta—. ¿Te cojo en mal momento?

Miro el mar de papeles que tengo sobre la mesa y miro al techo descorazonada.

—No… en absoluto.

—Ah, genial. Quería preguntarte una cosa.

—Dime.

—¿Eres tú? —suspira en el micrófono—. Quiero decir, ¿eres la chica de la novela?

—No me queda clara tu pregunta. ¿De qué novela estás hablando?

—La novela de Blake, la última.

No estoy en la novela de Blake, la recuerdo bien.

—No, Sasha, leí su novela, pero el ladrón no soy yo.

—No, no la de Cleopatra, otra que está escribiendo ahora.

—¿Está escribiendo otra novela? —pregunto en estado de *shock*—. Una novela tras otra no es el ritmo de Blake Avery.

—¿Y qué pasó con la de la tumba de Cleopatra?

—Pero ¿cómo? ¿No lo sabes? La ha retirado —me explica con un punto de amargura—. Le dije que era una locura, pero no me escuchó. Tenía que salir a principios de noviembre.

—Pero retirado, ¿en qué sentido?

—Retirado, cancelado. Pidió rescindir el contrato y devolvió el anticipo. Y ahora está escribiendo esto. —La voz de Sasha se interrumpe, dejando caer un profundo silencio entre nosotras—. Es una historia de amor.

El bolígrafo se me escapa de la mano.

—¿Una historia de amor?

—Sí, él y ella son polos opuestos, se odian, pero están obligados a convivir en una casa en los Hamptons por un malentendido.

—Él es un escritor de éxito de Nueva York, ella es una guionista de Los Ángeles…

Soy yo. Somos nosotros.

—Bueno —digo con un acento estridente. Tengo miedo de adónde quiere llegar Sasha y busco desviar la conversación.

—Será que Blake Avery ha cambiado de género, tal vez su camino sea el romance.

Pero Sasha no sigue el juego.

—Conozco a Blake y puedo asegurarte que este será el único romance que escribirá en toda su carrera.

—¿Ah, sí? ¿Y cómo estás tan segura?

—Porque no se enamorará de ninguna otra —es su respuesta.

—Él no me ama. Me ha utilizado —digo lapidaria.

—Sí, lo sé todo sobre la apuesta con Eames, no lo justifico, es algo innato de él. Llevan toda la vida compitiendo. Son como dos niños. Blake es un idiota y lo sabe. Pero también retiró la novela, y sobre todo por ti, porque se avergüenza de sí mismo.

Asiento con la cabeza, pensando que sí, que realmente tiene que sentirse avergonzado de sí mismo.

–¿Y cómo termina esta nueva novela? –pregunto con la garganta tensa. No quería preguntarlo, pero mi lado masoquista se muere por saberlo.

–No termina.

–¿No termina?

–No. Falta el último capítulo, hace un mes que falta. Le pregunto y le pregunto, pero no lo escribe. No quiere dejarte ir. Sabe que cuando acabe esta novela, vuestra historia terminará para siempre y no puede hacerlo.

Tengo que luchar con todas mis fuerzas para no romper a llorar en este instante. Han pasado cuatro meses desde que le dije adiós, pero Blake me falta como si acabara de irme.

–Sasha, esto… realmente me estás poniendo en apuros.

–¿Tú lo quieres o no? –dispara seca como un golpe de fusil.

–No puedo permitirme correr el riesgo de amarlo.

–El amor es siempre un riesgo.

–He cerrado esa etapa. Sí, la he cerrado, me lo debo imponer.

–La eliminará. Dice que, si esta noche no encuentra una solución, la tirará a la basura.

–Sus habituales disparos al aire –murmuro para mí.

–Estoy segura de que lo hará. Lo conozco. Como agente me interesa proteger una obra con potencial. Como amiga, sé que Blake ha cambiado, porque no lo había visto así en la vida.

Tengo un nudo apretado en la garganta que me ahoga.

–¿Y qué se supone que debo decirte?

–Nada. Hagamos una cosa. Te mando la novela y luego decidimos qué hacer –propone ella.

En realidad, no es una propuesta, es una orden.

En mi ordenador veo la notificación de un nuevo email.

–Una cosa quiero saber: ¿realmente Blake ha cantado Frank Sinatra en el Empire State Building? ¡Dime que eso es una licencia poética!

–No, Sasha.

—Todo es verdad.

Ha escrito sobre nosotros.

—Bueno —dice ella con desdén—, en ese caso diviértete.

—¡Un momento! —la detengo—. ¿Has visto a Blake?

—No, no ha vuelto a poner un pie en Nueva York desde que rompió el contrato de la novela.

—¿Y dónde está?

Maldita sea, ahora admito que tengo miedo. ¡Blake podría estar en cualquier lugar, tal vez con Dwight, metido en algún problema!

—Ah, cierto, que no lo sabes —exclama casi divertida—. Todavía está en los Hamptons.

—¿En la casa de los Bronstein?

—Ya no es de los Bronstein, la ha comprado.

—¿Blake ha comprado la casa de los Bronstein? Él no compra casas… él, él prefiere el alquiler. Siempre lo ha dicho.

—Ya no. Adiós, Summer.

Sasha cuelga, y yo, dispuesta a hacerme daño, hago clic en el correo electrónico, descargo el archivo adjunto y abro el PDF:

Un amor casi de repente, de Blake Avery

Leo la novela de Blake y cada palabra es una imagen, cada frase es una escena, y nuestra historia fluye delante de mí como una película, arrastrándome página tras página hasta el final.

Está todo: los choques iniciales, las riñas, la antipatía mutua; luego una tímida confianza, la complicidad, esa extraña amistad que se desvaneció en algo más, hasta llegar a la pasión desenfrenada, el desearse y no bastarse, las primeras emociones fuertes, los sentimientos y finalmente el adiós.

La novela termina con una simple frase que leo y releo hasta aprendérmela de memoria.

«La he buscado por todas partes: en los armarios, en los cajones, debajo de la cama, pero no la he encontrado. Entonces me di cuenta de que se fue con ella. Sin embargo, yo me quedo con la peor mitad, la que ya no sabe pensar, la que ya no sabe vivir, la que ni siquiera sabe cómo respirar o caminar. Los folletos de instrucciones también los tiene ella. Lo único que puedo hacer es dejar pasar el tiempo, esperando que seamos un recuerdo. Seremos un recuerdo».

Después termina. Hay solo una página que tiene escrito «Capítulo 45» en el encabezamiento y luego nada más. Aún está por escribir.

Mientras contemplo la pantalla en blanco, mi madre me llama para preguntarme si tengo intención de ayudarla con la cena. Son ya las cinco. Llevo todo el día leyendo.

A pesar de mi desinterés, me informa de que cocinará pan de maíz, chuletas de ternera al horno con costra de pistacho y pato confitado –gracias mamá por tener en cuenta que yo soy vegetariana– con la receta secreta que le dio la vecina.

Luego sus palabras se pierden, cada vez más lejanas, mientras miro fijamente ese «Capítulo 45».

–Entonces Marga me dijo: «Si quieres te copio la receta», hoy me la ha traído justo antes de ir a la compra…

–No, mamá, esta noche no estaré para ir a la cena –la interrumpo, cerrando el portátil con un gesto seco.

–Pero ¿cómo? ¡Mitch va a traer además un amigo suyo soltero! Quería que lo conocieras.

–Conocedlo vosotros. Yo me tengo que ir.

Esa brevísima conversación con mi madre me ha abierto los ojos, como una epifanía: tengo que ir junto a Blake.

Por otra parte, las epifanías son solo eso: autorrevelaciones repentinas que han estado siempre con nosotros, a través de un evento o de una situación banal.

Me doy una ducha, me visto rápidamente, cojo las llaves del coche y me lanzo al tráfico de la tarde de fin de año, decidida a recorrer los doscientos cincuenta kilómetros entre Boston y Sag Harbor lo más rápido posible para llegar a tiempo para coger el último *ferry* a Long Island.

Conduzco en el frío gris de final de diciembre a través de la niebla mezclada con lluvia de la costa atlántica hasta New London y descubro que el último *ferry* a Long Island salió a las siete, hace casi una hora.

Tengo que llegar hasta Blake, tengo que ir junto a él.

Me esperan otras cuatro horas de conducción para hacer todo el recorrido del Long Island Sound.

Cada segundo de más que me separa de él es un segundo más que nos transforma del presente al recuerdo. Me siento culpable por no haberlo creído, por haber dado rienda solo a mi instinto, por haber cerrado esa puerta.

Esta noche todos están en sus casas y en locales de celebración, así que conduzco por las calles desiertas, sintiéndome más aliviada por cada cartel que dejo atrás: New Heaven, Stamford, New Rochelle, después finalmente Long Island. Hicksville, Commack, Eastport, Hampton Bay y cuando leo «Sag Harbor» casi me conmuevo.

Conduciendo sobre los adoquines del camino de entrada a la villa, me parece que nunca me he ido.

La casa está a oscuras, pero se enciende una luz tenue poco después de que haya sonado el timbre.

Y cuando Blake me abre, me doy cuenta de que no estaba preparada para volver a verlo.

Sigue siendo él, guapísimo y magnético, con su largo pelo castaño de rizos rebeldes y esos impresionantes ojos verdes velados por una sombra de tristeza. Un cárdigan gris cruzado con una camiseta blanca debajo ha reemplazado la ropa de verano con la que estaba acostumbrada a verlo.

Está tremendo. Está tremendo con cualquier cosa que se ponga y no puedo menos que sentirme una vagabunda con mis plumas, mi bufanda de lana dada tres vueltas alrededor del cuello y el gorro en la cabeza.

—¡Summer! —exclama sorprendido al verme en el umbral—. ¿Tú aquí?

Me había preparado un discurso, de esos de película, pero con Blake delante me he quedado con la mente en blanco, así que digo la única cosa que se me ocurre.

—No quiero que nos convirtamos en un recuerdo.

Capítulo 45

Blake

Es ella.

Está envuelta en quince capas de lana y plumón de ganso, con la punta de la nariz y las mejillas rojas, pero es ella. Summer.

Tal vez es solo una broma de mal gusto de mi imaginación. La he deseado tanto que he hecho que se materializara aquí. Me gustaría tocarla, pero tengo miedo de hacerla desaparecer.

—¡Summer! ¿Tú, aquí? —pregunto, incapaz de formular nada más inteligente.

Afortunadamente, ella lo hace.

—No quiero que nos convirtamos en un recuerdo.

Nos miramos, escrutándonos el alma durante lo que parece una eternidad.

Cuando la veo apretarse contra el abrigo, me doy cuenta de que todavía estamos en el umbral, y el frío se está infiltrando debajo de mi suéter.

—Por favor, entra.

Summer se mira las puntas de sus botas, mordiéndose el labio.

—Si no es demasiado tarde...

—Sabes que nunca es tarde para mí —respondo, invitándola a sentarse. El salón está en penumbra, excepto por la luz que emana de la chimenea encendida.

Se quita el sombrero y el abrigo apoyándolos en el sillón junto a la puerta.

—No me refería a la hora.

—Yo tampoco. —La miro bien, llenándome los ojos con cada pequeño detalle de su rostro: es aún más hermosa de como la recordaba.

—Blake...

—Antes que nada —le anticipo—, he sido un idiota integral, pero nada podía prepararme para cómo me has arrollado, y si pudiera hacer retroceder el tiempo y no aceptar esa mierda de apuesta con Eames, te juro que lo haría.

—He leído *Un amor casi de repente* —dice interrumpiéndome—. Me la ha enviado Sasha.

Sus palabras me dejan en *shock*.

—No debería haberlo hecho.

—Pues lo hizo, aunque una parte de mí no quería leerlo. Pero aquella que echa de menos a Blake, mi amigo, mi cómplice, mi amante, esa sí. He venido aquí porque si hay verdad en lo que has escrito, entonces no podemos convertirnos en solo un recuerdo.

—No solo hay verdad, estás tú. Estás en cada página, en cada línea, en cada palabra. Todavía estás en el aire, entre las paredes de esta casa, en medio de las sábanas… Summer, sin ti, solo estoy medio vivo.

Ella deja que su mirada vague hacia la tira de cinta adhesiva que divide el salón por la mitad.

—¿No la has quitado?

—No he podido. No puedo quitar nada que me recuerde a ti.

Da un paso hacia mí, mirándome con sus enormes ojos oscuros y brillantes.

—Entonces, ¿por qué seguimos hablando?

—No sé.

Nuestros cuerpos deciden por nosotros, yendo uno hacia el otro, abrazándose y reconociéndose.

Me echa los brazos al cuello, la cojo por la cintura y, cuando nuestros labios se tocan, me doy cuenta de cuánto la he echado de menos.

Ahora sí que respiro.

Su calidez, su sabor, su olor, su voz, lo extrañaba todo de ella.

Sus manos aún frías encuentran su camino debajo de mi suéter y yo busco su piel desabrochando los botones de su vestido uno tras otro. Nos despojamos de nuestras ropas que se han convertido en barreras insoportables y caemos tirados sobre la alfombra, yo encima de ella, que me tiene en sus brazos y con sus piernas atadas a mi cintura.

Mi lugar está aquí.

—Blake, te amo y quiero correr el riesgo —me susurra entre besos—. ¿Lo quieres correr conmigo?

Su mirada arde con el reflejo de la llama y leo en ella una confianza de la que no sé si estoy a la altura, pero que quiero a toda costa merecer.

—Cada día de mi vida.

No hacen falta otras palabras, son nuestros cuerpos los que transforman las emociones en movimientos y llevamos demasiado tiempo separados para poder detenerlos.

Su gemido cuando me hundo en ella.

Sus caderas se mueven con las mías.

Sus manos guiando las mías a lo largo de sus curvas.

Sus dedos hundiéndose en mi cabello para que no deje de besarla.

Su vaivén que se vuelve cada vez más urgente.

Su voz quebrada que me ruega que no pare, con ese suspiro que me hace temblar.

Su placer que llega con el mío. El nuestro.

Jadeando, frente a frente, nos volvemos a perder, después de habernos encontrado.

—Somos un nosotros —susurro rozando sus labios—. Siempre hemos sido un nosotros.

—Lo sé. Lo he entendido leyendo tu novela.

—No quería escribirlo, pero tenía que hacerlo, no podía guardarlo todo dentro, y si no hubieras vuelto, habría sido la mejor manera de dejarte ir.

—Pero estoy aquí —dice acariciándome una mejilla y colocándome un mechón que se me ha caído sobre la cara y que le hace cosquillas en la nariz, mientras escuchamos el sonido sordo de los fuegos artificiales que anuncian la llegada de la medianoche.

—Sí, estás aquí —susurro.

—Ahora podemos escribir el último capítulo.

—No. —Cojo su mano y entrelazo sus delgados dedos con los míos—. Vamos a escribir el primero.

Agradecimientos

Es difícil cerrar una historia que amaste, y como la «mamá» de Blake y Summer puedo decir que he amado cada palabra de este relato, pero es mi deber poner un punto y final a su historia y dejarlos ir para que puedan vivir su «felices para siempre».

Así que el primer agradecimiento te lo debo a ti, lector, por haberlos acogido y por confiar en mí.

El segundo agradecimiento es para las personas que están cerca de mí cada día y que me aguantan a pesar de mis defectos y me quieren tal como soy: mi mamá y mi papá, Azzurro, Elisa y Silvia (hábil cazadora de adverbios).

Y gracias también a los amigos lejanos, compañeros de andanzas vía WhatsApp: Azzurra Sichera, Lea Landucci y Giulia Mazzoni.

Gracias de corazón a los colegas que, aunque estén dispersos por toda Italia, siempre logran darme consuelo y consejos: Cassandra (la vidente) Rocca, Monique Scisci y Cinzia Giorgio.

¿Cómo no agradecer a todo el personal de Newton Compton, en particular a mi editora, Martina, por mantenerme siempre en la senda correcta?

¡Obviamente, muchas gracias también a todos los bookbloggers y bookvloggers que con su pasión siembran ganas de leer!

Finalmente, debo agradecer a ese genio de Tom Kapinos que creó la serie de televisión *Californication*, una de mis favoritas de todos los tiempos, en la que me he inspirado (de hecho, digamos que es un tributo real) para el guion de *Hell-A* de Summer. A los que os apasionan las series de televisión sobre escritores en crisis, desquiciados y políticamente incorrectos, esto es para vosotros.

Los agradecimientos siempre son algo que inquieta a los autores porque vivimos con el temor de haber olvidado a alguien (por cierto, es una certeza matemática), por lo que pido disculpas de antemano, para aquellos que deberían encontrar su nombre en estas páginas y no se han encontrado.

Con la esperanza de encontrarnos pronto entre las páginas de una nueva novela, puedes seguir mis actualizaciones y mis noticias en mis redes sociales (que gestiono yo, así que, si me escribes, te respondo… tal vez no en tiempo real, pero juro que respondo):

Página de Facebook: Felicia Kingsley

Perfil de Instagram: felicia_kingsley

Blog: www.feliciakingsley.com

Twitter: @FeliciaKingsley

Pinterest: Felicia Kingsley. Aquí encontrarás foros de mensajes temáticos con contenido inspirado en mis novelas.

Spotify: Felicia Kingsley A., para escuchar todas las listas de reproducción que han inspirado mis historias.

Canal de YouTube: Felicia Kingsley, donde subo videos en los que hablo de libros, escritura y lo que he aprendido tanto en la autoedición como trabajando con una editorial.

Lista de reproducción

Esta es la inspiración musical que me ha acompañado en la redacción de la historia de Blake y Summer:

Holy Mountain, Noel Gallagher
Lash Out, Alice Merton
Blurred Lines, Robin Thicke feat. Pharrel & T.I.
Take Me Out, Franz Ferdinand
Good Girls Go Bad, Cobra Starship
What's My Age Again?, Blink 182
I Just Wanna Live, Good Charlotte
Baby One More Time, Britney Spears
I Love It, Icona Pop
Million Reasons, Lady Gaga
Butterfly, Crazy Town
Best Song Ever, One Direction
The Middle, Zedd, Maren Morris, Grey
Hands To Myself, Selena Gomez
New York, New York, Frank Sinatra
Rescue Me, Thirty Seconds to Mars

Índice

OTROS LIBROS DE LA AUTORA
EN LA COLECCIÓN KING:

MÁS TÍTULOS DE LA COLECCIÓN:

La librería de los deseos
El superviviente de Auschwitz
La mujer con el tatuaje
El quinto invitado
El juego del mal